教育部人文社会科学研究青年基金项目（批准号：13YJC751006）

华南师范大学文学院中国语言文学学科建设丛书

段吉方 蒋寅 主编

# 中国近代报刊
## 谐文文体研究

杜新艳 著

中国社会科学出版社

# 图书在版编目（CIP）数据

中国近代报刊谐文文体研究 / 杜新艳著. —北京：中国社会科学出版社，2024.7

（华南师范大学文学院中国语言文学学科建设丛书）

ISBN 978-7-5227-3162-9

Ⅰ.①中⋯ Ⅱ.①杜⋯ Ⅲ.①报刊—文学史研究—中国—近代 Ⅳ.①I209.5

中国国家版本馆 CIP 数据核字（2024）第 044307 号

| 出 版 人 | 赵剑英 |
| --- | --- |
| 责任编辑 | 郭晓鸿 |
| 特约编辑 | 杜若佳 |
| 责任校对 | 师敏革 |
| 责任印制 | 戴 宽 |

| 出　　版 | 中国社会科学出版社 |
| --- | --- |
| 社　　址 | 北京鼓楼西大街甲 158 号 |
| 邮　　编 | 100720 |
| 网　　址 | http://www.csspw.cn |
| 发 行 部 | 010-84083685 |
| 门 市 部 | 010-84029450 |
| 经　　销 | 新华书店及其他书店 |

| 印　　刷 | 北京明恒达印务有限公司 |
| --- | --- |
| 装　　订 | 廊坊市广阳区广增装订厂 |
| 版　　次 | 2024 年 7 月第 1 版 |
| 印　　次 | 2024 年 7 月第 1 次印刷 |

| 开　　本 | 710×1000　1/16 |
| --- | --- |
| 印　　张 | 17.5 |
| 插　　页 | 2 |
| 字　　数 | 229 千字 |
| 定　　价 | 99.00 元 |

凡购买中国社会科学出版社图书，如有质量问题请与本社营销中心联系调换
电话：010-84083683

版权所有　侵权必究

# 华南师范大学文学院中国语言文学学科建设丛书编委会

主　编：段吉方　蒋　寅

编委会成员：（以姓氏笔画为序）

马茂军　申洁玲　孙雪霞　李金涛

吴　敏　闵定庆　张玉金　张　巍

邵慧君　秦晓华　滕　威

# 总　序

近年来，在"双一流"建设背景下，中国语言文学学科发展迅速，学科研究范围不断扩大，学科内涵得到了深化，学科建设路径也日益多元；同时，随着经济的发展和社会的进步，高等教育的发展格局也对中国语言文学学科提出了更多的挑战。如何进一步夯实学科基础，积淀学科底蕴，彰显学科特色，是目前中国语言文学学科发展与建设工作的重要任务之一。

华南师范大学文学院中国语言文学学科历史悠久，早在1933年，著名教育家林砺儒创办勷勤大学师范学院，设立文史学系，就有了中国语言文学学科。88年前的勷勤大学师范学院曾有过辉煌业绩，她与当时的北平师范大学南北呼应，共同守护和延续了南中国高等师范教育的历史血脉，中国语言文学学科发挥了重要的作用。

华南师范大学文学院中国语言文学学科与勷勤大学师范学院一道筚路蓝缕，以启山林，在此后的岁月中，更是一路栉风沐雨，砥砺前行。老一辈知名学者李镜池、康白情、吴剑青、吴三立、廖苾光、廖子东等奠定了学科基础，后辈学人积极传承学科文脉，经过几代学者的薪火相传，得到健康发展，已形成了基础扎实、积累深厚、体系完备、特色鲜明的学科发展格局。

新时期以来，华南师范大学文学院中国语言文学学科取得了跨越式发展。1981年，获批全国第一批硕士点；2000年，中国古代文学专业获批博士学位授权点；2006年，获批一级学科硕士学位授权点，中国现当代文学、汉语言文字学获批博士学位授权点，并设立中国语言文学博士后流动站；2007年，中国古代文学、中国现当代文学被评为广东省重点学科；2011年，获批中国语言文学一级学科博士学位授权点；2012年，入选第九轮广东省优势重点学科，并以"优秀"等级通过国家"211工程"三期建设验收；2015年，进入广东省高水平大学建设学科行列。现有学科方向有中国古典诗学与中国古代文学研究、中国现当代文学研究范式与批评、出土文献语言与方言研究、现当代西方文艺思潮与比较诗学研究、中国古代典籍与文献研究等。学科拥有国家语言文字推广基地、华南师范大学岭南文化研究中心、华南师范大学审美文化与批判理论研究中心等高端学科平台6个；以中国语言文学学科为基础的汉语言文学（师范）专业是国家首批"一流本科专业"。

一个学科的发展需要几代人的守护与努力，同时也离不开同时代人的奉献与投入。华南师范大学文学院编辑出版这套"中国语言文学学科建设丛书"，即是我们在有限的能力范围内推动学科建设的一种努力。这套丛书的作者基本上以华南师范大学文学院的中青年学者为主，他们是学院学科发展与建设的希望所在，其相关研究成果有的是国家社科基金、教育部社科基金的结项成果，有的是博士学位论文、博士后出站报告的修订成果，均展现了他们多年来在学术研究中的努力与收获。我们希望，他们的研究能够受到学界的关注，同时恳请各位专家学者批评指正。

华南师范大学文学院

中国语言文学学科建设丛书编委会

2021年6月

# 目 录

近代报刊谐文文体研究 …………………………………………… 1

## 第一章 "谐文"概念及其历史源流 ………………………… 4
第一节 "谐文"概念初起 ………………………………… 4
第二节 《文心雕龙·谐隐》与谐文的文体确立 ………… 10
第三节 "谐文"历史溯源 ………………………………… 16

## 第二章 "谐文"的七个维度与相关概念 …………………… 32
第一节 游戏文章与创作心态上的"以文为戏" ………… 32
第二节 "讽谕文"与创作目的之讽谕讥刺 ……………… 36
第三节 "诙谐文""幽默文"与接受心理上的迎合读者 … 39
第四节 "俳谐文""俳文"与文学风格的诙谐趣味 ……… 43
第五节 "滑稽文"与表现方法的荒诞乖讹 ……………… 48
第六节 "杂文""谐杂文"强调文体上依托杂糅各体等特征 … 54
第七节 "谐文""谐谈"与文本语言之雅俗共赏 ………… 57

## 第三章 清末民初报刊谐趣化潮流 ………………………… 62
第一节 潜滋暗长：近代报刊谐趣文化的萌兴 …………… 63

第二节　推波助澜:晚清报章的谐趣化倾向 …………………… 78
　　第三节　兴风起浪:民初报刊谐趣化大潮 …………………… 95

第四章　谐文的文章体式与表达艺术 ………………………… 116
　　第一节　近代报刊谐文文体概貌 …………………………… 117
　　第二节　谐文的艺术特征 …………………………………… 161

第五章　谐文与新闻的联姻
　　　　——以《自由谈》为中心 …………………………… 188
　　第一节　谐文与新闻的互文性 ……………………………… 189
　　第二节　谐文对新闻的软化 ………………………………… 208

第六章　近代"谐文"的文体特性与文学史意义 ……………… 230
　　第一节　诙谐作为文艺美学范畴的"第二性" ……………… 231
　　第二节　近代报刊谐文的文学史价值 ……………………… 244
　　第三节　近代报刊谐文的文体特性
　　　　——文学生产的"剩余写作" ………………………… 253

主要参考文献 …………………………………………………… 258

后记 ……………………………………………………………… 269

# 近代报刊谐文文体研究

"文学"一词最早见于孔门"四科"之"文学：子游、子夏"。人们鉴于子游、子夏对儒家经典的传承发扬，在"行有余力，则以学文"的观念下，"文学"往往被理解为文章博学，如北宋邢昺注疏就直接解为"文章博学"。[①] 在古代文学传统中，"文学"的概念与外延虽有所变化，但总体上属于宽泛的文化概念。"文学"的概念范畴在近代逐渐发生了性质变化，这是认识发展的结果，也是西学和西方文化输入造成的深刻影响。当艾约瑟向中国介绍西方文化体系时，曾说："余国群学总汇，不一其书，所辑录者，天文、地理、时令、方舆、各国政治、文学、武略、农政、田亩、山河、人物、格物、致知、穷理、达化之学，百工庶类、万事万物之理，莫不该备。"[②] 这里的"文学"接近传统中国宽泛的"文学"概念，与"时令""方舆"等表达一致，体现出向汉文化归化的迹象。但《申报》曾批评当时的文人只知道高谈制艺，进而将其分为三等，"上焉者，则为理学，空言性道而已；次焉者，则为文学，专工词章而已；又次焉者，则为博学，穷年考据者而已"。这里的"文学"与理学、博学并列，已经接近"词

---

[①] 刘宝楠：《论语正义》，中华书局1990年版，第441页。
[②] 艾约瑟：《泰西河防》，《中西闻见录》1872年7月第1号。

章"等纯文学范畴了。① 总之，到了近现代，对文学的理解可分为两种情况：一种是以章太炎为代表的保守派，追根溯源，按传统宽泛意义来理解"文学"；另一种以王国维、鲁迅为代表，将"文学"理解为以审美为目的的纯粹文艺作品，接近西方文学概念 literature。但是，由于历史的原因，在近代多数人的认知中，"文学"仍然更接近"文章"，而非现代意义的纯文学概念。

然而，随着文学观念的发展与转变，纯文学观在"五四"以后逐渐占据统治地位，权威的文学史家们更多地接受和贯彻着纯文学观，他们对文学史上的作家、作品的选择与评价也以新文学观为基础。诗歌、散文、小说、戏剧四种样式成为经典的文学体裁，曾经被传统文学排斥的文体如小说、戏曲受到文学史观照，而古典体系中的文体分类及文学现象和部分作家作品则被遮蔽或遗忘。随着现代白话文运动形成的白话文学观的推波助澜，古代传统的文学谱系受到巨大冲击。时至今日，近代文学评价系统中的文学观念和立场仍以新文学传统为根基。在近代的大熔炉中，没有被现代文学新传统接纳也没有被古代文学传统经典化的文学现象、文学体裁、文学风格、作家作品大量存在着。在重审文学史时，回到近代文学史实本身及其内在发展脉络，理解文学现象发生发展的语境，关注被排斥、被忽视的那部分文学现象和作家作品，有助于反思经典形成的权力运作和机制缺陷。返回文学的历史语境，尊重文学历史事实，首先要回到传统文体或者文章学的脉络，对新文化运动以来西方文学分类法有所警惕和突破，恢复中国文学发展历程中的独特面目。

"谐文"就是这样一种遗落在文学传统夹缝中的文学现象。"谐文"作为文体概念在近代作家作品中曾有过一定范围的讨论，与此相关相近或类似的一组概念也显得纷纭杂沓，甚至相当发达。黄侃曾指

---

① 《再书拟创设格致书院论后》，《申报》1874年3月24日。

出了古人文体分类的复杂之处。"详夫文体多名，难可拘滞，有沿古以为号，有随宜以立称，有因旧名而质与古异，有创新号而实与古同。"① 这在近代与"谐文"有关的一系列概念中体现得也很充分，加上"谐文"作为文体往往被认为"本体不雅"，不被重视，因此，在今日学界尚没有形成一致的文体共识。本书认为，"谐文"概念出现较早，能反映文体的本源，也有助于体现其文体旨趣和语言风貌，且有以简驭繁之功，不妨借用。本书的"文体"概念也不单单指文学体裁，而是源自传统的具有包含性和模糊性的本土概念。吴承学曾归纳了文体的六种含义：（1）体裁或文体类别；（2）具体的语言特征和语言系统；（3）章法结构与表现形式；（4）体要或大体；（5）体性、体貌；（6）文章或文学之本体。② 总之，"文体"是具有多重含义的综合概念，是形而下与形而上的有机结合。本书在讨论"谐文"时，希望分析此类作品的文体特征、文学风格、语言特征、表现形式、审美旨趣等，因而将其概括为谐文文体研究。

---

① 黄侃：《文心雕龙札记·颂赞第九》，中华书局1962年版，第68页。
② 吴承学：《中国古代文体学研究》，人民出版社2011年版，第17—20页。

# 第一章 "谐文"概念及其历史源流

"谐文"及其文体概念在文学史上不断变化，重新梳理其历史渊源脉络有助于明确其内涵与外延。尽管东汉王充、晋刘毅都曾使用这一词语，但"谐文"概念并没有完全明确下来，真正从文体上对它进行分析辨识并明确下来的是刘勰《文心雕龙》。刘勰着眼于语言修辞及表达方法特征，选择"谐隐"作为一类具有通俗、机智、笑谑、影射、讽喻性质文体的名称，允为精当。可惜，文学史对这一概念和思路的关注不够，后世在对类似文学现象进行描述时出现了一系列相近概念，如俳谐文、滑稽文、游戏文章、幽默文学等。这些概念各有其独特视角，从不同层面如创作心理、读者反映等揭示了此类文体的特征。然而，回归文学的语言特性和社会属性，还是有必要深入分析《文心雕龙》，借助《文心雕龙》的描述从本源上重新认识谐文的丰富内涵，或可重构谐文概念。

## 第一节 "谐文"概念初起

"谐文"指"小说一类的作品"，《汉语大词典》关于"谐文"一词的解释至今仍相当权威。这表明"谐文"作为文体概念并没有被普

第一章 "谐文"概念及其历史源流

遍接受。从现有史料看，"谐文"一词最早见于东汉王充《论衡·别通》。《汉语大词典》对"谐文"的解释提供的文例就是《论衡·别通》。要考察"谐文"一词的含义，就有必要回到文本语境去考察。"别通"，意为识别"通人"，全文意在强调"通人"之难得："涉浅水者见虾，其颇深者察鱼鳖，其尤甚者观蛟龙。足行迹殊，故所见之物异也。入道浅深，其犹此也。浅者则见传记谐文；深者入圣室观秘书，故入道弥深，所见弥大。人之游也，必欲入都，都多奇观也。入都必欲见市，市多异货也。百家之言，古今行事，其为奇异，非徒都邑大市也。游于都邑者心厌，观于大市者意饱，况游于道艺之际哉！"① 这段话的中心观点是游于道艺之际，不能满足于浅尝辄止，要入圣人之室读奥秘之书，至于传记、谐文及圣室、秘书等词语的理解也大体可知，但"谐文"的确切含义还需要推敲。首先，应该破除对《汉语大词典》的迷信。概念的表述应力求简明、准确，能充分地反映事物的内涵和外延。"小说一类的作品"，涉及了外延，却没有论及内涵，不够科学。其次，具体而言，《汉语大词典》可能参考了刘勰《文心雕龙·谐隐》的说法，"文辞之有谐隐，譬九流之有小说。盖稗官所采，以广视听"。② 但这只是刘勰对谐隐类文章解释的一个侧面，并非主要观点。而且，王充用"谐文"在前，刘勰论"谐隐"在后，以后论释前论的做法可能流于武断。再次，刘勰所谓的"小说"，并不是现在一般意义上的小说文体概念，而是九流之小说家，"小说一类的作品"的说法，不能明确为文体概念，反而令问题更复杂，读者更疑惑。

其实，对王充所用"谐文"的解释，首先应该参考汉代"谐"的解释和所指。许慎《说文解字》解释为："詥也。从言皆声。"清代段玉裁《说文解字注》进一步注释道："詥也。此与龠部龤异用。龤专

---

① 王充著，张宗祥校注：《论衡·别通》，上海古籍出版社2013年版，第271页。
② 刘勰著，范文澜注：《文心雕龙·谐隐》，人民文学出版社1998年版，第272页。

谓乐和。从言皆声。"可见，谐与龤异，谐与詥互训。段玉裁又解释"詥之言合也"。合，即和谐，合众人之意。① 由此，也说明刘勰在《文心雕龙·谐隐》篇中对谐的解释较接近谐的本义体系，即"谐之为言皆也，辞浅会俗，皆悦笑也"②。但就"谐"的本义而言，辞浅会俗更根深蒂固，而悦笑之意由前者引申而出。

　　回到语境，"浅者则见传记谐文"是相对于"深者入圣室观秘书"而言的。假如说圣室秘书对应的是儒家元典类文献精华的话，相应地，传记谐文就应是经典的衍生品或低端仿制品，特点是大众化、庸常化、浅俗化。这也与《别通》篇的旨意相通，即通行通俗的作品固然要了解，但通人则必须在此之外别求深文秘书，即不囿于常俗，也不故步自封。作为经典的衍生品或低端产品，谐文不难理解，指辞浅会俗、读者喜闻乐见、通行的通俗文字。传记却有两种可能，在经学范畴内，解释经典的注释文字，称为传、记，同时，纪传体史书《史记》等经典也促进了传、记类叙事文本的大量涌现。考虑到东汉时期，解经类文献学术分量已颇为可观，此处传、记理解为叙事文本较为合理。"文本于经"和"文源于经"是古代文论的常见命题，《文心雕龙》云："论说辞序，则易统其首；诏策章奏，则书发其源；赋颂歌赞，则诗立其本；铭诔箴祝，则礼总其端；纪传铭檄，则春秋为根。"③ 将叙事类的纪传追溯到《春秋》及《左传》等，也有合理性。但与经典一脉相承的传、记等文体的价值地位不至于被视为"浅者"趣味，此处传、记或许偏向于指为大雅所不容的杂出传、记等作品。《隋书·经籍志》将杂传单列于史部，并视其为"史官之末事"。来裕恂《汉

---

① 段玉裁：《说文解字注》，上海古籍出版社 1981 年版，第 187 页。(元) 杨桓《六书统》解释詥为"从言从合，合众意也"。
② 刘勰著，范文澜注：《文心雕龙·谐隐》，人民文学出版社 1998 年版，第 271 页。
③ 刘勰著，范文澜注：《文心雕龙·宗经》，人民文学出版社 1998 年版，第 22 页。

文典》云："自史学衰而传纪多杂出，亦自史学衰而文集多传纪。"①西汉后期传记杂出，不合乎正统史传的规范，却颇受读者欢迎。关于杂体传记品格，一般认为是虚诞怪妄，穿凿侧窥，不顾实理。刘知几《史通·品藻》就指出："若乃旁求别录，侧窥杂传，诸如此谬，其累实多"②。对其表现方法，刘知几概括为"或虚加练饰，轻事雕彩；或体兼赋颂，词类俳优"。③可见，主流史学外，别录旁出的杂体传记，也往往被贬斥，并且在语言体式上，有与俳优滑稽等通俗化文辞相近的特征。结合史实和语境，将王充所谓的"传记""谐文"理解为具有通俗芜杂特征的文学作品比较符合语境。

由于"传记"具有较鲜明的文体特征和属性，"谐文"也容易被理解为类似文体，如《汉语大词典》将"谐文"解释为"小说一类的作品"，视"谐文"同为一种文体，有其合理性。据上文分析，杂体传记，一般被视为"小说"文体的早期源头之一。程千帆先生云："西汉之末，杂传渐兴"，"其体实上承史公列传之法，下启唐人小说之风"。④那么，"谐文"应该是与这些杂体传记或"小说"有相近相通之处，类似这"一类"的另"一类"。问题是，究竟是哪一类呢？众所周知，"谐辞"作为文体，在《文心雕龙》中得到了正视和认定。《汉语大词典》为什么避开谐文辞，而将"谐文"解释为小说一类的作品？王充所言"谐文"会不会与刘勰《文心雕龙》中的"谐辞"相通？《文心雕龙》以前的作者们有没有注意到谐文辞的存在？

假设王充所言"谐文"与刘勰"谐辞"相通，有辞浅会俗、皆悦笑之意，那么，在汉代文学发展史中就应该有类似谐文辞的现象印证

---

① 来裕恂：《汉文典》第三卷，商务印书馆1932年版，第4页。
② 刘知几：《史通·品藻》卷七，四部丛刊影明万历本，第3页。
③ 刘知几：《史通·品藻》卷六，四部丛刊影明万历本，第20页。
④ 程千帆：《史传文学与传记之发展》，见《闲堂文薮》第二辑《汉魏六朝文学散论》，齐鲁书社1984年版，第162页。

王充的概括。汉代文学最有特色的文体是汉赋，关于汉赋，有一种著名的观点即"见视如倡"。《汉书·扬雄传》记载了著名赋家扬雄自认为写赋"颇似俳优淳于髡、优孟之徒，非法度所存"。①《汉书·枚皋传》也记载了枚皋自云"为赋乃俳，见视如倡，自悔类倡也"。②《汉书·东方朔传》称东方朔"口谐倡辩，不能持论，喜为庸人诵说……诙达多端，不名一行，应谐似优，不穷似智。……其滑稽之雄乎！"③这说明汉赋有游戏为文的情况，也有一类俳谐滑稽体谐杂赋。《汉书·艺文志》将赋体四分，其一为杂赋：《客主赋》18篇，《杂行出及颂德赋》24篇，《杂四夷及兵赋》20篇，《杂中贤失意赋》12篇，《杂思慕悲哀死赋》16篇，《杂鼓琴剑戏赋》13篇，《杂山陵水泡云气雨旱赋》16篇，《杂禽兽六畜昆虫赋》18篇，《杂器械草木赋》30篇，《大杂赋》34篇，《成相杂辞》11篇，《隐书》18篇。这些杂赋的具体篇目已全部亡佚，但学界一般认为其中有不少诙谐之作。如顾实《汉书艺文志讲疏》"盖多杂诙谐，如《庄子》寓言之类者欤？"④"'杂赋'的总体风格是诙谐调侃。"⑤从杂赋的主题分类来看，以赋的方式来铺陈禽兽六畜昆虫、器械草木等，大约是以人拟物的思路，和以物拟人的写法，确实是俳谐文常见的表达法。这说明在汉代最具代表性的赋体中确实有大量谐文辞，并且诙谐类赋体作为汉赋的重要表现形式产生了一定影响力，也得到了文学史的认可；在汉代文学发展中，谐文辞的社会潮流和影响也为当时及后世学者所瞩目，如枚皋和东方朔，都是后世谐文辞发展的重要源头。

王运熙先生早在20世纪90年代就曾推出《汉代的诙谐小赋值得

---

① 《汉书·扬雄传》卷八十七下，中华书局1962年版，第3575页。
② 《汉书·贾邹枚路传》卷五十一，中华书局1962年版，第2366页。
③ 《汉书·东方朔传》卷六十五，中华书局1962年版，第2873—2874页。
④ 顾实：《汉书艺文志讲疏》，上海古籍出版社1987年版，第183页。
⑤ 付俊琏：《〈汉书·艺文志〉"杂赋"考》，《文献》2003年第2期。

重视》和《为汉赋家见视如倡进一解》两篇文章，较为系统地对汉赋的嘲戏特征及俳谐文学传统作了溯源和梳理。① 从《史记·滑稽列传》中淳于髡的说辞，到荀卿的《赋篇》，再如宋玉的《登徒子好色赋》《风赋》《对楚王问》等都带有诙谐意味。西汉流传下来著名的谐文辞有王褒的《僮约》、扬雄的《逐贫赋》。此外，尹湾汉墓出土的《神乌赋》借鸟寓人，也具有谐文辞特征。东汉黄香的《责髯奴辞》、张衡的《髑髅赋》、蔡邕的《青衣赋》《短人赋》等。许多赋家一边批判诙谐小赋，一边仍创作此类作品，体现了诙谐小赋地位不高却颇受欢迎的时代境遇。到了魏晋南北朝时期，俳谐文更进一步，曹植《鹞雀赋》、潘岳《寡妇赋》、束晳《饼赋》等大张旗鼓，时代的动荡使作家们不甚顾忌文体尊卑，因此，到刘宋时袁淑辑录了《诽谐文》十卷，另有作者辑录了同名《诽谐文》三卷，梁代又有《续诽谐文》十卷，另有沈宗之所撰《诽谐文》一卷。颇有规模的谐文结集证明了南北朝时期谐文辞已发展到很可观的地步。《文心雕龙》中《谐隐篇》的论述是建立在谐文一度繁荣的文学史事实上的。但因主流文学一直视谐隐类文学格调不高，后世谐文起起伏伏，虽不绝如缕，却多徘徊于边缘。"谐文"一词作为明确概念和固定的文体表达在古代文学范畴内也并没有被普遍接受。

据汉代文学发展的情况看，王充《论衡》中"谐文"的确有可能是指诙谐类小赋之类的谐文辞。有意思的是，《隋书·经籍志》在著录《诽谐文》文集的同时，还附录了杜嵩撰《任子春秋》一卷，辛邕之撰《博阳秋》一卷。恰恰是将谐文和杂体传记著录在一起，与王充将传记谐文并列达成共识。刘勰《文心雕龙》未专论小说，但学者一般认为小说已被暗寓于谐文文体中。如刘永济先生云："《谐隐》虽非专论小说，而小说之体用，固已较然无爽，不得以漏讥之也。"② 同

---

① 王运熙：《望海楼笔记》，上海古籍出版社2014年版，第300—310页。
② 刘永济：《文心雕龙校释》，中国人民大学出版社2000年版，第76页。

时，杂体传记和诙谐小赋都有被视如倡优的特征，特别是语言组织的能力"应谐似优"，引起了社会关注。

但由于王充无意于谈论文体，并未明确说明其意义，"谐文"指诙谐小赋类谐文辞只能是一种难以证实的假说。且孤证不立。考"谐文"一词，晋代刘毅在《上疏请罢中正除九品》一文中也曾使用，"故状无实事，谐文浮饰，品不校功，党誉虚妄"。[①] 考虑到刘毅此言的政治语境，很少有人关注这里的"谐文"一词，也很少理解其为文体。这句话是在描述另一种文体——状。此处应指呈状，一种源于汉代的上行文书，主要内容是臣僚为皇帝察举官吏时列其才能或罪状，或对某事进行评论、评价官吏好坏，因与品评人物相关，也称品状。此处的"谐文"，用来形容魏晋时期的品状类文章风格。具体而言，应该是一些虚文美言，浮华无用，官面文章，缺少实质内涵，却能合众意，虽然有悦笑的功能，却不一定诙谐笑谑。

王充和刘毅对"谐文"的使用，说明在汉晋之际，"谐"与"文"结合用于形容通俗的文章风格已有约定俗成之势，且在精英知识分子笔下常带贬义。保守地看，汉代所言"谐文"不一定有诙谐笑谑特征，也不一定具有文体意义，而是指通俗风格的文章或文献。"谐文"，作为泛义的文章风格而非具体文体，其主要特征是辞浅会俗。综而言之，"谐文"在概念初起时，接近字面义，指一种通俗的文章风格；同时，也有指诙谐小赋等谐文辞的可能。

## 第二节 《文心雕龙·谐隐》与谐文的文体确立

对谐隐的文体价值，刘勰在《文心雕龙》中第一次给予了关注和

---

[①] 刘毅：《上疏请罢中正除九品》，《全上古三代秦汉三国六朝文》《全晋文》卷三十五，中华书局1958年版，第1663—1664页。

## 第一章 "谐文"概念及其历史源流

认定。就此而言,刘勰《文心雕龙》尽管鄙薄通俗文学,却仍有超越同时代甚至后世大多数人的胸怀和卓见。"虽有丝麻,无弃菅蒯",文体有雅俗,却都值得关注,而不应先入为主,关闭探究的可能性。尽管刘勰对谐辞和隐语的定位是"本体不雅",后世弃之不顾者,器量和识见显然不如刘勰。

《文心雕龙·谐隐》对谐辞隐语的讨论是建立在两汉以来,特别是魏晋南北朝时期谐文辞盛行的文学史事实上的。它同时也提醒我们对文学史上的谐隐脉络应该充分关注和认识。可惜的是,《文心雕龙》没有为谐隐选文,《文选》因其文学立场,也未选谐隐类文章,加上游戏之作,只为一时写心,本不欲传之名山后世,随着自然淘汰,早期文学史上的谐隐类作品流传不广。古籍的湮灭,是人力难以抗拒的,也是主流思潮选择的结果。敦煌俗文学中《神乌赋》等考古发现,开扩了我们的视野。新发现也促使我们重新审视《文心雕龙》所论谐隐文学发展的脉络,或许远比我们认识的要丰厚复杂得多。

首先,刘勰按照历史顺序描述了谐文辞的发展历程。谐文辞的发展大体被分为四个阶段:春秋、战国至秦、两汉、魏晋。春秋时期,所举例子分别出自《春秋左传》和《礼记》,形式都是谣谚:睅目之讴、侏儒之歌、蚕绩蟹匡、狸首斑然。战国时期,所举例子有:淳于髡说甘酒、优孟谏葬马、宋玉《好色赋》、优旃讽漆城,这些滑稽大多已经受到司马迁《滑稽列传》的关注,并因滑稽谲谏等社会功能受到了社会肯定。汉代,所举例子较少,主要是东方朔、枚皋,二人在汉代确实为滑稽之雄,但出于鄙薄的立场,刘勰以"诋嫚媟弄"概括否定了汉代谐文辞的发展,并未用心梳理其过程。魏晋时期,代表人物及作品有:曹丕《笑书》,薛综、潘岳《寡妇赋》,束皙《卖饼赋》,刘勰同样以那些作家作品只能引人发笑、"无益时用"为由否定了它们的价值,并且讥讽他们只是"荓言","有亏德音",是"溺者之妄

· 11 ·

笑,胥靡之狂歌"。由于距离魏晋时期较近,刘勰观察到这一时期作者众多,形成一股社会风潮,"盛相驱扇",并且知识分子积极投入,"懿文之士,未免枉辔"。

其次,刘勰对谐文辞的特征进行了概括描述。在总结谐辞的特征过程中,需要特别强调的一个观点是:隐语与谐辞互为表里。这句话夹在隐语部分,容易被忽略,但实际上,隐语的许多表达特征正是理解谐辞的密码。这个密码的发现,是刘勰在谐隐问题上的重要立场。朱自清先生在《中国歌谣》中也曾将谐和隐视作歌谣的重要特征,可谓别具匠心。将谐辞和隐语相结合起来看,《文心雕龙》主要强调的特征集中在两个方面:一是语言特征;二是表达方式。

从语言特征上看,谐辞的特点有:(1)"辞浅会俗",语言相对浅近通俗,这个概括是从"諧之言合""合众意"的本义引申出来的;(2)"悦笑""嫚嫖",这两者指具有令人发笑的效果,往往连带轻慢、侮辱、诋毁、亵弄的态度,侧重嘲笑、笑谑、诙谐、幽默的语言;(3)"纤巧",语言不庄重,只攻一点不及其余;(4)"炫辞",常在某一点上极尽铺排、骋词炫耀、浮华夸饰;(5)"婉曲""隐晦",往往言此而意彼,语言较委婉,曲折隐晦;(6)谐文的语言偏好韵语,注重音节之美,刘勰有很强的文笔分别观念,魏晋以前的谐隐大多讲究韵律之美。

从表达方式上看,谐文的特征有:(1)"谲辞饰说""事出权谲",曲折隐晦的语言往往建立在曲折掩饰的表达方式基础上,迂回曲折地表达。谐隐大多为权变之策,也善变灵活,波谲云诡,思虑百出,善诡术、狡诈,唯不肯开门见山坦诚布公。从语言的冰山理论角度看,谐文的本意被埋在冰山下更深处,往往比正常表达有意设计多一点障碍。变着法儿、拐着弯儿而不是直来直往的思路是谐文最基本的表达方法。(2)"义欲婉而正,辞欲隐而显",如同捉迷藏、猜谜语一般，谐文将本意躲藏、遮蔽是为了被揭秘。因此，谐隐往往留下各种把柄、线索、机关、巧合、蛛丝马迹，引起读者的嫌疑、联想、含沙射影、顺藤摸瓜，在读者读懂的默契中潜移默化地渗透作者的观念和想法。(3)"谲譬以指事"，谜语大多以猜中为目标，过程中的寄托往往无须深思。谐文有游戏性，一种谐文也如谜语一般，以读者猜中本事为目标；另一种则引领读者从文本字面义过渡到纸背后的深意。所谓指事也包括两种：事物或事件。其中，指事物是谜语常规的游戏，相对也容易猜，指向历史人物、时事人物、历史事件、时事事件或日常人事的指事是比较难猜中的。其所召唤的语境有特定性，所设譬喻又有个性，因此，这一类指事性谐文在剥落时空背景后，往往令人难以索解，以至被人忽略，尤其值得挖掘和关注。(4)"谬辞""倾回"，谐文的表达善于用荒谬推理或归谬法，用语言或形式上的"合理"推理掩盖或彰显事实和真相的荒谬；有意荒谬与逻辑推衍都是谐文的重要工具，在颠倒是非、黑白、真伪、正邪、美丑的"倾回"过程中曲折体现意图和观点。(5)"浅察""弄思"，谐文的表达一般是建立在对事物或事件的观察、了解和想象基础的，这种观察往往不深入，如同瞎子摸象一般，只抓住事物或事件的一个或几个方面，并对这些方面进行加工、雕饰、铺陈、演绎、联想。(6)"俳说"，即戏说，可包括三层意思：一层意思笑说，有笑谑之意；一层意思是游戏之说，说着玩儿的，不可当真；第三层意思是变身而说，被变身被替换的可以是身份、内容、事件，也可以是表面的文体形式、逻辑形式等，追求不对等不相称的错谬感。

最后，刘勰对谐隐的功能及社会意义给出了基于主流立场及其价值判断的社会评价。

其一，刘勰对待谐隐的基本态度是"不弃"和"广视听"。他认为，对待谐隐应该像对待小说一样，姑妄言之，姑妄听之。谐隐和小说，为"稗官所采，以广视听"，可以供统治者采访，拓宽视野，了解民情。所以，他在赞语中总结为"虽有丝麻，无弃菅蒯"，这是他的基本态度，可读者却容易忽略这个大前提，过度强调刘勰对"谐隐"的批评。因此，对谐隐视若无睹，其实就是自我蒙蔽，拒绝聆听民间声音。

其二，刘勰肯定和强调了谐隐存在的必然性及合理性，即"欢谑之言无方"。在《谐隐》开篇，他首先借周厉王时期芮良夫《桑柔》诗对周厉王防民之口的批判对谐隐给出了基本判断："心险如山，口壅若川；怨怒之情不一，欢谑之言无方。""怨怒之情不一，欢谑之言无方"，怨怒和欢谑都是人最基本的情感表达，并且这些表达多姿多彩、多元多样，这种感情的表达是合理的，无法泯灭，防民之口甚于防川，想要堵住民众悠悠之口的强暴做法往往适得其反，会加速统治者灭亡，或促进民间声音换一种方式反弹。所以，任何时候，文化专制政策都是不可取的。谐文辞的存在是合理的，应该接受和因势利导。

其三，刘勰也肯定了谐隐的社会积极意义，即"振危释惫"。谐隐有其正面社会价值和意义，就是可以在各种社会关系和人际紧张的时候缓解气氛，也可以让疲惫痛苦怨愤的人们找到宣泄情绪的通道，也可以使冥顽不灵的暴徒及麻木不仁的愚民得到一些刺激。总之，谐隐是民众宣泄情绪和表达思想、参与社会事务的一种途径。得到了情绪发泄和自由表达的民间社会与政府的关系能够相对舒缓和谐。所以，宽宥谐文，理解谐文，也是理解民间社会的一种有效途径。

其四，谐隐更重要的社会功能是"会义适时，颇益讽诫"，也就是讽诫和谲谏。滑稽谲谏，是司马迁在《史记·滑稽列传》中对滑稽的社会政治功能的凸显，而刘勰接受了司马迁的观点。对战国至秦这段时间的谐文辞现象，刘勰所举例子与《滑稽列传》一致，并且在描述中，关注的也是"意在微讽""抑止昏暴""意归义正"，并认为，

第一章 "谐文"概念及其历史源流

因这些社会政治功能,"是以子长编史,列传《滑稽》"。司马迁作为史家,关注"滑稽"群体,在描述了他们擅长语言艺术外,的确尤其关注其讽谏功能,一再强调"谈笑讽谏""可以言时""善为言笑,然合于大道""谈言微中,亦可以解纷"。《史记》所揄扬的滑稽谲谏传统,在有功于治道的高度上,甚至可以与"六艺"经典相提并论。"孔子曰:'六艺于治一也。《礼》以节人,《乐》以发和,《书》以道事,《诗》以达意,《易》以神化,《春秋》以义。'太史公曰:'天道恢恢,岂不大哉!谈言微中,亦可以解纷。'"所谓"滑稽",司马贞《史记索隐》引崔浩语云:"滑稽,流酒器也。转注吐酒,终日不已。言出口成章,词不穷竭,若滑稽之吐酒。"又引姚察语云:"滑稽犹俳谐也……言谐语滑利,其知计疾出,故云滑稽。"① 刘勰对俳谐与滑稽也等量齐观,它们的语言特点是"谐语滑利""出口成章,词不穷竭"。从语言的角度看,滑稽一词更能准确体现这种语言特点;从社会接受力讲,俳谐一词更有包容性和民间基础。尽管有小部分谐文辞"空戏滑稽",但大多数谐文具有"谲谏""微讽"特征,微含不满、怨怼、诽谤,有的委婉含蓄,也有的粗暴无忌,往往以劝谏讽刺怀疑否定为目的。谐文有箴诫讥刺功能,在嘲笑戏谑中发泄民众内心的怨怒。当直面君主及上层统治者进行讽谏,获得反馈,成为有效建言时,它的价值显而易见。当仅用文字抒发观点和意见,旁敲侧击,或有意遮掩,政治意图或社会功能被弱化,谐文辞的讽谏功能就显得有些尴尬了。说有讽谏,读者却无法体会;说没有,作者却怪读者没读懂,很容易被视作"空戏滑稽"。

其五,刘勰对谐隐的文体价值判断是"本体不雅,其流易弊"。谐隐最大的特点其实是"反"。反常规的语言和文体,反常规的思维方法,反常规的内容表达,谐隐以"反"为主的文体特征必然使其自立于正途之外,基本可定位为文体的丑角。所以说谐隐文体不高雅不庄重,基本

---

① (西汉)司马迁:《史记》第10册,中华书局1959年版,第3203—3204页。

是成立的。并且，从强调社会功能的功利主义立场来看，谐隐也常常对社会进步无所补益。但换个角度看的话，一正一反，一阳一阴，万物世情皆有其自在之理。谐隐一定程度上有益于社会治理，也有利于人们表达情绪缓解社会关系。即便没有社会价值，也有语言价值，谐隐对语言文体的综合运用，对巧思的特殊要求，都是文学语言很好的训练方式。与其他所有文体一样，谐隐真正的弊端可能是作者品味恶俗、歪曲事实、颠倒是非，及为人擦地、阿谀谄媚等。所谓文体不雅，只是不同于常规、普通、庄重、严肃的表达而已，并没有否定其价值。

总而言之，"谐"文或者说"谐"体，在秦汉南北朝时期，已经引起了人们的关注，并且成为社会上一种颇为盛行的文体，产生了较大的社会影响。因为主流文学观念等种种原因，谐文在后世所受到的关注并不充分，但它也不曾湮灭。谐文的境遇值得研究者反思和探讨，长期以来，我们的文学观念是否或有偏颇？刘勰在《乐府》篇中也鄙薄通俗乐曲和歌辞，后世学者对乐府歌辞的兴趣和关注却并没有减弱。谐隐文学也有其独到价值，只是有待挖掘。谐隐文学脉络在文学史上的不彰显，还是受文学观念重视文学的政治道德功能的影响，功利主义的文学观念仍然占据主流，文学的娱乐性、技艺性和对市民社会的意义不被忽略，通俗文学的价值还有待彰显和发掘。近些年来，关注谐隐传统，讨论游戏文章、诙谐文学的学者越来越多。百花齐放、百家争鸣，这是文学观念开放、宽容和进步的一种体现。

## 第三节 "谐文"历史溯源

考察刘勰所列早期谐文辞的例子及同时期类似谐文辞的作品有助于我们深入理解谐文，并在文体溯源过程中，在刘勰谐隐文学观的基础上从更多角度概括总结谐文文体特征。

第一章 "谐文"概念及其历史源流

首先,考察春秋时期被刘勰认为是谐文辞的四首谣谚:"睅目""侏儒""蚕蟹""狸首"。刘勰点到为止,我们将其文摘录如下:

> 睅其目,皤其腹,弃甲而复。于思于思,弃甲复来。(《左传·宣公二年》)
> 臧之狐裘,败我于狐骀。我君小子,侏儒是使。侏儒!侏儒!使我败于邾。(《左传·襄公四年》)
> 蚕则绩而蟹有匡,范则冠而蝉有矮,兄则死而子皋为之衰。(《礼记·檀弓下》)
> 狸首之斑然,执女手之卷然。(《礼记·檀弓下》)

这四首谣谚都有押韵的特点,体现了谐文辞以语言机巧、韵律和谐见长的特点。

四则当中"狸首"最为不同,只有一句,不完整,无法掌握足够的信息,解读时需要大量补充语境,诸种解释都只能提供一种可能性。此处也拟提供一种"谐文"视角的解读。关于"狸首"至少有三种解释:其一为棺木纹理像狸猫花纹,其二为古逸诗,其三纯为起兴。关于诗意,一种解释为原壤握着孔子的手感谢孔子,一种解释为不合礼法地唱古诗,一种解释为不合礼法地唱俗曲童谣。郑玄解释为"说人辞也"。[①] 刘勰显然也认为,这是一首俗曲,以"淫哇"称之。对这一句上下文看不出歌谣讽刺对象的俗曲,只能认为被"箴戒"的是唱曲的原壤和曲子本身了。照这个思路推理,"狸首"应该是一首俚俗且带有民间游戏性质的歌谣。它很可能与朱彝尊《明诗综》所录《狸斑童谣》及周作人所录绍兴民歌《铁脚斑斑》等一脉相承。[②] 它们都有

---

① 《礼记·檀弓下》,《礼记正义》,北京大学出版社1999年版,第291页。
② 周作人:《读〈童谣大观〉》,《歌谣》周刊1933年3月第十号。

·17·

突出的纯粹游戏性，在保证押韵或换韵外，字句可以变化，句子之间的意味可有关联，也可以没有关联，类似谐音接龙游戏。"狸首"之歌，虽然无稽，却是原壤的童年记忆，那时，他与孔子垂髫，母亲安好。所以，孔子说，"亲者毋失其为亲也，故者毋失其为故也"，是对原壤的理解和同情。"狸首"歌在游戏特点中也体现了一种来自民间的淳朴自然，少规范、少拘束、少顾忌的率性。

其次，刘勰从典籍中抽选出这一类谐辞是有严格标准的，一方面要符合谐文辞的语言和表达特点，另一方面还要有箴诫功能。华元弃甲与"睅目"之讴的故事较富有生态，值得探讨。《左传·宣公二年》记载华元代表宋国迎战郑国，御者因没吃到羊肉，心怀不满，驾车直入敌阵，华元被活捉，宋军大败，丢盔弃甲。华元伺机逃回宋国后，负责监工宋人筑城以防御郑国。筑城的人便唱出"睅目"之讴来讥讽他："睅其目，皤其腹，弃甲而复。于思、于思，弃甲复来。"华元听到后，派骖乘去应对。骖乘曰："牛则有皮，犀兕尚多，弃甲则那？"役人对曰："从其有皮，丹漆若何？"华元曰："去之。夫其口众我寡。"[①]从后续故事看，"睅目"之讴引起了一场类似斗歌的比赛。屈大均《广东新语》曾描述这种风俗："行立凳上，东唱西和，西嘲东解，语必双关，词兼雅俗。"[②]就内容而言，西嘲东解，语必双关，词兼雅俗，也适合城者和华元之间的唱和。双关，是制造滑稽幽默的重要途径。经过《左传》的描述，我们能将华元与"睅目"之讴联系起来，然而，此讴最初的语境应该还关涉另一事物，也就是说，从谐隐的角度看，被讽刺的真相应该有一层类似假衣冠的遮蔽或误导，只有存在另外的可能性，华元才能与之对歌时称牛、犀、兕，也才会容忍城者，随他们唱去。这就是语带双关。苏轼曾经在《雍秀才画草虫八

---

① 蒋冀骋点校：《左传》，岳麓书社2006年版，第104页。
② 屈大均：《广东新语》，中华书局1985年版，第299页。

第一章 "谐文"概念及其历史源流

物·虾蟆》一诗中用此典故来形容虾蟆："睅目知谁瞋,幡腹空自胀。"① 从谐文的谐隐路数看,谐音影射是常用的方法。苏轼诗非常形象,给人启发,蛤蟆和龟鼋等动物眼睛突出,腹部大,呼吸时口腔一鼓一鼓的,不同的是龟鼋有甲。因此,我们大胆猜测"睅目"这首语言通俗的歌谣形容的是龟鼋,惟妙惟肖,睅目、幡腹、鼓腮帮、负甲。其中"于思"一词的理解按其本义"吁腮"。鼋与元同音,华元作为监工教训役人自然也是睅目、幡腹、鼓腮帮,无论形容鼋,还是形容华元都非常形象。恰好,不同之处是华元丢了甲衣。指向华元是此谣真正的目标,指向鼋等动物只是假动作和虚枪。华元用牛、犀、兕辩解,是有意转移目标和话题,用皮可以制铠甲,却也接受了此歌讽刺自己弃甲的真相。役人却追问"丹漆若何",再次用皮关涉华元,只有涂饰了丹漆的皮,才拥有身份和权威,暗示华元的身份和权威受到了挑战。"睅目"之讴箴诫华元不能保卫宋国安危丢盔弃甲而回的意图非常明显,以至于谐辞的特征往往集中在辞浅会俗这一面,而较少被关注到表达方式上的谐隐和谲辞饰说和浅察弄思。

最后,战国至秦,刘勰所举四个例子是:淳于髡说甘酒,优孟谏葬马,优旃讽漆城,宋玉《好色赋》。前三个例子都源自对《滑稽列传》的继承。淳于髡说甘酒的方法是节节攀升、夸夸其谈、步步推进的滚雪球表达法和归谬逻辑法,从大王赐酒饮一斗,到待客饮二斗,朋友交游饮五六斗,州闾之会饮八斗,男女之会饮一石,说明乱助酒,酒极则乱,借此劝齐威王罢饮。优孟说楚庄王、优旃讽漆城的方法也是归谬法。秦二世要漆城,优旃就说漆城光滑,可以抵御外侵,只是没大房间晾漆,一方面暗示抵御外侵才是关键,另一方面解释大规模工程劳民伤财。楚庄王要以大夫礼葬马,优孟则建议用人君礼葬马,

---

① (北宋)苏轼:《雍秀才画草虫八物·虾蟆》,《施注苏诗》卷二十二,文渊阁四库全书本,第14页。

通过夸大错误的归谬法使楚庄王认识到错误后，优孟又说了一段俏皮话："以垄灶为椁，铜历为棺，赍以姜枣，荐以木兰，祭以粮稻，衣以火光，葬之于人腹肠。"① 这段俏皮话使用了双关法，一个情景同时指向葬礼与厨事。形容以六畜之礼葬之，其实就是食其肉却用六畜礼来掩饰，而把灶称椁，铜历称为棺，把火光称为衣服，把配姜枣木兰等料、同食粮稻等称为祭。三者相比，优孟谏葬马的故事谐趣特征更突出，语言、形式、逻辑皆诙谐，另两者则主要基于逻辑思维的推谬体现幽默性，是内在的，在文辞及表达法上的诙谐性稍弱。

以上所举例子虽然具有谐辞的特征，但夹在经史之中，只言片语，零珠碎玉，可称为谐辞。这些谐辞摘录出来，或者独立成篇，即为短篇谐谈、谐辞小记或笑话小说，也就是后世的笑话、谐谈、幽默等。如曹丕《笑书》、邯郸淳《笑林》、陆机《笑林》、侯白《启颜录》、朱揆《谐噱录》、高怿《群居解颐》等。《世说新语·排调》就记录了大量笑话故事，到了宋代，类书《太平广记》专门辑录了《诙谐》八卷、《嘲诮》五卷，在这些笑话小说中保存了大量谐辞，可见此类文体之盛。而散佚了的谐辞更难以计算。

《谐隐》中还列举了一些可称为谐文的文本，它们具有谐隐的语言及表达特征，并以文章的体制来表现。先秦、两汉、南北朝时期，以赋体来表现的例子为多。先秦时期有荀卿的《赋篇》及宋玉的《登徒子好色赋》《风赋》《大言赋》《小言赋》等。《汉书·艺文志》录有秦杂赋九篇，《艺文志》所列杂赋均已失传。同样，汉代最擅长写谐谑赋的枚皋和东方朔的赋也未传世。传世赋作中富于谐趣的如贾谊的《鵩鸟赋》，司马相如的《美人赋》，扬雄的《逐贫赋》《解嘲》《酒箴》都以虚构、人物、角色等故事体或小说体来结构，再将虚无、贫困等抽象概念具象化为子虚先生、贫神，类如杂赋的赋作传统，只

---

① 《史记·滑稽列传》卷一百二十六，中华书局1959年版，第3197页。

是杂在作者名下，未以类聚。东汉崔骃的《博徒论》对博徒即夸夸其谈之士的戏谑讥讽，似对东汉"鸿都门学"之风有所批判，"鸿都门学"也创作了大量俗赋，蔡邕曾上书灵帝大加批判，然而蔡邕却创作了《短人赋》《青衣赋》《释诲》等谐杂体赋作。魏晋时期，曹植《鹞雀赋》《髑髅说》《释愁文》，郤正《释讥》，傅玄《斗鸡赋》《走狗赋》《大言赋》《鹰兔赋》《猿猴赋》，成公绥《蜘蛛赋》《螳螂赋》，张敏《头责子羽文》，潘岳《寡妇赋》，束晳《饼赋》《劝农赋》《贫家赋》，左思《白发赋》，鲁褒《钱神论》，刘谧之《与天公笺》《宠郎赋》等，直到敦煌文献发现的大量俗赋，这一脉络绵延不绝，都是谐体俗赋盛行的明证。

《谐隐》篇列举到的宋玉在《史记》中收入《屈原贾生列传》，以赋见长。《登徒子好色赋》的诙谐滑稽主要体现在两个方面：（1）有意混淆概念、颠倒是非，让倒置产生滑稽效果；（2）俳说，即用戏剧化的表现法引人进入情境。全文概念集中在"好色"上，但每一个人对好色的理解并不同，经宋玉故意曲解，把钟情于年老色衰、蓬头挛耳的妻子的登徒子形容为好色，因为他令无色之女生五子，逻辑上属于饥不择食的好色。而宋玉面对无可附加的美女却三年未许，可称为不好色："天下之佳人莫若楚国，楚国之丽者莫若臣里，臣里之美者莫若臣东家之子。东家之子，增之一分则太长，减之一分则太短；着粉则太白，施朱则太赤；眉如翠羽，肌如白雪；腰如束素，齿如含贝；嫣然一笑，惑阳城，迷下蔡。然此女登墙窥臣三年，至今未许也。登徒子则不然：其妻蓬头挛耳，龋唇历齿，旁行踽偻，又疥且痔。登徒子悦之，使有五子。王孰察之，谁为好色者矣。"[①] 加上秦章华大夫"心顾其义，扬《诗》守礼，终不过差"好色而守礼的补充。实际上，

---

① 宋玉：《登徒子好色赋》，严可均辑《全上古三代秦汉三国六朝文》，中华书局1999年版，第74页。

三人代表了三种"好色"态度，实际上又都不是"好色"。首先忠于妻子不见色是最理想的立场，其次是见色而守礼，再次是色诱而不许。原因是宋玉描写的色诱而不许，虽不好色，却不真实，纯乎想象。潜台词是滥淫才真好色。倒置，颠倒是非，混淆概念，是它的特点，也造成了人们理解上的许多误区。俳说和戏剧性体现在登徒子、宋玉、秦章华大夫三人的设计、代言、演绎、默契与配合等特征上。三个人如同演戏一般，讽谏楚襄王好色不淫。[①]后世读者若不加深究，或忽视了此赋的俳谐特征和混淆概念的表达法，就会误认为登徒子是真好色，以致登徒子变成流氓好色的代名词。

宋玉其他小赋，如《风赋》《大言赋》《小言赋》等都带有诙谐意味。《大言赋》《小言赋》犹如滚雪球式地在重复的基调上递增递减，是典型的争高斗胜文字，不过这两篇赋专注于宏观和微观的描摹，游戏性大于滑稽性。《风赋》的表达特点是制造错讹感，也是一种倒置，即有意逆着对方，在出人意料中另行发挥。这种发挥又往往是谲辞歪理，常常与混淆概念结合。《风赋》的发挥就是把同样的风区分为雄风和雌风，雌风与雄风相对的表达也是双关。假设把风分为清风与浊风、冷风与热风，就没有雄风与雌风的幽默效果了。因为雄雌不是风的自然属性，这种表达便容易关涉男女、君臣、阴阳等人事问题。楚王说风不择贵贱高下，隐有所指，制造了平等的假象。宋玉详细微妙地描述了雄风的从弱到强、从强到弱诸种变化及来到宫廷时的和谐，连风到帝王这里都变得虔诚恭敬、清凉谨慎起来了。这样的风如同臣子般臣服在天子的雄威之下，是为雄风。"故其风中人状，直憯凄惏栗，清凉增欷。清清泠泠，愈病析酲，发明耳目，宁体便人。此所谓

---

[①] 陈松青《严肃其里，滑稽其表——论宋玉〈登徒子好色赋〉的角色和主题》考证了登徒子是唐勒，指出其富有戏剧性，为准俳优戏，具有讽谏功能。详见《湘潭大学社会科学学报》2000年第1期。

大王之雄风也。"① 至于庶人之雌风，起于穷巷，能"吹死灰，骇溷浊，扬腐余"，雷厉风行，风行之处，殴温致湿，生病造热，人只能雌伏。两者明显的区别是雄风自下而上，由弱转盛复转弱，雌风徘徊下层，简单粗暴。在雄风雌风的对比中，体现了帝王的高高在上与庶民的凄惨悲凉，也可能关涉不同的交流方式。"上以风化下，下以风刺上。"风作为讽谏方式，自下而上的讽谏只能是委婉的，而在民间就直接得多，自上而下在权力支配下更加震慑人心。

　　同时期，荀子《赋篇》也被认为是谐隐文学的代表。《赋篇》是最早以赋命名的作品，有五首类似谜语的赋，影响深远。《赋篇》中《礼》《知》《云》《蚕》《箴》五赋每篇描写一件或抽象或具象的事物，具有借物讽喻的双关特色，与后代"劝百讽一"的赋颂传统一脉相承。这五篇结构一致，借用问答形式，前半部分是句式较为整齐而接近四言诗的谜语，过渡将难题转给智者，智者再以散文化较自由的句式再度形容猜测此物，末尾才点出谜底。以《谐隐》篇提到的《蚕赋》为例来看："有物于此，儵儵兮其状，屡化如神，功被天下，为万世文。礼乐以成，贵贱以分，养老长幼，待之而后存。名号不美，与「暴」为邻。功立而身废，事成而家败。弃其耆老，收其后世。人属所利，飞鸟所害。臣愚而不识，请占之五泰。五泰占之曰：此夫身女好，而头马首者与？屡化而不寿者与？善壮而拙老者与？有父母而无牝牡者与？冬伏而夏游，食桑而吐丝，前乱而后治，夏生而恶暑，喜湿而恶雨，蛹以为母，蛾以为父，三俯三起，事乃大已，夫是之谓蚕理。"② 通过描述体型外观、变态特征、睡眠习性、饮食习性、生态环境、性别、结茧、缫丝、制种及功用等来指涉蚕，这一层意思较显豁。作为谜语，这种谜面显得过于详细具体全面。至于文中的寄

---

① 宋玉：《风赋》，严可均辑《全上古三代秦汉三国六朝文》，中华书局1999年版，第72页。
② 荀子：《蚕赋》，严可均辑《全上古三代秦汉三国六朝文》，中华书局1999年版，第70页。

托，读者多不甚理解，歌颂赞美蚕的奉献显然过于简单，嘲讽统治者作威作福有些偏题，寄托作者"养老长幼""功立而身废"的理想也较片面。假如从谐隐互为表里的角度看，这篇赋应另有关涉，以蚕指涉某人或某一类人。特征是曾取得赫赫政绩却功立而身废、事成而家败、下场凄凉等。让人想到秦商鞅之类的政治悲剧人物，作者对其有些同情也有些嘲讽其不能善始善终。就文体而言，《赋篇》在具体描述中的重复铺陈，谜的形式，及虚构人物等情节设计方面都有谐趣意味，以抽象的礼、知及缩写的蚕、针为描写对象也富有开拓意义。

汉初，司马相如、枚皋、东方朔、扬雄等赋家作为御用文人，需要用谐语捷才娱乐君主，或者像宋玉那样用微词俳说劝谏帝王，或者自娱自乐。但娱乐性的文学作品往往被主流文学观念不齿，杂赋的散佚与主流文学观一直贬低俗赋有关。汉代最擅长写谐谑赋的枚皋和东方朔的赋未能传世。《汉书·贾邹枚路传》记载枚皋"诙笑类俳倡，为赋颂，好嫚戏，以故得媟黩贵幸"，"又言为赋乃俳，见视如倡，自悔类倡也"。[①] 可见，枚皋因擅长俳谐嫚戏的赋颂受宠，却因见视如倡，而自悔类倡，尽管史书留下了枚皋进谏的蛛丝马迹，也承认他才思敏捷过人的禀赋，并记录下他作为汉世高产作家保存下的赋百二十篇，还有尤嫚戏不可读的赋数十篇，这些赋"其文骫骨皮，曲随其事，皆得其意，颇诙笑"。"不甚闲靡。凡可读者百二十篇，其尤嫚戏不可读者尚数十篇。"[②]《汉书·东方朔传》称东方朔"口谐倡辩，不能持论，喜为庸人诵说"，"其事浮浅，行于众庶，童儿牧竖莫不炫耀"。说明东方朔的诙谐风趣比较接地气，民间喜闻乐见，特别擅长逢占射覆，民间许多传闻喜欢托名东方朔，的确是"滑稽之雄"。但

---

[①] 《汉书·贾邹枚路传》卷五十一，中华书局1962年版，第2366页。
[②] 《汉书·贾邹枚路传》卷五十一，中华书局1962年版，第2367页。

他的作品保留并不多，以《汉书》保留的《上书自陈》《答客难》《非有先生论》为代表。其中，《上书自陈》在上书这种严肃的文体中以滚雪球或爬梯子的方式表现自己的才华，看似不得体的夸张式的自我吹嘘，恰恰令武帝觉得是难得之才。《答客难》《非有先生论》则可归入故事体杂赋。①

谐体俗赋内部也有一些变化，如西汉王褒的《僮约》渗透了券约这种日常实用文体，东汉黄香的《责髯奴辞》、戴良《失父零丁》继承了这一思路。魏晋时期，孔融的《难曹公表制酒禁书》、曹丕的《答钟繇书》《啁刘桢书》、刘桢的《答太子书》、庄璩的《与广川长岑文瑜书》、糜元的《吊夷齐文》、石崇的《奴券》等，都是借实用文体进行嘲戏的诙谐之作。而以公文等庄重的文体来制造谐趣效果，三国时期有，在南北朝时期逐渐盛行并形成新的俳谐文传统，如袁淑《劝进笺》《鸡九锡文》《驴山公九锡文》《大兰王九锡文》《常山王九命文》、沈约《修竹弹甘蔗文》、孔稚珪《北山移文》、韦琳《鲔表》、吴均《檄江神责周穆王璧》《食移》等。这些文章尽管以公文体为表现文体，但是在表达方式上延续了赋体的夸张铺排。

王褒《僮约》以赋的形式对券约这种实用文体进行戏仿和解构。《僮约》的主体部分是券约，券约本是日常应用文体，言简意赅，以作契约和凭证。僮仆说事不上券则不为，虽然有些怙强和恶作剧，却表现出较强的个性意识和契约精神。同时他也对券约有误解，无论是否写明，僮仆一般应按主人要求付出劳动力，否则可能被责罚或变卖。因此，当便了以契约约守冢，"未约为他家男子酤酒"为由拒绝男主时，男主便决意买便了以除恶气，便了仍要求男主将劳动项目写清，其他不做。王褒在契约中先写明"奴当从百役使，不得有二言"，其实已概括了僮仆应该做各种事情，但因便了要求写清，王褒施展才华

---

① 《汉书·东方朔传》卷六十五，中华书局1962年版，第2841—2874页。

列出了春夏秋冬、从早到晚、家务、农活、商贸等各项应做,及不应做的事情。由于所写内容皆为下层人民生活的特有题材,多使用鲜活的民间语言,这篇赋开拓了辞赋描写的新领域、新方向,为市井细民写生这个思路远胜为帝王粉饰太平。另一种开拓体现在赋的文学形式对券约这种实用文体的戏仿、解构、改造与完美融合。这两种开拓,都无功利性,纯粹出于游戏心态。《僮约》一文诙谐意味的产生有三个层面:(1)文体的戏仿与解构,即有意进行不合体的表达;(2)精巧的重复,滚雪球,喋喋不休,令人哑然失笑的同时也令便了心碎欲死;(3)便了的嚣张在面对券约时突然崩溃,即人物语言行为的滑稽,"仡仡叩头,两手自搏,目泪下落,鼻涕长一尺。'审如王大夫言,不如早归黄土陌,蚯蚓钻额……'"[①] 黄土陌与蚯蚓钻额的具象夸张与韵律和谐、高大的便了叩头不已、涕泗交加与之前的提杖登高形成鲜明对照,引人发笑。

  《僮约》的奇构巧思对后世产生了深远影响,开启了从俳谐赋向借用多种文体进行滑稽戏仿的俳谐文新体制。《僮约》巧用文体,打破文体一般表达和单一功能进行大胆尝试的游戏精神也给后代文人以极大启示,人们也常称俳谐文为游戏文章。传为东汉戴良的《失父零丁》文本不全,现存部分集中在被借用的文体即一则寻人启事上。寻人本应是严肃、令人心焦的事,启事简洁明了,突出特征即可,但该文在描摹人物外貌特征的文体要求上大做文章,并用夸张变形的比喻对"父"极尽丑化描摹之能事,称其"鸱头鹄颈獦狗啄,眼泪鼻涕相追逐,吻中含纳无牙齿,食不能嚼左右蹉"。[②] 此文也延续了嘲戏丑人的传统,显然是滑稽游戏之作,具有突出的谐趣效果。又如应璩的

---

[①] (西汉)王褒:《僮约》,严可均辑《全上古三代秦汉三国六朝文》,中华书局1999年版,第359页。

[②] (汉)戴良:《失父零丁》,严可均辑《全上古三代秦汉三国六朝文》,中华书局1999年版,第849页。

《与广川长岑文瑜书》，先以夸张的方式描写近日之炎旱，"沙砾销铄，草木焦卷"，泡到寒水中都有灼烂之惨，由此推测岑文瑜祈雨一定有问题，"云重积而复散，雨垂落而复收"，祈雨而功败垂成是什么原因呢？大概是祈雨者品行不优，或诚心不足，"贤圣殊品，优劣异姿，割发宜及肤，翦爪宜侵肌乎？"甚至说，"善否之应，甚于影响"，怀疑岑道德人品有问题。① 如果二人是朋友关系，涉及道德人品的怀疑就应该是开玩笑，也必然关系极好，并且朋友非真不善，那此文的宗旨将指向祈雨行为不科学。其谐趣意味在于指东道西、表里不一的倒置，与夸张到令人难以相信的幽默语言。如果不是真正的好朋友，怀疑对方道德人品有问题就是真批判了，那此文可能是以拟书信的形式表达对岑文瑜的不满，语气在客气中包含讥讽和嫚戏。其谐趣意味则在于幽默的语言和书信文体被用作戏拟两方面，可能并非真写信给岑，不过是游戏，借书信的形式表达讥讽和嫚戏。无论是哪种情况，该文的游戏和谐趣都比较明显，所以，李善作注时补充了写作背景："广川县时旱，祈雨不得，作书以戏之。"②

南朝拟公文体的俳谐文以袁淑《诽谐文》为代表。据《隋书·经籍志》载袁淑《诽谐文》十卷，《旧唐书·经籍志》《新唐书·艺文志》则记载有《诽谐文》十五卷。袁淑集中写作"诽谐文"的现象引起了人们的关注，也提高了谐隐文的文体地位和社会影响力。刘师培《中国中古文学史讲义》特地讲到"谐隐之文，亦起源古昔。宋代袁淑，所作益繁。惟宋齐以降，作者益为轻薄，其风盖昌于刘宋之初"。③ 对袁淑及刘宋时期俳谐文的意义，范文澜也强调"是撰诽谐集

---

① （三国）应璩：《与广川长岑文瑜书》，李善注《文选》卷四十二，胡克家嘉庆十四年刻本，第23—24页。
② （三国）应璩：《与广川长岑文瑜书》，李善注《文选》卷四十二，胡克家嘉庆十四年刻本，第23页。
③ 刘师培：《中国中古文学史讲义》，上海古籍出版社1999年版，第97页。

之始"。对于《诽谐文》有两点值得注意：（1）该集是袁淑撰还是袁淑编次？（2）诽谐与俳谐是否同义？由于该集亡佚，答案竟不得而知。学界一般默认为袁淑所撰，诽谐即俳谐。但从最早的记载《隋书·经籍志》的著录方式看，该书属于编次的可能性大，或是总集，因为同一文体收十卷之多，似非一人之力可为。而唐孔颖达在注疏"左传襄公二十八年正义"时提到："宋太尉袁淑取古之文章令人笑者，次而题之，名曰《俳谐集》。"① 明确说此集为编次而成，此时，该集或尚未散佚。"诽谐"从字面上看皆从言，诽本义从言非声，《说文》曰："放言曰谤，微言曰诽、曰讥"，接近讥讽、微言、非议。从袁淑宁死不从刘劭谋反看，他关注世道人心，并非纯为游戏谑笑。因此，本文倾向诽谐不等同于俳谐，有强调讥讽之意，继承了早期谐辞、滑稽强调谲谏、谈言微中，于笑谐中含讥讽的传统。由于"俳"与谐皆含悦笑之意，两者组合更常见，俳谐作为常用词便取代了诽谐，成为滑稽游戏类文字的指称，即所谓"俳谐体"。

《诽谐文》已佚，袁淑所作《鸡九锡文》《驴山公九锡文》《大兰王九锡文》《常山王九命文》等九锡系列尚有残存。这类文字特点鲜明：（1）将某一类人比拟成庸常俗物甚至是将动物作为描写对象，如鸡、驴、猪之类，即拟物；（2）令这些庸常俗物、动物滑稽模仿人类的行为语言，并赋予其籍贯、官衔、功绩、性格等人类特征，即拟人；（3）借模仿庄重的公文文体及典雅语言抬举俗物实现戏弄讥讽，即拟文。拟物或方物是俳谐文的常见思维和表达方式，一方面，这是一种物化，甚至丑化，对表达对象是一种本质上蔑视、鄙薄和讥讽；另一方面，通过拟物这层遁词谲饰，又可以给讽刺对象遮上一层面纱，并为读者创造一种揭穿谜底的成就感。拟人的手

---

① 杜预注，孔颖达疏：《春秋左传正义》卷三十八"襄公二十八年"，十三经注疏本，中华书局1980年版，第200页。

法也是俳谐文常见的修辞和表达方式,这种套路读者比较熟悉,而仿拟人类言行举止更为读者所熟悉,容易带来亲切感。如《鸡九锡文》:"维君天姿英茂,乘机晨鸣。虽风雨如晦,抗不已之奇声。今以君为使持节金西蛮校尉、西河太守,以扬州之会稽封君为会稽公,以前浚鸡山子为汤沐邑。君其祇承予命,使西海之水如带,浚鸡之山如砺,国以永存,爰及苗裔。"① 简洁地说明了"浚鸡山子"天姿英茂、抗声不已的特点,这些特征符合某些人,也符合鸡,赐予官衔方面是模仿人类行为,但同时借助音义相关等方式也关涉鸡,如会稽、西河、西海等(西是栖的本字,鸟入巢栖息之意)。就文体而言,前缀"维神雀元年,岁在辛酉,八月己酉朔,十三日丁酉,帝颛顼遣征西大将军下雉公王凤,西中郎将白门侯扁鹊,咨尔浚鸡山子"一段符合策文体制,由帝王授命,大臣制作,起年月日,授权某某,册封某某,并详述册封的理由、封号、领地、训诫等,册封的对象是鸡就比沐猴而冠更滑稽了。在语言上,"咨尔""风雨如晦""抗不已之奇声"等借用了《论语》《诗经》及经典文本的语汇,而神雀元年、浚鸡山子则显然为无稽之谈,庄重与不庄重两种语言混搭也制造了一种幽默效果。

《文选》未选俳谐文,一方面说明人们对这一文体的认识还没有达到完全统一;另一方面则可能由于俳谐文寄托在各种文体中,身兼二体。萧子显在《南齐书》卷五十二《文学传》小序中称:"王褒《僮约》,束皙《发蒙》,滑稽之流,亦可奇玮。"② 明确将滑稽文与诗、赋、颂、章、表、碑、诔等同列,为当时八种代表性文学文体。宋叶梦得《避暑录话》描述了唐宋时期俳谐文写作的潮流,认为这类

---

① (南朝·宋)袁淑:《鸡九锡文》,严可均辑《全宋文》卷四十四,商务印书馆2006年版,第442页。
② 萧子显:《南齐书·文学列传第三十三》,刘毅《南齐书》,北京燕山出版社2010年版,第420页。

文章沿袭模仿之风不足取，但其游刃有余的行文技巧值得肯定："韩退之作《毛颖传》，此本南朝俳谐文《驴九锡》《鸡九锡》之类，而小变之耳。俳谐文虽出于戏，实以讥切当世封爵之滥。而退之所致意，亦正在中书君老不任事，今不中书等数语，不徒作也。文章最忌祖袭，此体但可一试之耳，《下邳侯》传世已疑非退之作，而后世乃因缘换仿不已，司空图作《容成侯传》，其后又有《松滋侯传》，近岁温陶君、黄甘、绿吉、江瑶柱、万石君传，纷然不胜其多。至有托之苏子瞻者，妄庸之徒遂争信之，子瞻岂若是之陋耶？中间惟杜仲一传，杂药名为之，其制差异，或以为子瞻在黄州时，出奇以戏客，而不以自名。余尝问苏氏诸子，亦以为非是。然此非玩侮游衍有余于文者不能为也。"①

清李兆洛《骈体文抄》卷三十也专设杂文类，将谐杂类骈体文抄录纂集于一起："右著录若干篇多缘情托兴之作，战国诙谐，辩谲者流，实肇厥端。其言小，其旨浅，其趣博，往往托思于言表，潜神于旨里，引情于趣外，是故小而能微，浅而能永，博而能检就其褊者，亦润理内苞，秀采外溢，不徒以镂绘为工，遒峭取致而已。后之作者，乃以为游戏，佻侧洸荡，忘其所归，遂成俳优，病尤其焉。"② 他认为，游戏文与谐杂文有继承关系，但也有区别，主要是游戏文的文学性容易被游戏性遮蔽。孙德谦在《六朝丽指》中对游戏文的看法更为客观公允："司马迁作《史记》，创立《滑稽列传》，而《文心雕龙》以《谐隐》为专篇。知文体之中，故有用游戏者矣。"③ 以游戏为文体之一种，是一种建设的肯定的观点。另外，他也特地谈到俳谐文："有诡更文体者，如韦琳之有《鲲表》，袁阳源之有《鸡九锡文》，并

---

① （宋）叶梦得：《石林燕语 避暑录话》，上海古籍出版社2012年版，第170页。
② （清）李兆洛：《骈体文抄》，上海古籍出版社2011年版，第13—14页。
③ 孙德谦：《六朝丽指·游戏文》，王水照编《历代文话》第九册，复旦大学出版社2007年版，第8489页。

《劝进》。是虽出于游戏,然亦力趋新奇,而不自觉其讹焉者也。"① 强调俳谐文是一种文体的"诡更"或偷渡,在游戏性之外,也有一定的文体创变性。

---

① 孙德谦:《六朝丽指·新奇之法》,王水照编《历代文话》第九册,复旦大学出版社2007年版,第8454页。

# 第二章 "谐文"的七个维度与相关概念

综观"谐文"的发展历史,与谐文相关的一组概念及相关意涵表现出一种复杂多元的面貌,众口不一,纷纭复杂,容易造成概念混淆。总体来看,这些不同的概念其实是由于维度和视角不同,虽然概念有大小宽狭之分,具体所指内容也有出入,但主体重复交叉、大同小异。其中比较突出的,可归结为七个层面:(1)创作心态上"以文为戏",在概念上倾向"游戏文"或"游戏文章";(2)创作目的与社会功能是讽刺、嘲弄,概念上倾向"诽谐文"或"讽谕文";(3)"诙谐文""幽默文"与接受心理上的迎合读者;(4)文学风格是诙谐趣味性,概念倾向"俳谐文"或"俳文";(5)表现方法上多逻辑混淆、谲辞饰说、遁词隐语及模棱两可、互相关涉,概念上倾向"滑稽文";(6)文体特征是一体依托、杂糅各体,概念上倾向"杂文"或"谐杂文";(7)文本语言上雅俗共赏,概念上倾向称"谐文"。

## 第一节 游戏文章与创作心态上的"以文为戏"

"以文为戏"通常也被追溯到《庄子·天下》:"以谬悠之说,荒唐之言，无端崖之辞，时恣纵而傥，不以觭见之也。"① 尤其是庄子散文中常用寓言、诡辩等表现手法，有时荒唐谬悠，有时连犿俶诡，给人奇峰突崛、想落天外、怪生笔端之感。宋人黄震认为："庄子以不羁之才，肆跌宕之说，创为不必有之人，设为不必有之物，造为天下所必无之事，用以眇末宇宙，戏薄圣贤，走弄百出，茫无定踪，固千万世诙谐小说之祖也。"② 指出庄子言谈带着游戏的意味。而那些鄙薄"以文为戏"者，也将矛头指向庄子，如明人徐三重攻击游戏笔墨时，也一并贬斥庄子"徒以持论纵浪，为吾道所斥，目为邪说"③。可以说，"以文为戏"伴随着文学创作的产生而产生，更早的古谣谚也不乏游戏色彩。

明人胡应麟《诗薮·杂编》点评宋玉的《大言赋》和《小言赋》时，称其"辞气滑稽，或当是一时戏笔"④。谢榛《四溟诗话》则指出，昭明太子模仿宋玉《大言赋》《小言赋》作《大诗诗》《细言诗》，"此祖宋玉而无谓，盖以文为戏尔。"⑤《古文苑》卷四收扬雄《逐贫赋》，宋章樵注曰："此赋以文为戏耳"⑥。刘勰《文心雕龙·谐隐》也称假如谐隐"空戏滑稽"则有损道德教化。唐韩愈《毛颖传》的写作被认为是"以文为戏"，引发了一场激烈论辩。裴度称其"以文为戏"，韩愈自己也承认"此吾所以为戏尔"。南宋末年郑持正编成一部俳谐文学选集，而题为《文章善戏》。据《四库全书总目》著录，该书"仿韩愈《毛颖传》例，于笔墨纸砚悉加封号，而拟为制表之词"，再加上张敏《头责子羽文》、沈约《修竹弹甘蕉文》等合为一

---

① 陈鼓应注译：《庄子今注今译》，商务印书馆2007年版，第1016页。
② （南宋）黄震：《读诸子·庄子》，《黄氏日钞》卷55，元后至元刻本，第1063页。见《黄氏日钞》，上海古籍出版社1983年版，第708页。
③ （明）徐三重：《牖景录》，齐鲁书社1995年版，第119—120页。
④ （明）胡应麟：《诗薮·杂编》卷一，上海古籍出版社1979年版，第2页。
⑤ （明）谢榛：《四溟诗话》卷二，《丛书集成》初编本，第22页。
⑥ 《古文苑》卷四，影印文渊阁《四库全书》本，第106页。

编，不分卷。按照制诏文体的基本特征，将无生命的动植物或器物拟人化，进行加封或削爵，是典型的俳谐文。因此，祝尚书在《宋人总集叙录》中称"宋末人喜借物拟制诏"，"《文章善戏》也是这类文字"。①明人陆奎章也效仿韩愈为毛笔作传的手法作《香奁四友传》及《前传》，《前传》自序云："自韩子作《毛颖传》，偓然爵之，为人肆出奇怪。后之以文为娱者，往往慕效。"②也自以为是"以文为娱"，作品也确实格调降低了。

李渔曾道出了文人妙笔与游戏神通之间有内在联系："从来游戏神通，尽出文人之手。或寄情草木，或托兴昆虫，无口而使之言，无知识、情欲而使之悲欢离合，总以极文情之变，而使我胸中磊块唾出殆尽而后已。"③嘉庆年间缪莲仙辑录时人所作谐文成《文章游戏》四编，第三编自序论及编辑初衷，称："今之所谓文章者，凡以博功名也。文章不博功名，直谓洗衣女工焉耳矣。夫天地一戏场也，古今一戏局也。"人生碌碌，蝇营狗苟，如同逢场作戏；写文章，描摹古人语气，也如戏场之生旦净丑。编辑游戏文章，是"欲与能文章而不博功名者，共相游戏焉而已，更欲与能文章而已博功名者，共晓为无非游戏焉而已"。④缪氏延续了韩愈、柳宗元、李渔的思路而加以推衍，并将游戏的对立面改造为功名而非庄重或义理，同时在批评八股等通行文章的模拟之风中将一切文章拉入"共相游戏"的范畴，且宣称"天地一戏场""古今一戏局"，有种以游戏为本的论调。

《文章游戏》流传颇广，对近代以来以文为戏思潮也影响深远。该书1894年曾改名为《梦笔生花》在上海文宜书局石印出版。1935年大达图书供应社加新式标点再版时，也题为《梦笔生花：文章游

---

① 祝尚书：《宋人总集叙录》，中华书局2004年版，第380页。
② 侯忠义：《中国文言小说参考资料》，北京大学出版社1985年版，第507页。
③ 李渔：《香草亭传奇序》，《李渔全集》第一卷，浙江古籍出版社1991年版，第47页。
④ 缪艮：《文章游戏》第三编序言，道光五年藕花馆刻本。

戏》，朱太忙作序表达了对文章游戏从深恶痛绝到称誉其为空谷足音、梦笔生花的转变。"予素恶文章游戏，尤深恶文章而以游戏称者，夫文章何可游戏也？……且今人事事好游戏，自以为躬行实践于事，未尝游戏文章，而予仍目为游戏，则今见古人游戏于文章者，安得不以为空谷足音，而转加心诚悦服也哉？是故古人而游戏于文章，所谓未能免俗，予辄藐之恶之，今人而肯游戏于文章，便是韵事，予辄敬之重之。若言近旨远，小题大做，如此而肯逢场作戏，游戏于文章，古人且畏之，正患其不能游戏，予安得薄之詈之之有？予之终日埋头，东涂西抹，自以为不游戏，而文体芜弱，词意质直，古人视之，必以为是乃游戏文章之末似者，乌足道？若今之喜弄语体文，亦自谓不游戏，而实近于游戏者；古人视之，又谓之何？是以自称文章游戏，及肯游戏于文章者，方见文章之价值，笔花之灿烂焉耳。"[1] 他肯定了《文章游戏》等言近旨远之作，鄙薄了文笔芜弱的浅近文言及白话文。游戏文章的门槛比一般文章略高，比陈陈相因、一无可取、毫无面目的文章的确更有可观性。

从近代报刊文艺的发展来看，在报刊兴起之初，游戏笔墨就颇受欢迎。其表现形式多为滑稽新闻、滑稽故事、滑稽谈等，也有游戏文章。如《申报》1872年10月24日刊出一篇《做亲文》，专心描摹男女婚配前后之事。在文末特别说明，"此茸城郭友松先生游戏笔墨也"。[2] 又1873年4月10日刊出《戒淫文》也在篇首说明"此茸城廉石道人游戏笔墨也"。[3] 1875年2月25日直接刊出一篇《游戏笔墨》。李伯元所办著名小报命名为《游戏报》，并自称命名仿自泰西，并非好为游戏，而是"假游戏之说，以隐寓劝惩"。[4] 1902年梁启超创办

---

[1] 朱太忙：《梦笔生花序》，朱太忙《梦笔生花》，大达图书供应社1935年版，第1页。
[2] 《申报》1872年10月24日。
[3] 《申报》1873年4月10日。
[4] 《论游戏报之本意》，《游戏报》1897年8月25日。

《新小说》时，设有"游戏文章"和"小慧解颐"等栏目，刊出游戏文和滑稽谈。而1911年《申报》开辟《自由谈》副刊，第一栏目便是"游戏文章"，从1911年至1918年，该栏目所发文章有近3000篇谐文，这还不包括大量滑稽谈和纪事在内。这一栏目的文章和作者曾另辑《游戏杂志》。近代还有两份杂志命名为《游戏世界》。又如《双料五铜元》《小说丛报》《小说新报》等许多报刊都曾刊出游戏文章栏目，可见当时报刊游戏之风盛行。

唐弢先生专门写了《游戏文章》加以批评，"由玩玩而做出来的文章，叫做游戏文章"，这个定义将"游戏"说成"玩玩"，看起来意思接近，态度却等而下之。对民国才子们的报刊游戏之作颇为贬低，称其是"为玩玩而做的文章"，"但凭天才，不假人力"，"内容呢，是专谈才子和婊子们的情史的"，[①] 这些概括是有成见而不全面的。文中也提及缪莲仙《文章游戏》，认为它"玩笑中带着讽谕"，有所寄托，却是"正经"的。对于林语堂所提倡的幽默，唐弢也等同于玩玩的游戏，旗帜鲜明地反对说"不赞成以文章为游戏，也无须有游戏的文章"。依据是林语堂《说本色之美》提到《水浒》之类的小说，"排弃一切古文家法"，"不当文学只当游戏而作的"。[②] 虽然观点有些偏颇，却从一个侧面反映了林语堂的"幽默"的确与"游戏"有内在联系。

## 第二节 "讽谕文"与创作目的之讽谕讥刺

《汉语大词典》对"俳谐文"的解释是："内容诙谐、用以讽喻嘲谑的文字。"由于袁淑《诽谐集》散佚，"诽谐"的概念流传不广，但

---

[①] 唐弢：《海天集》，河北教育出版社1994年版，第60页。
[②] 林语堂：《说本色之美》，《文饭小品》1935年第6期。

历来俳谐文受到正统文学阵营的关注，都离不开讽刺谲谏功能。"武死战，文死谏"的传统，表明中国知识分子中存在着参与、担当和牺牲精神。不过，"谏"也要讲究方式，对此，《孔子家语·辨政》有言："忠臣之谏君，有五义焉：一曰谲谏，二曰戆谏，三曰降谏，四曰直谏，五曰风谏。唯度主而行之，吾从其风谏乎！"① 所谓风谏即讽谏，也就是推辞委婉进行劝谏，是谏的最高境界。而谲谏与讽谏接近，边界较难把握，两者都倾向委婉曲折，令人自悟。只不过"谲谏"，更多"不直言而诡谲其词"②，遮蔽性更强。需要强调的是讽谏、谲谏，孔子都视为"忠臣之谏"，都是肯定的。司马迁列"滑稽列传"，张扬了一个善于讽谏艺术的"滑稽"群体，但强调的仍然是讽谏功能："谈笑讽谏""可以言时""善为言笑，然合于大道""谈言微中，亦可以解纷"。

到了近代的谐文作家，也大力追溯"谲谏"传统，以"谲谏""讽谏"说来解释近代谐趣文学的方式成为一种主流话语。如王钝根认为，人"每恶直谏，而未尝不纳微讽"；童爱楼说，"惟此谲谏隐词，听者能受尽言"。③ 又如《自由谈》的谐文作者宋焜所说："主文谲谏，所益良多。史公特传滑稽，良有以也。"④ 早于《自由谈》的《庄谐杂志》也称："师主文谲谏之风，本寓规于讽之义，以促国家社会之进步。"⑤ 在对游戏和谐文的述说中，大量充斥着滑稽、谲谏、讽谏之类的概念。他们将《毛诗序》所谓的"主文而谲谏"与《史记·滑稽列传》的"谈笑讽谏"糅合起来，以"谲谏"作俳谐的底子。近人借用"谲谏"的传统资源，卫道的成分并不突出，而正统化、规训

---

① 《孔子家语》卷三，中华书局四部备要影印本，第22页。
② 《孔子家语》卷三，中华书局四部备要影印本，第22页。
③ 分别见王钝根《〈自由杂志〉序》、童爱楼《〈游戏杂志〉序》。
④ 宋焜：《游戏文章序》，《申报·自由谈》1916年12月12日。
⑤ 羲人：《本志宗趣之说明》，《庄谐杂志》1909年2月。该杂志由中国图书公司发行，其老板席子佩当时也是《申报》经理，因此，与《申报》也有一定关联。

的企图倒更明显。游戏文作者一再强调的"避辩言之罪，慕谲谏之风"，① 只是为了寻找理论源头，假历史为依托。虽然近代统治者的言论禁锢仍然存在，却少了直面帝王批龙鳞的危险，"托之谲谏陈书，不无小补"，② 就有可能落空。1986 年，陈必祥《古代散文文体概论》将古代散文分为三大类十五体，其中有讽谕体散文，并详细论述了其发展脉络。周明《中国古代散文艺术》则分为记叙描写类、议论辩驳类、明志抒情类、讽谕讥刺类；谢楚发《中国古代文体丛书·散文》将散文分为四类，即记叙文、论辩文、讽谕文、实用文；王运熙主编的《中国古代散文精粹类编》也特设讽谕篇，朱迎平写了详细的后记。这些文体分类，都突破了古代文体概念，化繁为简、以简驭繁，并注意到了"讽谕"类散文，给予了正式命名。讽谕文是个后起概念，也是具有概括性的总体概念，包括部分杂体文、小品文、寓言、笑话。显然，这些讽谕类散文中有一部分被收编了的谐文辞。

陈必祥认为，讽谕散文的特点是兼有形象性与说理性，并善于讽刺和幽默。他指出，明清时期讽谕散文的诙谐幽默成分显著增加，笑话创作空前繁荣，出现大量"以诙谐寓言、以笑话为形式的讽谕作品"③。朱迎平在《婉曲巧妙的讽谕篇章》中将这类文章的特点与表达方法紧密结合，"古代汉语中将避免直说、托辞婉言称之为'讽'，而委婉曲折地表情达意的文章，一般通称'讽谕文'"④，即委婉曲折地进行讽谏。所举例子中讽谏类明显源自《史记·滑稽列传》，刺世、喻理两类也颇多寓言和杂文。而所概括的讽谕文的特征：比喻、问对、漫画、咏物，四者也是俳谐文的常用表达法。所举《送穷文》《中山

---

① 瑞雪：《戏拟自由谈游戏文序》，《申报·自由谈》1917 年 8 月 27 日。
② 须曼：《与自由谈诸君子订交书》，《申报·自由谈》1917 年 7 月 24 日。
③ 陈必祥：《古代散文文体概论》，河南人民出版社 1986 年版，第 147 页。
④ 朱迎平：《婉曲巧妙的讽谕篇章》，王运熙主编《中国古代散文精粹类编》《讽喻篇》选编后记，上海文艺出版社 1997 年版，第 1047—1050 页。

狼传》《蝗虫辞》《钱本草》《虱赋》《蝎赋》等，也可算俳谐文。

这批被古代散文"精粹"收编的谐文大多是谐文中讽谏意味较浓，社会影响也较大的作品，也是能够被文学史容纳的谐文，可以说是谐文中的精英。由于视角的限制，还有大量具有更典型文体意义及表达特征的作品必然会被遗漏。大部分谐文的确语含讽刺，单纯为搞笑而搞笑的文字，很难做到。陈蝶仙曾经引用周红树的话说："作谐文为讽刺语易，为解颐语难"，为"吾所作之谐文亦以讽刺语为多"作解释，为不能"谐"而抱憾。[①] 他在《说谐文》中所表达的对谐文中讽刺与解颐两个面向的探讨是客观的。他不以讽刺为尚，客观强调谐文之用讽刺，的确是一种文章惯例："虽曰游戏文章，荒唐演述，然谲谏微讽，潜移默化于消闲之余，亦未始无感化之功也。"[②] 借游戏解颐的娱乐功能，暗寓讽刺谲谏的批评功能，"潜移默化于消闲之余"，讽刺谲谏与游戏解颐是一体两面，难以分割。站在正统的立场上，讽喻比较容易被接受，而站在谐文自身立场上，讽喻还不能算其本质特征。

## 第三节 "诙谐文""幽默文"与接受心理上的迎合读者

朱光潜曾说："'谐'最富于社会性。艺术方面的趣味，有许多是为某阶级所特有的，'谐'则雅俗共赏，极粗鄙的人欢喜'谐'，极文雅的人也还是欢喜'谐'，虽然他们所欢喜的'谐'不必尽同。在一个集会中，大家正襟危坐时，每个人都有俨然不可侵犯的样子，彼此

---

[①] 蝶仙：《说谐文》，《游戏杂志》1914年第2期。
[②] 《眉语宣言》，《眉语》1914年11月；转引自《中国近代文学大系》史料索引集二第70页。其杂纂栏有游戏文墨，故有此言。

中间无形中有一层隔阂。但是到了谐趣发动时，这一层隔阂便涣然冰释，大家在谑浪笑傲中忘形尔我，揭开文明人的面具，回到原始时代的团结与统一。托尔斯泰以为艺术的功用在传染情感，而所传染的情感应该能团结人与人的关系。在他认为值得传染的情感之中，笑谑也占一个重要的位置。"刘勰也以"谐之言皆也；辞浅会俗，皆悦笑也"作为"谐"的根本特征，也颇着重谐的社会性。"社会的最好的团结力是谐笑，所以擅长谐笑的人在任何社会中都受欢迎。在极严肃的悲剧中有小丑，在极严肃的宫廷中有俳优。"[1]

元吴海在《书祸》一文中批评了杨墨佛老、遗事外传、芫词蔓说等书，认为它们或放荡、或新奇、或有功、或易入，甚至诙谐鄙俚，却投人所好，都应一概禁绝。[2] 吴海所批判的现象与班固鄙薄的"浅者则见传记谐文"有相通性。谐文小说的群众基础广泛，容易为读者所接受，这是事实。对于如何看待这一特点，传统学者多持贬斥态度，但到了明清近代，越来越多的学者采取接纳和利用的立场。如吴孟祺在给王九思的《碧山乐府》作序时称其能变化古乐府，并认为，乐府诗"谐俗言既易知，而感人又易入"是优点。[3] 梁恭辰在《北东园笔录初编》中也称赞纪晓岚有"深心"，"托之于小说而其书易行，出之以谐谈而其言易入"。[4]

对于谐语迎合读者趣味，易深入人心这个特性，《申报》1891年曾转载安南《同文报》《辨艾名言》作为代论。在近代文学改良运动的通俗化趋向中，该文早于康有为、梁启超、严复等名家对小说谐文等较通俗的文体给予了充分的肯定。且此文思文笔皆可取，值得重视，但学界似尚未留意此文，录之如下："儒者教人以言，犹医者治人以

---

[1] 朱光潜：《诗论·诗与谐隐》，生活·读书·新知三联书店1984年版，第22—44页。
[2] 吴海：《闻过斋集》卷八，四库全书本，第5页。
[3] 吴孟祺：《碧山新稿序》，王九思《碧山乐府》，明崇祯刻本，第1页。
[4] 梁恭辰：《北东园笔录初编》卷一，民国进步书局石印本，第6页。

药。药有苦口而利于病,医者虑苦药之或不堪受,则必和甘味以济之,欲其易饮也。言有逆耳而利于行,儒者虑正言之或不乐闻,则必用微语以讽之,欲其易入也。不特此也,经籍大义、圣哲名言尚矣,齐谐野史、古说村谈,戏笑之中,尽皆义理。故读小传、辨小说,小人则以为月里花前,小供谈柄;君子则以为钟声偈响,大警心头。所谓举一毛端建宝王刹,皆小中见大之不可忽也。……"[①] 作者认为,小说谐文等通俗文学"易入",正如甘草可以调剂众药一般,微言讽谏可以追溯到秦汉的滑稽传统,浅人看热闹,智者却能得其深意、小中见大。此文对读者接受程度的考量及对通俗文体的肯定都能客观公允,可以说开了近代文学通俗化的先声。它又不同于改良群治的立场,立足于作品及读者两者间的互动。这种观点很可能出自一个资深媒介人的观察。传播的大众化追求,扩大读者群体的期待,使得读者或者说消费群体受到了前所未有的关注。传媒人渐渐养成了读者意识,通俗化大众化是必然趋势。

近代小说名家吴趼人的选择在众人看来就符合这种通俗化的潮流。吴趼人去世时,《申报》刊出一则讣告性质的报道:"武昌路公立广志两等小学校校长暨两广同乡会会长,南海吴趼人征君沃尧,为荷屋中丞荣光曾孙。家学渊源,著术綦富,尝究心经世之学,而淡于荣利。国家开经济特科,有诏征之,不起。旅沪二十余年,历充各华字报记者,撰论数十万言。继以为庄论危辞,不如谐语之易入也,乃肆力于小说,穷思极想,呕心呕血,成书数十种,风行寰宇,纸为之贵。复创设广志学校,造就旅沪同乡子弟,苦心孤诣,竭蹶支持。数年来成才颇众,而君之心力交瘁矣。患咳嗽气喘症,久治罔效,遽于九月十

---

[①] 《辨艾名言》,《申报》1891年10月5日。引文前有一段编者按:前阅安南《同文报》有《百日艾》一篇,颇可异。兹阅该报复有《辨艾名言》一则,爰并照而录之。《同文报》(Tongwen Bao 或 T'ung Wen Pao)原文待查阅。

九日子时溘然谢世,年仅四十有八。征君交游遍天下,想闻兹噩耗,靡不挥泪哀悼也。"① 这则纪事对吴趼人创作小说的解释是"谐语"易入。可见,这种认识在近代颇为盛行,为一般人所接受。又如近代著名小报《消闲报》在《释〈消闲报〉命名之义》时也将此作为不言自明的理由,"此无他,庄重难明,诙谐易入耳"②。可见,谐语或诙谐易入在近代已成为共识。

尽管在近代"诙谐易入"可能较多指向下层社会,但易入本身是多元的。不仅一般读者、下层民众容易接受谐语微言,渊雅之士、各级统治者也更容易接受诙谐。由诙谐引发的笑的调节作用几乎适用于所有人。因此,借助诙谐,作者们可以高呼言论自由、救亡启蒙,也可以自娱娱人、追求引人入胜。

诙谐、滑稽、游戏等作为近代报刊的关键词大量出现。其中,诙谐的褒贬色彩不大突出,反倒更受欢迎,无论是传统文学家,还是新文学家,无论是描述古典文学,或是介绍西洋作家,都常常使用"诙谐"。前如形容缪莲仙的《文章游戏》或冯梦龙的《山中一夕话》,后如萧伯纳、施莱格尔被视作以诙谐见长的作家,杜素华甚至称拉伯雷为"法国中世纪诙谐文学家拉勃雷"。③

1924年5、6月间,林语堂在《晨报》副刊发表《征译散文并提倡幽默》《幽默杂话》,由此正式提倡"幽默"。之所以提倡"幽默",是因为林语堂不满意于中国传统的"诙摹",对笑话、诙谐、滑稽、游戏等都不以为然,希望恢复"幽隐"的谐趣,而不要粗鄙的笑话,所以他说幽默就是趣味"愈幽愈默愈妙"。④ 经过几年的提倡、反驳和

---

① 《文星遽晦》,《申报》1910年10月28日。
② 《消闲报》1897年11月25日。
③ 杜素华:《观诗人挖目记所感》,《申报》1926年3月19日。
④ 《征译散文并提倡幽默》,《晨报副刊》1924年5月23日;《幽默杂话》,《晨报副刊》1924年6月9日。

辩护，特别是1930年他创办《论语》《人间世》《宇宙风》实验幽默文，"幽默"概念渐渐深入人心。连鲁迅都不得不承认找不到更好的词，被迫接纳"幽默"概念。自然而然，幽默文是体现幽默的集中方式。林语堂在《方巾气研究》中，特地声明自己"原未尝存心打倒严肃杂志，亦未尝强普天下人皆写幽默文"。① 潜台词是他一直以来，在提倡幽默的同时，确实也在提倡"幽默文"。但遗憾的是，正如鲁迅在《"滑稽"例解》中所言，"幽默"概念一经流行，便被拉下马，在大多数人的概念中，几乎等同于诙谐滑稽了。

通过对与谐趣有关的一组概念的考察，可以发现，"谐文""谐薮""游戏文章""滑稽文""俳谐文"这一组概念在近代报刊的使用中频率较高。它们的使用范围并没有严格的概念界定与区分，而是约定俗成，或语言惯性。"俳谐""滑稽""游戏""诙谐""幽默"等概念一致地除了与笑有关，属于喜剧美学范畴外，它们的姿态都是边缘性、开放性、第二性的，倾向一种解放的、自由的、轻松的、颠覆的文学观。以自由解放的、游戏的态度或方式写作文章，这样保留下来的以文字为载体的文本，可算是谐文宽泛的概念定义。② 大体可囊括与庄重、严肃相对立的一切以谐谑为风格的文学。也就是唐弢所谓"玩玩而做的"文章。

## 第四节 "俳谐文""俳文"与文学风格的诙谐趣味

由于最早的谐文结集命名为"俳谐文"，而"俳谐"是用于形容

---

① 林语堂：《方巾气研究》，《申报·自由谈》1934年4月28日。
② 与缪艮所谓的"似乎游戏"与"不尽似乎游戏"的区分一致，它实际上也包括谐趣与不太谐趣者。

笑谑的汉语常用词汇，人们普遍使用的概念便从"诽谐"转向"俳谐"。究其实，"诽谐文"与"俳谐文"尽管不同义，却关系密切，只是观察的角度不同，其实质所指一致。如孔颖达认为，该集为"取古之文章令人笑者，次而题之，名曰《俳谐集》"。[①]他默认"诽谐"为"俳谐"，强调其游戏谑笑的特性，而淡化了补益世道人心的一面。"俳谐"与"诽谐"形近，且受众广泛，从"诽谐"到"俳谐"，仅为角度转换，实质未变。在读者看来，作者是否强调讥讽、劝谏、谈言微中，不如游戏笑谑显豁，来得直接明快，因而，读者接受往往倾向以"俳谐"代"诽谐"，作为此类令人发笑的文字概念之通称。从孔颖达称《俳谐集》可以看到，在唐代以后的流传过程中，"俳谐文"渐渐占据主流。如《汉语大词典》收"俳谐文"一词，并解释为"内容诙谐、用以讽喻嘲谑的文字"，虽然不是很严谨，却大体说明了"俳谐文"的特征及其被接受的情形。"俳谐文"作为古典语汇中幽默文字、游戏文章的常用词，目前，古代文学研究领域使用"俳谐""俳谐文"的情况也比较普遍。学界使用"俳谐文"一概念，大多集中在汉魏六朝文学研究中：秦伏男《论汉魏六朝俳谐杂文》(《青海师范大学学报》1990年第1期)、李炳海《民族融合时期的戏谑风气与俳谐文学》(《文史哲》1991年第3期)、徐可超《汉魏六朝俳谐文学研究》(博士学位论文，复旦大学，2003年)、张影洁《唐前俳谐文学研究》(硕士学位论文，华东师范大学，2005年)、陈允吉《论敦煌写本〈王道祭杨筠文〉为一拟体俳谐文》(《复旦学报》2006年第4期)、陈祥谦《南朝俳谐文学兴盛成因论略》(《文史哲》2009年第4期)、陈玉强《南朝公文体俳谐文的文体学意义》(《中山大学学报》2010年第1期)。刘成国《宋代俳谐文研究》(《文学遗产》2009年第5期)及王

---

[①] 杜预注，孔颖达疏：《春秋左传正义》卷三十八"襄公二十八年"，十三经注疏本，中华书局1980年版，第2000页。

毅《中国古代俳谐词史》（上海古籍出版社2013年版），则体现了"俳谐文"概念在学界的接受度有所扩展和提升。

宋叶梦得在《避暑录话》谈论韩愈《毛颖传》时，将其上溯到袁淑等南朝的俳谐文现象，认为二者一脉相承，并指出了俳谐文的几个特点：俳谐文出于戏，文章最忌祖袭，此体但可一试，有余于文者为之等。① 叶梦得关注的俳谐文，上自《驴九锡》《鸡九锡》，中经《毛颖传》发扬，下至宋代《江瑶柱传》《万石君传》等，是典型的以文为戏或依托于传统文章体式的游戏之作。同时，唐宋诗歌中的俳谐体也备受关注，如杜甫《戏作俳谐体遣闷二首》诗之"家家养乌鬼，顿顿食黄鱼"为人所熟知。《新唐书·郑綮传》记录了郑綮善诗，"其语多俳谐，故使落调，世共号'郑五歇后体'"。② 宋陆游《老学庵笔记》记录了南宋绍兴中"好为俳谐体诗及笺启"的某贵人的诗文，并认为有关政治时风。③ 不过，诗中俳谐体虽然得到了认可，却也非诗歌正宗。所以，元好问有诗批评苏轼道："曲学虚荒小学欺，俳谐怒骂岂宜诗。"④

明胡应麟《经籍会通》则从典籍的角度扩大了"俳谐文"的范围。"至如杜嵩有《任子春秋》、辛邕之有《博杨春秋》，俱俳谐文。"⑤ 这两部书已经散佚，但从题名可以看出，两者都借"春秋"体行讽刺之事，其规模大于一般的文章，实际应该是著作体的俳谐之作。这种以著作体制来表现俳谐之作的方式对语言、结构、表达方法，及整体性、综合性的要求都更高，也更值得关注。清代的《何典》、民国期间的《谐文孟子疏要》《民国趣史》《新十三经》等，某种意义上继

---

① （宋）叶梦得：《避暑录话》卷下，明崇祯间毛氏汲古阁刻本，第86页。
② 《新唐书》第一百八十三卷《列传》第一百八，第5页，武英殿刻本，乾隆四年（1739年）。
③ （南宋）陆游：《老学庵笔记》卷上，扫叶山房1926年版，第58页。
④ 元好问：《论诗三十首》，《遗山先生文集》卷十一，四部丛刊涵芬楼影明弘治戊午本，第5页。
⑤ （明）胡应麟：《经籍会通》卷三，广雅书局刻本1896年版，第5页。

承了这种体制。《何典》，张南庄著，缠夹二先生评，有1879年申报丛书本。经传体《新十三经》，《谐文孟子疏要》，莲舌居士撰，民国间西安铅印本。《民国趣史》两辑，李定夷撰，笔记体，有民国国华书局本。《新十三经》也由李定夷编选，体例由李定夷编订，内容却多采自各报刊谐文，自称为经传体，而合小说、笔记、谐文、黑幕于一体，由国华书局出版。

"俳谐文"也可简称"俳文"，考察"俳文"在古典文学及现代文学语境中的概念使用，似比"俳谐文"更常见。清陈鸿墀编《全唐文纪事》时，第一百二卷为俳谐卷，记录了与唐代俳谐文有关的故事。唐代刘朝霞为唐玄宗所写的具有俳谐风格的《驾幸温泉赋》颇受关注。笔记小说《开天传信记》大体保存了原赋，《懒真子》和《芦浦笔记》道听途说，认为"遮莫你古时千帝，岂如我今日三郎"之语为刘所作。后者，陈鸿墀排比材料后发现，"说甚三皇五帝，不如来告三郎，既是千年一遇，且莫五角六张"，也出自刘朝霞所上"俳文"。① 此为"俳文"自唐代以来得到了一致公认。该卷还记录了顾况、李详、王绍威等人的俳谐故事和谐文材料。又顾璘《国宝新编》为唐寅写赞有"务谐里耳，罔辟俳文"之语，揭示了唐寅的文章风格。②

在近现代，"俳文"之说也为读者所默认。如《金星》杂志将俳谐文栏目称为"诙俳文苑"。守拙子《自由谈赋（以主编辑者天虚我生为韵）》为《申报自由谈》的宗旨做注解时有"俳文谐文，听誉毁于风尘；知我罪我，方今国家多难"之说，深得陈蝶仙赏识，是《自由谈》少见的一等文。③ 可见，俳文、谐文，尽管字面上有差距但具

---

① （清）陈鸿墀：《全唐文纪事》第一百二卷，同治十二年方功惠广州刻本。
② 《唐伯虎先生集》外编卷四，明万历刻本，第10页。
③ 《申报自由谈》1917年4月24日。

体对象接近郑逸梅《快活先生传》，其也称其所作为"俳文"①。1921年，扬州还曾经成立俳文函授社，在《申报》登广告招生。

鲁迅1926年在厦门大学，1927年在中山大学所著的《古代文学讲义》，后整理成《汉文学史纲要》，随《鲁迅全集》出版。讲到王褒时，称"褒能为赋颂，亦作俳文"。②周作人1937年在《文学杂志》第二、三期连续发表了《谈俳文》《再谈俳文》，从古代俳优，讲到日本的俳文和明清小品文，都以"俳文"概括称之。周作人两篇论"俳文"的文章影响很大，但"俳文"的概念并没有因此而被广泛接受。关于"俳文"，周作人对文学史最大的贡献是引入了日本的"俳文"观念反观中国小品文。他将日本俳文归成三类：一是高远清雅；二是谐谑讽刺；三是蕴藉而诙诡的趣味，并强调其共同的表现方法是"以简洁为贵，喜有余韵"，"多用巧妙的譬喻适切的典故，精练的笔致与含蓄的语句，又复自由驱使雅俗和汉语，于杂糅中见调和"。③对于真正的传统俳文，他也进行了较细致全面的梳理，概括了俳文的三个特点：讽刺、游戏、猥亵。对南朝文人袁淑等九锡或劝进文等拟作，他认为，"其俳谐味差不多就在尊严之滑稽化，加上当时政治的背景，自然更有点意思，这是可暂而不可常的"；至于"动物之拟人化，那是'古已有之'的玩意儿，容易觉得陈年，虽然喜欢这套把戏的人倒是古今都不会缺少的。正经如韩退之也还要写《毛颖传》之类，可以知道这里的消息了，不过这是没有出路的"。④总之，在肯定传统"俳文"有独立价值的同时，他从审美疲劳的角度对其进行了批判。

与鲁迅称"滑稽"可能沦为油滑、浅薄相比，周作人比较关注俳

---

① 郑逸梅：《快活先生传》，《快活》1922年第1期。
② 《鲁迅全集》第9卷，人民文学出版社1987年版，第421页。
③ 周作人：《谈俳文》，钟叔河编《周作人文类编》第七卷，湖南文艺出版社1998年版，第430页。
④ 周作人：《谈俳文》，钟叔河编《周作人文类编》第七卷，湖南文艺出版社1998年版，第430页。

文的写作手法与审美趣味性。从历史发展看，他认为，俳文的倾向是渐渐离开"政治和实用，不再替人家办差使了，多少可以去发达自己"，俳文咏物写事，自有其价值，甚至提出"游戏就是正经"的观点。另外，他用简洁、余韵、精炼、含蓄等标准反观中国散文，发现了公安、竟陵派，发现了张岱，并提出了"新俳文"的说法。认为张岱"目的是写正经文章，但是结果很有点俳谐；你当他作俳谐文去看，然而，内容还是正经的，而且又夹着悲哀"。但他又指出，"俳谐文或俳文这名称有点语病，容易被人误解为狭义的有某种特质的文章"。① 可以说周作人在建构新俳文的过程中也一定程度上解构了传统俳文，选择"俳文"概念的同时，也摒弃了"俳文"的一些特质。不过，总体而言，他对俳文还是以揄扬和生发为主，有利于这一概念的传播。

在近代一般情况下，"俳谐文"和"俳文"的说法大体与"谐文"一致，而出现频率相对较少。其文学传统渊源有自，且较多为当代学术界所接受，本书从强调文体及文章的角度而言，也常倾向使用"俳谐文""俳文"等概念，但整体上仍采纳出现频率最高的谐文作为通称。

## 第五节 "滑稽文"与表现方法的荒诞乖讹

司马迁《史记》列"滑稽列传"，将一个擅长讽谏艺术的俳优群体概括为"滑稽"。滑稽受到关注，是因为具讽谏功能。所谓"滑稽"，司马贞《史记索隐》云："滑谓乱也，稽同也，以言辩捷之人言非若是，说是若非，能乱同异也。"又引姚察语云："滑稽犹俳谐也。……言谐语滑利，其知计疾出，故云滑稽。"又引崔浩语云："滑

---

① 周作人：《再谈俳文》，钟叔河编《周作人文类编》第三卷，湖南文艺出版社 1998 年版，第 420—428 页。

稽，流酒器也。转注吐酒，终日不已。言出口成章，词不穷竭，若滑稽之吐酒。"① "谐语滑利""知计疾出""出口成章，词不穷竭"的特点为讲究语言艺术者之特长，尤其为俳优滑稽者所擅长。在《滑稽列传》中，滑稽的概念与俳优的形象、讽谏功能表现得颇为典型，因此，滑稽与俳优、谲谏也紧密地联系起来。另外，"言非若是，说是若非，能乱同异"的表达方法，也比较能概括"滑稽"的特征。钱钟书在《管锥编》中虽然认为"滑稽"为双声词不能拆解，却认同"能乱同异"是滑稽、俳谐、谐合的共性。"盖即异见同，以支离归于易简，非智力高卓不能，而融会贯通之终事每发自混淆变乱之始事（the power of fusing ideas depends on the power of confusing them）。"②

朱光潜曾指出，谐与滑稽之间的确内在相关。他指出，谐笑者对于所嘲对象，"是恶意的而又不尽是恶意的"，谐趣的情感本身，"是美感的而也不尽是美感的"，谐笑者自己的心理，"是快感而也不尽是快感"等方面说明"谐"具有"滑稽"的特征。谐和滑稽都是模棱两可、谑而不虐、怨而不怒、爱恶参半、嬉笑怒骂。"谐有这些模棱两可性，所以，从古到今，都叫做'滑稽'。滑稽是一种盛酒器，酒从一边流出来，又向另一边转注进去，可以终日不竭，酒在'滑稽'里进出也是模棱两可的，所以'滑稽'喻'谐'，非常恰当。"③

自《史记》肯定"滑稽"以后，虽然史学家没有继承发扬这种为滑稽者写传的传统，但文学家中关注滑稽、表彰滑稽者不乏其人。毛奇龄《西河集》有《季跪小品制文引》一文，云："季跪为大文，久已行世，而间亦降为小品。常见其座中谭义风发，齐谐多变，私叹为庄生、淳于滑稽之雄。及进而窥其所着，则一往谲讛，至今读《西游

---

① （西汉）司马迁：《史记·滑稽列传》，中华书局1959年版，第3197页。
② 钱钟书：《管锥编》第1册，中华书局1979年版，第316页。
③ 朱光潜：《诗论·诗与谐隐》，《诗论》，生活·读书·新知三联书店1984年版，第25页。

续记》，犹舌拣然不下也。技之小者，非巨才勿精。"① 如季跪这样被时人认为滑稽之雄者大有人在，此类滑稽辩才的例子多集中在一些类书、笑话集中。《太平广记》所收八卷《诙谐》、五卷《嘲诮》类故事中有许多主角都以滑稽擅长，如所记薛综、罗友、侯白、姚岘、姚馥、李可及等。又如苏轼称赵云子（《跋杨云子画》），吴处厚称陈亚（《青箱杂记》），王彝称杨维桢（《聚英图序》），王世贞称邢俊臣（《艺苑卮言》附录一），都是一时"滑稽之雄"。明人陈禹谟又编成《广滑稽》三十六卷，保存了大量记人记事为主的滑稽幽默故事。其中，也保存了不少具有诙谐嘲谑性质的滑稽文，但直接称幽默文章为"滑稽文"的多是近代作家。

近代著名文人陈蝶仙有一篇谐文《戏拟检查厅公诉白居易文》，1913年5月19日发表在《申报·自由谈》时，栏目是"游戏文章"。之后，该文被收入《游戏杂志》第3期，栏目名为"滑稽文"。《游戏杂志》第8期又为第9期刊出一则悬赏征文：称该杂志已经请陈蝶仙即"天虚我生驻馆分任编辑"，因"惟谐文材料独鲜佳构"，所以，拟题悬赏，征求"谐文"。其中一题为《代白居易辩诉状》，附注云"原诉状见本杂志第三期谐文栏目"。② 第9期果然刊出了《戏代白居易辩诉文》《戏拟白居易辩诬诉呈》《戏代白居易辩护状》《戏拟白居易辩诉状》四篇征文，可见应征之踊跃及此文之受欢迎。在这背后，读者可以清楚地看到，近代人对于"游戏文章""滑稽文""谐文"的概念是几乎不加区分的，约定俗成，都指以诙谐风格为特征的文章。

类似例子还有同一部书换名头出版的现象，也说明对较接近的这组概念，近代人使用较为随意。其一是著名鸳鸯蝴蝶派文人李定夷1917年在国华书局出版的《谐文辞类纂》，后改名《游戏文章》出

---

① （清）毛奇龄：《西河集》卷五十八，四库全书本，第3页。
② 《特别征文》，《游戏杂志》1914年第8期。

版，1937年已经出至第9版。其二，南社诗人顾余1915年编成《古文滑稽类钞》在中华书局发行，至1936年出版至第7版。而1917年该书曾在小说丛报社以《历朝谐文大观》出版，1922年又在徐枕亚创办的清华书局再版，仍名《历朝谐文大观》。只不过《古文滑稽类钞》编辑者署名为顾余，而《历朝谐文大观》编辑者署名为鳌峰老人，校勘者为枕霞阁主即徐枕亚。通过对比，两书目录相同，序言也基本一致，可以肯定为同书异名。该序所论俳谐及滑稽之意义和编者的自我怀疑颇具代表性，特录之如下："古人之文，胥有所为而作。自群经诸史而外，非有裨于世道人心者，殆犹骈拇枝指之属耳。汉晋以来衍庄列之余波，俳谐间作，而其旨永，其趣博，文心之变，盖已极矣。昔柳子厚跋昌黎《毛颖传》，谓世人不察，多非笑之以为俳，不知俳亦为圣人所不弃。诗曰：善哉谑兮，不以为虐兮。《太史公书》有《滑稽列传》，是皆有益于世者。嗟乎，文苟无益于世，无怪谬悠放佚之辞，流荡忘返，有乖名教，或讽一而劝百焉，其于立言之义，将安所折衷耶？余家少藏书，睹记未广，又橐笔游四方，疲精尘牍，不获与当代鸿达商榷文字。顾闲尝取《毛颖传》及东坡少游《文潜》诸作读之，皆本经心，为史体称名也，小取类也，大可谓曲而中、肆而隐矣。后转相摹拟，体格稍卑，而若规若讽，亦庄亦谐，皆能于六经诸子百家外自树一帜，非仅如匡鼎说诗，令人解颐而已。爰择有益于世者，汇而录之，自天地、山川、草木、鸟兽、虫鱼、奇怪、神异、世间人事，亦不罔具载，或亦当世得失之林也欤？虽然，韩子之文，尚不免当时訾议，余之是编，抑又加而甚焉，是则余之浅也妄也谬也。有识之士，其不目为雅郑杂糅者几希，仅仅俳也云乎哉？"[1] 这篇《古文滑稽类钞》序言，在《历朝谐文大观》中，只第一句话的"胥"字

---

[1] 顾余：《古文滑稽类钞》序，中华书局1936年版。顾余，字九一，浙江嘉兴人。南社成员，编号373。因顾余知名度不如徐枕亚，以致不少读者误认此书为徐枕亚所编。

改成了"皆"字。

1919年江汉公所编《滑稽世界》以"最新游戏文章"为副标题由广益书局出版发行。该书以文章体裁为分类标准，有文、赋、论、解、诗、书、笑话、小说、灯谜、酒令等37类，160余篇文。这一部书也曾多次再版，1934年由新民书局再版时，副标题改为"幽默文章"，内容没有变化，只在关键词上向1933年的热点"幽默"靠拢了。《申报》曾刊出这部书的广告词，云内容分四大类：滑稽文粹、滑稽诗词、滑稽丛话、滑稽余兴等。同时，巧妙解释了滑稽与文章相得益彰："滑稽者，快活之代名词也。人生世上，莫不喜快活而厌烦恼。譬之唱戏，必有滑稽之名丑，而后观者可以动目；譬之说书，必有松灵之诨白，而后听者可以解颐。著书亦何独不然？偏于文书者，失之沉闷；偏于诙谐者，失之空虚。必以文学为本，而诙谐出之，然后可以开发人之心思、增长人之智识。本书材料新颖，搜罗广博，无一字一语不足以博人之欢笑。"[①] 此文也透露出滑稽、诙谐偏于空虚、浅薄之潜台词，所以，需要借助文章来增长智识、启人心思。但同时，滑稽却拥有较广泛的群众基础，人群欢迎快活而厌烦沉闷，因此，广告词又特意向滑稽、快活倾斜。这与《游戏杂志》广告词称"专刊极有兴味之滑稽文字"的认识与逻辑一致。[②]

尽管追溯到《滑稽列传》的"滑稽"概念一般比较强调补益世道人心的社会功能，但是，《谐隐》又说"空戏滑稽，德音大亏"，"空戏滑稽"渐渐连累了"滑稽"的令名，使得"滑稽"一定程度上有下滑为玩世、无所用心之势。如轰天雷有一篇《修正天罡地煞选举题名录》发表在《饭后钟》，文后作者怕人误会，特地解释道："真真假假滑稽文，牵牵扯扯滥胡调。不过是开顽笑，也不伤脾胃，也不关紧要，

---

① 《申报》1920年3月12日。
② 《申报》1915年1月3日。

惟恐大家误会，所以先行关照。"自称所写不过是无关紧要的玩笑，是胡扯滥调。再看其文，的确不过是借题名录的架构开时人的玩笑，如一则"如地狗星金毛犬胡亨湛"写道，"吃得肥头胖耳，长成遍体金毛，可记得冬日常穿黄大衣，仆一交时酷肖"。① 只是嘲谑好笑，无所取义，就称为"滑稽文"。

鲁迅先生 1934 年发表于《申报》的《"滑稽"例解》一文，再次给了"滑稽"致命一击。文章认为，自林语堂振兴"幽默"以来，该名词通行，"倘若油滑、轻薄、猥亵，都蒙'幽默'之号"而流行，"幽默"也将失去其本义。他特地以日本曾译"幽默"为"有情滑稽"来说明单单的"滑稽"是被区别、被贬斥的，也是中国历来所擅长的。甚至"中国之自以为滑稽文章者，也还是油滑，轻薄，猥亵之谈，和真的滑稽有别"。他所谓"真的滑稽"指向了《史记》的谲谏传统，但油滑的文章和事迹见多了，油滑被误以为滑稽，滑稽也就变成油滑了。② 鲁迅在人事、政治的乖讹中揭露"滑稽"固然是高明的，一定程度上，也有助于将"滑稽"之意拨乱反正，同时，对于近代以来纷纭复杂的游戏文章、滑稽文、谐文，包括林语堂提倡的幽默文章也有一概不屑之意。尤其是"滑稽"，此后渐渐沦为"油滑、轻薄、猥亵"的代名词，而渐渐淡出了。

其实，在清末民初小说和漫画中较多冠以"滑稽"之名。因此，"滑稽小说"成为近代小说重要类型之一，蔚然客观。而滑稽画，也称谐画，后以漫画之称著名。小说和漫画中的乖讹、荒诞、滑稽，与谐文相比，普遍的现象是基本不依赖于文体上的错位而靠内在的逻辑上的，特别是事理上的混淆错乱，有时看似平淡无奇，却暗藏着深层

---

① 龚天雷：《修正天罡地煞选举题名录》，《饭后钟》1921 年第 10 期。
② 苇索：《"滑稽"例解》，《申报·自由谈》1933 年 10 月 26 日。

的意义滑稽。正如鲁迅所说,"惟其平淡,也就更加滑稽"。① 这种现象一方面或许是语言表达的习惯使然,另一方面也反映了"真的滑稽",或者说通过"乱同异"揭露人事的荒诞,仍然具有强大的潜在力量。

## 第六节 "杂文""谐杂文"强调文体上依托杂糅各体等特征

刘勰《文心雕龙》以文笔之辨组织各文体,其中,《杂文》《谐隐》一般被认为介于"文""笔"之间。如罗宗强《因缘居存稿》认为:"我们看他论及文体八十一种:骚、诗、乐府、赋、颂、赞、祝、盟、铭、箴、诔、碑、哀、吊十四种为有韵之文;史传、诸子、论、说、诏、策(诏、策又包括七种细目)、檄、移、封禅、章、表、启、议、对、书、笺记(笺记包括二十五种细目)四十九种为无韵之笔;杂文十九种中,典、诰、誓、问、览、略、篇、章为无韵之笔,其余为有韵之文;谐、隐无一定之体,可入文,亦可入笔。"② 从文笔之辨的角度看,谐隐与杂文比较特殊,介于文笔之间,可文可笔。这是二者的共性。另外,杂文为"文章之枝派,暇豫之末造"③,而谐隐相比于文章大雅般的丝麻,被视作芜杂丛生之菅蒯。与正统文学体系相比,两者都具有边缘性。同时,两者都有游戏逞才的意味,对趣味性的追求较为凸显。从《文心雕龙》叙述的脉络看,杂文包括对问、七、连珠和典、诰、誓、问、览、略、篇、章等各种名目的文章,虽收入"杂"名下,但实际其风格特征未必具有统一性。其中,重点论述的

---

① 苇索:《"滑稽"例解》,《申报·自由谈》1933年10月26日。
② 罗宗强:《因缘居存稿》,复旦大学出版社2016年版,第42页。
③ 刘勰著,范文澜注:《文心雕龙·杂文》,人民文学出版社1998年版,第254页。

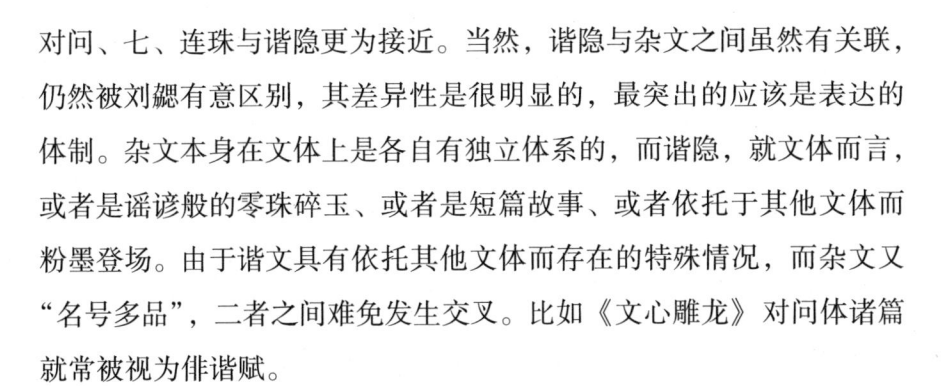

## 第二章 "谐文"的七个维度与相关概念

对问、七、连珠与谐隐更为接近。当然,谐隐与杂文之间虽然有关联,仍然被刘勰有意区别,其差异性是很明显的,最突出的应该是表达的体制。杂文本身在文体上是各自有独立体系的,而谐隐,就文体而言,或者是谣谚般的零珠碎玉、或者是短篇故事、或者依托于其他文体而粉墨登场。由于谐文具有依托其他文体而存在的特殊情况,而杂文又"名号多品",二者之间难免发生交叉。比如《文心雕龙》对问体诸篇就常被视为俳谐赋。

"谐文"的文体归属问题历来令人头疼。孙德谦《六朝丽指》也从"谐文"文体角度批评了《文选》:"昌黎《毛颖传》,学者多称之,其后承流而作者不可殚述。吾观六朝时,如陶通明《授陆敬游十赉文》、袁阳源《鸡九锡文》并《劝进》;韦琳《鲔表》、沈休文《修竹弹甘蕉文》、吴叔庠《檄江神责周穆王璧》、孔德璋《北山移文》,此皆游戏文字,昭明入选,不加区别,德璋一篇,乃与正文相厕,亦其失乎?若但泥体制而论,韦琳之《鲔表》、叔庠之檄,岂将列表、檄类耶?"[①] 孙德谦的言外之意,"游戏文"应该单列,从众文体中区分出来。

1905年8月25日,《时事画报》在广州创刊,设谐部第一栏目即为杂文栏。杂文概念揭橥近代报端,这个颇有创意的栏目设置未始无功。并且,这个杂文栏目所收文章庄谐并存,有较为严肃郑重的文章,如陈垣《记王将军墓》《说满汉之界》《秦桧害岳飞辨》,也有小品性质的《说剧》《说铜壶滴漏》《书〈水浒传〉》,但更多文章则是谐文。或许也意识到了谐文和杂文概念之间还有缝隙,该杂志一度也机动地设"谐文"栏,但并未固定,并且谐文栏以外的杂文栏仍然有大量谐文。可见,《时事画报》对谐文和杂文的看法虽然略有犹疑,但大体

---

① 孙德谦:《六朝丽指·游戏文》,王水照编《历代文话》第九册,复旦大学出版社2007年版,第8489页。

上是取其宽泛义，语言上倾向浅近、文体上倾向自由，是谐文和杂文共同的特征。1915年《笑林》杂志在栏目设计时则有"文具箱"一栏，在《申报》所刊书报广告中自称这里所收皆为"游戏杂文"。游戏与杂文在《笑林》杂志看来也是相通的，在"寓诙谐于文章"，兼顾美学风格与文体特征两方面，游戏杂文概念可以说也有其创造性。①

周作人在钱玄同去世二十四年后写了一篇纪念文章，讨论的对象是钱玄同一则小纪事，其突出的特征是在书报检查制度、书报面临禁毁命运时使用谐隐杂文来隐蔽而又讽刺地表达思想。假如不是当事人，没有周作人的注解，相信很少有人能读懂它。"《天风堂集》与《一目斋文钞》忽然于昌英之妗之日被刂ㄣ业了。"读者莫名其妙的一句话，据周作人解读，意思是《胡适文存》《独秀文存》端午节被禁了。对这则纪事及其表达法，周作人颇为欣赏："这篇文章我也觉得写的很好，它能够从不正经的游戏文章里了解其真实的思义，得到有用的资料，极是难得的事。可惜能写那种转弯抹角，掉弄笔头，诙谐讽刺的杂文的人已经没有了，玄同去世虽已有二十四年，然而想起这件事来，却是一个永久的损失。"②

近代文学界对报刊谐文的关注最早的应该推祝均宙，他将这类风格诙谐、以文为戏的作品统一称为"谐杂文"。首先是在马良春、李福田主编的《中国文学大辞典》（1991年）中有关近代报刊的词条中常出现"谐杂文"概念；其次是在孙文光主编的《中国近代文学大辞典》（1995年）中也多次使用"谐杂文"；而影响更大的是在魏绍昌主编的《中国近代文学大系》之《史料索引卷》（1996年）中，大量的近代报刊介绍中都出现了谐杂文并介绍了相关篇目，引起了人们的关注。王荣华主编的《上海大辞典》（2007年）对上海报刊的描述也

---

① 《申报》1915年4月22日第十五版。
② 周作人：《知堂回想录》，香港三育图书有限公司1980年版，第513—514页。

借鉴了"谐杂文"概念。

客观来看,"杂文"概念从古至今变化复杂,不太适合用于描述这类诙谐游戏之作,而"谐杂文"概念比"杂文"概念更体贴对象,不仅揭示了其文体特征,也描述了这类作品的文学风格,是颇为可取的。一来"杂文"还是容易令人产生误解,二来近代报刊在描述这类作品时没有普遍接受杂文概念,故本书仍选择"谐文"概念。

## 第七节 "谐文""谐谈"与文本语言之雅俗共赏

在刘勰《文心雕龙》以"谐"文体来称笑话、俳谐杂文,"谐文"的概念仍没有被普遍接受,相对而言,"俳谐文"的接受程度更高。其原因或许与"谐"字本义有关,前已论及谐之言皆,辞浅会俗,这是谐字本义。从字面意思看,"谐"突出强调的一方面是语言特征,辞浅,或者雅俗共赏,接近大多数人的语言水平;另一方面则较多考虑接受心理,对读者听众的语言能力、文化水平、知识储备、心理好恶等都应有较充分的照顾;第三方面则要达成一种为和谐相处、谑而不虐的舆论氛围,尽量不引起冲突。雅俗共赏,辞浅会俗,确实是谐文的语言特征。由于会俗、谐俗这个语言特征及对受众心理的关注等往往面向下等社会,谐文从性质上可以说是一种通俗文学。然而,从雅俗共赏的语言出发,"谐文"几乎接近通俗文学之意涵,显然太过宽泛,较少人接受这一意味。"谐文"略等于"俳谐文"仍占主流。

在近代大规模出现"谐文"概念以前,古代作家用"谐文"概念并不多见。然而,影响颇为深远的《广谐史》所收文章均为谐文。陈邦俊在《广谐史》凡例中提到,"作者自缙绅先生以至布衣逸士,各摅才情,游戏翰墨,穷工极变,另成一体,且词旨似若诙谐,议论实关风教,虽与正史并传可也";又曰"是集始于唐,由宋、元迄明,止序世次，不复分类者，见文章与时高下，气运文脉，按策可观，而诸名公精神，直旦暮遇之矣"。① 其所搜集皆韩愈《毛颖传》之类，假借史传之体裁，托诙谐之旨，游戏翰墨，而寓劝谏之意，"谐"是这类文章的特点，有益于"史"是其旨趣，"文"才是实质。虽称"谐史"，其实为"谐文"，因此，民国时期，周越然在介绍这本书时，称其为《古滑稽文汇》。②

用"谐文"概念称俳谐文或此类游戏文学的有清毛奇龄。《西河集》有《文犀柜院本序》为作者张陆舟开脱道："或曰先生滑稽依隐以玩世，其为文放浪嘲谑，不可为法。而予曰：不然。稷下士为雕龙炙毂之谈，而东方先生不尝骋谐文、作据地歌乎？夫不得乎世，而至以文词玩世，则必为世所不敢道者。而世于是乎略其寓言，而师其正旨。然则先生之为世法久矣。"③ 明确称东方朔各种滑稽赋作为"谐文"，并认为，从稷下才子们的各种俗赋到东方朔是一脉相承的，后世为此者也不乏人。谐文的特点是：一是为文放浪嘲谑；二是因为得不到当世的认可，所以才以文词玩世；三是既然不得志，敢玩世，必然有世人所不敢道的言论和观点；四是读者可在寓言之外看到作品的真正宗旨。在另一首怀古诗《梁园感怀》中，面对梁孝王故园，毛奇龄感慨道："上馆开樽冷，平台射兔凉。谐文跨漆吏，雅赋待邹阳。"④ 此处描写的对象是汉梁孝王的梁园文人群体，包括邹阳、枚乘、司马相如等。梁园文人群体及汉初赋家们往往有俳谐之作，毛奇龄显然对此是比较关注的，因此，在诗歌中特地用"谐文"对称"雅赋"，并且，毛奇龄也将谐文的脉络追溯到"漆吏"庄子。

近代报刊文艺副刊在初创时期曾以"谐部"命名，广东报刊以

---

① 陈邦俊：《广谐史》凡例，明万历四十三年沈应魁刻本。
② 周越然：《古滑稽文汇》，《大众》1945年第5期。
③ 毛奇龄：《文犀柜院本序》，《西河集》第29卷，四库全书本，第8页。
④ 毛奇龄：《梁园感怀》，《西河集》第149卷，四库全书本，第3页。

"谐部"代称副刊或具有文艺性质的版面的现象尤为突出。对这种现象，冯自由等曾追溯到《中国日报》："内设鼓吹录一门，专载谐文、戏剧、粤讴等种。海内外各报增加谐部自兹始。"①"以游戏的笔调，对清廷大加讽刺，并申述革命的主张，很为阅者所爱读；后来省港各报，多仿此而设谐部。"②从现有资料看，最早用"谐文"概念称俳谐文的近代报刊也是《中国日报》，"谐文"从此也一发不可收拾，成为近代报刊的新宠。《中国日报》1900年1月25日在香港创刊，另设《中国旬报》并存发行。《中国旬报》副刊"鼓吹录"，设有谐文、白话、粤讴、谈丛、笑林、灯谜等栏目。"谐文"在《中国日报》副刊上已具相当之规模。"谐文"栏之外的谐谈、笑林、灯谜、南音、班本、粤讴、龙舟歌等方言书写和民间表达形式，亦时常夹杂着诙谐讽谕。

实际上，《中国日报》的"谐文"栏，不受游戏文章传统的限制，其风格也并不一定谐谑，它其实只是利用了"辞浅会俗""诙谐易人"等这些文辞特性，来达到政治宣传的目的。《中国旬报》及《中国日报》所开创的战斗性"谐文"，渐成一种文章风气。此后，香港和广州的报纸大都设有各种形式的"谐部"副刊，也注重戏曲歌谣等民间文学。"谐部"之称较早出现于广州的《时敏报》（1903年），该报内容分上谕电传、论说、本省新闻、本省警务、中国要闻、外国要闻、专件、辕门钞、牌示、谐部（杂著、南音）。随后扩充"谐部"，名为《醒睡副刊》，内有小说、粤讴、南音、谐文、闲谈、杂记、谈丛、漫画等。1903年，香港《循环日报》每日出版两张，内容也分为庄谐两部。谐部就是副刊，登载野史、笔记、诗词、杂文、小说、粤讴等。

---

① 冯自由：《开国前海内外革命书报一览》，《冯自由回忆录革命逸史》（上），东方出版社2011年版，第427页。

② 亚穆：《港报副刊考》，原载1940年10月4日香港《国民日报》，转引自王文彬编《中国报纸的副刊》，中国文史出版社1988年版，第9页。

《世界公益报》与《广东日报》，都另出谐部副刊，以区别于《中国日报》将谐部作为报尾的做法。《广东日报》副刊又称《无所谓》，以谐文时论与民间说唱文学、戏曲班本为主，富有地方特色与通俗性质。《无所谓》1905年又改名为《一声钟》，内容大致分文界（杂文或杂说）、白话、谐文、谐谈、小说、传记、琐闻、艺闻、格致、谈丛、班本、龙舟、粤讴、诗界等栏目。《一声钟》1905年底停刊后，郑贯公又创办了庄谐并重的《有所谓报》，并先谐后庄，不同于文言大报，又不同于通俗小报。《有所谓报》熔庄谐与雅俗于一炉，特别是突出谐部，扩大了社会影响，独具特色。

其后，港粤新增的报刊受到启发，大都设"谐部"作为副刊，或者设"谐文"栏目。粤港报纸生动活泼的谐部，通俗易懂，而社会效果明显，也影响了全国各地许多报纸的趣味。上海地区于右任所办《民呼日报》、《民吁日报》和《民立日报》的副刊"丛录之部"以谐文、笔记和诗词为主。《民立日报》第八版亦为副刊，设有"俳谐文"栏。

面向文化水准不高的人白话报刊和妇幼童蒙报刊，对谐文的借用也很普遍，不过多谐谈、笑话类文本而较少文章类。如《女学报》（1903年）"谐铎"栏所登《某孝廉》《某县令》《某新党》《某甲》《某公子》等谐谈；《童子世界》（1903年）于"笑话栏"刊出之《打野鸡》《粪将安求》《老鼠屎》等，都富有通俗浅近的幽默诙谐风格。综合类杂志也不定期有谐谈类文字出现。这些现象表明谐谈与谐文是清末民初副刊文艺中与小说接近，可谓最受欢迎的文体。

报刊普遍出现庄谐杂陈的现象，说明"诙谐易入"的心理因素在暗暗起作用。谐语在交际传播方面的便利，使它与近代报刊结合，取得与庄言并存的位置，并逐渐发展成为一类重要的报刊语言。随着与悦笑、诙谐、笑谐有关的概念附着，庄谐逐渐成为一种二元模式。这种二元的对立使谐容易在特殊时期被激发出来。

## 第二章 "谐文"的七个维度与相关概念

清末民初,"谐文"就这样大规模登上了历史舞台。由于文献纷纭复杂,目前本书尚无法用词频统计的方法来客观清晰地展示"谐"文及与"谐"有关的概念出现的频繁度和广泛性,但通过上文粗略的概况梳理,已经可以发现,"谐"是近代有关幽默文字的一组概念中出现最广泛、频率最高的一个概念。正是出于尊重概念历史形态、体贴对象的考虑,又由于近代的游戏文章、滑稽文和谐文所指近乎完全一致,本书倾向于使用"谐文"概念概而言之。狭义的"谐文"概念,指的是具有谐趣风格以文章体裁来表现的游戏笔墨。

本书处理的报刊谐文,包括两部分:一是近代报刊已标明为谐文、或游戏文章、滑稽文的(有些谐趣色彩不突出);二是未标明"谐文",而事实上具有明显谐趣游戏色彩的文章。自刘勰专门讨论"谐隐"以来,"谐"文就兼具美学风格与文章体式两种意义。以美学风格为文章体式,是"谐隐"文学相对于庄重文学的弱势地位决定的。它借此才得以进入文学殿堂。在文学的范畴内,谐趣更多表现为文章体式;而作为美学风格,它指向更广阔的文化领域。近代报刊所反映的谐趣文化现象非常丰富,还包括漫画、滑稽戏、滑稽电影等,而以文字形式的谐趣为大宗与核心。从文体的角度出发,本书将考察谐文依托于众多文体的事实,并强调作为文章体制存在的谐文,对笑话、谐谈、打油诗之类的文本只在必要时讨论。

还需要说明的是,从"谐"字的造字法可以推测,首先"谐"的本质属性是从言,即语言上的机智;其次则是从皆,及争取尽可能多的读者,关注读者接受心理和读者反映。谐,是一种以语言特征和考虑读者接受为主的文体。从这两个层面上说,谐在中国古代文体中的确与众不同。在近现代,传统文章体制松动,语言革命应时而生,及三千年未有之社会大变动中,"谐文"的得势符合文学发展的规律,也是近代人适应时代历史的自然选择。

# 第三章　清末民初报刊谐趣化潮流

　　诙谐作为一种"文章"体式与文学风格，是中国文学史中一股不可忽略的潜流①，其长期受到正统文化的抑制也是不争的事实。但笑是人类内在的天性之一，诙谐滑稽、调谑游戏备受人们欢迎。这种喜剧性发而为文，趣味性文字也始终绵延不断。随着社会的发展和人们观念的变化，明清时期嘲谑诙谐在社会生活和文学表达中的位置都渐渐凸显出来。三台山人在《山中一夕话》序言中提醒人们注意，"窃思人生世间，与人庄言危论，则听者寥寥，与之谑浪诙谐，则欢声满座"，②这是人之常情。而江盈科《笑林引》有"谐语之收功，反出于正言格论之上"之观点，更为谐语争得了地位。③ 在清代还出现了影响深远的《游戏文章》的编选活动。而到了近代，借报刊等新型传播方式之便，谐趣文更得以真正趁势而起，成为一种重要的报刊和文学表达方式。

---

　　① 大体而言，六朝为诙谐文学发展的第一个高潮，所以，《文心雕龙》无法忽视"谐隐"作为一种文体的存在。此后诙谐文学又成为潜流，唐以诗为尊，谐隐为小道；宋代诙谐文学一度得势，俳谐文词有苏轼等大家助阵，还有《艾子杂说》等笑话集出现；元代杂剧中谐趣化色彩也很明显，明代为诙谐文学又一高潮，大量笑话集和俳谐文涌现；在有清一代，这种文学趣味得到了进一步发展。总体而言，言志载道的诗文始终是文学正宗。
　　② 转引自王利器、王贞珉编《中国笑话大观》，北京出版社1995年版。
　　③《江盈科集》，岳麓出版社1997年版，第438页。

## 第一节　潜滋暗长:近代报刊谐趣文化的萌兴

### 一　早期《申报》

在近代早期文艺版面上,谐趣化的文学风格开始抬头,并渐行见长。吴趼人在《二十年目睹之怪现状》中就讽刺了此时"刊上许多词章"的报纸后幅。虽然其轻松闲适的文艺风格显得品位不高,但洋场才子与斗方名士摛辞扬藻的自由书写,却有利于凸显受正统压抑的谐趣一格。《申报》创刊号所登《本馆告白》已经明确将报章文体及其语言导向了普适与简俗:"文则质而不俚,事则简而能详。上而学士大夫,下及农工商贾,皆能通晓。"[①] 报章文尚且能够如此解放,作为调剂之用的文艺作品则更自由,更少限制。因而,谐趣也取得了与庄重并存的位置,并有了进一步与之分庭抗礼的可能。鲁迅曾有"上海过去的文艺,开始的是《申报》"的概括[②]。的确,真正奠定了报纸刊登文艺新局面的是早期《申报》[③],特别是其所登诗文小品颇为人们所关注。

附骥于《申报》的文学作品,以大量《竹枝词》最为引人注目。[④]其《本馆条例》就对"天下各名区竹枝词及长歌纪事"等文学作品大开方便之门。[⑤]《竹枝词》形制与七绝相似,但"《竹枝》咏风土,琐

---

① 《申报》1872年4月30日。
② 鲁迅:《二心集·上海文艺之一瞥》,《鲁迅全集》第4卷,人民文学出版社1981年版,第292页。
③ 《申报》体例大致为:论说、本埠新闻、外埠新闻、选录、京报宫门抄、诗词、小说、灯谜等和广告。
④ 竹枝词原为蜀中民歌,因中唐时诗人刘禹锡的倡导与创作,引起文人瞩目,凭借《申报》等近代报刊的提倡而重新繁荣,成为近代一种重要的报刊文学样式。
⑤ 《申报》1872年4月30日。

细诙谐皆可入，大抵以风趣为主，与绝句迥别"。①《竹枝词》成为上海畸形发展与社会动荡新变的文学传声筒。它描绘了烟间、名妓、宴饮、奇技等五花八门的社会现象与三教九流的生活情景。至于其风格，则以诙谐风趣、轻松自由为特色。试举几首语言俚俗，内容生活化与趣味诙谐化明显的《竹枝词》为例：

簇簇三屋歌舞楼，娇娃强半产苏州。檀娘偏爱天津调，一曲终时一饼投。②

同新楼共庆兴夸，烧鸭烧猪味最嘉。堂下闻呼都不解，是谁喧嚷要爸爸。③

（自注：南人不能操北音，呼侼侼作"爸爸"声，走堂骇然不敢应也。）

苏州大姐眼如波，山上娘姨情更多。觅得姘头无处所，暂时相会野鸡窠。④

值得一提的是，早期《申报》在新闻中会夹杂笑谈、笑柄之类的谐谑小品文字。其时新闻文体本身尚不成熟，笔记体与小说体都十分常见。如《梦曾文正递履历》一文，用小说笔法为刚死去的曾国藩画了一幅漫画："予梦至冥间，适曾文正公谒见冥王。其从者代为呈送履历。王延公坐，即阅所谓履历者，甫两行，讶谓公曰：'公生时，初登仕版，即授一品阶耶？'……"⑤之所以造成这种误会，是因为侍

---

① 王士禛言，见刘大勤编《师友诗传续录》，文渊阁四库全书本，台北：商务印书馆1986年版，第900页。
② 海上逐臭夫：《沪北竹枝词》，《申报》壬申四月十二日（1873年5月18日）。
③ 海上逐臭夫：《续沪北竹枝词》，《申报》壬申四月十二日（1873年5月18日）。
④ 海上忘机客：《后竹枝词》，壬申五月七日（1872年6月11日）。同一组诗中还有"输与吴侬作话柄，观音菩萨吃猪头"之语，也可作一段滑稽诗话的题材。
⑤ 生平不妄语主人：《梦曾文正递履历》，《申报》壬申年六月初四日（1872年7月8日）。

从借用了曾国藩之子所作的讣闻稿。此文对曾国藩、曾子、侍从都进行了不动声色的讽刺，特别嘲笑了曾子所作讣闻对曾国藩不合体的拔高。官场笑柄及市井笑谈常夹杂在新闻中。如一则标为《清官笑柄》的新闻，实际讽刺了以善用人著称的"某公"："某公"提拔一位县巡检，是因为听说其家以南瓜代饭，说者是恨巡检吝啬而被巡检赶走的仆人。巡检得了肥缺后，就刻了个木头南瓜来供奉。另一个故事讲有人向此公求职，此公以勤俭相劝，那人声称很体恤百姓，其离任时，"即万民伞、德政碑，皆系自备资斧的"。① 此文颇具闹剧色彩与荒谬意味，也缺少新闻要素，却不失为一篇谐谈杂文。不禁让人想起清末谴责小说中的官场笑柄，与此如出一辙。

更为典型的游戏文章也已出现。1917年1月26日《申报》新辟第五张，设"老申报四十余年之回顾"一栏，曾特辑出一组"四十年前之游戏文章"。《申报》所登游戏文章，应以戏仿类俳谐文为大宗，四十年后回顾所谓的"游戏文章"也是以此类为主。如仿杜牧《阿房宫赋》体的作品反复出现，形成了一个系列的仿作。如壬申年六月二十九日有《村馆赋》，七月二十三日有《洋烟馆赋》，十一月十六日有《钱庄赋》，十二月二十日有《打押店赋》，次年正月十八日有《申报馆赋》。此类文章也是一种模仿秀，不同的人穿着同一古装，带着同一面具，用同一腔调陆续登台演出不同剧目。一则可见所仿古典作品的魔力，而戏仿者的能力更为关键。除了主题的高下体现了内涵的深浅外，比较起来，技术的好坏更能表现作品的特色与作者的才气。而技术并不单指模仿的技能，也包括创造的能力。如《钱庄赋》批判钱庄"剥削别人"的事实，刻画了人们聚集钱庄公所时的盲目，与钱庄的坐收渔利形成鲜明对照。其笔墨甚为酣畅，想象也颇出人意料："数各人之指，多于街上之车夫；头上之帽，多

---

① 见《申报》壬申年七月五日（1872年8月8日）。

于池中之乌龟；眼睛闪闪，多于在天之星粒；进出参差，多于岩洞之蚂蚁；东坐西立，多于义塚之棺椁；京调二簧，多于田中之蛙鼓。做买卖之人，不见赢而见输，早已存心，日落走路。本钱少，经手惧，同行一忌，可怜闭户。呜呼！作输赢者，输赢也，即庄也；开庄者，庄也，即东家也。嗟夫！若输赢俱可得利，则皆可开庄，庄藉输赢之利，则自三年可至百年而勿闭，何得而闭歇也。庄人不暇自叹而外人叹之，外人叹之而不戒，亦使外人而复叹外人也。"① 将原文套路与现实题材自然地糅合在一起，而又不失本文的旨趣，这种工巧的确是一种才能。

与戏仿等文章游戏相类似的，还有"集句""灯谜""诗钟""联语"等需要时时召唤经典文本的文字游戏。如探骊仙史曾言："夫廋词隐语，由来已久。……仆不揣固陋，拟得三十二则。词则托之于诗，情则寄之于艳，句则集之于唐，敢乞诸吟坛一哂。"② 由此，《申报》又开启了一种以文字游戏为交流工具、文人之间的相互呼应与唱和。此类文本的开放性及参与性，与媒介传播的需求有共通之处，因此顺理成章地为其所用。尤其是新文本与原文本的关联，又能在一定程度上实现"俾风雅君子得共欣赏"③ 的集体游戏功能，这对传统文人有很大的诱惑力。所以，从报刊经营的角度讲，此类文人游戏之作的应运而生，有文化积淀的作用，也有商业运作的刺激。

申报馆相继发行的四种杂志堪称近代文艺期刊的嚆矢，游戏之作亦为其中常客。传统文人游戏笔墨，在文艺期刊这种现代化载体中，也表现出素有的社会亲和力。以金钱"孔方兄"为题材的谐文，《瀛

---

① 忧月仙子：《钱庄赋》（仿杜牧《阿房宫赋》），《申报》壬申年十一月十六日（1872年12月16日）。
② 《申报》癸酉年正月二十日（1873年2月17日）。
③ 惜花馆主识语《扇头集古诗》，《申报》壬申八月十四日（1872年9月16日）。

寰琐记》五卷有屠龙子的《孔方兄对》，《四溟琐记》二卷有鸳湖扫花仙史映雪生的《拟为孔方兄建造别墅记》，四卷有鹤㸌氏《孔方兄传》。这些文章借用对、记、传等传统文体，通过拟人化的手法，将金钱的魔力及其对人的腐蚀，戏剧性地展现出来。类似许多文章常将现实生活中的事物戏谑化地再现于文艺作品中。如《瀛寰琐记》二十一卷浮眉楼的《淡巴菰传》，是将洋烟拟人化的假传。同一题材，《寰宇琐记》八卷有"仿《吊古战场文》"之《吊食洋烟文》，《侯鲭新录》三卷有《鸦片烟文》等。此外，如"仿六一先生《秋声赋》体"的《女色赋》（《寰宇琐记》八卷），如《讨鼠檄》（《侯鲭新录》三卷），诸如此类，或者用个人化的笔调讨论社会问题，或者用庄严的文体表达世俗的话题，都存在一种文化的移置，可以制造滑稽效果。①这些表达方式古已有之，是传统谐文写作的衍续，不过内容已带出近代气息。②《瀛寰琐记》中小吉罗庵主的《鱼乐国记》（一卷）和《温柔乡记》（十卷），鸳湖映雪生的《饿乡记》（二十三卷），则是借"记"的体裁用寓言的形式来表现现实与超越现实之间的冲突。《梦游香国记》（闻妙香馆主人）沿用了梦的表达形式和破色相、断情根的主题，带有寓言色彩。开篇云："闻妙香馆主人抱多情痴、入烦恼场，溷浊交乘，不堪与伍，又不能脱迹其间，亦遇之无如何也。岁癸丑花生日，假寐客窗，一女子驭蝶大如轮翩然至……"③所称名物如"逍遥津""风月场""恩爱波""慧剑"等，非常直白，言辞间透出一种自然的幽默。此外，如集戏目、曲牌名、制酒筹、戏咏一类游戏小品，文人趣味更加明显；而醉言、酒后狂言一类小品文，风格则趋于直率。

---

① 这里借用了柏格森的概念。参阅［法］柏格森《笑》，徐继曾译，北京十月文艺出版社2005年版，第83—88页。
② 雷瑨辑《古今滑稽文选》搜集了许多古代传统谐文，可供比较阅读。
③ 《梦游香国记》，《寰宇琐记》第八卷，申报馆印行。

在 1883 年中法战争时期,《申报》新闻报道内容增多,诗词杂体明显减少。1885 年,黄协埙主持笔政,《申报》整体言论风格为之一变,趋于守正,甚至顽固,笔墨游戏之作自然难以为继。① 1890 年 3 月 21 日,《申报》明确宣布取消文学作品的刊登:"本馆创始迄今,时承诸词坛惠示佳章,美玉明珠,动盈简牍。兹以报纸限于篇幅,暂置不登。所有诗词及一切零星杂著,请勿邮寄,俾省笔札之劳。区区割爱之苦衷,当亦同人所共谅也。特缀芜词,藉邀雅鉴。申报馆协振所谨启。"② 直到 1905 年《申报》整顿报务时,主笔雷瑨等亦对此前《申报》所登诗词唱和不以为然。用"喋喋不休""累牍连篇""闻者生厌"来形容当日报刊文艺的情形有夸张的成分,足见此现象所引起的不满与鄙视之意。③

早期《申报》所登文艺作品常受到批判和讽刺,一因其题材世俗,尤其以艳情与景物吟咏居多,陈陈相因;二因其思想浅俗,作品往往不见性情,题旨也不避窠臼。至于其形式,在文学改良运动之前,整体上自然还在旧诗文范畴中。虽然早期报刊文艺存在种种不足,但它的价值不能因此而被低估。且不论从文化的角度讲,它可能有无限解释的空间,就文学而言,从游戏文章的堂皇登场来看,报刊文艺对近代的文体变迁与文章价值已经产生了深刻的影响。传统文学脉络中被压抑的边缘文体已经开始涌动着,等待冲击中心。至于评判的标准,则出现了通俗与精英两套系统。

新兴报刊所提供的自由宽容的表达空间,对受社会文化规范束缚的传统文人起到了一定的解放作用。这是近代诙谐游戏文字得以存在

---

① 黄协埙:《整顿报务刍言》有"忌陈腐,忌晦涩,忌轻佻,忌鄙猥,忌诞妄"之语。(《申报》1898 年 10 月 9 日)
② 《词坛雅鉴》,《申报》1890 年 3 月 21 日。
③ 雷瑨:《申报馆之过去状况》,见《最近之五十年》第三编,台北:文海出版社 2005 年版,第 27 页。

的一个重要原因。早期《申报》在经营方面利用游戏性与趣味性吸引读者的经营特点已为人关注。①而游戏文章所讲究的特殊文本组织手段也为其所重视，并大量利用起来。虽然从文人与文学的角度讲，游戏文章可能还有另外的寄托与命意，但报刊媒介在运作过程中对"游戏"性文本的借用与文人的"游戏"趣好不谋而合，外在的刺激使此类文章在近代重新繁兴起来。谐趣作为报刊文艺的典型风格之一，随着报刊媒介社会影响范围的扩大而有被逐渐强化的可能。《申报》则以早期报纸典型的无形力量，在推动报刊的谐趣化方面功不可没。

转向以新闻为主导的《申报》，虽然可以暂时放弃诗词文艺内容和游戏趣味文字，但是并不意味着此类文字的消沉。一方面文人社团对"游艺"生涯仍有着一贯的需求；另一方面是文艺园地在大报上委屈生存甚至萎缩不保。于是，标榜"游戏"与诙谐的文艺小报就应运而生了。文艺小报中继《申报》等早期副刊性而起的文字，顺其自然地成为19世纪末文艺创作的又一代表。

## 二 文艺小报

1897年6月24日，李伯元在上海创办了第一份文艺小报《游戏报》②，"虽滑稽玩世之文，而识者咸推重之"。③为什么此种游戏小报会风行一时？从文章的角度看，如戈公振所言，一则"文辞斐茂，为

---

① 如李彦东《早期申报馆：新闻传播与小说生产之关系》时有所论及。（未刊），博士学位论文，北京大学，2004年。
② 1896年6月6日李伯元创办的《指南报》已经有谐趣倾向。"《指南报》之编辑，注重文艺，间以新闻，而廷谕要电，亦择要登录，似即为今日小报之模型也。"（漱六山房：《上海小报之最先者》，《大报》1928年3月27日）
③ 周桂笙：《新庵笔记》，转引自魏绍昌编《李伯元研究资料》，上海古籍出版社1980年版，第12页。

士夫所乐称",一则"以流利与滑稽之笔,写可奇可嘉之事,当然使读者易获兴趣"。① 从社会的角度看,"滑稽"游戏所遵循的趣味性在民众中间广受欢迎。"好举里巷谐媟,以为抚掌之资"②,喜欢谈论诙谐狎亵的事,此类俗趣是民间文化的一种重要特征。小报选择"游戏"这种文化趣味与自我定位,便拥有了深厚的文化积淀和社会基础。

《游戏报》曾自述缘起云,"不过以西国报例有游戏一种",而中国却无游戏报之例,实在遗憾。又因为"主人结习未忘,雅好游艺,爰以余力创为是报"。③ "游戏"与所谓"西国报例",李伯元虽一提再提,④ 具体所指却未清晰示与读者。有西方渊源的《消闲报》却指出,"因访诸本《字林西报》,知泰西各国素有'康蜜克'报"。⑤ 康蜜克,显然是英语 comic 的音译。Comic 作为形容词指滑稽的、喜剧的,作为名词指滑稽演员和漫画。因此将"'康蜜克'报"追溯回西方世界,应指向 Newspaper comic strip,即报纸连环漫画画册。⑥ 这在西方当时也是新兴事物。但其时的 comic,并不一定滑稽诙谐⑦,实则"画"的成分多于"游戏"的因素。在西方报业史中,20 世纪前后恰

---

① 戈公振:《中国报学史》,生活·读书·新知三联书店 1955 年版,第 248 页。

② 吴伟业:《张南垣传》,李学颖集评《吴梅村全集》,上海古籍出版社 1990 年版,第 1060 页。

③ 《本报添印附张缘起》,《游戏报》1899 年 6 月 8 日。这则告白很有趣,透露出编者在创刊之初复杂的心理。强拉"西国报例"挡阵,透露出"西风"正劲的时代氛围,在一定程度上也反映了编者在为"小报"正名时的不自足与不自信。而"游戏"与"游艺"之间的缝隙,也制造出一种暧昧的身份。

④ 《游戏报》1897 年 8 月 25 日《论〈游戏报〉之本意》一文已有此说法,为现知最早记载。

⑤ 《消闲有本》,《消闲报》1898 年 1 月 7 日。《消闲报》隶属于《字林西报》,为英商所办。

⑥ 欧美的漫画报纸始于 19 世纪末。普利策和赫斯特报业集团竞争激烈时开始增加星期日漫画。"It all started with Outcault's Yellow Kid, originally called Hogan's Alley." (Laura Kraus, *A Select History of Comics*, www.suite101.com/article.cfm/comic_strips/) 到 1900 年,已经有 100 多份漫画报册出现。而美国第一份星期日彩色漫画《纽约世界》(*New York World*) 出版于 1894 年 11 月 18 日。

⑦ "In fact, the strips didn't even have to be funny, the public was that deprived of the funnies we now take for granted." (Laura Kraus, *A Select History of Comics*, www.suite101.com/article.cfm/comic_strips/)

值"小报"（tabloid）兴起之际。① 西方小报正以通俗娱乐甚至黄色为特征，是大众文化与消费主义的产物。而中国近代小报在市场化方面，与西方小报心有灵犀，同样走向了通俗路线。② 以后见之明来看，在西方"滑稽"报（comic）与小报（tabloid）之间，近代小报与后者更有沟通的可能。近代小报在初起时，对自称借鉴的所谓西方报业理念实际上存有一种文化误读。③ 因此，与其讨论它的西方姻缘，不如关注它的现实追求与本土渊源。中国近代小报与西方小报有相似性，却始终存在隔膜，其中一个最明显的区别就是：前者更倾向文艺，而后者更倾向新闻。其原因虽有社会结构方面的影响④，也是由不同的文化传统决定的。

"游艺"一词及其所裹挟的文化内蕴可能更有社会号召力。孔子"志于道、据于德、依于仁、游于艺"之说，对封建教育体制下的士人影响很深。"游艺"虽出于经典，本有特指，却因与士子学人生活贴近，亦随时而变。在传统文士生活中，诗文词曲、琴棋书画等文艺方面的技艺，比"六艺"（礼、乐、射、御、书、数）更为现实，也更受青睐。直到民国以后，还有以此命名的《游艺杂志》《同文游艺》等文艺期刊。⑤《游艺杂志》设有文辞、诗、词、诗话、长篇小说、短篇小说、弹词、谐薮、谭荟、笔记、乐府、杂俎、棋谱等栏目。李伯元创设《游戏报》时，很可能受到了传统"游艺"与此

---

① 新闻学一般所谓的西方小报概念，对应词是 tabloid，报型较小、内容通俗，源头可溯至 1833 年创刊的《纽约太阳报》。而以英国 1896 年出版的《每日邮报》、1903 年出版的《每日镜报》等为标志，成为与大报（broadsheet）分庭抗礼的重要报纸样式。

② 近代一批报人已经把握住了新兴上海消费时代的到来。从社会角度讲，则"五方之所杂处，九流之所丛萃，诡伪变诈之事，无日无之"；从经济角度讲，则"海上为通商巨埠"；从文化风俗角度讲，则"骄奢繁盛，甲于五洲"。（《论〈游戏报〉之本意》）

③ 如何运用概念是一种论述策略。"西国报例"之论调今日看来似有追认祖宗之嫌，但在当时文化市场上大概很有效。

④ 西方市民社会与公共舆论空间的需求，而与西方相比，中国在这些方面远没有成熟。

⑤ 《游艺杂志》，浙江台州游艺杂志社 1915 年发行。《同文游艺》，上海中华编译社函授部同学会 1917 年发行。

前大报副刊性文艺文字契合的启发。而他更将"游艺"与报刊直接结合起来。因而视近代小报为"文艺小报"的做法，深得此中三昧。①"游艺"的概念，出于个人修养的角度，便多了几分"自家的园地"的意味。它可以远离道学文章，甚至摆脱"文以载道"的束缚，而倾向不登大雅之堂的小道文章。而文章趣味与文体风格等都可以相对自由和放松。"游艺"不必然趋向游戏文章，并且与通俗娱乐也有相当距离。但借助"游艺"内涵松动、外延不清的巨大包容性，娱闲小品和游戏文章可以获得可乘之机。于是，在上海新兴的消费空间中，趣味文章投其所好，借小报之力，成为近代都市中一道特别的文化快餐。

　　以游戏趣味为特色的文艺小报一经出现，就在市场上取得了势不可挡的成功。这当然与小报的经营手段有关，但也有赖于其把握市场需求后的合理定位。《游戏报》创办之初曾开花榜选举，扩大了小报的销量，"刊出选票的几期《游戏报》，发行竟都逾万"②。它自称："一纸风行，承海内士夫殷殷推许，上自搢绅，下逮闾阎，以及日东、欧美诸邦，遐方殊俗，靡不争相购致"。③ 虽可能有夸张的成分，但其繁荣也可借此想象。《笑报》《奇闻报》《消闲报》《采风报》等紧随其后，跟风而起。1901年，又新添《寓言报》《奇新报》《笑林报》《博览报》《世界繁华报》《春江花月报》《及时行乐报》等多种小报。有些小报虽然旋起旋灭，但如《游戏报》《消闲报》《笑林报》与《世界繁华报》等却在民初以前一直占有市场。

　　这些小报以消闲娱乐著称，其对文艺性和趣味性的追求颇受论者

---

① 阿英《晚清文艺报刊述略》（中华书局1959年版）包括文艺期刊与小报。
② 《游戏主人拟举行遴芳会议》，转引自陈无我《老上海三十年见闻录》，上海书店出版社1997年版，第214页。编者又描绘了花榜揭晓之日的盛况，仅上海一隅，"初出五千纸，日未午即售罄，而购阅者尚纷至沓来，不得不重付手民排印，又出三千余纸，计有八千有奇"。
③ 《论本报多寓言》，《游戏报》1899年7月14日。

关注。① 所谓"以诙谐之笔,写游戏之文"②,实际上成为小报共同的语言和文体特征。在小报创办者与编者那里,有一个共同的说法:"诙谐易入。"这显然是考虑到社会接受心理后的决策。如《释〈消闲报〉命名之义》所言:"甚或读书童子,读史传不得其门者,谈《聊斋志异》乃足启其聪明;读毛诗不知其义者,诵元人曲本乃适以开其智窍。此无他,庄重难明,诙谐易入耳。"③ 在整段解释的文字中,编者对受众进行了三分,包括"当道诸公"、"高雅诸君"与"后来之秀"。实际上,期待的读者包括了官绅、士人以及学生童子等各种文化阶层的人群。虽然"诙谐易入"在后者那里表现得尤为突出,诙谐却实在是不同文化水平读者所共同喜闻乐见的一种语言风格。

考虑到小报整体营造的轻松氛围和诙谐文的写作,小报报人一再提到"诙谐"之笔和"游戏"之文就很值得注意了。近代小报特殊的文化氛围,与游戏笔调和谐语文字之间有天然的互缘与互动。《游戏报》在1905年改版以前,其内容主要可分为两部分:录文和记人记事。前者为文艺作品,后者为软新闻,即奇闻异事。如它自称:"文则论辨、传记、碑志、歌颂、诗赋、词曲、演义、小唱之属,以及楹联、诗钟、灯虎、酒令之制;人则士农工商、强弱老幼、远人逋客、匪徒奸宄、倡优下贱之侪,旁及神仙鬼怪之事,莫不描摹尽致,寓意劝惩。无义不搜,有体皆备。"④ 这种体例对后来的小报影响深远。从文体上看,小报"庄谐间作"⑤,谐趣文虽然常有,并

---

① 关于小报之消闲、娱乐、文艺性的论述较多,这里希望在此基础上突出趣味性及诙谐的因素。小报的趣味性,通过阅读很容易发现,所以各种介绍文字中也有涉及,只是不够突出。北京大学何宏玲以《晚清上海小报与小说之关系》为题的博士学位论文阅读小报很细,对小报之趣味性有了进一步的论述。
② 1899年《游戏报》重印出售告白。《本馆重印丁酉戊戌两年全份〈游戏报〉明日出第一册》,《游戏报》1899年5月2日。
③ 《消闲报》1897年11月25日。
④ 《本馆重印丁酉戊戌两年全份〈游戏报〉明日出第一册》,《游戏报》1899年5月2日。
⑤ 《本报添印附张缘起》。

未固定出场。但从内容的角度看，奇谈趣闻的性质非常明显。可以说，近代小报所体现的"游戏"性质，其"谐"俗，深入在骨子里，而不突出表现在文体形式上。毕竟所谓"文章"，在谐趣的同时对雅趣也有要求。

以《游戏报》的"新闻"记事为例，现在能够看到最早的为1897年8月5日的报纸，"新闻"就是《西人嫖妓》《淫妇争风》之类的奇事趣闻。如《西人嫖妓》写："有甲乙两西人闯入某雉妓家，口操华语，声称'妈妈'，意欲寻欢，均拒而不纳。内有德人里某，雉妓家竟被走入，强欲住宿。该妓见系碧眼紫髯，畏惧不接。二西人搂其鸨妇及某大姐，坚欲求欢。该鸨骇极，竭力抵御，始得脱身。"① 其事固然可笑，但作者品位未免低俗。《淫妇争风》则根本没有时间概念，写洪某的大妇不安分，却在洪狎妾之时大发醋风，妾也因"好事"被破坏而不相让。此类"新闻"记事实际上都是市井笑谈，与大报的社会新闻尚有一段距离。其滑稽笑谑的成分被凸显出来，而新闻价值与社会意义则被淡化了。一则《喝菜汤》的记事与《淫妇争风》相类，叙事更加淡化，全部文字实际落脚于一首打油诗。其诗曰："菜根滋味本来长，别有风情别有香。只为老饕心太急，翻教醋泼不成汤。"② 可算是一则滑稽谈或滑稽诗话，对谐趣的追求更加直露。

在《游戏报》篇首重要位置，诙谐文时常出现，但作者的态度似乎有些游移不定。如《箴片说》一文，作者蒲郎（李祖杰）说："仆之撰《滑头说》与《别脚大少传》，不过以诙谐之笔，供谈笑之资，而阅者泥煞句下，无不以轻薄目予。仆也不才，敢谢不敏。"③ 因此，

---

① 《申报》1897年8月5日。
② 《游戏报》1899年6月4日。
③ 《游戏报》1897年11月14日。

当被李伯元要求再写谐文时，他便要推辞。实际上，此类托词并不说明作者对谐文的写作不自信，因为推辞一番后，作者又重新握管。在这段表白中，作者更像对谐文的读者提出了要求：以轻松而非轻薄的态度对待谐文，不能拘泥于字句间，而要意会作者之深心。蒲郎的《箴片说上》与李伯元的《箴片说下》，不过为感慨之言，虽笔调轻松诙谐，但行文与总旨并不有违严正，还算不上典型的"游戏"文章。除上面提到的几篇谐文外，在1897年10—11月间，还有《妓女从良辞》《睡魔与梦神书》《吃白烟先生传》《瓦老爷说》《烂污阿二传》等文赫然在目。

诙谐文以一种"文章"的规格，在小报体例中也已经开始占有一席之地，并曾盛行一时。由于现存《游戏报》残缺不全，所登文艺作品的总体情况不得而知。其后，周瘦鹃与赵苕狂编《游戏杂志》时，曾辑有《南亭亭长谐文》一组35篇（有他作掺入）。而《游戏报》与《世界繁华报》上的文艺小品均不署作者名，可判定为李伯元作品者至少有十几篇。这些数字远不足以说明李伯元创作谐文的情况。但他自1897年至1906年逝世这段时间，于"俳谐嘲骂之文"[1]的写作颇为用力，也是事实。同道中人孙玉声曾评其"最工游戏笔墨，如滑稽谈，打油诗之类，则得松字诀"[2]。邱菽园亦称其"兼长小品杂著，嬉笑怒骂，振聩发聋，得游戏之三昧。苏长公以行文为乐事，锦绣肝肠，珠玉咳唾，此才正非易易"[3]。可谓知言。时人对李伯元谐文创作赞誉有加的态度，说明此类文字不仅在报刊市场大受欢迎，而且也为文士们所赏玩和推重。

作为《游戏报》的编著者，白云词人（谈筱莲）曾有《游戏文字

---

[1] 鲁迅：《中国小说史略》，《鲁迅全集》第9卷，人民文学出版社1980年版。
[2] 孙玉声：《退醒庐笔记》，上海书店出版社1996年版，第62页。
[3] 邱菽园：《挥麈拾遗》，引自魏绍昌编《李伯元研究资料》，上海古籍出版社1980年版，第51页。

之六法四忌》一文。从创作的角度，对游戏文章的创作进行了精辟中肯的归纳。六法为厚、透、溜、扣、逗、够；四忌为陋、凑、漏、丑。这种指导性创作理论文章的出现，一方面表明游戏文章的写作者已经有很自觉的创作意识了；另一方面也说明游戏文章在当时占有很好的文化市场，创作者众多，就有了现身说法的必要。他还提到："古人文字不乏游戏之作，半皆托于寓言。虽小小短篇，俱有绝大关系，所谓苏髯公嬉笑怒骂皆成文章也。"① 实际上，近代报刊中的游戏文章的多样性，早已超出他所追溯的游戏文章传统。这顶不合适的帽子，不仅无益于解释其以游戏文章创作为重心的论述，而且给原文造成一种不和谐感。在某种程度上，这种情况很能反映文学传统与现实创作之间存有的距离。

　　近代报刊谐谑文虽然有一部分继承了传统的游戏文章，但也出现了很大的变异。最典型的，如在文艺小报以及普通报刊中大量存在的"新闻"体与"谐谈"体谐谑小品。此类体式虽然也有传统的渊源，但在古代没有如此像模像样的集中出现过。② 这可以说是近代，尤其是晚清报刊文艺的新宠。如上文提及的《西人嫖妓》与《蔑片说》。《寓言报》则有《嬉谈日记》《官场笑话》《市井嬉谈》《谐铎》《嬉谈随笔》《诙谐随笔》等多种滑稽谈丛的形式，用嬉笑的言谈与诙谐的语调来表达其人对于各种现象的看法。此类小品杂文虽还处在较为边缘的位置，却是表达思想、批评社会的一种重要手段。

　　无论滑稽玩世之文、嬉笑怒骂之文，还是俳谐、游戏之文，都不

---

① 转引自陈无我《老上海三十年见闻录》，上海书店出版社1997年版，第374页。
② 所谓"新闻"体，指报刊出现以后在新闻版块或者以新闻样式出现的官场和市井笑柄。它与传统记事类笑话有近似处，但它基本记时事且写实，又颇有特殊性，在根本上更接近新闻体式。所谓"谐谈"体，指因感而发的幽默评论性文字。传统小品杂文中也有此类文字的雏形，但不独立，而且时事性尚未突出。

是严格的文体定义,而是一种文章风格与趣味。① 诙谐作为一种语言风格与文章趣味,在小报的实践中得到了强化和提升。如《笑报》发刊词,本身就是诙谐的绝妙好辞:"有报焉,文同游戏,纸用赛连;精其板式,围以花边。采笑话则新闻猬集,供笑谈而妙语蝉联。市上传观,赖此一枝黑笔;街头唤买,只需五个清钱。选登奸盗邪淫,亦费一番斟酌;寄刻诗词歌赋,决无数日迁延。见者动容,真堪喷饭;听之有味,何异登仙。虽无司马之高才,也算鸦涂满纸;不是董狐之直笔,何妨鬼话连篇。有客见而笑曰:此非新出之《笑报》乎?"② 据黎床卧读生《绘图冶游上海杂记》(1905年)所说,上海当时"以游戏笔墨,备人消闲"的小报,有《繁华报》《笑林报》《游戏报》《消闲报》《寓言报》《采风报》《新上海报》《花世界报》《花天日报》《春江花月报》10种。李伯元在《上海已佚各报表》中所列66种报纸,有12种为小报:《艺林报》《奇闻报》《奇新报》《笑笑报》《便览报》《飞报》《春江花月报》《笑报》《趣报》《支那小报》《消闲报》《文社日报》。阿英又搜集了12种不见于卧读生和南亭亭长所记的小报:《娱闲日报》《演义白话报》《方言报》《苏州白话报》《通俗报》《捷影报》《花世界》《鹤立报》《上海白话报》《阳秋报》《国魂报》《杂志》。据阿英统计,清末的小报有此32种。③ 虽然各小报都有许多内容涉及梨园与花国,因而被称为"花丛小报",但清末这批小报文章整体的格调,仍不脱所谓"名士文章"的范围。无论是"取杜牧看花之遗意,写及时行乐之闲情"(《及时行乐报》),还是"以嘻笑之谈,博诸君一笑"(《笑笑报》),总之,都属于"托生花之笔,

---

① 小报的文体,除小报新闻外,如《游戏报》所云,包括"论辨、传记、碑志、歌颂、诗赋、词曲、演义、小唱之属,以及楹联、诗钟、灯虎、酒令之制",所谓"无义不搜,有体皆备"。(《本馆重印丁酉戊戌两年全份〈游戏报〉明日出第一册》)

② 《〈笑报〉发刊词》,转引自魏绍昌主编《中国近代文学大系》史料索引集第二卷,上海书店出版社1996年版,第184页。

③ 参见阿英《晚清文艺报刊述略》,中华书局1959年版。

写滑稽之词"(《文娱报》)。① 尽管以消闲娱乐为旨趣，而其基本特色，还得说是有趣味的文艺。从一定意义上说，其笔墨中与文章背后的"游戏"意味无处不在。

由于晚清文艺小报的巨大成功，"游戏""诙谐""滑稽"逐渐成为报刊文艺中异军突起的一股势力。并且，由于谐谑类文字在小报中表现出的适俗性和遮蔽性对报刊文字具有特殊意义，也在一定程度上影响到了清末民初报刊的谐趣化倾向的进一步强化和泛化。

## 第二节 推波助澜：晚清报章的谐趣化倾向

在19世纪末20世纪初，特别是1897—1911年这十几年间，诙谐趣味借助报章的力量，慢慢对舆论话语中心产生了影响。这种趋势普遍存在于小报（以《游戏报》《消闲报》《笑林报》为代表）、报纸副刊（以《中国日报》《广东日报》等港粤革命报刊为典型）、文艺期刊（以《新小说》《月月小说》为样本）中，专门的游戏文艺杂志也出现了（如《游戏世界》）。并且，随着不断地积累，游戏文章开始结集出版（如《天花乱坠》《时谐新集》与《新天花乱坠》《滑稽文集》）。在谐趣化方面，文艺小报有承前启后的特殊意义，而综合性报刊、文艺期刊与游戏杂志和滑稽文集的影响也不容小觑。

### 一 综合性报刊及其副刊

在小报选择谐趣化风格的同时，上海、广东等地早期各种报刊中，亦不乏诙谐因素的介入。《消闲报》曾挖掘这种传统，云："除《沪报》

---

① 各报发刊词转引自洪煜《近代上海小报与市民文化研究（1897—1937）》，上海书店出版社2007年版，第56页。

等素按西国规条办理外,自余有因小见大者,亦有以庄杂谐者。语必新奇,事多幽眇。譬如南华名经,汪洋恣肆;北里作志,倜傥风流。虽与报馆规条难期尽合,亦未始不可以资陶写,而寓劝惩。故得并行不悖,遐迩相传。"① 这条线索追溯了普通报刊中庄谐并存的事实。"以庄杂谐"很能代表此类报刊对谐语的接纳态度。《新闻报》自1893年2月17日创刊起,就设有副刊性质的《庄谐丛录》。以创办《时务报》和《中外日报》著名的汪康年,也曾选辑中外各报和杂著,于1903年出版了《庄谐选录》十二卷。② 此编诙谐之作实际并不多,实为套用"亦庄亦谐"之语。但"谐"的因素名过其实,也能反映一个老报人对时代风尚的把握。另一个突出的例子是梁启超,其于1902年另创《新民丛报》时,一改党报之庄重严肃,开辟了自由灵活之"杂俎"栏。至第五号(1902年4月8日),就有典型的诙谐类文字《小慧解颐录》的出现。

在副刊版面中明显使用游戏文章,要首推以《中国日报》为代表的港粤报刊。《中国日报》1900年1月25日在香港创刊,另设《中国旬报》并存发行。《中国旬报》自第7期(1900年4月)起便增设了发表文学、科学小品的"杂俎"专栏,至第11期(1900年5月),改"杂俎"栏为"鼓吹录",专门刊载歌谣、谐文等小品文,体裁有粤讴、南音、曲文、院本、班本等。"以游戏的笔调,对清廷大加讽刺,并申述革命的主张,很为阅者所爱读;后来省港各报,多仿此而设谐部。"③ 现存《鼓吹录》文章短小辛辣,富有战斗力。如公开讽刺李鸿章的《责某公文》云:"今日割五城,明日割十城,公实主持之。此国偿百万,彼国偿千万,公实居间之。公之谋国也,不可谓不忠矣。

---

① 《〈沪报〉附送〈消闲报〉说》,《消闲报》1897年11月24日。
② 关于其书性质,编者(署醉醒生)云:"是书无体例,无次序,成非一手,撰非一时,或庄辞,或谐语,或实事,或寓言。所载之事,有古有今,有中有外,惟意所适,闻者鉴之。"(台北:新文丰出版公司1978年版,"零玉碎金集刊"影印。)
③ 亚穆:《港报副刊考》,原载1940年10月4日香港《国民日报》,转引自王文彬编《中国报纸的副刊》,中国文史出版社1988年版,第9页。

然吾所为公惜者，独不能一死耳！"① 1901 年，《中国旬报》出至第 37 期停刊，"鼓吹录"移至《中国日报》，成为早期报纸文艺副刊之一，设有谐文、白话、粤讴、谈丛、笑林、灯谜等栏目。如 1904 年 3—4 月间谐文栏所登文章有：

| 刊登时间 | 刊登文章 | 作者 |
| --- | --- | --- |
| 3月8日 | 《戏拟编妓院军队之章程》（续昨） | |
| 3月11日 | 《现象之谷埠》 | |
| 3月12日 | 《妓女男装之当谈》 | |
| 3月14日 | 《赛金花列传》 | |
| 3月22日 | 《代某党徒祝近代圣人寿表》 | |
| 3月24日 | 《广东戏》 | |
| 4月2日 | 《仿韩昌黎〈送董邵南序〉·送康生之南洋》 | 大舞台之新少年 |
| 4月15日 | 《吊庠润材》 | |
| 4月18日 | 《曲辫子劣种》 | 录《繁华报》 |
| 4月21日 | 《新八股·裴李逃走》 | |
| 4月23日 | 《保皇解·仿〈进学解〉体》 | 解惑者言 |
| 4月25日 | 《保皇解·仿〈进学解〉体》（续） | |
| 4月26日 | 《圣人解·仿〈渔父〉辞体》 | 碎鲸 |
| 4月27日 | 《代裴景福致某公书》 | |
| 4月28日 | 《代裴景福致某公书》（续） | |
| 4月29日 | 《妓女与清国之官场》 | |
| 4月30日 | 《妓女与清国之官场》（续） | |

可见，"谐文"在《中国日报》副刊上已具相当之规模。而谐文栏之外的栏目也多以谐趣为风格，典型的如谐谈、笑林、灯谜。至于南音、班本、粤讴、龙舟歌等方言书写和民间表达形式，其中亦时常夹杂着诙谐讽谕。

《中国日报》的"谐文"栏，其实完全不受游戏文章传统的限制，

---

① 《中国旬报》第 22 期，中国国民党"中央委员会"党史史料编纂委员会影印本，第 88 页，台北，1983 年。

其风格也并不一定谐谑。其笔触自由挥洒，风格自然朴素，也因此显得雅致不足。如《现象之谷埠》针对广东花船画舫被驱之萧条景象而写，题材与笔法都较写实："广东谷埠，昔之长乐坡，今之迷魂洞也。"缺少"锦绣肝肠"与"珠玉咳唾"的辞采飞扬。又如《赛金花列传》，实际上纯为议论文字，与"列传"之体并不合。总之，它们不过是借嬉笑怒骂的文章形式来表达思想而已，至于"谐文"在文体方面的要求，并不多加考究。此外，这部分谐文最大的特点就是观念先行，具有很强的政治功用和直露明显的党派色彩。如 1904 年 3—4 月间这些谐文将矛头直接对准保皇党的就有 5 篇，约占三分之一。甚至连攻击康有为人格的小品谐文，也不绝如缕。1904 年 3 月 22 日，"谐文"刊出《代某党徒祝近代圣人寿表》①，讽刺众人"或千或百"的"贡献"之举，"固见商人之愚悃心，亦足见圣人之经济学也"；也嘲谑了康氏纳妾、学生愚忠现象等。总之，千方百计攻击保皇党。同日还有广东戏《龙舟歌》，主题也是康有为娶妾，将康氏刻画为丑角，形象十分夸张。如破题词曰："愁自叹，泪滔滔，亏我乞怜政府总有的功劳。休谈往事心烦恼，且讲人生艳福亦是奇遭。"而此前，3 月 11 日"灯谜"栏两则谜语，为"光绪困瀛台"与"保皇会之资本"，谜底分别为"寡人处南海"及"入于南海"。② 从文学的角度看，此类攻讦之文，难免刻薄寡味，但在当时自有其现实意义。它其实只是利用了"诙谐易入"这个文辞特性，来达到政治宣传的目的。

正是由于谐文在读者接受方面具有独特优势，在资产阶级革命民主派与维新改良派争夺阵地和信众的过程中，它便被舆论宣传充分调动了起来。此后，香港和广州的报纸大都注重戏曲歌谣，设有各种形

---

① 农历二月初五适值康有为生日，次日即出台此文，时效性很强。
② 3 月 12 日所出"灯谜"又有"保皇会首领"与"南海圣人在芝罘出险"，分别指向四书与《诗经》句。

式的"谐部"副刊。《中国旬报》及《中国日报》所开创的战斗性"谐文",渐成为一种文章风气。"谐部"之称较早出现于广州的《时敏报》(1903年),该报内容分上谕电传、论说、本省新闻、本省警务、中国要闻、外国要闻、专件、辕门钞、牌示、谐部(杂著、南音)。随后扩充"谐部",名为《醒睡副刊》,内有小说、粤讴、南音、谐文、闲谈、杂记、谈丛、漫画等。1903年,香港的《循环日报》每日出版两张,内容也划分为庄谐两部。谐部就是副刊,登载野史、笔记、诗词、杂文、小说、粤讴等。

影响更大的则推郑贯公主持的《世界公益报》《广东日报》《有所谓报》。郑贯公等1900年借《清议报》发行了《开智录》,因观念不合被迫停刊,并离开《清议报》。后由孙中山介绍到香港编辑《中国日报》。《开智录》在体例上分论说、言论自由录、杂文、译书、伟人小说、词林、时事笑谭、粤讴解心等栏,已经有谐趣内容作为严肃言论的调剂。郑贯公加入《中国日报》后,对其新思想与趣味化方面都有一定的影响。因与陈少白发生冲突,郑又另办《世界公益报》等三份报纸与《中国日报》竞争。《世界公益报》与《广东日报》,都另出谐部副刊,以区别于《中国日报》将谐部作为报尾的做法。《广东日报》副刊又称《无所谓》,1904年3月31日创刊。每日出版两页,主要栏目有:俗话史、谈风、舞台新籁、社会心声、灯谜、诗潮等。以谐文时论与民间说唱文学、戏曲班本为主,富有地方特色与通俗性质。1905年又改名为《一声钟》,内容大致分文界(杂文或杂说)、白话、谐文、谐谈、小说、传记、琐闻、艺闻、格致、谈丛、班本、龙舟、粤讴、诗界等栏目,更为丰富。1905年底,郑贯公又创办了庄谐并重的《有所谓报》。《有所谓报》虽分庄部与谐部,而实际以谐部为重心,是独具特色的关注社会问题的文艺报纸。

其后,港粤新增的报刊大都设"谐部"作为副刊,如香港的《香港少年报》（1906年）、《社会公报》（1907年），广州的《国民报》（1906年），直到辛亥革命前的《人权报》（1911年），副刊仍称"谐部"。许多"谐部"性质的副刊还有特别的名称。如《中国日报》的"鼓吹录"，《时敏报》的"醒狮"，《国民日报》的"黑暗世界"，《广东日报》的"无所谓"，《世界公益报》的"嚎报"，《国民报》（广州）的"亦有谓"。许多未设"谐部"的报刊也常有"谐文"栏目。如1905年6月在广州创刊的《游艺报》，内容分社论、访稿、笑柄、谐文、灯谜、诗界、粤讴、南音、班本、花丛谈等专栏，类似《有所谓》之偏重文艺。而时事性的《振华五日大事记》（1907年4月），也常设"谐文"栏。广东最早的石印画报《时事画报》（1905年9月）在图画纪事外，论事亦分庄谐两部，且先谐后庄。谐部有杂文、谈丛、小说、讴歌（南音、粤讴）、剧本（班本）、诗界等。后继者更径直称为《时谐画报》（1907年）。

  于右任上海报纸的副报趣味性也很突出。《民呼日报》"凡分三大部，曰言论之部、曰记事之部、曰丛录之部。……"①"丛录之部"在第四版，以谐文、笔记和诗词为主。其谐文的特点也是戏拟，所拟对象包括古文与应用文体，表达方式也较为含蓄深刻。如谐文《新条约》，有"甲为保全乙之权起见，应注意乙之家室财产，如乙之妻非甲之许可不得让与他人，乙妻亦不得与他人私立契约"②等条款，揭露了帝国主义利用不平等条约侵占我国主权的实质。除谐文外，《民呼日报》也刊有滑稽小说。而《民呼日报》与《民吁日报》对图画更为重视，内容分为四类：小说画、新闻画、滑稽画与杂事。其滑稽漫画笔墨浓郁，富有讽刺意味与战斗性。《民立报》第八版亦为副刊，设有"俳谐文"栏。在"竖三民"副刊编辑中，谈善吾是一名擅长诙谐的报人，报中许多谐趣文字出自其手。除谐文《地支生肖十二曲》

---

① 《民呼发刊广告》，《民呼日报》1909年5月15日。
② 《民呼日报》1909年7月16日。

等多篇外，他还有长篇章回滑稽小说《痴人梦》《飞艇恨》《探海记》等，嘲讽政局、官界与军界等，配漫画刊行，幽默风趣。值得注意的现象是出现了仲明、志疚、无用等作者的"来稿"，谐文的作者群与社会面由于此类稿件的充实而不断扩大。如署"仲明来稿"的《科学奇谈》多则连载，内容丰富，实为谐谈类小品文。

白话报刊和妇幼童蒙报刊，对谐语的借用更为普遍。如《无锡白话报》（1898年）特设白话译本之伊索寓言《海国妙喻》；《杭州白话报》（1901年）"杂文"栏所登《唱团匪认祖宗》《唱读书人真不了》等系列唱词；《女学报》（1903年）"谐铎"栏所登《某孝廉》《某县令》《某新党》《某甲》《某公子》等谐谈；《童子世界》（1903年）于"笑话栏"刊出《打野鸡》《粪将安求》《老鼠屎》等，都富有通俗浅近的幽默诙谐风格。《竞业旬报》（1904年）的语调也较诙谐，后期更有《欢迎政界诸公颂》《狗咬革命党》《鬼报恩》等大量"滑稽文"出现。[①]

而综合类杂志也不定期有谐谈类文字出现。如《选报》（1902年）之有《考试笑柄》《妙语解颐》《课吏笑谈》；《大陆报》（1902年）之有《西国笑谈》；《浙江潮》（1903年）之有《解颐杂录》《奇奇怪怪》；《广益丛报》之有《八股自嘲》等。

这里还要提到一份北京的《庄言旬报》，实际为以滑稽诙谐为主调的启蒙读物。其早期杂志未见，但从光绪三十三年（丁未十月初十日）改版为《庄言七日报》第二十四期推算，即便之前作为月刊从未衍期，其创刊至晚也在1905年底。此时正值北京白话报刊启蒙热潮如火如荼之际[②]，但它更突出谐文与漫画。如果说其刊登漫画可能受到

---

[①] 以上所论各报篇目据《中国近代期刊篇目汇录》（上海人民出版社1981年版）整理而成。
[②] 1905年北京创刊的白话报有《顺天时报》白话附张、《北京官话日报》、《北京女报》、《军事白话报》、《北京官话报》、《白话普通学报》、《通俗白话报》、《京话官报》、《兵学白话报》。1906年又有《京话广报》《宪法白话报》《正宗爱国报》《白话国民报》《白话公益日报》《京话实报》《京话公报》《中央白话报》等白话报出现。

了《启蒙画报》的影响，那么谐文与漫画相结合营造的滑稽诙谐色彩，则使它足以在北京众多启蒙报刊中独树一帜了。

这些综合类报刊普遍出现庄谐杂陈的现象，说明"诙谐易入"的心理因素在暗暗起作用。谐语在交际传播方面的便利，使它很容易与近代报刊结合，取得与庄言并存的位置，并有逐渐发展成为一类重要的报刊语言的趋势。

## 二 文艺期刊与游戏类文艺期刊的出现

与文艺小报"游于艺"的姿态不同，清末的文艺期刊有两种值得关注的现象：其一，小说为杂志先锋：以"四大小说杂志"为代表，众多的小说杂志不断充实进来；其二，提倡风雅传统：以《南社》与《墨海》为代表，继之者有众多文社社刊等。当然，更受瞩目的是前者。而在小说杂志中，诙谐因素已经明显渗透进来。

梁启超所办的《新小说》（1902年）杂志以提倡文学改良著称，颇具时代新文艺风向标的资格。但在这份小说杂志中，有两种体裁显然与体例不合，即"杂记"与"杂歌谣"。"传奇"与"戏本"毕竟都有故事情节，放在小说杂志中不算离谱。但"杂记"与"杂歌谣"进入的理由，大概就是其通俗易懂的特性。"杂歌谣"为有韵之文，其中所登多为新乐府与粤讴。作为此栏目的提倡者之一，黄遵宪曾有言："此体以嬉笑怒骂为宜，然此四字乃非我所长，试为之，手滑又虑伤品，故不欲为。"[①] 可见，此类文字实际亦以"嬉笑怒骂"为本色，一些严肃的作家，如黄遵宪对此有所警惕。但游戏笔墨在读者中广受欢迎。1903年，《绣像小说》于上海创刊，也存有"时调唱歌"

---

① 黄遵宪：《致梁启超函》（光绪二十八年十一月一日，1902年11月30日），见陈铮编《黄遵宪全集》上册，中华书局2005年版，第438页。

一栏。其风格是借用民间曲调,而添以时代话题。这与仿拟古文的做法一致,郑振铎称之为"拟作民歌"①。《绣像小说》所仿民歌曲调有"五更调"(包括"叹五更""梳妆台五更""吴歌体""小五更"等)、"送郎君"("十送郎体"等)、"十二月调"("十二月花名体""红绣鞋十二月""十二月太平年"等)、"开篇体"、"北调叹烟花"、"马如飞调"、"凤阳花鼓调"、"道情"、"四季相思调"等。以民歌之"俗"趣结合时代之正题,打破了雅与俗、庄与谐的界限。而略带不相称感所产生的滑稽,也让人顾盼赏玩不已。

《新小说》第1号(1902年11月14日)"杂记"栏刊出的《东京新感情》《考试新笑话》,则明显以谐语为文。《东京新感情》为"杂纂"体小品文②,如"最得意二十一条""愁人九条""可笑八条""最可怜七条"等。第2号(1902年12月14日)又有谜语《射覆丛录》,至第3号(1903年1月13日),则"游戏文章"作为小栏目赫然出现,刊出署为"弗措斋戏作"之《老学究叩阍记》,嘲讽守旧学者。③在这种氛围里,吴趼人又纵笔写作了《新笑史》和《新笑林广记》,为《新小说》第8号以后各卷增趣不少。同时还有署名"岭表英雄"和"则狷"的《新笑史》,与吴作同属一个系列。吴趼人在《新笑林广记自序》中还提出"笑话小说"的概念并有改良之意:"迩来学者,深悟小说具改良社会之能力,于是竞言小说。窃谓文字一道,其所以入人者,壮词不如谐语,故笑话小说尚焉。吾国笑话小说,亦颇不鲜;然类皆陈陈相因,无甚新意识,新趣味。内中尤以《笑林广

---

① 郑振铎:《中国俗文学史》,作家出版社1954年版,第455页。
② 鲁迅:《中国小说史略》曾注意到此类文字"以类相从","不特聊资笑噱"的特点。夏晓虹《旧年人物》(中国广播电视出版社1997年版)一书有两篇文章(《人生得意须尽欢》和《人生有情泪沾臆》)讨论此类作品的发展及其在近现代的流变,包括《东京新感情》及《吴趼人哭》等。
③ 第4号(1903年6月10日)又有《祭落卷文》《守旧鬼传》。近代的谐文传抄情况严重,类似题目常见。

记》为妇孺皆知之本，惜其内容鄙俚不文，皆下流社会之恶谑，非独无益于阅者，且适足为导淫之渐。思有以改良之，作《新笑林广记》。"①

"笑话小说"之说法，显然是赶近代小说类型化的潮流而创造的新语词。在近代文学革新的大潮中，这种努力很值得一表。可惜，吴趼人的号召力不如梁启超，加上笑话"本体不雅"的性质作祟，"笑话小说"并没有被普遍接受。但吴趼人创作和改良笑话文体的自觉仍颇具时代意义。

1906年11月，当吴趼人亲自主持《月月小说》时，谐语文字的写作被继承了下来。《月月小说》对滑稽文字的提倡，在"新小说"潮流中尤为突出。它特辟"杂录"栏，有"讥弹""俏皮话""滑稽小说""寓言小说"等多种途径来创作嬉笑怒骂之文章，寄托愤世嫉俗之感情。吴趼人首先打出"趣味"的旗帜。他对梁启超"小说与群治之关系"提倡以来的小说发展有所不满，对其理论也进行了补充，加上"补助记忆力"和"易输入知识"两条作为小说的社会功能。而这两者的立论基础都是"趣味"。"读小说者，其专注在寻绎趣味，而新知识即寓于趣味之中，故随趣味而输入之而不自觉也。"② 第1号便推出吴趼人的《俏皮话》及大陆的长篇章回滑稽小说《新封神传》。为此，《月月小说》发刊词专列"滑稽"作为小说之一种重要类型："东方诙谐，笑骂百万，容心指摘，信口雌黄。由明为晦，由无为有，金鉴在心，词锋脱口。作滑稽小说第九。"③ 之后，吴趼人还不断在短篇小说中扩大"滑稽"的领地。就这样，从小说的趣味性出发，"滑稽"和"诙谐"风格在小说杂志与小说中得到了深化与强化。

时人秦琴已捕捉到诙谐与小说两种时代潮流的合流现象，"夫小说之势力于社会也，尽人能知。庄论不如谐语之易入也，亦众所共喻"。④

---

① 《新小说》1907年11月20日第10号。
② 吴趼人：《〈月月小说〉序》，《月月小说》1906年11月1日第1号。
③ 陆绍明：《〈月月小说〉发刊词》，《月月小说》1906年12月30日第3号。
④ 秦琴：《〈月月小说〉祝辞》，《月月小说》1908年11月20日第10号。

小说与诙谐的结合，产生了近现代一种重要的小说类型——滑稽小说。虽然吴趼人此前之《新石头记》常被作为滑稽小说追摹的对象，但滑稽小说作为小说类型被确立下来，其创造之功，当推《月月小说》及主笔吴趼人。《月月小说》提倡滑稽小说之举一呼百应，社会反应非常强烈。1907年，许多"滑稽小说"纷纷出炉。特别值得一提的是，一是陈冷的《新西游》，1907年以前所作两回，并未明确"滑稽小说"的性质，而之后则追加上"滑稽小说"的标签；一是翻译名家林纾，在1907年4—8月间，连续推出三部标为"滑稽小说"的译作——《拊掌录》、《旅行述异》和《滑稽外史》。此后，"滑稽小说"逐渐发展成为近现代一种重要的小说类型。①

在众多的小说杂志中，广东小说杂志如《粤东小说林》（1906年）、《广东戒烟新小说》（1907年）、《中外小说林》（1907年）等与广东时事报一样，仍保留有"谐文"栏以及其他广东乡土文学栏目。这在晚清众多小说杂志中也独具特色。虽然诙谐因素在小说杂志中的表现方式各异，但有识之士已普遍认可诙谐的通俗性、普适性与适用性。因为"庄语不如谐词之易入"的缘故，周桂笙便认同吴趼人之"喜用谐词"，"以嬉笑怒骂发为文章"。②而罗春驭说得更明白："夫人类之普通性质，法言难入，巽与易受，惮庄言而喜诙谐。"③强调"惮庄言而喜诙谐"为人类的普遍性质，口气绝对，不需论证。④

---

① 汤哲声有《中国现代滑稽文学史略》专门论述这一小说类型，范伯群、孔庆东《通俗文学十五讲》也辟专章进行论述。
② 《新庵谐译初编序》，《吴趼人研究资料》，第334页。
③ 罗春驭：《月月小说叙》，《月月小说》第3号。
④ 《月月小说》非常重视自我宣传，借同声相求的方法广邀同人写祝词。而许多同志者的祝词，都一再重复"谐"之为此杂志一种重要特色。陶报癖云："酣畅逞词锋，详明逾正史。铺张何偏庄或谐，记载不分泰与否"（陶报癖：《〈月月小说〉题词》，《月月小说》1907年4月27日第7号）。李泰来云："欲收移风易俗之功，必先求悦耳泽神之物"（李泰来：《〈月月小说〉祝词》，《月月小说》1907年10月7日第9号）。倪承灿云："神熏浸刺提之用，摅滑稽瑰丽之辞"（倪承灿：《〈月月小说〉祝词》，《月月小说》1908年3月第14号）。文人志士已普遍注意到诙谐因素在近代报刊与文学中的特殊作用。

此时，还出现了一种标举游戏文章的文艺期刊，显得有些特立独行，即《游戏世界》。这是目前所知的第一份以游戏笔墨为主调的文艺期刊。它创刊于1906年4月，由钟骏文所主杭州崇实斋发行。从游戏文章的角度看，它与《申报》早期文艺期刊中所登谐文一样，仍追求传统文章趣味，表达方式大体不出旧体范围，只是在内容方面带有时代色彩。如澹庐《猫啮百舌说》一文借用了《唐书》武则天"使猫与鹦鹉并蓄"之事，暗喻同室操戈之痛，讽刺清廷内部的斗争。其文辞甚雅，实为一篇出色的论说文："以视凤鸾之矫然遐举，鸿鹄之轩然高骞，其所遇已有幸与不幸矣。然犹不致若鸡鹜充膳，雌雉流膏，虽困之以樊笼，拘之以珊钩，纵不得放纵自如，瞬息千里，而饲则嘉味，护则锦帏，一饮一啄，不费自求，载飞载鸣，亦堪自适。其得主人欢心也，当可以娱岁月、了余生矣。孰知一室之中，危如幕雀，伏有虎狼。不见夫目闪闪而欲逐逐者，彼何物欤？主人一日在，则爪牙一日不敢张，饕餮一日不敢肆。及一不经意，而伺隙乘机以进。所谓不敢张者张矣，所谓不敢肆者肆矣。非特不顾同类之义，抑且不念同主之情。"[①] 至于如《吾老矣不能弄也》"仿顾永年吾老矣不用也"，将情欲与性的内容放入时文的窠臼中，其滑稽与戏谑之用意就非常突出了。[②]

关于《游戏世界》，编者称："以游戏为宗旨，不议论时事，不臧否人物。"而其体例则云："以缪莲仙先生《文章游戏》及本社所刻《天花乱坠》初二集为体例。"[③] 在刊出杂志的同时，寅半生（钟骏文）还创设了"游戏社"，按月起"课"，定期写作游戏文，然后将社里文章与其他报章及时人谐作选刻刊入《游戏世界》。并且，"本社志

---

① 《游戏世界》1906年4月第1期。
② 废人：《吾老矣不能弄也》，《游戏世界》第1期。
③ 《游戏世界》第1期。至于《文章游戏》与《天花乱坠》，虽出版在先，因其体例与意义重要，下文将特别论述。

在刊刻丛书，力图久远"的设想①，不可谓不宏大。可惜，由于种种原因，寅半生此志没有实现。但是，如果追寻游戏文章与游戏类杂志在近代的发展脉络，《游戏世界》无疑具有重要的地位。

### 三 滑稽游戏文章的结集出版

近代，报刊之文与文集之文之间出现了相互交叉的关系，在诙谐文这个主题下表现得也很突出。报刊诙谐文中仍有很大一部分属于传统游戏文章的脉络，在形式和内容上与文集之文并没有太多差别，只是载体不同而已。但毕竟游戏文章这一古老的文体开始登上了现代的舞台，在近代报刊中不仅玩起了跑龙套，甚至还唱起了主角。更值得关注的是，滑稽游戏文章的结集，受到了报刊诙谐文的强势影响，甚至结集本身就是报刊诙谐文的汇编。

若追溯文章游戏与游戏笔墨的传统资源，清代中叶缪艮（莲仙）②所辑《文章游戏》是不该回避的。此辑一举巩固了此类文章所具有的文化积淀，并扩大了其社会影响。《文章游戏》四编卷首有窦江李世芳序，即云："其敛书虽贞淫美刺杂然而陈，而大旨归于讽谕，能令读之者或欠伸鱼睨，或抚髀雀跃，眉舞色飞，手胝口沫。风行海内，几于家置一编，其信今如是，其传后可知。"③至晚清沈蕙风在《眉庐丛话》中亦提到此书之"风行"，"仁和缪莲仙所辑《文章游戏》，多至四十余卷，虽无关大雅，而海内风行"。④由于《文章游戏》的成功，后有孔广林《温经楼游戏翰墨》二十卷仿行出版。1903年春，杭

---

① 《游戏世界》第1期。
② 缪艮（1766—?），字兼山，号莲仙，杭州仁和人，擅诗文。
③ 缪艮：《文章游戏》初编，嘉庆二十三年（1818年）纬文堂刻本。
④ 沈蕙风：《眉庐丛话》，台北：文海出版社1979年版，第24页。

第三章 清末民初报刊谐趣化潮流

州崇实斋"仿缪莲仙先生《文章游戏》体例"① 出版了《天花乱坠》，共三编。此举在晚清大受欢迎，促成了《游戏世界》月刊的出版。天虚我生（陈蝶仙）在《游戏世界叙》中赞誉："往者缪莲仙摭拾群言，辑《文章游戏》一书，海内传诵，佥谓此真性情，是大文章。惜莲仙既往，世无有继起之者。"② 梁章钜编《巧对录》时，对《文章游戏》的文情亦甚为揄扬："缪莲仙艮有辑《四书对语》，自二言至八言，不下数百则，亦一时之极思也。"③ 至《巧对补录》又云："前辑巧对，所录缪莲仙、汤春生《四书》对语，皆浑成可喜。今复阅其《文章游戏》二编，尚多可采者，亟登之如左。"④ 直到郑振铎编撰《中国俗文学史》时，将中国俗文学⑤的内容分为五类，其中"游戏文章"就成为与诗歌、小说、戏曲、讲唱文学并列的一种文体。他说："这是'俗文学'的附庸，原来不是很重要的东西，且其性质也甚为复杂，大体是以散文写作的，但也有作'赋'体的。在民间，也占有相当的势力。从汉代的王褒《僮约》到缪莲仙的《文章游戏》，几乎无代无此种文章。"⑥《文章游戏》的传播影响力如此之大⑦，无怪乎它成为晚清文人追求谐趣的一种重要文化资源。

缪艮所辑《文章游戏》四编，共三十二卷。初编曹斯栋序于嘉庆

---

① 寅半生：《天花乱坠》初编，光绪癸卯（1903年）春仲崇实斋藏版。
② 《游戏世界》第1期。
③ 梁章钜：《巧对录》卷一，清道光二十二年刻本。
④ 梁章钜：《巧对补录》。所谓《四书对语》出自《文章游戏》初编。
⑤ 郑振铎这里所谓的"俗文学"，是"凡不登大雅之堂，凡为学士大夫所鄙夷，所不屑注意的文体都是'俗文学'。'俗文学'不仅成了中国文学史主要的成分，且也成了中国文学史的中心"（郑振铎：《中国俗文学史》，作家出版社1954年版，第2页）。
⑥ 郑振铎：《中国俗文学史》，作家出版社1954年版，第13页。
⑦ 还有两个例子可以间接体现缪莲仙及其《文章游戏》的魔力。一是清代著名南音《客途秋恨》以多情才子"缪莲仙"为男主角，讲述其与广州名妓麦秋娟的故事，大概不是偶然。一是钱钟书的《围城》写方鸿渐跟着孙柔嘉过桥，不禁使李梅亭想起了《文章游戏》中的八股文《扶小娘儿过桥》。钱先生此处让主人公不由自主地想起《文章游戏》，则默认此书为读书人的熟典。

· 91 ·

十八年，二编茅慰萱序于嘉庆二十一年，三编缪艮自序于嘉庆二十三年，其成书不可谓不快，今见有嘉庆二十三年纬文堂刻本，二十五年刻本，嘉道间藕花馆刻本，其印行不可谓不速。关于编辑意图，缪莲仙《文章游戏》三编自序曰："今之所谓文章者，凡以博功名也。文章不博功名，直谓游戏焉耳矣。夫天地一戏场也，古今一戏局也。人生百年，与过客之羁游焉无以异。由少而壮，壮而老，穷年矻矻，终日营营，何莫非逢场作戏乎？矧今以帖括为文章，本古人之诰言，摹古人之语气，俄而写圣贤经济，俄而写奸佞机谋，甚至杂学异端，诙谐讽谕，端情尽致，如戏场之生旦净丑者。然俱属优孟衣冠，初非本来面目。师友之所讲解，有司之所取裁，幸而弋获功名，诩诩然夸于人曰：此有用之文章也。原其摇笔之际，要未尝不从游戏来也。自世人以成败论英雄，斯不谓为文章游戏耳。予不敏，未尝学问。年始弱冠，学为文章，仅赋子衿，屡困场屋。功名不得，何有文章？然结习难除，东涂西抹，偶有所述，未敢自谓文章也，曰此文章游戏也。于是见人之文章有不必以功名显者，亦曰此文章游戏也。故初编不已，继以二编；二编不已，又继以三编。虽无用之文章，而有似乎游戏者，则固谓之文章游戏也；有不尽似乎游戏者，亦谓之文章游戏也。惟鸿文巨制，裴（斐）然成章之作，概不拦入。盖欲与能文章而不博功名者，共相游戏焉而已；更欲与能文章而已博功名者，共晓为无非游戏焉而已。戊寅秋日莲仙缪艮自序于绥江官舍。"[①] 以"有用"与"无用"为文章游戏的标准，看起来颇为迂阔，实则为科举时代一种反叛者标榜的姿态。回到"文章不博功名"的非功利目的，在当时亦属难得。缪莲仙虽然标举"文章游戏"，但是，由于他关注的前提是功用，而不是文体。所以，他要再三解释"有似非尽涉游戏之作"者，表现

---

[①] 缪艮：《文章游戏》三编，嘉庆二十三年纬文堂刻本。

出"游戏文章"的某种尴尬。①

《天花乱坠》初编与《文章游戏》在编纂方式上已有了明显的不同。其宗旨云:"是编虽系游戏之作,而崇论宏议,颇合主文谲谏之意。"② 这与缪莲仙标举文章"无用"、游戏之意不同,反过来又要强调游戏之作的社会作用。并且,因此时科举改试策论,在文体上抬高论说,而压低诗赋,亦是趋时之举。而更重要的一层区别表现在文章来源方面。编者在凡例中指出,该编除"搜集名人撰著"外,还借力于"报章传布之作"。③ 所谓"名人撰著"之"名人",也有许多报人厕身其中,如吴趼人、游戏主人(李伯元)、太瘦生(高太痴)。再从篇目与作者的关系看,《天花乱坠》初编与二编有 40 篇直接署出源自某报者,而《天花乱坠》初编收文有 100 篇出头,也即是说,明确指出来自报刊的诙谐文章约占总目的 1/5。被注出的报章来源中,最多的是小报,以《笑林报》《消闲报》《采风报》为首,其次则有《少年中国报》《大陆报》《香港中国报》《汇报》等综合性报刊。实际上,来自报刊的文章远远大于这个比例。例如其中选有梁启超的《论小说之势力》(即《论小说与群治之关系》一文),署笔名"饮冰室主人"④,还有"观云"(蒋智由)的《醒狮歌》,署"弗措斋戏作"的《老学究叩阍记》一篇,署"同考官某公"的《祭落卷文》,"人境庐主人"(黄遵宪)的《幼稚园上学歌》,这些作品其实都出自梁启超主办的著名小说杂志《新小说》。编者捕捉信息也非常灵敏,从《新小说》创刊至《天花乱坠》编印这批作品,中间只有几个月的时间。由于原作有署名,编者在编选时就只取其作者名而不署所出之报

---

① 缪艮:《文章游戏》二编例言,嘉庆二十三年纬文堂刻本。
② 《天花乱坠》初编,杭州崇实斋,1903 年。
③ 《天花乱坠》初编。
④ 还有同署饮冰室主人的传奇作品《独啸》,和署名卓如的谐文《芙蓉君传》《吸洋烟四书文》,待考是否确为梁启超作品,亦可能因为选自梁所办报刊便署"卓如"了。

刊。在近代版权意识不够发达的情况下，这种做法很可理解，并且已经非常难得。鉴于这一编辑背景，加之作者群十分分散，大量使用笔名，可以推测，除了以编者为中心的善于谐文的江浙文士群之外，《天花乱坠》前二编文章来源已主要依靠新兴报刊。

1906年《月月小说》开辟笑话小说栏目《俏皮话》，吴趼人曾历数他个人诙谐之作的流传情况，可间接看出报纸对诙谐因素的欢迎程度，以及作者对谐文辗转流传于报章的不满足："凡报纸之以谐谑为宗旨者，即以付之。报出，粤港南洋各报，恒多采录。甚即上海各小报，亦采及之。年来倦于此事。然偶读新出各种小报，所录者犹多余旧作。楮墨之神欤？抑亦文章之知己也？然辗转抄录，终在报章，散失不能成帙。香港近辑之《时谐新集》，虽间亦采及数条，亦仅得一二，非我面目。"① 这里论及的《时谐新集》，可算作地道的报刊诙谐文选。"是书仿《岭南即事杂咏》文章游戏之体裁，分门别类，翻陈出新，可读可歌，可惊可泣，可以新民智，可以解人颐，诚为近日新书中之别开生面者也。"② 包括"文界""小说""诗界""曲界"等众多体裁之游戏文章。此集也是博采众报而成，可作为当时报刊诙谐文中与时事关系密切一类的代表。如文之《守旧鬼传》《八股先生传》《强俄窥边赋》，小说之《动物谈》《虫族世界》《飞禽世界》《鸡鸭相庆》（有吴趼人旧作），诗之《香港竹枝词》（郑贯公），粤讴之《自由钟》《自由车》《天有眼》《地无皮》（廖恩焘）等。除郑贯公所主持的《中国日报》《世界公益报》《广东日报》《唯一趣报有所谓》外，诸作还散见于《新民丛报》《新小说》及上海各日报小报。只是现在一一回溯其出处已很困难。

---

① 《俏皮话》自序，《月月小说》1906年第1号。
② 《时谐新集》封面广告，香港中华印务有限公司，转引自《胡从经书话》，北京出版社1998年版，第56页。

第三章 清末民初报刊谐趣化潮流

"散失不能成帙",的确是报刊谐文面临的困境,也是报章文共同的尴尬。除王韬、梁启超等少数著名报人的文章被结集出版外,大部分报章论说文仍然只能存在于报纸的原生态中。初刊于报章而最易被另行出版的文体,非小说莫属。虽然大量小说作品借此途而流传,但仍有无数不知名的小说作品被报章之海湮没。更不必说诗词、笔记、谈丛之作了。谐文等零篇碎什,亦难逃此运。除上面提到的几种结集外,现在所知民国以前出版的还有砚云居士所编《滑稽诗文集》(又名《新天花乱坠》)[①]四卷,所收也以报章谐文居多。主要作者有陶报癖、陶阿阁、徐远(父)、何惠群等。大约因积累已久之故,体例明显较《天花乱坠》严整,基本上全为谐谑游戏之作。至于个人作品结集的情况,吴趼人曾为周桂笙编次《新庵谐译》,1903年由上海清华书局出版。不过,此编实为翻译寓言小说,与此前译成之《伊索寓言》相仿,作者却以之为解颐篇。此外,则属吴趼人《俏皮话》较早,此作曾从《月月小说》排印本中抽出,由上海群学社单行出版。

## 第三节 兴风起浪:民初报刊谐趣化大潮

民国初年,也就是从辛亥革命到"五四"运动这短短几年间,政治局势风云变幻,社会出现前所未有的动荡。虽然七八年的时间,却经历了袁世凯篡权、二次革命失败、袁世凯复辟帝制、府院之争、张勋复辟、北洋军阀内讧、第一次世界大战等一连串的重大变故,历经三次推翻帝制与三次建造共和的反复。如此频繁的社会剧变,朝秦暮

---

[①]《滑稽诗文集》,今"零玉碎金集刊"存有影印本(台北:新文丰出版公司1980年版),卷首有陶报癖、徐远父、陶阿阁序。陶报癖序作于1910年(北京师范大学有藏本)。而《新天花乱坠》有徐远父叙,由新盦(周桂笙)书首,写于1911年孟夏(北京大学有藏本)。核对两书目录,完全一致,可知两版本曾以不同名并行从《申报》广告看,由广益书局出版发行。砚云居士,即汪庆祺,字惟父,号锡纯,安徽休宁人,《月月小说》总经理。

楚，使人们的生活也随之波动起伏，挣扎在纷扰与不安之中。在乱世的哀鸣中，谐趣作为人类潜在的一种心理模式，在游戏中放纵、忘忧、疗伤的社会功能广受欢迎。一方面是苦中作乐、破涕为笑；另一方面是谈笑讽谏、寓庄于谐。谐趣文"振危释惫"的社会功能，是其在民初报刊蓬勃发展最重要的内在原因。又因为时事紧迫、扣人心弦的外在诱因，谐趣文的"会义适时""颇益讽诫"也与报刊的批评功能契合，并被发扬光大，在民初进一步强化了其追踪时事、指斥时弊的倾向。整体来看，报刊谐趣化虽然是一种重要的文化传播现象，但它在民初汇流为潮则是非常时期的历史产物。

## 一　民初报刊谐趣化大潮与时事舆论之关系

从舆论与时事发展变化的情形看，民初几年，舆论界大体经历了三个阶段：第一阶段（1911 年底至 1912 年底）由清朝入民国，袁世凯政权未稳，出现了"中国报界的黄金时代"[1]，此时民情勃兴，舆论大开，报业空前繁荣；第二阶段（1913—1916 年）袁世凯当权，特别是自二次革命失败至复辟帝制期间，为以"癸丑报灾"为典型的报灾时代，报界遭受前所未有的厄运，言论自由备受禁限，甚至"不及前清远甚"[2]；第三阶段（1916—1918 年）袁世凯覆亡，共和复活，北洋军阀鹬蚌相争，为报界重获生机的复苏期，虽然军阀阴谋控制舆论，但其控制力远不及袁世凯，舆论环境相对宽松。

1. "中国报界的黄金时代"

辛亥革命前后，报刊舆论与民间舆论因革命形势的高涨而骤然一

---

[1] 马光仁主编：《上海新闻史》，复旦大学出版社 1996 年版，第 391 页。
[2] 黄远生：《忏悔录》，《远生遗著》卷一，"近代中国史料丛刊"三编，台北：文海出版社 1986 年版，第 132 页。

变。明显的变化之一是报刊种类和销量的猛增。革命政府重视言论自由，后南京临时政府公布《中华民国临时约法》更明确规定："人民有言论、著作、刊行及集会结社之自由。"① 一时间，报刊发展如风起云涌，全国的报纸由十年前的 100 多种，很快激增至近 500 种，报纸总销量达 4200 万份。② 变化之二，就是广大市民阶层纷纷关注时事变化与舆论动向。社会各界受革命风潮的刺激，推翻清政府建立共和国的政治热情一时高度膨胀。在武昌起义爆发后，上海市民开始争购报纸，以了解有关起义的消息："报馆林立的望平街头，整天挤满探询最新消息的人群。各报馆一有新闻，即印传单，乃至一日之间印发五、六批之多。"③ 如《民立报》因大力宣传革命，刊载革命军专电，发表激烈的短评，"销数顿由数千份激增至二万份"，并且报价被报贩提高至普通报的十至几十倍，"最高价竟至一圆，还是被争购一空"④。因革命形势的发展，由满清入民国之际，舆论界有一种明显的倾向，就是言论趋于峻急。尤以《民立报》《民权报》《民强报》等为此类报纸的代表。

在这种大环境下，文艺报刊也进入调整期。

首先，清末的文艺小报进入低潮。由于其赖以生存的消费主义文化受到时代革命洪流的冲击，曾经"风行一时的小报渐趋凋零，几近绝迹"。⑤ 早期文艺小报的格调与趣味被改造后，有选择性地留存下来。1912 年，新兴的几家文艺小报，如《滑稽魂》《冷报》《飞艇报》《新笑林》《新游戏报》《图画剧报》，有的偏重戏剧，有的偏重游戏，与花丛、市井保持了一定的距离，但此类小报的影响已远非昔比。

其次，小说期刊出现了一个短暂的间歇。除 1909 年创刊的《小说

---

① 中国第二历史档案馆编：《中华民国史档案资料汇编》第二辑，江苏人民出版社 1981 年版，第 107 页。
② 方汉奇：《中国近代报刊史》（下），山西人民出版社 1981 年版，第 676 页。
③ 刘惠吾：《上海近代史》（上），华东师范大学出版社 1985 年版，第 354 页。
④ 郑逸梅：《书报话旧》，学林出版社 1983 年版，第 226 页。
⑤ 祝均宙：《上海小报的沿革》，《新闻研究资料》，中国社会科学出版社 1988 年版。

时报》与1910年创刊的《小说月报》仍维持出版外，1912—1913年，有影响的小说期刊未有新增。而文艺期刊也较少创获，以《南社》为代表的风格稳重的传统文艺维持着旧局面。

较为活跃的是各大报的文艺副刊，它们的出现虽然无关革命，但在革命形势下积极配合正刊开展了宣传攻势。此时，上海地区影响较大的文艺副刊有：《时报》1911年2月28日创立并附送的《滑稽时报》，11月13日改为《滑稽余谈》回归正张；1911年7月27日创刊的《新闻报·杂俎》；1911年8月24日创刊的《申报·自由谈》；以及1912年3月28日创刊的《民权报》第十一版。它们都表现出对趣味性的倚重，并逐渐发展形成一种典型的副刊风格和统系，即游戏型副刊。此外，《民立报》《神州日报》《太平洋报》等大报的副刊也颇为引人注目，虽然不乏趣味色彩，却以《南社》气息更为浓郁。在北方，天津的《大公报》与北京的《顺天时报》读者最多。《大公报》进入民国后一度迷惘，其副刊也效颦上海报纸，穿插谐趣性的文艺文字于其中，但多为转载作品，未有生机，而《顺天时报》为日本人所办，副刊以梨园春秋、花国韵事为主，文艺性不强。

2. 报灾时代

1913年，由于"二次革命"的失败和袁世凯独裁政权的巩固，舆论界在经历了短暂的繁荣后陷入低谷。袁世凯解散了国民党，查封了国民党及其他反袁的报刊。在租界内出版的报纸不能直接查封，就采取禁售、禁邮的办法，限制它们在内地的发行，迫使其停刊。另外，袁世凯政府又创办并收买、改造御用报刊，如北京的《金刚报》《亚细亚报》，上海的《神州日报》也为其接办，其他直接或间接接受收买的报纸总数多达125家。至1913年底，全国报纸仅剩下139家，比1912年减少了300多家，史称"癸丑报灾"。[①] 之后，袁世凯政府先后

---

① 方汉奇：《中国近代报刊史》（下），第717页。

颁布了《戒严法》、《治安警察法》、《报纸条例》和《出版法》，其中《报纸条例》不但包括了原《大清报律》的全部条款，而且还增加了很多新的限制，使得军警和各级官员，可以随意干涉报刊的出版。对报人，袁世凯政府也采取收买、恐吓、逮捕、暗杀等种种手段，无所不用其极。自1912年4月至1916年6月袁世凯统治期间，全国报纸至少有71家被封，49家受传讯，9家被军警捣毁；新闻记者至少有24人被杀，60人被捕，全国报纸总数不超过150家。①

经过袁世凯此番软硬兼施、肆意蹂躏后，新闻界难免有噤若寒蝉之苦闷。由于新闻报道受到严格的限制，文艺报刊反而获得了狂飙猛进的展开势头。唯有文艺小报，或许由于人才不济的缘故，仍然没有找到发展的方向。大报的文艺副刊纷纷以嬉笑怒骂之笔，写愤世嫉俗之文，大受读者欢迎。《时报》将《滑稽余谈》改版为独具特色的《余兴》，《新闻报》因嫌《杂俎》不够胜出，亦新刊《快活林》，由严独鹤主持，颇受好评。北方此时新创的大众报纸《益世报》较具代表性，其副刊《益世粽》，以谐文、谐诗、谐词、谐语、谐联、谐对、谐评、谐谈、谐想、谐乘、谐谜、谐小说等一系列谐趣文为特色。借助副刊的影响力，各报馆还衍生出《自由杂志》《游戏杂志》《余兴》《滑稽时报》等一批专门的游戏类文艺杂志。游戏文字因兼具战斗性与游戏性，在特殊的历史境遇中特出一时。更多标榜滑稽，以游戏笔墨为主的文艺杂志与消闲读物也应运而生，结伴出现。典型的游戏读物，1914年创刊的就有《滑稽杂志》《黄花旬报》《五铜元》《娱闲录》《快活世界》《销魂语》等，1915年创刊的还有《笑林杂志》《消遣的杂志——上海》《消闲钟》等。因此，1913—1916年可称为报刊谐趣文的鼎盛期，而尤以1914年最为繁荣。

文艺期刊也声援了谐趣文化的繁荣。1914年，一系列小说杂志纷

---

① 方汉奇：《中国近代报刊史》（下），第720页。

纷登场,如《中华小说界》《小说丛报》《礼拜六》《小说旬报》等。《民权报》被迫停刊之后,便出版了《民权素》杂志,仍旧畅销。其他各种特色的文艺报刊不断涌现,如带有性别特征的《眉语》《女子世界》《香艳杂志》等。令人注目的是,此时的大部分综合文艺杂志,常设有"谐文"及"谐薮"栏,以小说为主的杂志则较重视滑稽小说。无论唱主调,还是做配角,"谐文"俨然成为一种重要的栏目和常见的文艺体裁。时代氛围和文坛风气已形成一定的文学场,而无形的文学场及话语模式又影响了文学的格局。

3. 重获生机的报界复苏期

1916年3月22日,袁世凯被迫宣布撤销帝制,恢复使用中华民国纪元。6月6日袁病逝,黎元洪继任大总统,将以前禁止发行邮递挂号的二十余种报刊一概弛禁;7月16日,又废止了《报纸条例》。于是,报业开始复苏。至1916年底,全国报纸从130—150种增加到289种,比前一年增幅为85%。① 不仅数量增加,舆论的力量也逐渐恢复。一方面,报界努力重塑自我形象。恰值国会重建,报馆与国会、报人与议员之间被勾连起来,常常并举。在上海,《申报》《新闻报》《民国日报》等十一家报馆联合开会,欢送国会议员北上之时,就指出:"排除恶政,建设良谟,报馆与国会应同负责任。"国会议员宴请报界人士时,也希望国会与报纸共同发挥监督作用。② 另一方面,民众渐已养成阅报的习惯。"凡有文字之知识者,几无不阅报,偶有谈论,辄为报纸上之记载",并且他们对报纸高下和新闻可信与否也有了一定的判断力,这也促使报界不断进步。③ 但是,政府对舆论仍严加控制,自1916—1918年,全国至少有29家报纸被封,19名新闻记者被

---

① 方汉奇:《中国近代报刊史》(下),第726页。
② 《报界欢送国会议员纪事》,《申报》1916年7月23、24日。《各要人宴请北京报界》,《申报》1916年8月8日。
③ 戈公振:《中国报学史》,第162页。

捕、被杀。① 1918年10月，段祺瑞内阁又颁布了新的《报纸法》，政府控制再度严格起来。表面上看，"五四"前夕这段间隙中的舆论相对自由，有较多发展的空间，但实际上经受多次挫折后，言论界整体上已失去冲动与锐气。

此时的报刊文艺处于繁荣后的渐变过程，趋于多样化、综合化。在文艺界，古诗文仍居正统地位，南社风采因内部唐宋诗之争而稍逊于前，桐城古文与宋诗派力量渐强。虽然副刊文艺在报纸中的地位已经确立，风格却在不断变动中。北方报坛中古诗文气息较浓，桐城古文与同光体的地位渐趋稳固。诗词、诗话、野史、笔记、传奇、戏评、戏考等多种文体并存，并且颇有复古的意味。如1917年9月4日创刊的《公言报》第七版栏目为：文苑、游纪、旧闻、小说、丛缀、笔记、谐薮、戏评等。文苑栏亦以陈三立、姚永朴等为主将。天津《大公报》易主后，文艺部分大幅缩水，诗文被删除，偶尔刊登"游记""剧谈"等介于文艺与消闲之间的文字，更多则为教育、实业、政坛等方面的讯息。至1917年5月15日起，该报开始连载《文艺丛录》，采用传统书册版式，每日两面，文录与诗录隔日相续。内容全部为桐城古文与同光体诗。

上海的副刊文艺也呈现出综合化的倾向，并走向日常化和通俗化。《申报》副刊《自由谈》的篇幅，从前多刊满整版或大半版，至此渐减为小半版，其中常识内容增加了，自由评议类文字逐渐被取消，小说虽仍在维系，已不如从前频繁、多姿。《时报》又添《小时报》副刊（1916年11月22日），渐渐合并了《余兴》副刊。而《小时报》的内容较《余兴》平和且平实，以软新闻胜出，思想性和趣味性减弱。唯有《新闻报》副刊《快活林》仍维持原来的风格，直到1932年国难当头之际，才改为《新园林》。上海新增报纸如《中华新报》

---

① 方汉奇：《中国近代报刊史》（下），第727页。

《民国日报》的副刊文艺，风格也趋于综合。总体来看，大众化、商业化的报纸日常化和通俗化倾向较浓，而党派报纸则较为庄重。但最初这些报纸的副刊往往都会给"谐文""谐薮"留下一席之地。只不过，"谐文"的战斗性与积极作用在袁世凯去世后渐为逊色，甚至常常被游戏意味压倒。随着政治斗争形势的转移，以及"谐文"本身造成的阅读厌倦与审美疲劳，谐文这一时期逐渐从报端淡化，以致也曾遭遇被腰斩的命运。1918年10月10日，较早提倡诙谐写作并曾风靡一时的《自由谈》"游戏文章"栏目被取消，可算这一阶段谐趣文化发展过程中具有标志性意义的事件之一。

前一阶段纷纷创兴的文艺期刊相继停刊，而且，新创刊的文艺杂志不多。几种重要的小说杂志也有不少自动停刊，如《小说时报》《小说丛报》《礼拜六》，维持下来的有《小说月报》《小说大观》《小说新报》。由于前一阶段大量文艺副刊、文艺期刊和小说期刊对小说生产的推动，此时通俗小说的发展可以说已成为一种惯性的势力范围。言情小说、侦探小说、历史小说等题材依旧，不出"鸳鸯蝴蝶——礼拜六派"的窠臼。特别是黑幕小说趁时而起，充斥报端，社会影响很是恶劣。而游戏类杂志几乎全军覆没，像《余兴》那样维持两年多，发行二十四期的应该已算长寿了。

与此同时，上海的小报却找到了发展的契机。由于长期消费主义观念的培植，此时上海游乐业得到迅猛的发展，一大批集电影、戏院、茶馆、赌台等游乐项目于一体的大型游乐场纷纷建立，如新世界、大世界、先施乐园、天韵楼、劝业场、新新公司等，取代了天外天、云外楼、绣云天等传统的小型游艺场所。同时，一批新式剧场也纷纷兴办，如大舞台、共舞台、天蟾舞台等，取代了以前茶楼式的旧式剧场。为了加强自我宣传，游乐场和各类剧场以雄厚的资本为基础，开创了游戏场小报的新模式。1916年底，《新世界》小报出版，次年《大世界》《劝业场报》《大舞台》《新舞台日报》等相继出现。这些小报内容本为娱乐指南，推广游艺项目，带有广告宣传性质。但主持其事的多是文坛才子，声势颇大。如《大世界》由孙漱石（孙玉声）、刘山农（刘文玠）编辑，《新世界》由郑正秋、王小逸等人担任主编。刊载的内容多为市民喜闻乐见的小品、文艺类文章，包括笔记、诗话、文苑、言情、黑幕、武侠小说等消闲文字。如《大世界》栏目有滑稽世界、欢喜世界、十洲世界、鸿雪世界、香艳世界、优孟世界、散花世界、游艺世界、寓言世界等；《新世界》栏目有邮电世界、快活世界、过去世界、滑稽世界、怪异世界、谈瀛世界、莺花世界、戏剧世界、新闻世界、文艺世界、小说世界、纷纷世界、游戏世界等。从栏目设置的风格看，"滑稽"仍是此类小报的重要内容与典型特色。

从报纸副刊的角度来看，游戏文章与谐趣文化经历了民初的大繁荣后，在五四前夕已趋消沉。但从杂志的角度而言，1919年以后，滑稽游戏类杂志又有复元的迹象。如1919年创刊的《滑稽画报》，1920年的《游戏新报》，1921年的《消闲月刊》《游戏世界》《东方朔》《滑稽新报》，1922年的《快活》《红杂志》及其后的《红玫瑰》《笑杂志》等，俨然是又一次较大规模的报刊谐趣化浪潮。更多丰厚而难以估价的游戏精神则保存在小报传统中，二三十年代更是小报界极其繁荣灿烂的时代。而报纸副刊文字对于趣味性也有一种自发取向，再联系上30年代的幽默文学潮流和40年代的讽刺文学，以及谐趣文学单行本的出版正方兴未艾，据此则可以说，整个民国时期，报刊谐趣文学和文化都是一种不容忽视的社会文化现象。而这个事实说明，报刊谐趣化不仅仅是政治非常时期的特殊现象，它还有其内在的发展脉络以及更深层的文化原因。关于近代报刊谐趣化的文化背景，以后将在考察其文化立场时深入，下面将以民初为中心简单讨论报刊谐趣化的发展脉络。

## 二 谐趣的文艺副刊

上文对民初时事变迁、舆论界情形与报刊谐趣化的脉络进行了整体概观，呈现了民初以大报文艺副刊为中心的谐趣化高潮。总体来看，处于民初报刊谐趣化潮流风头浪尖上的是大报副刊，清末以文艺小报为中心的报刊谐趣格局以及多谈风月的特征被改变了。

回溯中国近代报纸类别发展的总体情形，大型日报以其成功的运营模式、雄厚的资本、鸿篇巨制的结构、连续刊出的时间性，其中心地位总体上不曾动摇。当然，中间也略有起伏。在甲午战争之前，中国报业处在萌生阶段，日报的优势尚不明显，报业格局以外报为主力，且多为宗教或商业性质。而甲午战争之后，国人自办报纸勃兴，一批政论期刊综合期刊颇受新闻史关注。由于种种原因，如经济资本、阅读需求、编辑能力等，民国以前，在数量上占优势地位的应该说是期刊，包括双日刊、三日刊、五日刊、周刊、旬刊、月刊、年刊等，而内容也覆盖了各行、各业、各阶层。但是，在当时社会整体影响力较大的却是为数不多的大型日报。可作凭据的是在晚清报业团体的形成与结构中，日报占绝对主导地位。如1906年发起天津报馆俱乐部的四家均为日报，后来附和者也大半为日报。而上海最早的报界同业组织——上海日报公会，更明显是纯粹的日报组织。可见，"当时日报的势力在各类报刊中遥遥领先"，洵非虚言。[①] 而到了共和初建以后，大型日报的生存空间更为成熟，众多新兴日报不断崛起，报业市场中日报日渐繁荣，地位更加优越。

在早期的大型日报中，最具开创意义的无疑是《申报》模式：

---

[①] 赵建国：《分解与重构：清季民初的报界团体》，生活·读书·新知三联书店2008年版，第58页。

"核其门目，约分数端：一为论旨、奏折、宫门抄、辕门抄等，备官场中人浏览，藉知升迁降调之情形，与送迎往来之事迹，盖宦海之珍闻也；一为各省各埠琐录，如试场文字、书院题目，与夫命盗灾异，以及谈狐说鬼等等，备普通社会阅之，藉为酒后茶余之谈助，盖稗官之别派也；一为诗词，彼唱此和，喋喋不休，或描写艳情，或流连景物，互矜风雅，高据词坛，无量数斗方名士，咸以姓名得缀报尾为荣，累牍连篇，阅者生厌，盖诗社之变相也；此外，如商家市价、轮船行期、戏馆剧目等等，皆属于广告性质，藉便一般人士之检查，是又游客之指南针、旅人之消遣品也。"① 由这一《申报》模式发展而成的论说、新闻、文艺、广告，此后被确立为中国日报及综合报刊编辑中的四大件。不仅如此，这四大件对中国报刊整体格局的影响可能还要更为深远。比如，集汇论说而成的各种政论性及综合期刊，由"稗官之别派"及"诗社之变相"发展而出的各种小说杂志、文艺期刊及文艺小报、文艺副刊，从报章体式渊源上说都可以追踪到《申报》模式。所以，从文艺报刊的角度看，《申报》可以说具有策源地的意义。由大报的文艺发展出了文艺期刊与文艺小报，大报文艺最后又整合而成文艺性副刊。

自1897年《游戏报》以来，小型日报模式对近代报刊格局的变化也有独特的贡献。小报在体式上也借鉴了大型日报的论说、新闻、文艺和广告四分模式。其特色是将"稗官之别派"及"诗社之变相"发展得更加淋漓尽致，而不是遮遮掩掩；不以增其见闻而以令其解颐为目的。风格与立场的转移是小报成功之处。虽然小报的形式、结构和风格迭经流变，但小报基本以游戏性和趣味性为特色，服务于浅层

---

① 雷瑨：《申报馆之过去状况》，《最近之五十年》第三编，第27页。对这种结构的产生，他也指出是因为："要而言之，其时开报馆者，惟以牟利为目标；任笔政者，惟以省事为要诀。而总其原因，由于全国上下，皆无政治思想，无世界眼光，以为报纸者，不过为洋商一种营业，与吾辈初无若何之关系。"

次的阅读，有很好的消费市场。诚如赵君豪所说："小报性质，笼统言之，无非描写社会间有趣味之事件，以供各级人士之消遣。"① 因而近代小报被总结为："一种篇幅小，以新闻、时事、随笔小品、文艺小说等趣味性消遣内容为主的报纸。"② 小报在上海的繁荣的确是一个重要的历史现象。自1897年《游戏报》创刊至清末十多年间，上海一地的小报有40多种，而且如《游戏报》《世界繁华报》《笑林报》等风头正健，发行量不让大报。随着小报的迅速发展，其所借重的轻松活泼的文风在社会上也引起很大反响。正如传教士傅兰雅所注意到的："现代的趋势是朝着一种流行、轻松的中国文风发展；对于报纸和大众文学的需求使之必不可少——这两者必须用一种大部分读者容易看懂的方式写成，以便确保大量迅速的销售。"③ 小报将游戏性与趣味性凸显出来，可以说是适应市场的一种策略，也适用于报纸与通俗文学等市场化文字载体。受小报的启发和刺激，各种报刊和通俗文学中趣味化的倾向也开始越发明显。

最显著的变化是在1911年前后大报副刊已纷纷接受了滑稽、诙谐、游戏等风格。在大型日报的风格转型中，《申报》的姿态显得特别郑重。1911年8月24日，《申报》头版社论宣布要改革编辑方针，在总结其风格时自称："本报之取信于社会也，曰真实无妄。"这基本符合《申报》过去三十多年的定位。真实性与客观性可以说是普通大报的基本格调，为大型日报的基本原则。但实现的途径和表达的方法也还可以有所选择和取舍，以形塑各自特殊的风格。《申报》对清末十几年来报纸风格及阅读习惯的转变作出了回应，所赖以取胜的"详尽""庄重"风格，不得不调和进了"近时人心"所喜欢的"简便"

---

① 赵君豪：《中国近代之报业》，《民国丛书》第三编，上海书店出版社1991年版，第257页。
② 秦绍德：《上海近代报刊史论》，复旦大学出版社1993年版，第134页。
③ 转引自韩南《中国近代小说的兴起》，上海教育出版社2004年版，第155页。

"活泼"色彩。①

在《申报》整体风格的调整中,透露出了雅与俗、精英与大众的二元区分,似乎是《申报》的精英立场、贵族姿态被迫向大众趣味和通俗路线让步。但众所周知,《申报》一向被视为商业性大众日报的代表。实际上,早期《申报》的风格在超越雅俗界限方面就很有突破性。在创刊宣言中,《申报》曾将新闻传播与传统的史部及子部著作体例进行了比较,并总结道:"维其事或荒诞无稽,其文皆典赡有则,是仅能助儒者之清谈,未必为雅俗所共赏。"② 因而,"雅俗共赏"应是它的基本定位。为实现此种理念,《申报》还特意刊行《民报》以广泛深入读者。其实,大众报纸本身具有双重性,一方面保持着在话语权力、信息占有和表达方式上的优势;另一方面又在市场上依赖于广大阅读者服务大众,在立场上面向大众、代表大众。努力使结构优化、人性化,内容综合多样化,风格活泼多元化,是报纸争取最大多数读者时必然的选择。

《申报》文艺副刊《自由谈》的出现,很大程度上是迎合"人心"——也就是社会上普遍的大众阅读趣味的结果。各报创设副刊的意图无非是要吸引更多的读者。而喜欢娱乐,正是大多数读者的趣味所在。对于"简便"与"活泼"的需求,是人之常情,并非"近时"人心变化的结果。之所以出现社会阅读风气的变化,则是因为阅读市场上报纸风格出现了转移。当时社会阅读风气的变化,除了受报刊自身脉络中小报等通俗读物的影响,还应该考虑到社会上有阅读能力的群体扩大了,并存在非精英化的趋势。自1898年"戊戌变法"至1911年,晚清社会经历了前所未有的巨变。在改良运动风潮中,以学堂、报纸、演说为"文明三利器"之说影响甚大,而学堂和报纸取得

---

① 《本报改革要言》,《申报》1911年8月24日。
② 《申报》发刊词,1872年4月30日。

的成果最为显著。教育的逐渐普及，识字群体逐渐扩大，阅报习惯逐渐养成，使社会文化在不断渐变中，集聚着突变的能量。这意味着，社会阅读结构从精英阅读向大众阅读的转变。但是，无论是精英还是大众，都一致有对"趣味性"的喜好。无论是雅趣还是俗趣，娱乐有种超越雅俗的拉平力量。

　　回到报刊自身发展的脉络中，我们还是要强调大报文艺与小报的关联。大报文艺引发了小报，小报经营的成功，理念上对趣味性的应用和发掘，反过来又给大报以启示。最早的副刊《消闲报》的产生就揭示了这一点。当以游戏解颐为特色的文艺小报《游戏报》畅销时，《字林沪报》也想摹仿小报在报上添些新花样。但当时游戏笔墨还难登大雅之堂，编辑便想出了在正张之外另出附张的办法。这种附张随报附送，不增加报费，就是要和小报争市场。报纸的发展，是按照市场竞争的规律进行的。副刊产生的原因，很大程度上就是大报为了在市场竞争中获得优势，而借鉴了小报的特色。因此，从报业竞争的角度看，像《申报》这样的大报受游戏小报的刺激，重视并调整文艺版面其实很合乎情理。而经历了十多年的市场闯荡，游戏笔墨已经被证明大受欢迎，其社会地位也不再被视为低贱不足为用了。

　　1911年前后，文艺小报暗淡无光，大多萎靡不振。这是社会阅读与"活泼"的需求之间出现了矛盾，究竟是什么原因呢？需注意到的事实是，晚清最后几年时政和舆论的变化。在"庚子事变"以后，"新政"的呼声日高，旧体制已有所松动。清政府渐渐放宽了言禁和报禁，报业整体的社会地位大大改善。舆论界也处于积极状态，批评时政、监督政府、向导国民，成为进步报业自觉的追求。若不进步，就会面临被淘汰的命运。比如1904年被逼上梁山的《申报》改革，告别了言论保守的黄协埙式的旧风格，而开始大胆论政。同样有代表性的例子，是小报鼻祖李伯元放弃了《游戏报》，而别创《世界繁华报》新模式，应该也是捕捉到了这种舆论界状态的变化。《世界繁华报》之所以被认为是小报界的"新"体，就是因为它开创了小报以嬉笑怒骂之笔品评时事、讽喻朝政、进行民间公共批评的风气。《世界繁华报》以"引子""本馆论说""时事嬉谈"等栏目指陈时事，颇具谴责、讽刺等批判功能，担当起了舆论机关的责任。此风一起，各小报纷纷效仿，出现了由"吟风弄月"到"慷慨论政"的转型。① 另外，不少大报不同程度地表现出了谐趣色彩，最典型的是革命党及保皇党报刊所青睐的"谐部"。而时政内容和批评精神又素为其所长，因此，大报副刊渐渐有代替文艺小报而成为趣味批评重镇的趋势。到了辛亥革命发动之际，上海各大日报副刊也纷纷表示了对滑稽诙谐趣味的欢迎和重视。大报文艺扬长避短，以在资本、编辑、题材等各方面的优势对小报形成了一定冲击。因此，从报刊谐趣化的发展脉络看，一方面是文艺小报自身的转型与无所适从；另一方面是优势明显的大报纷纷设立游戏性文艺副刊。这两方面原因都造成了小报出现发展低潮，整体上面临困境的遭遇。

出于对发展源流的梳理，我们还应关注民初副刊的游戏性和谐趣性与小报特征的相似处。

其一自然是趣味性。试举上海几家大报副刊的定位情形。

《时报》一向注重文艺笔墨，其"带文学兴趣的附张"因胡适的美誉而扬名。② 但其时所谓的"附张"，指的是颇具文学趣味的"报余"栏目，还不是真正意义上的副刊。1911年2月28日开始创立并附送的《滑稽时报》，才是它的第一份副刊。当日《时报》登出征文广告云："自本日起，本报副刊《滑稽时报》一纸，不取分文。如有阅者能以关于滑稽之新闻、著作见赠者，甚为欢迎。"所登内容除漫

---

① 何宏玲：《晚清上海小报与小说之关系》（未刊），博士学位论文，北京大学，2007年。
② 胡适：《十七年的回顾》，《胡适文存二集》（三），上海亚东图书馆1930年版，第6页。

画、小说外，主要是杂谈体、杂录体、杂纂体、笔记体文字而带有滑稽趣味者，其中较合于传统文章规范的则可称为谐文。如第1号有《百可录》（自注为"仿近时报纸流行体"，实类杂纂）、《新式批评》（仿某报时评）、《处置贿报之良法》、《石碑中之回文诗签》、《新髻谈》、《世界末日新说》、《易宗夔之对》等多则小品文。《滑稽时报》出至第258号，11月13日改名为《滑稽余谈》，回到正张中，不再单列期号。《滑稽余谈》与《滑稽时报》风格基本一致，幽默风趣，嬉笑怒骂，颇受欢迎。《滑稽余谈》在言论方面更有所加强，内容除俳谐文外，主要篇幅为滑稽谈、奇谈、笑谈一类自由评议式的文字。此类文字与梁启超所创"自由书"体的短评，特别是《时报》的"时评"，有明显的亲缘关系。1914年2月，《滑稽余谈》又改为《余兴》，形式新颖，门类众多，有时是整版，有时分排在两版，分量颇重。虽"庄谐并用"，却处处不离诙谐有趣的宗旨，真可谓"奇趣横溢"，是更为典型的谐趣副刊。[1] 其栏目较常见的有特约马路电、国内无线电等新闻体趣闻，及游戏文、游戏诗、歌谣等，其余各类并不固定，因文章的性质而定。有人总结为政事类、艺林类、军备类、新闻类、杂类，共100多种体裁或栏目。[2]《余兴》的主编是著名文人包天笑。到了1916年11月，《时报》另辟随报附送的《小时报》副刊，由毕倚虹主编。《小时报》的情形有点类似大报的小报化，主要是谐俗的评论与新闻。比如第395号所登栏目分别为：小言、国外小新闻、国内小新闻、本埠小新闻、瀛闻、不可不知录。1918年1月12日，《小时报》出至第405号时，合并了《余兴》。即便是这个已经明显偏重于新闻的副刊，在编者看来仍然"要雅俗共赏，有点风趣，带点幽默"，而不能"像《时事新报》《民国日报》的谈玄学、表党意、严

---

[1] 《余兴》杂志广告语，《时报》1914年9月1日。
[2] 佑民：《余兴事物原始》，录于《余兴》杂志1915年4月第7期。

第三章 清末民初报刊谐趣化潮流

正立场"。① 这种情形从一定程度上说明，在五四"四大副刊"兴起之际，这种趣味性副刊占绝对优势，而且，论说性副刊在一定程度上不被认为是副刊正宗。

又如《新闻报》1911年7月27日在第四张上刊出了《庄谐丛录》第1号。其征求投稿云："本报现以扩张篇幅，于第四张加增一页，材料丰富，庄谐并录，计有十余门之多，分日登载。有以诗词、札记、中外新奇逸事及噱谈、谐着、白话演说等作惠寄本馆，备极欢迎。"这个副刊由张丹斧主持。张文笔怪诞而辛辣，副刊风格也富于诙谐冷隽的趣味，但在当时还不够新颖有特色。1914年8月15日新辟的《快活林》由严独鹤主持，才真正使之脱颖而出，与《新闻报》作为报界领军的地位相符，也成为最著名的副刊之一。1911年8月24日《申报》出版《自由谈》，征文广告也点明最为欢迎"游戏诙谐之作"。

据上可知，以上海三大报为代表，辛亥年报纸副刊普遍成形，而成形时期的副刊明显具有借重于趣味性的自觉意识。"滑稽""游戏""诙谐"的色彩在征文告白中被凸显出来。《申报》编者谈道："报纸之流行将使人人阅知世事，增进知识也。然其记载，必有趣味方能入目而不倦。今本报附载《自由谈》……亦无非愿读者于百无聊赖之际为强作欢笑之计耳。"② 以娱乐为目的，以趣味性为特色，以文章游戏为主要手段，此类大报副刊可称为谐趣文艺副刊。由上海三家大报定下的谐趣基调，也成为这一时期报纸副刊的典型风格。从1911年至1918年《学灯》等标志新文化时期的"四大副刊"的出现，这段时间可被称为谐趣文艺副刊时代。这是中国新闻史上最早的副刊典型。比较而言，其后副刊的发展潮流中还有文化的文艺副刊和审美的文艺副刊等。

---

① 包天笑：《钏影楼回忆录续编》，第60页。
② 《清谈》，《申报》1911年10月9日。

其二是文艺性。报纸副刊的雏形是丛录、杂俎、报余等补白文字，用于补白的主要是短小的诗文警句。而小报在风格上注重趣味性材料，在文体上也以诗文小品而非新闻为重心，且诗文以挥洒才情为尚，而不特别用力于议论时事，至于新闻纪事内容，更喜用小说笔法而不强调新闻性。以趣味性为主的副刊，在文体上也以诗文小品为主体，且或多或少都有趣闻逸事。只是副刊已扬弃了青楼花事，有将文艺更加综合化的倾向。如《新闻报》之有诗词、札记、逸事、噱谈、谐著、白话演说、画史、酒令等，《神州日报》之有文苑、谈片、戏曲、游记、谐文、花花絮絮、新方言。篇幅虽小，而内容分类更加丰富。

1912年3月28日创刊的《民权报》，第十一版整版刊载文艺作品。当时一般的文艺副刊都夹杂广告，实为半版，所以，《民权报》的副刊明显偏重文艺。它不仅容量大，而且文体类别多样，作品风格歧异，给人百花齐放的感觉。因为同时连载徐枕亚的《玉梨魂》及吴双热的《孽冤镜》等作品，一般文学史视之为"鸳鸯蝴蝶派"的发祥地。这其实在一定程度上遮蔽了它的丰富性。其上半版所登栏目首先是小说二，其次则为丛谈、丛录、丛话、游记、经济文章之类略显严正的历史、经济类内容，再次为刊载诗词的艺苑，然后为带有文选性质的今文古文。以骈俪精致著称的"鸳鸯蝴蝶派"作品出现于此中，实际上想表现的却是庄重典雅的风格。下半版则有燃犀草、滑稽谱、众生相、自由钟、天花乱坠等目，都是嬉笑怒骂之文，带有游戏笔墨的性质。上下版的划分在一定程度上也体现了某种价值判定。看来，《民权报》文艺副刊其实在游戏笔墨之外，还有较为庄重严肃的一面。

副刊中小说的位置较为特殊。在早期的文艺小报中，小说戏曲的出现多属附件或穿插，而不是常例，如《游戏报》直到1905年才开始出现小说栏。大报中小说栏的崛起却是有目共睹。"新闻纸报告栏中，异军特起者，小说也。"① 大型日报重视小说的做法，最为人注意的是《时报》。《时报》1904年创刊时，《发刊例》第十一条就明确称："本报每张附印小说两种，或自撰或翻译，或章回或短篇，以助兴味而资多闻。惟小说非有益于社会者不录。"② 且在创刊号中小说栏登载了《中国现在记》和《伯爵与美人》。将小说混排在新闻中，这种做法虽然有些怪异，但在中国的报刊史中，却是一个突出的特色。《时报》纳文艺小说入新闻，显然与梁启超提倡的小说界革命以及《新小说》有关。③ 大报报纸中的文艺小说，与小说期刊的关系更为密切。而小报也在同一时期受小说期刊的影响，对小说另眼相待。但大报小说与小说期刊，以及小报小说之间还是有区别的。一般来说，小说期刊最具先锋性，小报小说更为通俗，而大报小说较为综合，既有先锋实验之作，也有继承古典余韵的篇章，更不乏程序化的流行通俗小说。在大型综合日报的副刊普遍成形时期，曾经出现副刊与新闻栏同时刊载小说的情形。之后，小说才逐渐归并进副刊中，脱离了新闻栏。但在不同的报纸中，这个过程的时间也不一致。整体来看，过渡期一直延续到"五四"新文化运动时期新式副刊出现为止。④ 而《申报》则到1913年6月刊完《俄王之侦探》为止，中间虽断断续续，但仍将重要的翻译小说编排在第一张第三版的新闻中。

虽然不能直接说普遍成形时期的副刊就是大报中的小报，却可以发现副刊主要兼并了小报因素，糅合进了小报与大报以及文艺副刊等多种新闻样式的元素。其中，小报的因素如上所述，较为明显，而大

---

① 摩西：《〈小说林〉发刊辞》，《小说林》1907年第1期。
② 《发刊例》，《时报》1904年6月12日。
③ 《时报》主编狄葆贤是"小说界革命"忠实的拥护者，发表过《论文学上小说之位置》（《新小说》1903年第8号）。
④ 如《新闻报》与《时报》，小说栏在1911年就移至副刊；而1916年创刊的《中华新报》和《晨钟》，小说则仍分在新闻版和副刊版中。

报的因素则较为内在，如副刊中体现出了大报特有的新闻性与评议性。所谓新闻性，不仅是指《时报》所期待的"滑稽之新闻"，那与小报新闻有相近之处，更是指在滑稽"著作"中比比皆是的对新闻事件的关注和借题发挥。至于评议性，如"滑稽余谈"与"自由谈"等名称已昭示出议论性，谈、论、评、议是这一时期游戏文艺副刊的一个重要功能，这显然是对大报的论说、时评等言论的拓展和补充。关涉新闻与补充评论，这两种功能在此后副刊的发展过程中被淡化了。因此，内在地整合进大报的庄重元素，反而是这一时期标榜"游戏"的谐趣副刊的重要特征。

一般来说，报刊具有两重基本性质：即作为传媒经营机构，同时亦为舆论权力机关。关于中国近代报刊的商业竞争和政治宣传的二重性，令人想起哈贝马斯对西方报刊三个阶段的划分：私人通信阶段、个人新闻写作阶段、大众传媒阶段。在哈贝马斯的三个阶段中，第一和第三阶段以经济盈利为目的，而第二阶段以舆论宣传为宗旨。在中国，近代新闻观念的传入及其实践的开始都在西方报刊事业成熟之后，报刊事业混合了类似西方的第二与第三阶段，成为一种政治、经济的共时性呈现。当然，各家报刊各有其倾向性，比如，在传教士与革新人士的热情信念推动下产生的报刊，往往表现为传播信念与政治批判，而个人及商业机构所办报刊，则更认同商业模式。而且也有一定的阶段性，比如自庚子事变以后至1919年，在关涉国家危亡与新生之际，新闻报刊整体上较偏重于政治批判。

总体来看，晚清报刊中的谐趣风格也可区分为两种旨趣：其一为娱乐性谐趣，服务于经营，在报刊编辑过程中，利用一些短小精悍、诙谐有趣的小品，在补充版面的同时，引发读者兴趣，满足娱乐消闲的阅读需求；其二为批判性谐趣，服务于权力，在报刊中利用谐趣易入的接受心理，借谐趣文章实践政治批判功能。前者以小报为代表，其中许多谐趣文章保持了传统谐文的特色，不一定突出谐文的批判功能。后者以革命派报纸的谐部为典型代表，而市场化的大报副刊也带有类似性质，其谐文不受传统谐文成例的规范，尤其批判功能的强化使之表现出明显不同于传统谐文的新面貌。而文艺期刊和游戏杂志的情形则介于两者之间。从历时的脉络看，近代报刊中出现了娱乐性谐趣向批判性谐趣倾斜的现象。到了民初，是游戏谐趣副刊占优势的时代，也是批判性谐趣在舆论界大放光彩的时代。

近代报刊谐趣化作为一种文化现象，没有受到足够的重视，更毋论系统的历史描述了。这里就相关史实先作一简单的梳理，希望借此大致体现近代报刊谐趣文发展的脉络。由于谐趣在民间大众中固有的心理优势，使它天然受到报刊的欢迎。谐趣在近代机械印刷文明的土壤中，乘政治和时代之风，借报刊之势突飞猛进，成为近现代文学风格的一种典型。报刊谐趣文属于报刊文艺的大范畴，伴随其发展而起伏变化。如果说早期以《申报》为代表的报刊文艺是报刊谐趣文化的渊源，那么文艺小报就是其发展的真正温床。综合性报纸副刊在文艺小报的刺激下，也积极吸纳诙谐因素以扩大社会影响面。随着报刊谐趣文化势力的壮大，游戏类杂志和专门书籍也同时跟进。到了民初，以谐趣副刊为中心，诸种形式并进，互张声势，谐趣文学和谐趣文化已蔚然可观。其在报刊范围内改变了文学的传统格局，使庄与谐的对立与变化更加突出。这种现象所反映的历史文化背景和文学形式变迁很值得细细探究。

# 第四章　谐文的文章体式与表达艺术

谐文是以风格的诙谐滑稽及趣味性为取向而类聚的。无论在文学史，抑或现实中"谐文"明显是一个边缘性概念，它因诙谐风格而得名，与之相对应的庄重一体，却并不以"庄文"之称出现，可见二者之不平等。①"谐隐"体的出现，表明诙谐文字在文学图景上已早有位置，但又远不能与庄重文学并肩。这种情况有点像雅俗观念的对应，有"俗文学"之名，却很少称"雅文学"。而雅俗之分，又远比庄谐之分在文学史和文学批评上有影响。在我国古代文学批评史上，庄重严肃的文学占据绝对中心位置，诙谐文学的脉络亟须钩稽。

谐文虽以谐趣风格为特征，但这种风格又寄寓于不同文体。刘勰的《文心雕龙·谐隐》篇在总结六朝以前的谐隐文时，已经涉及多种应用样式，如民歌、谣谚、说词、俳谐赋、俳说、嘲调、遁辞、谲譬、隐语、谜语等。在此后一千多年谐趣文的发展史上，文体的丰富多样更难以计数。由于学界尚没有就谐趣文学的整体作出系统的区分，笔

---

① 大部分文体概念都与文学分类相关，常常是在综合比较的基础上，以一种整体观念来加以区分把握。所以，各种文体概念，无论是体裁还是风格，多是对应出现的。如文类之"诗体""赋体""词体"等作为一组，诗下又分为"古体"和"近体"这一组对应概念。而严羽在《沧浪诗话·诗体》中曾"以时而论"，分辨出如建安体、太康体、元嘉体、永明体等不同形式；"以人而论"则分辨出苏李体、曹刘体、徐庾体、少陵体、太白体、山谷体等形式。凡此，都是相对而言的。

者只好尝试着就自己的阅读经验,对纷纭复杂的诙谐文学进行总结、归类和界定。由于本书讨论的是近代报刊谐文,因而将以这个特殊时期的特殊对象为切入口来看谐趣文学,有可能会对古代和当代的情况考虑不周。又因为关注以文字形式出现并落实于书面载体的谐趣文学,对口头文学和当代信息社会的电子文学也不拟涉及。总之,"分类本来是一种便于整理和把握庞杂现象的手段,它既不是万能的,也不会区分得十全十美"。① 而尤难处理的则是分类标准,因为谐文的特色是,它依托于各种不同的原文体。形式上的文体对于谐文固然有重要的意义,但还有其他因素会影响到谐文的性质,如产生谐趣的方式等。

## 第一节 近代报刊谐文文体概貌

### 一 从《自由谈》与《余兴》的栏目分类看近代报刊谐文

用"无所不包"来概括近代报刊谐趣文的体例,其实并不夸张。正如尘梦所言:"游戏文章之体例,漫无限界。自诗词、歌赋,以迄尺牍、契约、章程等类,无不包罗在内。"② 几乎一切存在过的文字样式,凡是能想到的,都能被谐文拿来作载体。由于早期《自由谈》及相关杂志中没有直接总结文章体式的材料,这里先借用《余兴》的一种总结方法,来看近代报刊谐文不受文体限制的丰富多样性。

《余兴》杂志第七期曾转载佑民的《〈余兴〉事物原始》,虽是对《余兴》副刊体例的总结,却也颇能反映近代报刊谐文面貌,因为《时报》的《余兴》副刊在谐文文体的创新方面非常解放。其副刊文章几乎无处不体现出谐趣趣味,而它采用的不固定分栏排列方法,依

---

① [日]浜田正秀:《文艺学概论》,中国戏剧出版社1985年版,第46页。
② 尘梦:《游戏文法指南》,《申报·自由谈》1916年8月28日。

具体文章，随时定体，也反映了谐文的庞杂、不拘一格。当然，栏目本身也是编者的一种分类，只是分类的标准并不统一。由《余兴》副刊汇集而成的《余兴》杂志也极具滑稽特色，并且是最具文体实验精神的游戏类杂志。试将《〈余兴〉事物原始》的游戏文章分类转化为下表：①

| 政事类 | 文学类 | 武备类 | 艺林类 | 新闻电报类 | 杂事类 |
| --- | --- | --- | --- | --- | --- |
| 法令 | 新对 | 捷书 | 余兴仕女图 | 特约马路电 | 赠品 |
| 呈文 | 歌谣 | 战术 | 卜年 | 公电 | 读法 |
| 告示 | 打油诗 |  | 改字诗令 | 通告 | 征集新山歌 |
| 约法 | 游戏诗 |  | 新游戏 | 滑稽通信 | 征文 |
| 公函 | 隽语 |  | 滑稽图画 | 报告书 | 契约 |
| 条陈 | 游戏文 |  | 新发明品画 | 滑稽新闻 | 赏格 |
| 批示 | 珍闻 |  | 酒令 | 广告 | 赠有正书券 |
| 条例 | 小说 |  | 谈话会 | 游戏新闻 | 食单 |
| 禀稿 | 游戏词 |  | 灯谜 | 警告 | 遗嘱 |
| 策令 | 童话 |  | 美人百面相 | 未来世界无线电 | 解释 |
| 状词 | 制艺 |  | 上海妇女百怪 | 已过世界无线电 | 征画 |
| 命令 | 词林 |  | 照片 | 特约天国无线电 |  |
| 议案 | 赞颂 |  | 比例 | 侦探队报告 |  |
| 奏章 | 谐文 |  | 剧谈 | 国内无线电 |  |
| 照会 | 笔记 |  | 相法 | 通电 |  |
| 判词 | 杂品文 |  | 新说书 |  |  |
| 通牒 | 滑稽诗话 |  | 铜版照片 |  |  |
| 冤启 | 传记 |  | 弹词 |  |  |
| 罪状 | 寓言 |  |  |  |  |
| 说帖 | 小言 |  |  |  |  |

---

① 佑民：《〈余兴〉事物原始》，《余兴》1915年4月第7期。原载《时报》1914年10月。关于《〈余兴〉事物原始》有两点需要说明：其一，因为需要照顾全部体例，在杂事类及艺林类中有不涉滑稽的内容，如照片、赠有正书券等；其二，其分类也有明显的不妥之处，如新说书与弹词，接近戏曲，却被分在两类，作者的初衷可能是要考虑说唱表演与案头，但仅从字面上很难区分。后面所附为笔者按其分类标准，将以后陆续出现的文类试着增补进来的结果。

续表

| 政事类 | 文学类 | 武备类 | 艺林类 | 新闻电报类 | 杂事类 |
|---|---|---|---|---|---|
| 辕抄 | 问答 | | | | |
| 惩戒 | 谐声谱 | | | | |
| 速记录 | 谐音趣语 | | | | |
| 职官录 | 讲义 | | | | |
| 大事记 | 谐经 | | | | |
| 质问书 | 书翰文 | | | | |
| 敕令 | 记述 | | | | |
| 统计表 | 戏曲 | | | | |
| 题名录 | 诗钟 | | | | |
| | 传奇 | | | | |
| | 章程 | | | | |
| | 新笑林 | | | | |
| | 西笑 | | | | |
| | 格言 | | | | 附： |
| | 纪念诗 | | | | 商业谈 |
| | 誓词 | | | | 预言 |
| | 介绍 | | | | 通告 |
| | 滑稽教科 | | | | 偶拾 |
| | 疑问 | | | | 灵笺 |
| 附： | 小论 | | | | 新历本 |
| 谕旨 | 新易经 | | | | 凡例 |
| 条约 | 一夕谈 | | | | 说明书 |
| 税务 | 三字经 | | | | 帐目 |
| 预算案 | 闻见录 | | | | 注解 |
| 宪法 | 新词典 | | | | 正误 |

《余兴》副刊最大的特色是有意识地、集中地用民初新兴的公文体与新闻体来做游戏文章，并影响了新体戏仿风气的形成。比较来看，《余兴》副刊在文体上更具先锋性，而《自由谈》则更能反映普遍情形。《余兴》始创于1914年，当时，近代游戏谐文的发展正趋于繁盛与成熟，《时报》改《滑稽余谈》为《余兴》，即有出奇制胜之想。

如果说《余兴》如同报刊谐文的新兴改革派，那么，《自由谈》就犹如当朝老臣了。

再来看1911年《自由谈》初创时期的分栏。

| 1911年 | 栏目1 | 栏目2 | 栏目3 | 栏目4 | 栏目5 | 栏目6 | 栏目7 | 栏目8 | 栏目9 | 其他栏目 |
|---|---|---|---|---|---|---|---|---|---|---|
| 8月24日 | 游戏文章 | 忽发奇想 | 付之一笑 | 海外奇谈 | 慷慨悲歌 | 缠绵悱恻 | 尊闻阁杂录 | 小说 | | |
| 8月25日 | 海外奇谈 | 游戏文章 | 瞎费心思 | 新回文诗 | 一知半解 | 岂有此理 | 尊闻阁杂录 | 小说 | | |
| 8月26日 | 游戏文章 | 海外奇谈 | 新回文诗 | 热嘲冷讽 | 慷慨悲歌 | 缠绵悱恻 | 续义山杂纂 | 千金一笑 | 小说 | |
| 8月27日 | 游戏文章 | 海外奇谈 | 新回文诗 | 慷慨悲歌 | 瞎费心思 | 咬文嚼字 | 忽发奇想 | 小说 | | |
| 8月28日 | 尊闻阁杂录 | 新丑史 | 海外奇谈 | 缠绵悱恻 | 游戏文章 | 新回文诗 | 慷慨悲歌 | 咬文嚼字 | 忽发奇想 | 小说 |
| 8月29日 | 游戏文章 | 海外奇谈 | 慷慨悲歌 | 心直口快 | 瞎费心思 | 忽发奇想 | 千金一笑 | 尊闻阁杂录 | 新笑史 | 岂有此理、小说 |
| 8月30日 | 游戏文章 | 海外奇谈 | 千金一笑 | 新体诗 | 忽发奇想 | 袂史 | 轩渠杂录 | 小说 | | |
| 8月31日 | 尊闻阁杂录 | 海外奇谈 | 慷慨悲歌 | 轩渠杂录 | 无稽之谈 | 续义山杂纂 | 心直口快 | 小说 | | |

《自由谈》的栏目后来渐固定为游戏文章、海外奇谈、诗词选、笔记、戏考、谈话、小说等几类。而到了《自由杂志》中，则编为游戏文章、海外奇谈、心直口快、千金一笑、古今闻见录、自由室文选、自由室杂著、尊闻阁词选、新剧本、小说丛编等栏。

从宽泛的谐文类别及文体看，《自由谈》早期最为丰富。当然，主体还是"游戏文章"栏下的各种谐文，所使用的文体最初有说、函、广告、折、序、禀、檄、状词、传、书、文、记、呈、传单、简章、告白、喻、策、示、经、解、启、滩簧、贺、书后、谈、话、辞、表、铭、新诗经、赋、赞、刑律、呈词、卖契、五更调、宝塔诗、竹枝词、俳谐诗等。另外则有"千金一笑"等栏目的笑话，"心直口快"

等栏目的谐谈、杂纂，"忽发奇想"等栏目的巧对、杂考，还有"谐译""滑稽小说"等其他栏目中的谐文文体作为补充。

随着栏目的简单化，《自由谈》的文体也相对单纯，一度曾由"游戏文章"与"自由谈话会"两栏来支持。自 1914 年 9 月 29 日"自由谈话会"停刊后，则仅有"游戏文章"栏来容纳谐文。至于文体使用的情形，总体来看，文体更丰富。除上面提到的民国以前的旧体之外，又陆续新增了许多，以对民国新式公牍文体及报刊新闻体的戏拟最为突出。

按照佑民的思路，从谐文所依托的原文体性质看，近代报刊谐文主要可分两类：即应用文与美文。而以应用文为主，涉及政府公事体（佑民所谓"政事"与"武备"）、公共传媒体（"新闻"），以及民间私事体（包括佑民所谓"杂事"以及"文学"类中部分以应用为目的者）等。纯文学及美文的概念在近代尚没有形成，大致可将诗歌、词曲、赋、小说，以及古文中部分有明显审美特征者包括在内。其中古文的归属较难处理，因为传统古文大多源出于应用文，而后又有向美文渐变的趋势。谐文在借用古文文体时，也有两种情况：一种是利用原应用文的套路格式，以制造滑稽效果；另一种则是古文写作时的习惯性使用，而加以谐趣化的内容与意旨。至于谐文文体的复杂面貌，将在具体问题中展开论述。

## 二　从谐趣的产生机制看谐趣文与原文体间的"肖"与"不肖"

在总体了解近代谐趣文概貌的基础上，同时考虑文章体制和诙谐趣味的产生机制两种因素，则可将谐趣文学区分为两大类：即内里体和移置体。内里体，是指那些主要依靠内容产生谐趣，而与原文章体制关系不大的幽默文学。移置体，则指在文体形式与内容之间形成不相称性，靠"移置"的艺术方法获得滑稽趣味。实际上，这种从艺术角度的区分与功能区分之间有一定的对应关系。一般来说，依托于美文形式的谐文多为内里体，即文章有内在的谐趣。因为美文不以应用为目的，没有预设的用途、对象与范式，内容与意旨可纵横古今、自由灵活。当它容纳谐趣内容、使用谐趣风格时，在内容与文体之间不会形成明显的不相称性。应用文则因受到对象、内容以及写作规范等种种限制，尤其是负有实用目的，应该严肃庄重，谐趣色彩的使用就会显得不合时宜。因此，谐文在借用应用文体时，常会在文体与内容之间出现不相称性，依托于应用文体的谐文就多为移置体。

内里体谐趣文范围非常广泛，包括在各种文学体裁范围内凸显诙谐趣味的文学作品，只要有诙谐趣味的古今诗文都可包罗在内。它与正统文学有交叉，有诗歌、散文、戏曲、小说等表现形式。其诙谐趣味往往来自内容、行为，以及意旨的滑稽、幽默、谐趣、揶揄、讽刺等。传统文学体制中存在不少以游戏、诙谐、滑稽为主色调的所谓"俳谐体"或滑稽体。当然，这些俳谐体在传统文学史中的地位是比较边缘的。古代有俳谐诗、俳谐词、俳谐赋，金元以来戏剧中有喜剧，晚明以来则形成了幽默小品的传统。由于其与正统文学有一体二位的关系，所以，这部分的文学价值较受重视。这条脉络也是目前学界关注诙谐文学时的重心。对这些已经进入文学史视野的谐趣文学的发掘，的确有利于谐文学地位的确立，以及对文学史结构的重新认识。

1. 诗、词、曲、小说

诗中的俳体，被明代徐师曾批评为"以文滑稽""不足取"。[1] 他提到的俳谐体、风人体、诸言体、诸语体、诸意体、字谜体、禽言体

---

[1] 徐师曾：《文体明辨序说·诙谐诗》，《文章辨体序说 文体明辨序说》，人民文学出版社1962年版，第162页。

第四章　谐文的文章体式与表达艺术

等，还是文雅庄重的。此外，有打油诗、回文诗、十七字诗、宝塔诗、藏头诗、集句诗、谜语诗、数字诗、镶嵌诗、同旁诗、音韵诗、离合诗、连环诗、逆挽诗、增减诗、专名诗、一韵诗、辘轳诗、拆字诗、叠字诗、顶真诗、剥皮诗等偏于游戏，不大入"诗"流的谐体诗。如果加上众多题为"嘲""戏"诗的谐趣诗，如杜甫的"戏作"等，游戏诗和谐趣诗的规模确实不小。

《自由谈》副刊中的俳谐诗主要是打油诗、宝塔诗，以及一种新发明的所谓"油塔诗"。虽然整体上不乏诙谐趣味，但也并不十分突出。如："不是风流是下流，花丛镇日爱闲游。弟兄个个称涎脸，郎舅双双做滑头。自命倒嫖居上海，有时软赌到扬州。两肩抬着一张嘴，吹尽人间大水牛。"① 结句才得打油诗语言上的俚俗诙谐之趣。至于"油塔诗"，即"打油诗兼宝塔诗也"，② 是将打油诗的趣味与宝塔诗的形式结合起来的一种滑稽诗。其实所谓的"油塔诗"与宝塔诗差别不大，因为宝塔诗本身就常兼有打油诗的趣味。试比较一组油塔诗与宝塔诗：

嫖，逍遥，滥和调，麻雀抄抄，清歌的的娇，酒边灯下魂消，十个胡子九个骚，只怕床头黄金尽了，便落得诗云桃之夭夭。③

酒，可口，饮一斗，浇浇穷愁，大醉将杯去，两条腿只发抖，一交跌倒大街头，饭菜吐出来喂了狗，警察拿着棍喊道走走。④

酒，糟狗，勿怕丑，一杯一口，瓶坛满处搜，一见黄汤饿吼，

---

① 少芹：《打油诗·沪上滑头》，《申报·自由谈》1914年6月22日。
② 仁后：《油塔诗》，《申报·自由谈》1914年3月14日。
③ 仁后：《油塔诗》，《申报·自由谈》1914年3月14日。
④ 真州顾天民：《仿仁后君油塔诗》，《申报·自由谈》1914年3月23日。

顾自己勿顾朋友，使起性来好比马猴，醉勒地浪像只水牯牛，想治法绳绷索绑当鳖囚。①

这三首诗都来自组诗，所咏均为嫖、赌、烟、酒之类。第三首虽不名"油塔诗"，读起来却一样滑稽。

除打油诗和宝塔诗之外，具游戏色彩的回文诗也颇合文人们的雅趣。《自由谈》开创之初，曾特设"新回文诗"一栏。该栏最初所列回文诗却并非"新"创作的，而是录自万树（红友）的《璇矶碎锦》。如：

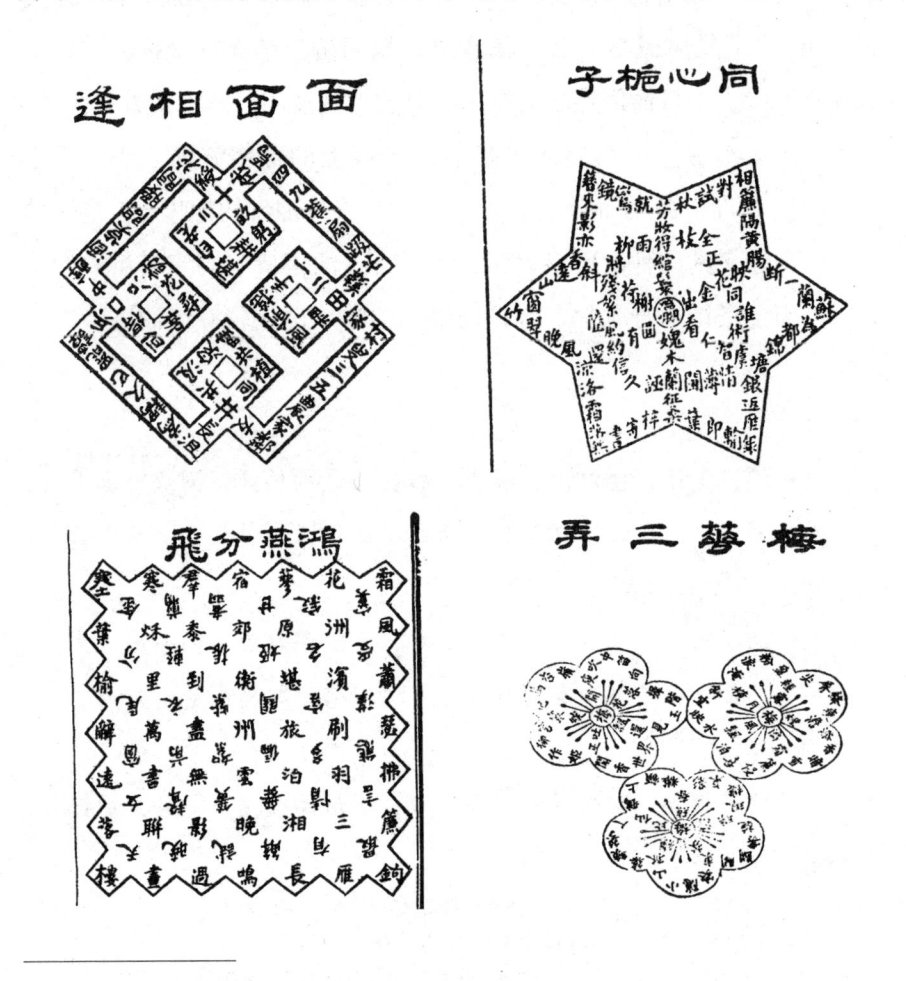

---

① 钝根：《宝塔诗》，《申报·自由谈》1911年9月28日。

上面四幅图分别见于《自由谈》1911年8月25日、26日、27日和《游戏杂志》第二期（1914年1月）。游戏诗是比较适合报纸刊载的一种诗歌形式，如果设计得好，很能调动读者的阅读兴趣和互动性。可惜编者照搬原书，连回文诗的读法也一并抄上了，于是就失去了游戏的悬念。

在诗体中，应制试帖诗的应用性质最为明显，以此体写就的游戏诗，就具有移置体谐文的特征，是典型的对原诗体之庄重性形成嘲弄的"不肖"诗。如：

### 赋得群英手批伟人颊（得腮字五言八韵）

巴掌腾空起，偏从颊上来。乒乓声震耳，深浅印盈腮。
老脸留鸿爪，虚心撞鹿胎。宛如夫怕妇，直似母答孩。
一掴连三掴，千该又万该。奴颜嗤尔陋，生面为君开。
难免同人笑，真成无妄灾。文明新手续，小试仗雌才。[①]

此诗幽默风趣，息影庐却"微嫌起四句点题面字尚疏，似与应制体未合"[②]。比较而言，就同一个题目，息影庐自以为体制完美的《赋得群英手批伟人颊》却不如此诗生动有趣。可见，时人对于谐文究竟应该在什么程度上契合原文体有不同看法。究竟应该讲求与原文体的酷肖关系，还是应该在内在的谐趣内容上百般施展，这也的确是戏拟类游戏文共同面临的选择。当然，文体极契合，内容又极谐趣，应该是移置体制造滑稽效果的理想。但要与文体形式契合，又要反其道而求得谐趣，谐文本身要求的"忌雅而又忌俗，宜在雅俗之间"[③]，使得

---

[①] 苏汀：《赋得群英手批伟人颊》（得腮字五言八韵），1912年10月12日。
[②] 息影庐：《赋得群英手批伟人颊》（得批字五言八韵），1912年10月14日。
[③] 尘梦：《游戏文法指南》，《申报·自由谈》1916年8月28日。

谐文的写作很难把握。所以就会出现具体作品对两方面的要求有不同倾斜的情况，有的对文体形式要求严格，有的比较讲求谐趣色彩。谐趣文本身作为传统文学的"不肖子孙"，又有了相对于原文体的形式上的肖与不肖之分。

宋词中俗词或滑稽词被认为是一种重要风格，即"有滑稽一派发生"。① 在近代大报文艺和小报文艺中，滑稽词也曾盛行，以竹枝词和俗词为主。《申报》自创刊起便广征竹枝词，而小报以《世界繁华报》所创"讽林""时事嬉谈""滑稽新语"等"嬉笑怒骂"的文体形式，催化了近代诙谐、幽默的时事讽刺艺术的成熟，前已论及。"讽林"在每页报首，常以词或五、七言诗来表达对社会风俗及官场现象的讽刺，其中词的部分就颇有滑稽词的风味。如："携得如夫人，还带顽儿漂。猫狗狐狸共一群，那管旁人笑。莫说腌臢官，是个盐巡道。若改头衔做老龟，一定生涯好。"②

这首小令嘲笑盐务巡道荒淫无耻的生活，而用词则有些"滑稽无赖"。滑稽讽刺艺术手法能揭示讽刺对象的本质，且富有感染力，颇具社会影响，由此引得《笑林报》和《寓言报》等小报纷纷仿效。《自由谈》中富于诙谐趣味的词，也常以竹枝词和俗词的形式出现，如岭南阆风樵者的《张园慈善助赈会竹枝词十首》、迷津过客的《新岁青楼竹枝词》等。俗词的命意、用词更灵活，如童爱楼的《滑头》就颇为滑稽："眼戴铜丝口雪茄，头上柏拉，襟上鲜花。闲来自控两轮车，安垲第烹茶，满嘴胡柴。马褂新裁外国纱，酒局常赊，麻雀常叉。近来心绪乱如麻，黄了枇杷，绿了西瓜。"③ 出句用俗语典故"枇杷大少"形容滑头，虽打诨，字面上却不失含蓄。

---

① 刘永济：《唐五代两宋词简析》，上海古籍出版社1981年版，第5页。
② 《讽林·卜算子》，《世界繁华报》1901年6月24日。
③ 爱：《嘲滑头·调寄一剪梅》，《申报·自由谈》1911年9月14日。

第四章 谐文的文章体式与表达艺术

大体上，从文类本身的滑稽诙谐趣味看，诗不如词，词不如曲。曲体本身就有较浓的谐趣。正如论者所说："滑稽诙谐是散曲感染力最具特色的模态。绝大多数散曲都以不同的方式表现出一种滑稽风味，几乎所有的散曲在语态上都程度不同地染有诙谐的色彩，散曲之'风力'所以别具一格，滑稽诙谐是重要的因素之一。"[①] 任中敏的《散曲概论》曾列俳体，并指出："凡一切就形式上、材料上、翻新出奇、逞才使巧，或意境上调笑讥嘲、游戏娱乐之作，一概属之。"[②] 其实，这个定义也适用于其他俳谐体文学。其所列俳体有短柱体、独木桥体、叠韵体、犯韵体、顶真体、迭字体、嵌字体、反复体、回文体、重句体、连环体等，与诗中的俳谐传统有近似情形。

近代上海以民间曲艺形式存在的通俗文学样式，在《戏拟上海修志筹备处求访稿启》中曾列有：上海码头、打油诗、竹枝词与上海五更调。[③] 其中，打油诗和竹枝词分别属于诗和词的体裁，而上海码头和上海五更调则属于曲艺的范围。《自由谈》的曲艺类文字，主要服务于新闻题材。因此，它的情形与一般的内里体及移置体谐文又有不同，它的趣味源自文体及语言的通俗诙谐与内容的严肃之间的错位。如东园的《叹五更调》："五更五点鼓丁冬，可叹的馆会舍一书佣，千愁万苦百城中，呀呀得由，千愁万苦百城中。依样葫芦画不工，词章无用、经史无功。哀哀书佣，生计这般穷，呀呀得由，书佣书佣，生计这般穷。"[④] 如果除去曲艺的说唱形式，它的诙谐趣味就会顿时减色。文人对于说唱曲艺的借用也正是喜爱其朴素谐趣的形式，虽然各种拟作也都试图保留那点谐趣，但近代报刊所载曲艺的唱词，诙谐之趣浓淡不一。因为其内容大多为新闻时事，这与此前小报拿花界及男

---

① 李昌集：《中国古代散曲史》，华东师范大学出版社1996年版，第285页。
② 任中敏：《散曲概论》第二册，散曲丛刊第十四种，中华书局1931年版，第17页。
③ 觉迷：《戏拟上海修志筹备处求访稿启》，《申报·自由谈》1914年4月12日。
④ 东园：《叹五更调》，《申报·自由谈》1914年5月5日。

女作题目的谐趣意境有别,也不合乎曲艺表现日常生活的传统。今日看来,其谐趣并不突出,但对于以文言为尚的旧文学及旧文人,对于看惯了庄重论说、报章八股的读者来说,此中大概的确颇有些谐趣,以致会被乐此不疲地搬演。

宽泛地说,谐文就是相对于庄重文学或正统文学而言的不大入流的另类文学。所以,散曲、曲艺、戏剧、小说等通俗文学样式,在广义上也可以包括在谐文之列。曲艺、小说等通俗文学之所以具诙谐色彩,是因为它们在民间颇有市场,保持了通俗气息,也以诙谐有趣引人入胜。又如弹词形式中用韵文写作的弹词开篇,就是雅俗共赏的好体裁。瞻庐的《新开篇》分思郎和救夫两段,演章太炎遭禁及汤国黎救夫事,颇有代表性:"蒲绿榴红五月天,汤夫人闷坐在窗前。长吁短叹缘何事,万种相思都为那章太炎。他自从策马到京华去,落井银瓶信杳然。装痴瘸,扮疯颠,不衫不履像神仙。公卿座上常骂客,总统府时闻逆耳言。"[1] 有趣的是此篇所属栏目为"小说",而此前几篇弹词新开篇却在"游戏文章"栏。[2] 实际上,此类叙事韵文的确在诗、文与小说之间。弹词的文学脚本像剧本,在近代报刊的编排中,它与传奇一样,一般被归入"小说"栏。若截取其中一部分,又可与曲文同论。

近代还新兴一种滑稽戏,更直接以滑稽诙谐为本色。滑稽戏以角色行当、情节、内容以及语言等多方面的滑稽取胜,在演出时颇受欢迎,但滑稽戏在近代报刊上兴起的情形似还未受到足够的重视。《自由谈》中滑稽戏就颇不少,如爱楼的滑稽新剧《双偷记》讲两个窃贼同时光顾一富家的奇遇,就表现出过度追求滑稽的荒诞性。丑生所扮富人被偷时竟说:"贼伯伯呀,这是我家三代做官,从地皮上刮下来

---

[1] 瞻庐:《新开篇》,《申报·自由谈》1914年7月9日。
[2] 分别见《申报·自由谈》1913年4月21日、1914年6月30日。

的资财，不是容易的，求你饶了我罢。"而唯一稍具正面色彩的武生，自报家门之词也在逗笑："非是我、要学那、挖墙钻洞，这叫做、没奈何、聊自变通。"① 可与滑稽戏形成对照的是案头写作的仿拟体谐趣戏曲，它主要以仿拟曲牌形制，特别是对著名曲段的仿写为主。这两种形式的诙谐戏曲，也呈现出了内里体与移置体的区分。戏仿戏曲著名曲段的游戏文章，因为受原作审美性的影响，诙谐色彩相对比较含蓄。如"特别京剧"《失政王思妻》仿《四郎探母》前段："失政王，坐宫院，自思自叹。思想起，福晋事，好不凄然。吾在京，思福晋，难以见面。那晓得，尔在外，终日风流。我好比，夏月坑，无人遮盖；你好比，长江水，人去无还。"② 接下去是四个"我好比"与"你好比"的排比句，最后以"你好比"与"我好比"颠倒结尾。熟悉此段唱词的读者，在原唱与戏仿的强烈反差下不免要失口而笑了。即便不熟悉的读者，面对滑稽的失政王也会忍俊不禁。

近代谐趣文学中最耀眼的无疑是滑稽小说。滑稽小说中也有一部分拟体小说，但拟体小说的情形在拟仿体中较为特殊。因为小说本身非常灵活，又以虚构为特征，所以种种拟设并没有对小说文体产生影响，反而契合了小说的文体形式。并且拟体滑稽小说也要依靠小说内在的人物和情节等因素产生滑稽感，而不依靠仿拟这种形式。这一类作品的戏拟性，其实更多表现为一种假借和转换的写作手法。刘勰《文心雕龙》曾提供了一个思路："然文辞之有谐隐，譬九流之有小说，盖稗官所采，以广视听。"③ 虽然当日所谓"小说"与近代小说观念并不等同，但他所指出的谐隐与小说的类似处，仍然具有重要意义。而且，近代的"小说"，虽然开始接受西方概念，却仍常常带有"街

---

① 爱楼"滑稽新剧"《双偷记》，《申报·自由谈》1912年5月11至13日。
② 容芳"特别京剧"《失政王思妻》（仿《四郎探母》前段），《申报·自由谈》1912年1月19日。
③ 刘勰：《文心雕龙注》，人民文学出版社1998年版，第272页。

谈巷议""丛残小语"的印记。所谓"话柄""谈笑之资",的确与古代小说观念有一致性,也与笑话、谐谈,甚至谐文相通。"稗官所采"的出身,"以广视听"的用途,同样属于边缘的文类概念,外延又比较模糊,这种种相似性,使二者天生存在亲和力。

《自由谈》的滑稽小说非常多,有创作的、有翻译的;有长篇的、有短篇的;有写实的、有虚幻的。若考虑到近代其他报纸中同样众多的滑稽小说,必然能为滑稽小说史增添许多生趣。比如,孙悟空形象在近代的流变就是很值得考察的一个现象,它涉及文学形象学及政治批评等社会功能。行文所限,在此不能展开,只举《佛国立宪》一例说明。这则小说采用了篡改原作的方式,以"话说花果山孙行者自从王母娘娘蟠桃园内偷吃了仙桃之后,从此神通广大"开头,然后借《西游记》中各人物形象,以与当时社会政治形势相对照。比如佛国与活佛国王对应晚清及其统治者,"奴隶性质的牛魔王"、猪八戒等控制大权,勾结老鼠精、蜘蛛精等横行佛国。之后,睡醒的狮子大王讨伐佛国,才请孙行者出来抵战,结果失利。众人指出,"此役之起点,原系政府伪政欺人,重敛财税"。国王醒悟后,召集国会,请求议和,并请孙行者做议和大臣。[①] 大部分拟旧小说的时事性质都非常明显。可以想象,时事与旧体之间的裂隙是很难弥合的,所以此类小说的文学价值不如文化价值。其他写实的滑稽时事小说,大多也带有草创粗糙的痕迹。至于较具审美意味的滑稽小说,还要属陈蝶仙的创作。如《忆奴小传》通篇以叙人的方式写狗,传神逼真,实为滑稽上乘。[②]

另外,还应该提到的是在传统主流文章体制范围外,以语言为中心产生诙谐趣味的文体。根据其表现特征的不同,可分为:谈谐体、

---

[①] 天许生:《佛国立宪》(又名《拌乱西游》),《申报·自由谈》1912 年 11 月 8 日。
[②] 蝶仙:《忆奴小传》,《申报·自由谈》1913 年 2 月 10 日。

游戏体。谈谐体包括谐谈、滑稽谈、笑话、杂纂等,主要是一些短语话柄,依靠语言的诙谐引人发笑。游戏体如隐语体、镶嵌体和集对体等都可包括在内。谜语、诗钟等隐语体是不需强调内容诙谐,而以隐射为特征的语言游戏。镶嵌体则是以镶嵌某一类词汇和某一个词语为线索来组织文章,虽名文章,实为一种文字游戏。集对体有滑稽对、四书对、俗语对等以对联形式出现的语言游戏。这些文体在文学地图中处于更边缘的位置,却也是谐趣文学的重镇。但因为本章关注的是以文章体式存在的谐文,所以仅在此提及而不作论述。

2. 古文

将诙谐风趣的内容寄托在一本正经的文体上,主要以仿拟为艺术手法的是移置体谐文。一切文学体式和一切文字样式,都可能成为诙谐文学戏弄的对象和载体。此体可与一切文学体式和一切文字进行对照,所以它也有无限的空间和包容量。同样,上文所论内里体在宽泛意义上,也可以存在于一切文学体式中。当然,讨论其倾向性比寻求泛化的外延更有意义。关键在于文体与内容间的不相称性是否强烈。文体对内容的限制越严格,就越倾向于移置;文体对内容要求越宽松,就越倾向于内里。因为谐文在借用古文与应用文时情况复杂,不可一概而论,应作进一步探讨。移置体谐趣文虽然内容也带有诙谐意味,但它比较依赖与形式对照得来的错乱感。从手法上讲,移置体又可分出戏仿体和戏拟体。戏仿体指对标准文本的结构、章句进行直接的模仿,亦步亦趋。戏拟体则只是套用标准文体,对文体进行嘲弄的同时,还必须对具体内容进行虚构、拟设来产生诙谐趣味,即体裁与内容都是虚构的。

先来看两种典型的移置体谐文。一是八股制艺体谐文。这类谐文在晚明以尤侗为代表,曾大量出现,并有戏词题八股、俗语题八股等众多特殊题材,对四书八股体是极大的嘲弄。并且其谐趣不仅表现在语言上，也表现在立意及行文中。到了《天花乱坠》，更出现了《吾老矣不能弄也》那样的色情之作。举缪莲仙《肚疼埋怨灶君》中一节以见其趣："何我之肚疼，乐尔不奏乎？天医多妙剂，尔胡为不求？老子有灵丹，尔胡为不恳？抑思煎糕炒豆之谓，何而令吾肚疼若是？吾将使鹅卵石砌烟囱，以倒汝；吾将使老狗以扒汝，则吾肚疼之恨方泄矣。"① 八股文作为应试文受尽批判，而作为近人最为熟悉的体裁，它用作谐文时，对文体的嘲弄意图却非常显豁。并且，作为文章载体，它自有优势，如结构上的起承转合，语言上的骈散并行，特别是那些音韵铿锵、文采飞扬、用语尖新之作，足称佳妙。陈蝶仙就不止一次特别将八股制艺体谐文拔作第一等。他还表示："非为奖进八股，盖论文字优劣，初不关于体裁也。读者幸勿误会。"② 如被许为"思想活泼，神气活现"的《活财神文》的确颇特出：以"财神而活，国民死矣"起，奇新尖刻；到了"活财神与活小娘同（绍兴人骂妓曰小娘）。正惟其同也，在专制时固活泼，在共和时又活动。其为神也，则刁矣，虽比之活小娘亦可"，益发"神乎其神"了。③ 总之，八股用作谐文，被认为是一种典型的"愈败愈好"的"陈腐体"④，也是极其典型的移置体。

另外一种典型的移置，按《余兴》的说法，可称作"谐经"，就是对以"六经"为代表的各种文化典籍的仿拟。儒家经典常被仿作，有《论语》《诗经》《左传》《国语》《大学》《中庸》《孟子》等，且多为句段式仿写。如仿《论语》名句的"做官有三畏，畏洋人，畏老婆，畏上司之参"；"唯小人与猿猴为难养也，近之则孙，弃之则怨"。⑤ 又如

---

① 缪艮：《肚疼埋怨灶君》，《文章游戏》初编，嘉庆二十三（1818 年）年纬文堂刻本。
② （缺题目）《申报·自由谈》1918 年 9 月 21 日。
③ 一孔：《活财神文》及陈蝶仙评，《申报·自由谈》1918 年 3 月 13 日。
④ 尘梦：《游戏文法指南》，《申报·自由谈》1916 年 8 月 28 日。
⑤ 梦：《新论语》、富阳劳汉：《新论语》，《申报·自由谈》1911 年 8 月 30 日、1912 年 1 月 6 日。

仿《诗经》的《嫖》："嫖以情，倚门欢迎。彼其之子，怜我怜卿。嫖以义，盟深啮臂。彼其之子，为少叱利。嫖以财，一笑为媒。彼其之子，千金买来。"① 戏仿之作与原文间巨大的反差，给读者以解放经典与玩弄经典的轻松感。如"子见南子，自牖执其手曰：'不亦白乎，惜乎吾衰矣，不能用也。'"② 与《嫖》一样呈现出恶俗化倾向。而对佛经的仿拟则多为篇章式拟作，如《穷极无量天尊说拔度穷苦妙经》《怕婆经》《新佛说妙沙经》等。《新心经》则是戏仿，读起来与原文更容易产生呼应："是糊涂之咒，能赚一切钱。真是不愧，故说坏法越掳越多咒。即说咒曰：积钱积钱，播祸积钱，播祸能积钱，得意煞呵呵。般若波罗密多心经终。"③ 在讽刺了社会弊病之余，对经典的神圣庄严也进行了解构。

在晚清以前已经出现过的依托于各种传统文体而存在的谐文，以文集之谐文最为集中。至于其文体类别，可以参照几种谐文选集的文体使用情形。为此，本章特制了几种谐文选集④与古代影响较大的两种文学选集《文选》和《古文辞类纂》的文体对照表。

**谐文选集与古文选集的文体对照表**

| 来源 | 《文选》 | 《古文辞类纂》 | 《文章游戏初编》 | 《二编》 | 《四编》 | 《天花乱坠初编》 | 《新天花乱坠》 | 《古今滑稽文选》 |
|---|---|---|---|---|---|---|---|---|
| 编者 | 萧统 | 姚鼐 | 缪艮 | 缪艮 | 缪艮 | 钟骏文 | 汪庆祺 | 雷瑨 |
| 文体排列顺序 | 赋 | 论辨类 | 赋 | 赋 | 赋 | 论 | 论著类 | 传 |
|  | 诗 | 序跋类 | 传 | 诗 | 诗 | 说 | 序跋类 | 记 |

---

① 侍仙外史：《新诗经》，《申报·自由谈》1911 年 9 月 29 日。
② 剑秋：《新四书》，《申报·自由谈》1914 年 5 月 16 日。
③ 子枚：《新心经》，《申报·自由谈》1912 年 12 月 9 日。
④ 各总集版本如下：（梁）萧统编、（唐）李善等注《六臣注文选》，上海古籍出版社 1993 年版；（清）姚鼐《古文辞类纂》、王先谦编《续古文辞类纂》合刊，浙江古籍出版社 1998 年影印版；缪艮《文章游戏四编》，嘉庆二十三年（1818 年）纬文堂刻本；寅半生《天花乱坠初编》，杭州崇实斋 1903 年版；砚云居士《新天花乱坠》，广益书局 1911 年版；雷瑨《古今滑稽文选》，北京出版社 1993 年版。

续表

| 来源 | 《文选》 | 《古文辞类纂》 | 《文章游戏初编》 | 《二编》 | 《四编》 | 《天花乱坠初编》 | 《新天花乱坠》 | 《古今滑稽文选》 |
|---|---|---|---|---|---|---|---|---|
| 文体排列顺序 | 骚 | 奏议类 | 记 | 词 | 歌 | 解 | 赠序类 | 说 |
| | 七 | 书说类 | 述 | 歌 | 行 | 辨 | 书牍类 | 诏册 |
| | 诏 | 赠序类 | 说 | 传 | 吟 | 议 | 奏议类 | 表 |
| | 册 | 诏令类 | 论 | 记 | 嘲 | 策 | 诏令类 | 弹文 |
| | 令 | 传状类 | 评 | 序 | 谣 | 文 | 赞颂类 | 檄 |
| | 教 | 碑志类 | 序 | 辨 | 词 | 序 | 箴铭类 | 露布 |
| | 问 | 杂记类 | 书 | 论 | 传 | 传 | 哀祭类 | 控词 |
| | 表 | 箴铭类 | 疏 | 说 | 记 | 赞 | 传状类 | 供词 |
| | 上书 | 颂赞类 | 引 | 铭 | 序 | 记 | 碑志类 | 判词 |
| | 启 | 辞赋类 | 文 | 赞 | 跋 | 志 | 杂记类 | 铭 |
| | 弹事 | 哀祭类 | 制 | 叹 | 书后 | 铭 | 诗歌类 | 赞 |
| | 笺 | | 檄 | 文 | 论 | 制 | 辞赋类 | 疏 |
| | 奏记 | | 判 | 书 | 问 | 示 | | 书函 |
| | 书 | | 状 | 启 | 文 | 札 | | 祭文 |
| | 移 | | 对 | 评 | 书 | 檄 | | 杂文 |
| | 檄 | | 答 | 嘲 | 启 | 疏 | | 赋 |
| | 对问 | | 赞 | 四六 | 赞 | 禀 | | 诗 |
| | 设论 | | 铭 | 拟卦 | 铭 | 书 | | 词 |
| | 辞 | | 语 | 拟诰 | 解 | 启 | | 曲 |
| | 序 | | 嘲 | 制艺 | 辨 | 契 | | 道情 |
| | 颂 | | 愿 | 判 | 说 | 时文 | | 制义 |
| | 赞 | | 卦 | 告示 | 对 | 赋 | | 杂着 |
| | 符命 | | 纪 | 曲 | 语 | 诗 | | |
| | 史论 | | 诰 | 弦索乐府 | 表 | 词 | | |
| | 史赞 | | 月令 | 谜 | 檄 | 歌 | | |
| | 论 | | 制艺 | 焰口经 | 状 | 谣 | | |
| | 连珠 | | 诗 | 集对 | 判 | 试帖 | | |
| | 箴 | | 歌 | | 七 | 曲 | | |
| | 诔 | | 吟 | | 曲 | 传奇 | | |
| | 哀文 | | 词 | | 拟卦 | 楹联 | | |

134

续表

| 来源 | 《文选》 | 《古文辞类纂》 | 《文章游戏初编》 | 《二编》 | 《四编》 | 《天花乱坠初编》 | 《新天花乱坠》 | 《古今滑稽文选》 |
|---|---|---|---|---|---|---|---|---|
| 文体排列顺序 | 哀册 | | 曲 | | 箴 | 章程 | | |
| | 碑文 | | 对 | | | | | |
| | 墓志 | | | | | | | |
| | 状 | | | | | | | |
| | 吊文 | | | | | | | |
| | 祭文 | | | | | | | |

直到1914年雷瑨编辑《古今滑稽文选》时，文集中的各种谐文文体大致仍不出传统文体范围。《自由谈》作为副刊的编排方式较为杂乱，且容纳量很大。因此，将它与此前文集之文的编选体例进行比较，意义不大。而《自由谈》谐文中对传统文章体制的戏拟与戏仿较多，所以，此处以古文为重点来讨论诙谐趣味与它所寄寓的文体之间"肖"与"不肖"的复杂关系。

在几种谐文选集中，汪庆祺《新天花乱坠》的编选体例，明显受《古文辞类纂》体例的影响。本章因关注由谐文所折射出的古文文体观念，所以，在论述过程中也希望借用《古文辞类纂》及《新天花乱坠》的分类方法，以与清代有影响的古文观念进行对话。《古文辞类纂》分古文为十三类，除辞赋外，其他十二类依次为：论辨、序跋、奏议、书说、赠序、诏令、传状、碑志、杂记、箴铭、颂赞、哀祭。《新天花乱坠》则调整为：论著、序跋、赠序、书牍、奏议、诏令、赞颂、箴铭、哀祭、传状、碑志、杂记、诗歌。

从谐文的角度看，最常见的体裁是传、记、书、说，大体相当于姚鼐概念中的传状、杂记、书说、论辨四类。《文章游戏初编》在"赋"之后，紧接着选入的就是"传"体和"记"体，很可能是出于"文章游戏"的考虑。而雷瑨在编辑《古今滑稽文选》时，他的文体排列顺序表面上看较随意，实际也有他对于滑稽文层次的考虑。总之，传、记二体作为古代最常见的文学体裁，在谐文中也占有非常重要的地位。

"传"体虽源于《史记》"列传"，却有不同的分流。姚鼐《〈古文辞类纂〉序目》曾说："传状类者，虽原于史氏，而义不同。刘先生云：'古之为达官名人传者，史官职之。文士作传，凡为圬者、种树之流而已；其人既稍显，为之行状，上史氏而已。'余谓先生之言是也。……昌黎《毛颖传》，嬉戏之文，其体传也。"①姚鼐已经讲到了传体的原本与枝丫，从史传发展出文人传，又产生了"滑稽传"，后两者是史传的"不忠"变形。特别是以韩愈《毛颖传》为代表的"嬉戏之文"，亦堪称一体，可见其影响力。《毛颖传》特色是以虚设手法为拟人之物毛笔立传，吴讷《文章辨体序说》也说："若退之《毛颖传》，迂斋谓以文滑稽，而又变体之变者乎！"②但传统上以滑稽为特色的传文，一般较喜欢用史传的套数，以表明对该文体的认同，因此并非都是文人传的变体，也有史传的变体。如《毛颖传》从"毛颖"的名姓、里籍、先世、生平事迹一路写来，最后附史赞。这种变体颇为不羁之才所喜爱，《古今滑稽文选》选入40篇"滑稽传"，其中大部分为名作，如《万石君罗文传》《温陶君传》《叶嘉传》《江瑶柱传》《楮先生传》《舞阴侯传》《雪衣女传》《三友传》等。

《自由谈》中"传"体的出现频率较高。如1911年9月9日至10月3日间就出现了6篇，而1912年1月17日所登三篇均为"传"。不过，《自由谈》中的"传"，远不如古之"滑稽传"渊雅可诵。其在体制上多为小型传，内容或者说"传主"多是庸俗之物，如腐败官吏、专制太后、便宜先生、财奴、钱鬼、花虫、米蛀虫、饭桶等。且近代的"滑稽传"不再追求合于史传的郑重、深厚，而较为轻逸甚至

---

① 姚鼐：《〈古文辞类纂〉序目》，《正续古文辞类纂》，浙江古籍出版社1998年影印版，第7页。

② 吴讷：《文章辨体序说·传》，《文章辨体序说　文体明辨序说》，第49页。

轻佻。如《三先生合传》整体以教习、医生、妓女的比较来结构,没有"传主"形象,不合"合传"体例,而用语亦很刻薄:"教习称先生,医生称先生,而沪上妓女亦称先生,其称呼无可别也。然则,教习赚钱用口,医生用手,妓女用斗,此三先生之艺术大有别也。"① 这一方面反映了报刊文艺已具有快餐文化的特征;另一方面也因为"传"体本身经文人的创造历练,形式丰富,可长可短,可叙事也可言志。

戏仿类传体中出现了大量仿《五柳先生传》之作。这篇杰作之所以长盛不衰,既因其思想和情志之感人,也因为形式简洁可喜。此类易于把握的经典最为后人所熟悉,因此也是戏仿类谐文所青睐的对象。如尘梦就注意到,"古人成调为人所常者,以《五柳先生传》……等为最"。② 但一般来说,仿作只能应景,很难出色。更何况仿作只是借用形式的模子,全无经典本来面目。《五柳先生传》本是一种自我叙述,书写怀抱、抒发感慨。后世仿者不仅用于他意,且多是讽刺不堪之人物。与《五柳先生传》情况相近的是《陋室铭》。这两部作品,的确是最常被戏仿的对象。《陋室铭》仅八十一字,短小精悍。更重要的是,作者亦是借此表达个人情志,自负而不自谦,意气扬扬。但后世仿者也多用于讽刺污浊之事物。陶渊明和刘禹锡若泉下有知,对此一定气愤不已。如此看来,戏仿类文章因为在形式上的模子过于紧严,所以在内容与题旨上就越发显得极为"不肖"了。

相比较而言,古文中另一常用文体"记"用作谐文时,究竟是内里还是移置就不那么简单了。"记"兴于唐代,多为纪事之文,可以记人叙事,亦可模山范水,可以记述书画、器物、物品,亦可借题发挥、议论风生。因此,"记"用作谐文也较少形式限制,很少给人感觉它对"记"的文体本身构成了嘲谑。所以,它与传体的情况不同,

---

① 童爱楼:《三先生合传》,《申报·自由谈》1912年1月17日。
② 尘梦:《游戏文法指南》,《申报·自由谈》1916年8月28日。

应该属于内里体谐文。如前人之《醉乡记》《睡乡记》《饿乡记》《温柔乡记》等，近似寓言小说。《自由谈》1911年9月17日至10月17日间曾出现7篇"记"，频率也很高。其中不仅有寓言性质的，也有较为现实者，前如《天国筹赈大会记》《醋海记》《水族革命记》，后如《观夜乐园新焰口台记》《尖先生妆阁记》等。试比较两篇同以睡乡为题的作品，其一："卧国之南，眠国之东，梦国之中，有睡乡焉。其土广博，其民众多，但君臣上下无一不好睡。入其境，如无一人焉，盖皆在春梦婆娑之中也。因此，有官若无官，有民若无民，有工若无工，有商若无商。"① 其二："昏然不生七情，茫然不交万事，荡然不知天地日月。不丝不谷，佚卧而自足；不车不舟，极意而远游。冬而绨，夏而纩，不知其有寒暑；得而悲，失而喜，不知其有利害。以为凡有目见者，皆妄也。"② 一望可知，第一段为近代谐文，因为其过于直露的寓意，还因为直浅的文学风格。表面上看，似乎将中国喻为睡乡较宏阔，但此调在近代其实已很滥；而将人生中的混沌状态喻为睡乡，虽然走得不远，却自有深刻处。在笔法上，或直言无讳，或摇曳多姿，其雅俗与工拙自不待言。近代作品的风格有明显的时代特色，加之文学商品化日益严重，同是批量生产，作家对于作品的要求就如匠人对于工艺一般。既然作为产品，因需而定，就要考虑对象的身份、能力以及喜好，浅露亦成为近代报刊谐文的一种主流特征。

书牍信函为应用文中自由灵活的文体，也颇受谐文作者欢迎。谐文可以借书函以传递信息、说服对方，并晓之以理、动之以情。其形式较自由灵活，少束缚及程序。如刘豁公说："书牍所以启事也，心有所欲言，则手笔之。"③ 另外，这里也有必要借用姚鼐的"书说"概

---

① 爱楼：《游睡乡记》，1911年9月29日。
② 苏轼：《睡乡记》，雷瑨辑《古今滑稽文选》，北京出版社1993年版，第102页。
③ 刘豁公：《新尺牍》，《申报·自由谈》1912年3月17日。

念，因为"说"所蕴含的游说、说服之功能，在谐文中表现得比较突出。总体而言，书函体谐文是移置效果不大明显的应用文体。雷瑨《古今滑稽文选》就选入不少明人诙谐体书函，如张潮的《海棠上杜工部书》等。而近代此体更盛行，《自由谈》在创刊之初的第一个月中，就出现7篇"书函"体的谐文，为出现频率最高的一种文体形式。信函的表达方式常设身处地，拟想对话场境，并可论辩往还。在谐文中，"书说"的说者与被说者都是拟设的。大体看来，主要有两种拟设法：一种是以物拟人，一种是拟代人言。前面曾提到"辫子"问题，有一系列谐文以"书"的形式来表达，如《辫子留别眼耳鼻舌书》《辫子致胡子眉毛书》《胡子眉毛答辫子书》《辫子谢钱业执事书》《辫子与顶子书》。此类谐文即便不读文章，只想象各种事物拟人、寓言的形式，已产生了趣味，且比动物的拟人化更具滑稽性。此为第一种情形。至第二种情形，趣味性稍逊，而攻击性更强。最典型的是将袁世凯作为拟想的说者与被说者的作品，对袁氏极尽挖苦和奚落之能事。如《拟梅特涅致袁世凯书》借外国专制者劝说袁："千刀剐王莽，万家烁蚩尤，恐受祸之惨，更将百倍于老夫也。"① 还有一种情况，是将人拟为物，而后又以人的口吻言说。如王钝根的《鲥鳝会败事长致江皖哀鸿书》，就是将人物及事全改用动物语言，《百兽公致功狗书》亦为此类。

  与书函信牍相近的文体，还有赠序、序跋、赞颂、哀祭、碑志等，都是言说对象明确，也有一定的形式特征，但又不是程序化的应用文，所以，此类文体用作谐文时虽为移置，而效果不太明显。在姚鼐以前，赠序与序跋可综合而论。《古文辞类纂》作了区分，将师生、友朋和亲属离别时的赠文和寿序文汇聚为赠序类，而将史序、诗文集序和书、文后的跋语汇聚为序跋类。大概因为赠序和寿序为感情之文或应酬之

---

① 琐尾：《拟梅特涅致袁世凯书》，《申报·自由谈》1912年1月30日。

作，对于对象一般要唱赞辞，后人不大拿它来游戏。赠序文以韩愈的《送董邵南序》影响最大，《自由谈》中几篇赠序文便都以此为模本进行仿拟，如爱楼的《拟赠唐使绍怡回京序》，论及唐时说，"以子之鬼鬼祟祟，苟有专制魔想者，皆欢迎焉"，虽是游戏而涉攻击。[①] 另外，记宴饮时的聚会之盛和饮酒作诗、高谈阔论之乐的序文，如王羲之的《兰亭集序》、王勃的《滕王阁序》、李白的《春夜宴从弟桃李园序》，都是谐文较多模仿的对象。

序跋类谐文在古今滑稽文中一直是弱项，唯有王安石的《读孟尝君传》因为简洁及层次分明，成为第三种最受欢迎的戏仿文本。序跋是对自家或别人论著的评论介绍，而人们大多视论著为立言大事，要"藏之名山，传之后世"，不该造次。所以，原文体本身的规定性会影响到谐文。序跋体谐文基本上也是针对诙谐文而作，而在论述诙谐文学时，作者的口吻一般也以揄扬为主。以此，雷瑨编辑《古今滑稽文选》时，根本就不录序跋文。《自由谈》中序跋类谐文也很少，如《狗屁集序》的有意滑稽，已很难得。

至于赞颂、哀祭、碑志，其共通之处是易流于"谀"。《自由谈》的谐文中基本没有碑志体，赞颂类也极少，如仿刘伶《酒德颂》的《钱德颂》及《不倒翁赞》。唯哀祭类谐文较为发达。主要是因为此类文章有一定格式，能对文体进行调侃，如祭文开头多用惟某年某月某日，谨以某某一致祭于某某，最后以"伏维尚飨"结束。至于内容，可正作，亦可反作，并不难把握。

议论的文章可总称为论说文。姚鼐则将源于诸子、用于说理论道的文章，总括为论辨类。寅半生在编选《天花乱坠》时，曾提到其将论说类文放在篇首的原因是，"功令重策论，而轻词章，故是编首列

---

① 爱楼:《拟赠唐使绍怡回京序》,《申报·自由谈》1912年1月11日。

论说"。① 其实，作为游戏文而去强调"功令重策论"，显然有吊诡之处。更切实际的原因，可能是在近代报章中，论说文在报章文中居于首，其文体地位在一切报刊中空前高涨。古文论辨不仅包括推理论证之"论"（如贾谊《过秦论》）和解说明理之"说"（如韩愈《师说》），还包括推求本原之"原"（如韩愈《原道》）、辨析辩驳之"辨"（如柳宗元《桐叶封弟辨》）、解析疑难之"解"（如韩愈《获麟解》）等。但在报章文中，前两者的使用频率明显高于其他。因为报章的及时性，短、平、快的文章比深、厚、重的文章更易操作。所以，《新天花乱坠》便将"论辨"改作了"论著"；若改为"论说"，则更符合时代特色。

其实，作为谐文体裁，论说文没有优势，因为在说理文中，调笑不易把握。并且，论说的主题基本上有所设定且较实在，不易凌空虚作。很大一部分论说文，其诙谐趣味的获得，主要依靠论题、事理及推理的荒谬性，所以，论说体的谐文其实也是内里体。综观《自由谈》几千篇谐文，以论说文的形式写就的，比例不大，且诙谐趣味不突出。依靠论题本身的荒谬性的，如瘦铁《人类进化新论》，从题目看一本正经，论题却是"男体而化为女体，女体而化为男体"，"体具男女，介乎雄雌，此即进化之现象也"。②事理的滑稽荒诞，可举瘦蝶的《说声》为例，文章设计了众客交谈的情节，众人纷纷叙述各种"可喜、可乐、可哀、可痛、可惊、可愕、可怪、可爱、可笑、可鄙"的声音，之后，作者举出一种"实兼而有之"的声音，即"某会场女会员以纤掌击男会员之两颊"的声音，指的是当时议论纷纷的唐群英打宋教仁。读者此时已不禁会心而笑，不料作者又推出："孙中山遭遇之济南省议会中之玻璃窗堕声，能使万众惊逃，尸骸践踏，盖世英雄为之失色，一震之威至于如此，可谓世界上最有势力之声矣！"烘

---

① 寅半生：《天花乱坠初编》，杭州崇实斋1903年版。
② 瘦铁：《人类进化新论》，《申报·自由谈》1912年12月11日。

托出孙中山在济南省议会遭遇玻璃裂碎、全场惊逃的搞笑事件。① 此外就是由语言诙谐及逻辑悖论产生的幽默了。如剑秋《扑克解》将"扑克"解释为"扑去黄克强""扑去袁克定"等，就是靠语言制造理解的混乱。② 而《人类进化新论》则使用了逻辑混乱："今者男装如女，女装如男，骤见其衣，几不辨其身之为男为女；或用阳历，或用阴历，混淆新旧，全不明其用之宜阴宜阳也。有此不男不女之衣装，不阴不阳之正朔，乌得不出此不雄不雌之人耶？"③

由于姚鼐的分类主要是出于文学审美功能的考虑，或者说是美文的考虑，因此没有从应用文的角度去深入划分文体类别。但他还是特别列出了奏议和诏令两类，分别作为上行文与下行文最典型的实用文书。朝臣处理公务的实用文体，被用于表达滑稽事理，不仅是近代滑稽文最惯用的手法，也是移置效果最明显的谐文。

"奏"是上行于朝廷之文的一种统称。徐师曾也说："奏御之文，其名不一，故以奏疏括之也。"④ "奏"自汉以来，即是上行文主要的代称，至清雍正以后，奏本、奏折之用日广。⑤ 奏可以陈情，可以言事，作为上行于朝廷之文，最为庄重。因此在古代，它不大用于作诙谐文章。而由于皇权削弱，乃至帝制废除，《自由谈》便肆意将它用作谐文体裁，有《戏拟出使鬼国大臣奏报划界情形折》《龙宫御史乌鲗鱼奏参乌龟折》等。试举《戏拟出使鬼国大臣奏报划界情形折》，以备与朝臣奏折体例相比较："奏为微臣自请调出都，出使鬼国，划界竣事，合将前后情形恭折奏闻，仰祈明鉴事。臣自七月初一日陛辞出都，道经登州。即乘搭海舶顺风号至阴阳河，由此登陆，乘马直达

---

① 瘦蝶：《说声》，《申报·自由谈》1912 年 10 月 3 日。
② 剑秋：《扑克解》，《申报·自由谈》1913 年 12 月 24 日。
③ 瘦铁：《人类进化新论》，《申报·自由谈》1912 年 12 月 11 日。
④ 徐师曾：《文体明辨序说·奏疏》，《文章辨体序说　文体明辨序说》，第 123 页。
⑤ 参阅许同莘《公牍学史》，档案出版社 1989 年版，第 239 页。

鬼门关。……臣愚以谓三百万之锡箔，易得数千万里之地，诚属宜之至。故电奏后，即蒙恩允。臣此次出使仰仗威灵，幸不辱使命，无非主上怀柔所致也。今将划界情形、理宜恭折驰呈，上慰宸廑。伏乞军机处即行代奏。臣谨奏。"① 此文所奏内容清楚明晰，用语适宜，只是无法完全体现奏折的文体特征。因为奏折等体有严格的体式限制，比如固定版式（13版半）、固定行（每开左右共12行）、固定字数（足行12字，平行18字）等，还有更为烦琐的抬头、套语。甚至行文用语都有要求，如"长句不可长于十字，短句不能少于四字，句宜从双，字亦双"等。② 可惜《自由谈》在编排此类奏章时没有采用，否则滑稽效果会更突出。

表作为一种常见的上奏体，吴讷《文章辨体》曾解释道："韵书：'表，明也，标也，标着事绪使之明白以告乎上也。'……盖用陈达情事，若孔明《前后出师》，李令伯《陈情》之类是也。"③《自由谈》中的"表"体大多是以《陈情表》和《出师表》为模范的戏仿之作，此外称作"表"的还有降表、人物表等，已不再奏议类之列。后世文人对于"疏"的熟悉程度似乎超过了"表"。"疏"之意在上书陈言并分析疏通。《自由谈》谐文中的"疏"体，以瘦蝶的《雷公电母奏玉帝疏》、剑秋的《臭虫纠参蚊虫疏》为代表。弹文作为弹劾官吏的奏疏，前人已颇喜用作谐文。如《古今滑稽文选》所列，自沈约《修竹弹甘蕉文》以下，有十篇经典之作，包括尤侗的《花神弹封姨文》、蒲松龄的《群卉揭乳香札子》等。《申报》中的《扬仁风弹劾酷吏折》也是托物喻人，并用拟人口吻："酷吏产自炎荒，来从温带，素

---

① 爱楼：《戏拟出使鬼国大臣奏报划界情形折》，《申报·自由谈》1911年8月29日。清军机处成立后，奏折改送军机处转奏，故云。"电奏"也是晚清的特色，此文大概是讽刺晚清出使大臣的，可与五大臣出使奏折相比较。
② 周林兴、罗辉：《清代奏折制度研究》，《常州工学院学报》（社会科学版）2005年3月。
③ 吴讷：《文章辨体序说·表》，《文章辨体序说　文体明辨序说》，第37页。

有热中之念，益以趋炎之心，乘我赤帝行权，黔黎慕化，因缘热宦，遭遇骄阳，乃竟得令当时，施威肆虐。"①

在上奏朝廷的疏章中，献计进策的"策"亦是一种重要的体裁，如汉贾让的《奏治河策》、隋文中子的《奏太平十二策》等。从献策这个角度讲，所论不一定为行政事务，献策者也不一定是公务人员，文体因而具有相对的开放性。特别是科举考试有策论一科，并且在晚清新政后成为取士标准，"策"之体就更为文人所熟悉了。在近代报刊中，"策"亦时常登场。《自由谈》谐文里，策是奏议类文体出现最频繁，也是最具创造力的一种谐文体裁。如钝根戏拟的《处置闲兵策》、侬的《理财策》、超然的《减政清源策》、剑秋的《拟上财政部理财新策》、东埜的《丑富策拟上财政部》、北山的《最新发明富国策》等。其中颇有长篇巨制、洋洋洒洒者，而其提议的策略多滑稽无厘、荒诞不经。侬的《理财策》提出将粪渣、尿滴等收归国有，以从中取利；超然的《减政清源策》建议男子去势以节省靡费；而东埜的建议是"行全国皆妓之制"。② 关于解决财政危机的问题在当时引起了一系列争论，许多作者提出了纳税的方法，特别是剑秋的《为财政部代筹推广印花税法》，将税收的行为肆意漫延，亦多有奇思妙想。③

下行文在古文中主要是姚鼐所谓晓谕臣属、臣民的"谕下之辞"诏令类，包括诏、策、移、檄等文体。此类文体以上对下，姿态高，比较适于斥责、讨伐甚至谩骂，所以也常被用作谐文。如石史《驱蚊檄》、爱楼的《讨油煎活狲檄》、剑朴的《戏拟君主捕蛟虫诏》、了青的《讨活佛檄》等。如《讨油煎活狲檄》劈头即骂："蠢尔么么，藐兹小丑，优孟身材，衣冠禽兽。"④ 加上题目，主旨一望可知，实际就

---

① 《扬仁风弹劾酷吏折》，《申报》1911年7月23日。
② 分别见《申报·自由谈》1912年11月24日、1913年9月30日、1913年12月26日。
③ 《申报·自由谈》1914年5月9日。
④ 爱楼：《讨油煎活狲檄》，《申报·自由谈》1911年10月3日。

是讨伐袁世凯的檄文。《自由谈》中此类行文的数目总体来说不太高，月得不过一二篇，反不如前人擅长。像雷瑨的《古今滑稽文选》就选入了尤侗的5篇诏册和3篇檄文。近代社会变迁和文体变迁对于谐文的体裁已产生了潜在影响。此类旧式公牍文虽有很强的嘲弄滑稽效果，但写作起来，不如自由灵活、贴近现实生活、常见适用的文体来得更方便。

实际上，公务实用文的类别名目很多，凡官场所用说理论政之文均可包罗在内。不仅包括上行、平行、下行等行政公牍文，还应包括法律文书。在专制官僚体制下，行政公文与法律公文不分，由同一群人执掌，法政不分家。所以，判词就曾是唐代文官考试的重要科目。文人所作备考试所用的拟判就颇具文章游戏的精神，以致后来确实发展出了艳情题材的游戏判词。判词之外，民间所作用于控诉的状词、辩护所用的辩词等，也都是近代谐文中重要的应用文体。而到了民国，共和政体之下，法制的重要性更加凸显出来。法律文书的近代变革也成为一种重要的应用文体发展趋势，出现了宪法、法规、约法、条例等一系列法政文书新体。游戏文章也常拿这些新兴的严肃庄重的文体来戏谑。如一篇《五浊世界乌托邦宪法草案》，分为第一章总纲、第二章组织、第三章人民等，看上去冠冕堂皇，一旦进入内容，就显得极其滑稽可笑了，如其宗旨称"乌托邦为永远钱主议"[①]。这部分文章偏于长篇阔论，此处无法征引。下文将从近代应用文体之新变的角度来继续讨论谐文中的新体。

## 三 从文体发展看新体报刊谐文

从发展的角度看，近代报刊谐文又可分为新体与旧体两种。旧体是指依托于传统文学体制的各种文体的谐文，上文已大略论及。新体

---

① 韩真孙:《五浊世界乌托邦宪法草案》,《申报·自由谈》1916年12月3日。

则指依托于近代社会变迁过程中新出现文体的谐文,这部分谐文才是近代报刊谐趣文与传统相比的独有特色。

在民初,可称作文章新体的基本上全是应用文。按照使用功能,主要可分为公文体、新闻体和民事体三种。有些文体则同时具有三种功能,比如电报文、团体组织文,既可同时用于政事、民事,也常依托新闻传播而发生社会效应。所以,说到底,最能够反映近代文体变迁的还是报刊媒介文体以及它作为载体承载的诸种文体变化。谐文的游戏性质与实验精神则及时反映并促生了文体变迁。报刊媒介不仅影响了语言文字、文章体式和文学观念,而且直接介入谐文中。这种种现象更直观地体现出了近代报刊谐文与传统谐文的不同面貌。以下要讨论的新体滑稽文,既包括依托于新式公文体的谐文,也包括对新兴应用文体的戏拟,以及对报章文体的戏拟,等等。

1. 新式公牍文体

由于公文体谐文与近代报刊谐趣文的时政批评精神有非常密切的关系,而且近代公文体的变迁也很值得讨论,所以这里就采用新体公文程序写作的谐文。公文都有一定的程序,也就是公文特定格式。包括公文内容各部分的逻辑结构,以及文面诸要素的布局,等等,都受到严格的规范。程序的有无,是应用文区别于其他文章的重要特征,而格式的严格、规范与否,则是公文区别于其他应用文体的重要标志。

上文论及封建帝制体系中的下行文包括制、诏、诰、敕、册、策、旨、谕、令、檄等。以圣命发布的谕令,一直沿用到清末。而反对帝制的革命党及其所建立的民国政府,所用公文程序已有明显变化。《孙中山文集》中革命党所行公文以书信、电文和章程、盟约为主,且实用、简洁,甚至有不少采用了外国文法及格式。等到武昌起义甫一成功,如何在行政事务及公开场合表达政见、行使国家权力,就成了很现实的问题。南京临时政府为此颁布了新的公文程序条例,要求废除"圣旨公文",重新规定公文的名称和使用范围。这是中国应用文学史上的一件大事。最后形成了《临时政府公报》上发布的《内务部咨行各部及遍令所属公文程序》所列的五种公文:"甲、上级公署职员行用下级公署职员曰令。公署职员行用于人民者曰令或谕。乙、同级公署职员互相行用曰咨。丙、下级公署职员行用于上级公署职员及人民行用于公署职员者曰呈。丁、公署职员公告一般人民者曰示。但经参议院议决之法规,应由大总统宣布曰公布。戊、任用职员及授赏徽章之证书曰状。"[1] 对于这一套公文体制,社会上颇有不同意见。如《申报》记者曾表示,共和革命成功后,新政府公文却"沿用专制政体之陋习,布告曰示,曰谕"[2],带有专制色彩,不符合"革命"本旨。但对于南京临时政府来说:"行政既有上下之分,即有命令服从之别,此公文程序所以有'咨'、'呈'、'令'等之区分。"[3] 也就是说,新式公文在格式上还是要体现上下等级的秩序,在一些用词的选择上就会有所保留。

新式公文虽然为民国政府处理事务时的重要载体,但仍然多为官样文章,规范的格式是天然的窠臼。特别是有些空洞无物、内容荒谬的公文本身,难免给人沐猴而冠的滑稽感。民初曾做过幕僚的陈蝶仙大概对此深有感慨,所以他曾写过《理想统计处长咨》的谐文,并贴上"滑稽文牍"的标签。"咨"属于平行文,据许同莘《公牍学史》称:"平行之文,大抵公牍往来,叙述他人语气为多。我据此人之词,而为之咨商,为之陈情,原冀于此人有益。"[4] 但"叙述他人语气"在陈文中颇为饶舌:"案据贵县属二十三市乡公所联名呈称:本年七月十九日奉县公署指令:内开此次各乡造送选举人名册,核与去年办理

---

[1] 《临时政府公报》1912 年 1 月 30 日第 2 号。
[2] 冷禅:《清谈》,《申报》1911 年 11 月 29 日。
[3] 《大总统复蜀镇抚使解释公文程序署名电文》,《临时政府公报》1912 年 3 月 21 日第 44 号。
[4] 许同莘:《公牍学史》,第 376 页。

国会省会选举人名册，相差竟至锐减四万四千四百四十四名。除由县查悉四名外，其余究因何故，令饬总乡董等查明呈复等因。奉此。董等遵即复派调查员调查去后，无如各被调查人均置不理，缄默无言，致使董等殊难呈复。伏念贵处长向办统计，全凭理想，大量观察，其结果则列数分清，俨然凿凿有据，凡关于出生、死亡、年龄、疫病、迁徙、转移、犯罪事实，及其他种种，莫不朗若列眉，编查有案。为此具呈乞赐查核示明等情到处。据此。"啰唆这么多，其实就是"请查此次选民总数骤减之故"一个意思。而陈蝶仙写这篇谐文，中心是对"理想统计处长"的讽刺，特别是其"对于极端繁碎、无从着手调查、亦无可解决诸问题，莫不以理想的求得必然之数，藉为解决"的"理想"编造术，以及针对选民问题的特殊滑稽结论。他本来可以不用这种公文体式，开门见山只谈"理想统计处长"的滑稽统计。但之所以借用这个文体，套上这个模子，就是因为作者对公文程序本身有强烈的反感。这样，一石二鸟，就对文体及这种文体假想的使用者"理想统计处长"同时进行了嘲谑。当然，此文还有更深层的讽刺，就是通过"理想统计处长"得出的理想结论，以揭露民初选举中种种虚饰荒诞现象。① 这篇谐文在陈蝶仙的文字中属于不大讲究文采，而偏于实用者。另外，可能因为公文体的缘故，其语言较平实，有近于书面口语的倾向，而非古文传统。公文本来就是应用文，但在古代经常成为抒发感情和说理明道，甚至摛藻扬华的工具。相比而言，近代新式公文实用性的特征更明显了。

当然，更常被戏拟的公文还是通行的下行之"令"与上行之"呈"。如《戏拟天蓬元帅鼓励群猪与人类决战命令》，缘起于第一次世界大战的爆发，似在嘲讽中华民族等弱势民族："本大猪族，和平性成，夙以尊重猪道，维持世界之平和为职志。自人类肆虐以来，非

---

① 蝶仙：《理想统计处长咨》，《申报·自由谈》1913年7月24日。

法拘禁，恣意屠戮。"① 而钝根的《大司厨命令》则对厨房娘姨仆役间的吵闹、赏赠加以国礼，更明显是对政府公文以及政府行为的嘲讽。② 谐文对于下行之"令"体的反讽中透露出了反权威的觉醒。而在上行之"呈"体中，谐文的诙谐趣味更多依靠逻辑事理的荒诞。如《辫子神托梦呈大总统文》，针对议会提议"有辫者不得有选举权及被选举权"的问题，进一步指出，选举的关键在于"运动"，所以禁止有辫者的"运动权与被运动权"才是根本。③

2. 新式应用文

民初公文程序中没有"告"，大概因为"告"的使用很普遍，所指过于泛化。其实一切公开或不公开的言论，一旦被说，就可能是一种"告"。而公文本身，作为公开表达政见的方式，也可称为文告。"告"可细分为许多类目。在一般的使用情况中，"告"的对象是广大民众。如官厅所颁之告示、布告、通告等，常与民治、律治相关。试举一则来看："为出示晓谕事，案准酆都城鬼王牒开：据鬼门关内鬼头鬼脑等禀称：小鬼等向在阴阳界内，开设各种鬼店，或卖鬼把戏玩具，或卖鬼馒头，或做鬼戏，取价极廉，久为阳间一般冒失鬼所欢迎。……为此出示晓谕：尔等凡有日用需要物件，务向鬼店购买。倘敢过门不入，有意屏除，一经察出，即按名拘罚，不宽贷。除一面牒请鬼王转饬各城鬼店门首，遍用红头鬼沿路硬拉买主外，其各一体禀遵，毋违。切切此示。"④ 这则告示讽刺了日本在华的利益保护政策，至于公文格式及用语则无有新意。此一类可不必多说。

用于商业用途的广告、告白也值得关注。如一则《全球最新特别改良大药房广告》："本药房延聘中外滑头医生研究发明各种新药，专

---

① 无聊：《戏拟天蓬元帅鼓励群猪与人类决战命令》，《申报·自由谈》1914年8月29日。
② 钝根：《大司厨命令》，《申报·自由谈》1912年10月15日。
③ 了青：《辫子神托梦呈大总统文》，《申报·自由谈》1912年11月5日。
④ 好礼倍登：《戏拟捣鬼告示》，《申报·自由谈》1915年3月3日。

治男女老幼吊膀不灵等症。销行以来，极蒙白发少年、绉皮小姐之欢迎。恐未周知，特此通告。"药目如下："一嵌麻粉：妇女面麻者，虽极力装扮，终觉丑陋，诚大憾事。本药房此粉内有火漆质，用时涂于面上，再将熨斗周围烫过，则粉粒牢嵌麻缺中，永远不脱，从此变成光脸蛋儿，不亦快哉！"① 整则广告用词调谑，对丑陋男女及其不安分进行了嘲讽，这是笑话及滑稽中的一个重要传统。广告形式本身，也通过此番荒谬的自暴，将其虚假欺诈、助纣为虐的性质发挥到了极致。

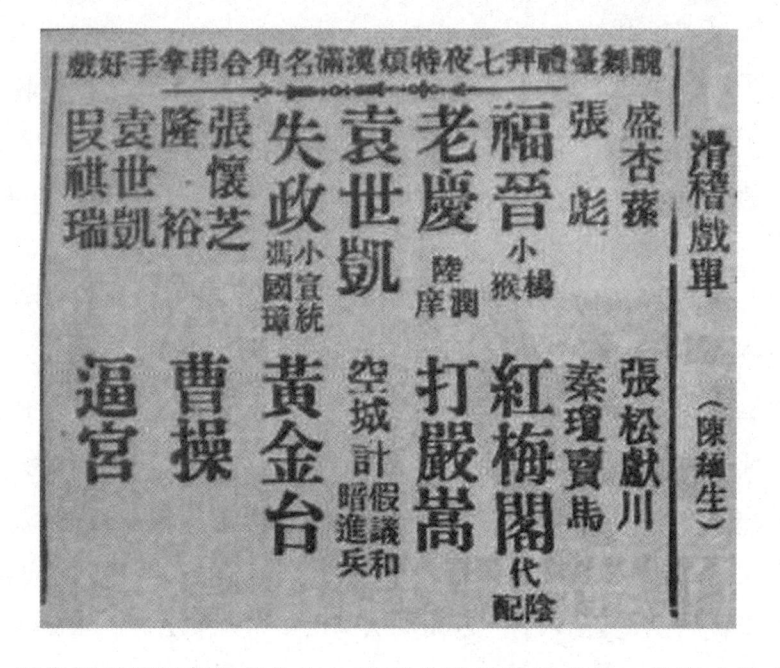

[图：滑稽戏单（陈辅生）]

近代报刊所登商业广告中，最引人注目的是戏单。仿拟戏单广告的谐文作品也颇不少。尤为难得的是，它们能够按照广告的形式在报刊中排登，是最为别致的谐文形式之一。（例如上图所示）这则广告借用京戏剧目，反映的是民国初年政坛上演出的种种丑剧。如袁世凯的"空城计"，实际是假议和而暗进兵；又如隆裕、袁世凯、段祺瑞

---

① 钝根：《全球最新特别改良大药房广告》，《申报·自由谈》1912年3月4日。

· 150 ·

等合演的"曹操逼宫",也是不久后就应验的袁氏逼迫清帝退位。① 戏单的形式与戏剧内容的嘲讽性质,比较能够反映民初政坛上的种种阴谋诡计与政治游戏。只是,这种形式拟得多了,也就失去了新鲜感。

另外一种引人注目的广告则为学堂招生广告或招生简章。学堂招生广告与一般商业用途的广告有很大区别。它不会直白地显露出商业目的,而是要突出其社会组织性质,为此就常常会罗列组织章程或招生简章。在谐文中以章程写作的谐文,最主要的就是以学堂名义出现的自我告白。如《戏拟拐骗学堂广告》表列了该"拐骗学堂"的:一、宗旨,二、目的,三、学科,四、资格,五、毕业,六、校舍,七、考期,等等,②实际上就是组织章程。可比较正式的章程规格,如华侨联合会的《简章》分:命名、宗旨、入会、会所、选举、职员、正副会长权限、评议员权限、干事员职任及权限、会规、任期、义务、进行、开会、经费、招待等。③ 而谐文《嫖学会章程》的组织结构,也有模有样的分为:宗旨、会长、入会、会费、经费、权利、公份、和份、出会、选升等。④ 谐文中以"学校"规模出现的还有"篾片大学堂""罗织学校""奴隶学校""明赌大学校""造谣学校""代言学校""露天学校"等,既是对社会不良风气的嘲弄,也有对各种学校的讽刺。与学堂类似的,则有各种学会、研究会、联合会。由学校及学会又衍生出教科书、教授法、研究法等较有系统的著作方法,如谐文中之《滑稽教授案》《犬学根本上之教授法》《马屁之研究》《血之研究》等。《滑稽教授案》下面又细分章、节,如第十章又细分为:"要旨、豫备、教授材料、联络比较、总括、参考、补遗等。"并称:"本案准普通人民程度,经滑稽部视学员批准印行。"预备案又以

---

① 陈缅生:《滑稽戏单》,《申报·自由谈》1912年1月13日。
② 冷笑:《戏拟拐骗学堂广告》,《申报·自由谈》1912年2月27日。
③ 《申报》1912年2月13日。
④ 爱:《嫖学会章程》,《申报·自由谈》1912年3月9日。

问答的方式出现:"问两手可代两足乎?学生如说不可,师当告以戏子倒立、窃贼之滑穴皆以手代足。问一手有几指?答五指。师告以亦有六指者。"① 这则教授案讽刺的就是当时流行的学堂教授方法。

民事中也有以个人名义登报广告的,其实相当于一种启事。谐文中的广告仿拟此类的情况比商业性的要多。如一则《招认良心广告》:"余前在北京东堂子胡同拾得良心一个,形状横曲钩戾,色黑如炭,质硬如铁,臭不可向迩。与狗肺全具同藏在祸包之内。初见时,非常野蛮,勃勃乱跳,不辨是人心,抑是狼心。若有非我族类,曾丧此心以致病狂者,限即日前来认领。过期即送入欧美大博览会,与各项骨殖同供化验之品。先此预告。据理人启。"② 这篇文章讽刺无良心者的意味很明显,其所借用的广告形式也非常精当。在这篇文章之后是一则《寻胆告白》,性质与此一致。同此类启事性质相近的还有传单,也是借助广而告之的传播手段进行宣传,也常为谐文所借用。

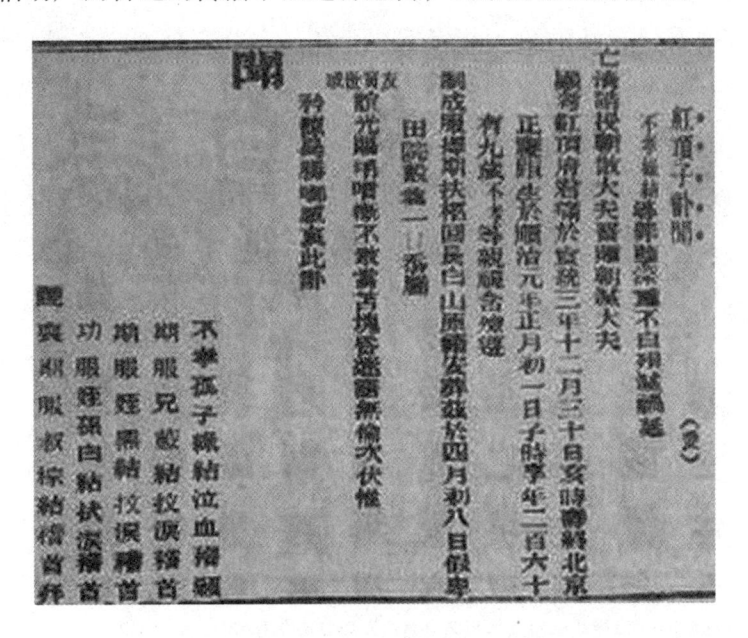

---

① 省吾:《滑稽教授案》,《申报·自由谈》1914年5月25日。
② 陆师尚:《招认良心广告》,《申报·自由谈》1915年3月14日。

讣闻在近代报刊声明启事的情况很常见，所以谐文中采用此类体裁也较多，且形式感很强，如《红顶子讣闻》。①（如上页图所示）此外还有遗嘱等样式。一战爆发后，剑秋曾就"西报谓青岛德人已决一死战，发出遗嘱五千张"，而为"吾国大员""入籍彼国"者，拟作了《新式遗嘱》。"遗嘱大少爷、二少爷、三少爷知悉：尔父既入彼国籍，自应为之尽忠效死。但我死后，尔等须速速出籍，另投一足以依赖而又不须尽当兵义务之国。"②它讽刺了卖国官吏的狡猾、贪财、好色、奴颜婢膝等特征，至于遗嘱的形式可能受到了西报的启发。另外，传统实用文中的脉案、医方等也常被借用，因为并非新体，所以存而不论。

公开发表意见的"通告"与"敬告"，在近代也发挥了重要作用，并为谐文所喜好。"通告"可长可短，形式较为灵活。简短的通告带有启事、通知的意味。如段祺瑞就任总理通告，除去格式，内容仅"奉……令……就职"，不过二十来字。③谐文如《四大政党俱乐部通告文》："启者：敝四党合组俱乐部于骡马市大街，佥以街名不雅驯，宜改为政党大街。否则以素不相识之四政党，俱乐于骡马市大街，人将谓其驴唇不对马嘴也。国民党、统一党、共和党、民主党通告。"④但所谓"敬告"，其功能倒类似于书函经，有指向特殊群体的针对性，也有游说、说服性质，与意见书近似。以意见书形式写作的谐文很多，

---

① 爱：《红顶子讣闻》，《申报·自由谈》1912年4月8日。其文字大致如下：
  不孝绿结等罪孽深重不自殒灭祸延
  亡清诰授朝散大夫晋赠朝灭大夫
  显考红顶府君痛于宣统三年十二月三十日亥时寿终北京正寝。距生于顺治元年正月初一日子时，享年二百六十有九岁。不孝等亲视含殓，遵制成服择期扶柩回长白山原籍安葬，兹于四月初八日假卑田院设奠一日。恕属友、窗、世、戚谊光赐吊唁，概不敢当。苫块昏迷、语无伦次，伏惟矜谅，曷胜衔感，哀此讣闻。
  不孝孤子绿结泣血稽颡、期服兄蓝结抆泪稽首……
② 剑秋：《新式遗嘱》，《申报·自由谈》1914年8月29日。
③ 《申报》1918年3月28日。
④ 钝根：《四大政党俱乐部通告文》，《申报·自由谈》1912年11月2日。

有《拟发起保辫会意见书》《青楼团团员请开办卫生妓院意见书》《女界提议女子宜任总统意见书》《戏拟请复科举意见书》等。但"敬告"发出者的身份似乎更独立、更强势,基本符合监督政府与启蒙民众的性质。所以"敬告"一体,更接近新闻文体或者电报文,如《申报》所刊以报馆公会名义发出的《敬告在宁诸将士书》,针对的是政府的《敬告民军政府》,对于民众的如《敬告新国民》,对于个人的如《为铁路计画敬告中山先生》①。1914年5月22日,东埜曾发表了一组以敬告形式写作的谐文:《敬告王湘绮》《敬告上海西商》《敬告征剿白狼诸军》,其滑稽特色不在文体,而主要在于逻辑推理的荒谬。

  这里还应论及电报文。自19世纪80年代我国开通电报以来,电报在政治、军事生活中日益重要。民初军阀割据,电报更成为发表政见的一种最便捷、最常见的方式,这就是"通电"。通电与普通电报不同,不以简短为尚,而讲究篇章结构,辞藻华丽,语体典雅,气势流贯。至于通电的题头尤为烦琐,常包括:大总统、副总统、国务院各部总长、各衙门步军统领、警察总监、都督、省长、司令、师旅长、护军使、镇守使、各省议会、商务总会、农会、工会、教育会、商会、各报馆等。谐文《戏拟孙中山先生报告遇险电文》为表示对此体的讽刺,甚至将通电范围扩至各商号、各住宅。②当然一般官方电文更是多如牛毛,"必按头制帽,称体裁衣,斗角钩心,以求切当"。③而谐文则不以为苦,反以为乐。如《拟代一般幕僚贺副总统电》对副总统极尽奚落之能事,写得酣畅淋漓:"顷阅报章,争传喜信,敬祷我督军,于十真降现之辰(道书十月四日十真降现),赓两度竞争之选。数来罗汉,居然爱戴同心(得票五百有奇);送到观音,喜得未成难

---

① 分别见《申报》1911年12月14日、11月11日、11月8日,1912年9月27至28日。
② 钝根:《戏拟孙中山先生报告遇险电文》,《申报·自由谈》1912年10月2日。
③ 臣朔:《拟代一般幕僚贺副总统电》,《申报·自由谈》1916年11月2日。

产（报章曾谓此番选举恐成难产）。伏维我副总统风声大树，福利中华；占廿四番花信之先，孚四百兆人民之望（初选得票凡二十四人）。精神龙马，早知出角为鳞；道德文章，惟愿守身如玉。恭维冈极，颂祷无量。某某心香一瓣，顶祝三呼；慕鸡犬于云中，攒蚂蚁于锅上。弹冠有庆，茅茹或许其牵连；执鞭可求，牛马本工于吹拍。博将来之希望，愿为内阁人材；趁现在之机缘，聊贡外行书禀。专肃，敬叩元安！伏祈首肯。"① 虽然，其时民间也纷纷开始利用电报来快速传递信息，却过于实用，很少以电报作文章者。所以，谐文更多拿政府公电来调侃。另外，电报与电文作为一种新型传播方式，也是新闻传播所依赖的最重要的传播途径。政治生活中许多电报也要借助新闻报刊来广泛传播。因此，电文可以说是近代新兴的一种最典型的应用文，并且同时涵盖了新闻体、公文体与杂事体。至于新闻体的情形，下文将专门论及。

3. 新闻体

在《余兴》作者佑民的分类中，公电、通告、广告、通电等通行的应用文都被归入了新闻体谐文。但笔者认为，这些并非纯粹的新闻体，因此前文已先行论及。在佑民其他几类新闻体中，如特约马路电、未来世界无线电、已过世界无线电、特约天国无线电、国内无线电等其实属于同一类，即新闻电报，也就是通常所说的新闻文体"三大件"中的消息。可以发现，《余兴》特别重视新闻纪事，除以上几种电讯之外，所谓的报告书、侦探队报告、滑稽通信，以至滑稽新闻、游戏新闻等，都是较为详尽的消息，即可相当于通讯了。《自由谈》的新闻体谐文虽不如《余兴》的滑稽新闻为有意识的编辑方针，形成了相对集中的规模，却也是诸体俱备，颇有特色。

在新闻体中，以消息的形式写作的谐文，多半是现实生活中不可

---

① 臣朔：《拟代一般幕僚贺副总统电》，《申报·自由谈》1916年11月2日。

能发生的事情。让不可能的事情发生，这样就会制造一种荒谬感。试读两则《理想电报》：

"政界人物均入国民党，全国舆论一致归功黄克强。昨日（即十五日）国会投票选举正式总统，张英雌女士当选。"① 这类电报其实是可以按照报纸格式编排的，如下图《游戏电报》完全使用了当时流行的字体变换以及分类新闻的编排格式，文体感就很明显。② 另外一些滑稽电报的滑稽效果则源自语言。"裤伦电云：西天如来佛电饬西藏蒙古活佛赞成共和，速将独立取销，否则撤去活佛名号，令作狗肉和尚。"③ 而王天一的《特约滑稽电》将虚幻的世界现实化了，形成与各种现实的复杂对话关系，加之虚幻与现实之间本身存在的怪异，能够充分调动起读者的阅读快感。如"空中电"称："十五晚三十分（俗谓月食），有黄种兵数十万名，以无声炮、无弹枪向月宫猛发，击毁著名电灯厂一所，以致全宫失明。"既是对月食这一自然现象的娱乐化，

---

① 钝根：《理想电报》，《申报·自由谈》1912年10月16日。
② 龙田：《游戏电报》，《申报·自由谈》1912年4月21日。文字云：今日（即二十一日）午后，中央政府接到英美德法四国正式国书承认中华民国。……总社党首领就获，余党解散。（以上北京电）
③ 一粟：《滑稽电报》，《申报·自由谈》1912年10月7日。

也是对一战战争风潮的暗示。"天宫电"云:"闻嫦娥拟与韩湘子同住。"既讽刺了民初的男女关系,也讽刺了对这种关系过度关注的报刊。"广寒宫电"报告:"月下老人两臂确被炸断,已入仙子医院医治,闻以后不能再牵红线云。"这则电文妙在两臂与牵红线间承接得很自然。①

相对于电讯,通讯更为翔实,对于凭空虚构的游戏文章来说,也更容易尽情发挥,并且,对新闻要素的把握也很到位。比如《枉死城革命鬼雄联合大会纪》:"阴历九月二十七夜亥时,冥界新旧革命鬼雄开联合大会于枉死城之望乡台。是夜阴风瑟瑟,磷火凄凄。台前高悬暗澹之五色旗,随风招摇。并以松枝柏叶结成'死不瞑目'四字匾额一方,两旁副以'生不逢时,甘将颈血溅胡虏;死难瞑目,誓把头颅掷汉奸'一联。……吾辈在今日不但不当庆贺,且当继以痛哭流涕,盖今日祖国之一般现象,直无可庆贺之价值也。(场内拍掌)……熊君演说毕,由在广东炸死孚琦之温生才君登台继之。温君自谓:'余系武夫,一生作事,最喜直捷了当。在生因痛恨满人,故将孚琦炸死;今日对付祖国这般败类,余意亦非用激烈手段,不足以杀一儆百。激烈办法,今日除炸弹已不适用外,余拟组织一厉鬼队,刻日分派出发。凡祖国当道之见利忘义者,皆令其生五毒恶症,一一烂肠坏心而死。'语至此,声色俱厉,须眉毕张,忿激不可名状,场中同时掌声如雷,称其痛快。"②首句点明事体,将时间、地点、人物、事件交代一清。全文一千多字,详细报道了一个虚拟的新闻事件及其全部经过,包括会议时间、会场布置、场景氛围、人物言行、听众反映以及会议决策等。这则纪事虽模拟新闻纪事酷肖,但滑稽趣味主要在形式,而内容非常端正。倒是《逃官党欢迎前外交总长梁如浩纪盛》以嘲弄的方式去

---

① 王天一:《特约滑稽电》,《申报·自由谈》1914年9月8日。
② 侬:《枉死城革命鬼雄联合大会纪》,《申报·自由谈》1912年11月9日。

写，更容易搞笑："某日，天津逃官党在陶然亭（陶然亭本在北京，此次随梁君同逃至天津）开会，欢迎前外交总长梁如浩先生。"① 另外，在一些未标明与新闻报道有关联的游戏文章中，也有使用新闻笔法的。如《夫妻议和谈》，先是叙述了"某甲与娘子军开战，屡战屡北"，"乃求和于娘子军"。女方提出了停战条件。接着又道："现在正在议和中，闻娘子军声言，如不遂以上之要求，即行开战，誓将某甲驱逐之为门外汉云。"② 其中"现在正在"与"闻"等词语的新闻报道色彩非常明显。

《申报》自1911年改革以后，时评就成为评论的主要形式。作为品牌的自然是陈景韩的"时评"。《自由谈》也出现了对此体的戏仿，如秋虎的《滑稽时评》，自称为"改"冷君评体。而太和的《滑稽时评》，则标明为"仿冷君评匪"。"官，今日中国之特产也。任官各国所不免，而中国不然。中国之官，解释不一。然而以近时现状论，则恃有奥援，挟有八行，可以剥人民，可以媚政府者，官之谓也。夫扰乱时代，易于得官；平和时代，难以得官。何则？扰乱时代，聚多数之伟人枭杰，人得一位置，而官吏成矣。平和时代，聚多数之猾吏刁绅，而不能人得一任命，官吏不能成也。"③ 如果摒除戏仿的特性，这无疑是标准的短评文章。但它的意义除了表达对于官的意见外，还在于对"冷"的时评形成互文关系。其滑稽感不是内在的，而是在相互呼应中产生。因行文篇幅所限，此处不再引"冷"评，但观此文便可想象了。

另外需要特别提到的是，时评体与杂纂体有非常密切的关系，而后者又是谐文中一种重要的体裁。"时评"体作为近代的报刊短论，已有与社论等长篇评论鼎足而立之势。它可能受到了日本报刊舆论的

---

① 率：《逃官党欢迎前外交总长梁如浩纪盛》，《申报·自由谈》1912年11月29日。
② 一鹗：《夫妻议和谈》，《申报·自由谈》1912年2月6日。
③ 鹗太和：《滑稽时评》，《申报·自由谈》1914年6月20日。秋虎文见1913年12月26日。

第四章　谐文的文章体式与表达艺术

影响，如德富苏峰单刀直入的《寸铁集》，就与陈冷就事论事、嬉笑怒骂的"时评"共通。而"时评"在近代中国之所以大受报刊的欢迎，除了合于报刊快速阅读的习惯、易于自由发表意见外，也不应该忽视其与杂纂体等传统资源的勾通。"续义山杂纂"曾一度作为《自由谈》的一个栏目出现，可见编者对此类文字之重视，亦可见此一文体影响之深远。如《美中不足》以"喜极"与"却"的错愕感来组织行文。① 又如《七煞》："与友约吃花酒，被家婆监守，说不出。恨煞。游夜花园归来，放快马车，被巡捕禁阻。扫兴煞。……膀子吊着富翁妾。乐煞。"② 文章虽然加入了时代与地域等新因素，但仍比较传统。明代黄允交《杂纂三续》序云："李义山浪子，以巷谈寓滑稽。王君玉、苏子瞻各仿之，遂成风流雅谑。后有续者，不免画足，宁复遗珠，徒为大雅罪人，未必能博好恢士一轩渠也。"③ 它既指出了杂纂的传统中"滑稽"与"风流雅谑"的趣味化特点，也表明单调的再续已不合时宜。但杂纂体在近代副刊中却得到了进一步发展。④ 在《自由谈》中，其使用率非常高，特别是在两个重要的言论阵地"心直口快"与"自由谈话会"中，尤为突出。如1912年3月24日，"千金一笑"与"心直口快"所登分别为《不可无辩》与《奈何》，其实都是杂纂体。鲁迅在《中国小说史略》论杂纂体时，称其"皆集俚俗常谈鄙事，以类相从，虽止于琐缀，而颇亦穿世务之幽隐，盖不特聊资笑噱而已"。⑤ 近代报刊上的杂纂体杂文，对"集俚俗常谈鄙事"有了很大的超越，而"以类相从""琐缀""穿世务之幽隐""不特聊资笑

---

① 如言"留学生得廷试，喜极，却是三等"（《申报·自由谈》1911年8月26日）。
② 寿头麻子：《七煞》，《申报·自由谈》1911年8月31日。
③ （明）黄允交：《杂纂三续》。《义山杂纂》是否为李商隐之作，仍有争议。
④ 夏晓虹：《人生得意须尽欢》和《人生有情泪沾臆》（收入《旧年人物》，中国广播电视出版社1997年版）讨论了此类作品的发展在近现代的流变，包括《东京新感情》及《吴趼人哭》等，此不赘述。另外，《民权报》的文艺版，杂纂体的特点也非常突出。
⑤ 鲁迅：《中国小说史略》，《鲁迅全集》第九卷，人民文学出版社1981年版，第95页。

噱"等特色则得到了进一步发挥。尤其是"以类相从"这个特色，已经超越文体意义，成为一种重要的修辞方法与文章组织方式。如《上海人》："上海人像西瓜子，头尖身滑。上海人像桃子，十桃九蛀。上海人像柑子，金玉其外，败絮其中。上海人像桂圆，外面极圆、中心极黑。上海人像藕，空心。"① 而杂纂体在近代最大的成绩，应该还是与时评体结合后，用于议论，批评政治，并且开创了一种民间的批评方式，可与时评、社论并驾齐驱。如《奈何》："共和成而遇事争执，大局不安，奈何。责任重而私情锢蔽，公理不明，奈何。"② 又如《七情》："南北统一，五族一家，我喜。败群之马，沐猴而冠，我怒。争权攘利，意见纷起，我哀。脱离专制，享福共和，我乐。招兵容易，散兵惟难，我恐。政府建设，南北互争，我惧。爱国爱家，功成身退，我欲。"③ 显然，这种喜怒哀乐已带有公共性。

　　副刊中的其他文体也可能成为谐文仿拟的对象。如《自由谈》出现过"滑稽戏评"，以写戏评的方式写政治，与戏单的仿拟有共同之处，而且有更多发挥余地。如对沈佩贞殴打报馆事的调谑："沈起武旦，身段伶俐、眉目清扬，出场时态度昂昂，皮鞋橐橐，唱慢西皮，音韵锵锵，大有英雌气概。至捣毁矮东报馆时，快板几句最为得神，内有（我便奋起雌威将报馆打），一打字足有四十八转。"④ 又如用戏评的形式影射梁鼎芬剪辫的滑稽行为，"戏"的形式将滑稽进一步夸张了。文章描写梁："瞋目厉声，大呼'反了！'。失惊情状逼真。继而持尾大哭，一若尾之不可须臾离者。摹写顽固党之保尾确肖。哭罢，复以手自撩脑后，长叹一声，双眉紧蹙，尤见做工之周到。"⑤ 作者时

---

① 无辫：《上海人》，《申报·自由谈》1911 年 8 月 24 日。
② 无知公民：《奈何》，《申报·自由谈》1912 年 3 月 24 日。
③ 涤骨：《七情》，《申报·自由谈》1912 年 2 月 27 日。
④ 瘦蝶：《滑稽戏评》，《申报·自由谈》1912 年 12 月 23 日。
⑤ 瘦蝶：《20 世纪大舞台之好戏评》，《申报·自由谈》1913 年 1 月 10 日。

不时地跳出来评论、点拨，亦正亦邪，又制造出观看的效果，令人哑然失笑。

文体是文学最为直接的表现。"文学观念的变迁表现为文体的变迁。文学创作的探索表现为文体的革新。文学构思的怪异表现为文体的怪诞。文学思路的僵化表现为文体的千篇一律。文学个性的成熟表现为文体的成熟。"① 文体的演变，是近代文学发展中一个极其重要的现象，而谐文因为依托于各种各样文体的特性，又是透视近代文体变迁的一个非常恰当的棱镜。可以说，近代报刊谐文的文体反映了中国文学与文章从古典时代走向现代的历史进程。同时，又因为近代报刊谐文文体的涉及范围太广泛了，本书只能从面上进行简单的梳理，并期待以后去深入讨论它。

## 第二节　谐文的艺术特征

### 一　语言风格

1. 语言的文野之分

在《自由谈》的编辑中，最讲究谐文语言风格的是陈蝶仙。他曾表示："游戏文章当以蕴藉委婉为上乘，庶不失风人之旨。吾读《滑稽列传》，最爱优旃之语言婉而讽，足解人颐，实较胜于东方、淳于之徒也。若夫狂号叫嚣，是直村妇骂街口吻，又岂足为游戏文章？"② 那么，到底优旃与淳于、东方的语言有什么差别呢？其实，包括司马迁在内，可能都没有作细致区分，只是讲他们都同时兼有语言的滑稽与讽谏的功能。如果一定要作出区别，还得重读《滑稽列传》所记二

---

① 陶东风：《文体演变及其文化意味》，云南人民出版社1995年版，第47页。
② 守拙子：《〈自由谈〉赋》按语，《申报·自由谈》1917年4月24日。

者的语言。《史记》记载了优旃的三次讽谏。一为替楯栏者说情,使其得以半相代,其语言非常简洁,"汝虽长,何益,幸雨立。我虽短也,幸休居"。二为劝止秦始皇建大苑囿,却采用了归谬法,真正想表达的意思需要听者去推理、判断。"善。多纵禽兽于其中,寇从东方来,令麋鹿触之足矣。"第三次劝秦二世漆城的情形与此类似。这大概就是所谓"蕴藉委婉"的艺术。

相比较而言,东方朔与淳于髡的语言艺术,铺张恣肆而意旨显豁,且不避俗常琐屑。如淳于髡谏齐威王罢长夜之饮,所论"酒极则乱"的道理,从解释"臣饮一斗亦醉,一石亦醉"得出。由"大王之前,执法在傍,御史在后,髡恐惧俯伏而饮,不过一斗径醉矣",渐进至二斗、五六斗、八斗,直至"日暮酒阑,合尊促坐,男女同席,履舄交错,杯盘狼藉,堂上烛灭。主人留髡而送客,罗襦襟解,微闻芗泽。当此之时,髡心最欢,能饮一石"。不仅涉及情色之词,而且极尽描摹倾泄。虽宗旨端正,而语言却有些放浪无赖。东方朔的情形与此相近。皇帝责怪他:"昨赐肉,不待诏,以剑割肉而去之,何也?"他"自责"道:"朔来!朔来!受赐不待诏,何无礼也!拔剑割肉,一何壮也!割之不多,又何廉也!归遗细君,又何仁也!"调笑恢诡,令人啼笑皆非。所以,他死前正色谏:"诗云'营营青蝇,止于蕃。恺悌君子,无信谗言。谗言罔极,交乱四国'。原(愿?)陛下远巧佞,退谗言。"皇上奇怪地问:"今顾东方朔多善言?"① 在汉武帝看来,这般诚恳郑重之言并非东方朔的平日风格。

陈蝶仙所区分的两类滑稽语言风格,首先有关语言的文野或正邪(非用意)之分,其次还有关语言的有节制与无节制,或者说适度与过度之差别。综合来看,可以用蕴藉委婉与恣肆直露两种语言风格的不同来概括。在陈蝶仙称许的《〈自由谈〉赋》中,守拙子对《自由

---

① 分别见《史记·滑稽列传》与《汉书·东方朔传》。

第四章　谐文的文章体式与表达艺术

谈》等游戏文章的看法与此相近："自由非放诞之辞，贵讽谏而勿矜谩骂。谈论寓针砭之意，毋激烈而徒事忿争。"也否定了"放诞""谩骂""激烈""忿争"等风格。陈蝶仙还在其他按语中不断重复同样的论调，"不落褒贬语，是为滑稽上乘"；"俗不伤雅"，"不比村妪叫骂"；"节短音长，言多可味，以视嬉笑怒骂之作，固有文野之分"。①甚至对游戏文章"嬉笑怒骂"的特征都表示了怀疑，可见其所受"温柔敦厚"诗教思想影响之深。那么，陈蝶仙的编辑思想是不是相对于此前《自由谈》的编辑风格，并有意拨乱反正呢？一般来说，答案是肯定的。翻检陈蝶仙以前的《自由谈》，尤以王钝根与吴觉迷时期，比较明显地带有"野"性色彩。语言上的野与趣味上的俗，就是早期《自由谈》被视为"低级趣味"和"庸俗的趣味主义"的重要原因。本书在第二章讨论早期《自由谈》的整体风格时曾谈到了这个问题。

但即便在偏于"野"的前期，"游戏文章"也仍会讲究语言及其风格、体式。譬如，对于"韵"的问题，作者们就关注较多。仁后甚至曾提出"推翻沉韵，改用偕音"的用韵主张。对此，扬州小杜表示了赞同："沈约、谢朓、王融等提倡的四声，足以提倡一世，亦不过仅合于当时之声调，及江左之方言而已。以至流传至今，反憎散漫。今既知其流弊，若仍听其自然，则方言之统一尚不知期于何日也。鄙意当由读音统一会重行厘订，庶使审慎周详，较有功于社会也。"②他们已懂得有意识地利用团体力量，以强化其意见。可惜关于用韵的讨论已经不是时代的主流话题了，所以此种倡议并没有在新旧文学阵营以及语言界产生影响。又如东园曾经指出陈蝶仙连载的《花木兰传奇》"用韵不细"。由于陈蝶仙等人的存在，早期《自由谈》的游戏文

---

①　分别见金可庄《某校参观记》、诗隐《戏拟大辫子寿文》、孙剑华《送幽兰返空谷序》等文后陈蝶仙按语，《申报·自由谈》1917年12月2日，1916年11月30日、12月1日。
②　《自由谈话会》，《申报·自由谈》1914年4月13日。

· 163 ·

章，趣味上有着"俗不伤雅"这一脉。而且，考虑到《自由谈》百分之七八十都是用文言写作的，形式符合旧文章体式、规范的"游戏文章"，在今日看来，整体上仍是以文为"主"。但在陈蝶仙及当时正统文学观念看来，早期《自由谈》游戏文章的语言却是倾向于"野"的，由此可见时移世异，我们不能完全用现在的眼光去看语言的文野之分。

《自由谈》语言之"野"趣，典型地体现在方言俗语的使用方面。经过晚清白话启蒙运动的提倡，在民初，俗语与方言的使用在报刊中已经占有一席之地了。虽然晚清报刊白话文很大程度上是依靠启蒙思潮而轰动起来，但白话与方言其实不只是启蒙的问题，也有从语言本体角度的考虑。譬如被认为白话文运动先声的黄遵宪说："我手写我口，古岂能拘牵。即今流俗语，我若登简编，五千年后人，惊为古斓斑。"[1] 他提倡口语写作，并非为了启蒙，而是因为白话口语自身有其存在价值，会在历史上留下自己的痕迹。至于白话口语的语言价值，就在于它独特的趣味取向：率真、灵动、活泼、清浅、直白、诙谐等。"市井之谩骂，儿女之嬉戏，妇姑之勃谿，皆有真意以行其间者，皆天地之至文也。"[2] 黄遵宪能够如此评价民间语言，可见民间语言本身的确有其独特魅力。当然，自裘廷梁的《论白话为维新之本》从维新的角度提倡白话以后，白话潮流就和启蒙思潮紧密地结合起来了。以至现在谈起晚清的白话运动，就绕不开启蒙思潮。需要补充的是，白话、俗语、方言等民间语言方式在近代的崛起，不仅仅是启蒙的缘故。并且从根本上说，它应该是考虑语言趣味性的结果。只有这样，才能解释在白话与启蒙结合以前，以及在白话启蒙潮流

---

[1] 黄遵宪：《杂感》，高崇信、尤炳圻校《人境庐诗草》，文化书社1930年版，第14页。
[2] 黄遵宪：《与朗山论诗》，原载《岭南学报》1931年7月第二卷第二期；又见陈铮编《黄遵宪全集》，题为《致周朗山函》，中华书局2005年版，第291页。

中，种种与启蒙论调无关的白话写作及方言写作的存在。换句话说，白话思潮在报刊上的兴起，实际上是与谐趣思潮相伴而行、互相扶持的。这种同步及合作关系，其实比它与启蒙的关系更亲近，更根本。

2. 方言俗语

需要说明的是，虽然使用"方言俗语"写作的文章并不全是明显的谐趣文，但方言俗语的使用使此类作品表现出了特有的俚俗趣味，而这一点俗趣，在近代通常是可以归入谐趣风格的。关于概念，《自由谈》其实较少使用"白话"一词，而较多使用"俗语"。"俗语"是相对于雅言，也就是文言而设的。俗语可以是方言口语，也可以是用于书面写作的白话。由于"白话"概念在近代的强势影响，所以，在很大程度上，"白话"与"俗语"有共同的外延。"方言"的情况较为特殊，它虽然也是相对于文言系统而言的，但对地方性的突出，又使它常常在白话俗语范畴的内部，相对于官话而言。所以，其实方言俗语的问题还不完全等同于近代的白话问题，它可能有自己的传统。在这个小传统中，方言语言在与文言雅言互相对峙的过程中，的确会凸显出它的草根性、诙谐性与趣味性特征。白话、俗语、方言等借用民间语言系统的分支，实际上在近代基本仍然具有口语表达的特征。

近代方言写作中一种引人注目的形式是方言小说，并且方言的使用主要在人物对话时出现。此中代表作，当推韩邦庆的《海上花》。吴语是流通于近代上海等地的地方语言，有地理优势，且吴语本身有优良的文化传统。所以，吴语小说颇有市场。《自由谈》小说中人物对话使用方言的情况也非常普遍。例如短篇小说《花和尚》："野鸡近前拉和尚手，轻轻说道，'进去嗄，进去嗄'。和尚从后门入，但闻'拍拉脱'一声，娘姨道：'难末弗好哉，钵头打碎哉，那哼实介要紧法子。'和尚说：'耐勿晓得和尚苦恼，和尚打野鸡是弗好拨拉别人看见格。拆梢党要来拆梢格。'"① 这篇小说在对话之外,语言的使用比较雅洁,如引文中的动作语,又如开头所写:"月色斜,灯已熄,漏已尽,少行人。"有意思的是在此情形下,野鸡自叹曰:"今夕难得吞饵之鱼矣。"妓女的自叹词竟然如此文雅,实在不可思议,可能是作者故意露个马脚,也可能是无意间使用了更习惯的表达方式。因此,这篇小说在语言转换上给人一种不自然的感觉。虽然如此,作者对人物对话语言的揣摩又惟妙惟肖,特别是所用方言字音,能够产生一种很强的现场感和真实感。

在小说之外,典型的方言写作,应该推民间歌谣及俗曲小调了。如一首滩簧体的歌谣《时事新滩》,作者自称用"吴下土音":"希奇希奇真希奇,欧罗巴洲出仔一桩大事体。叫啥一个意大利,搭之一个土耳其,两个国度忽然勿和气(过门),到底为之啥事体(过门)?只为非洲北面一块大地皮,名字实在真希奇,啥格叫的黎波利。"② 作者尽量将此歌通俗化、口语化和方音化了,它的方言效果虽然比较明显,却仍不够突出。这一方面是因为时事内容使言说方式受到了限制;另一方面也因为它的方音主要落在衬词上,而衬词在歌谣中的分量不重。另外一首《新滩簧·阔大少》也使用了方音,它将方音落在代词、介词、名词、副词、动词等重要位置上,方言的独特趣味明显较浓郁一些:"贼梗一位阔大少,上海滩浪要算那马浑。老实不客气,的的括括是个中华民国新国民。只可惜,全副家当一榻括子送拨挦拉外国人。"③

歌谣虽然可以用方言甚至方音,但受歌谣形式的限制,它很难完全口语化和生活化,所以,整体上来看,与小说中的方言对话相比,

---

① 爱:《花和尚》,《申报·自由谈》1912年2月2日。
② 紧追:《时事新滩》,《申报·自由谈》1911年10月5日。
③ 冷物:《新滩簧·阔大少》,《申报·自由谈》1912年11月20日。

民间歌谣的方言趣味显得节制而不浓郁。再举一组上海码头调，它的语言比较能够代表一般的歌谣体裁中的白话俗语情形。

考试曲（上海码头调）

北京呀考试闹呀闹盈盈，哄动多少热中人，个个想进京，穷措大呀，趁此拼一拼。

有钱的呀容易就呀就动身，无钱的借债奔煞人，利息是要三分，弗要紧呀，将来好翻本。

津浦呀京汉铁路便得很，头二三等随便趁，实在真开心，省盘费呀，一路到天津。

一届呀二届考试已纷纷，三届四届缠勿清，还有留学生，有运动呀，大家想有分。

说起呀考试总算狠认真，内务官长当正经，办事颇勤能，肯体恤呀，面包当点心。

题目呀法政兼呀兼策论，不许夹带藏在身，恨煞许多人，重口试呀，说话是要专门。

揣摩呀风气顶呀顶要紧，各样皮毛晓得些，到底占便宜，真学问呀，实在是无处寻。

若问呀学生兴呀兴不兴，外洋毕业有名声，鼻字颠倒誉，弗要笑呀，借口是重洋文。

等到呀揭晓胆战又心惊，打听自己已取进，赛过是上天廷，真高兴呀，分发到各省城。

寄语呀今日好呀好百姓，地皮预备三十寸，一定刮干净，还恐怕呀，到处闹官瘟。①

---

① 重匀：《考试曲（上海码头调）》，《申报·自由谈》1915 年 4 月 1 日。

这首民初知县考试的歌谣,虽然以"上海"来命名此调,但它的语言实在很少透露上海特色。其实,地方方言在歌谣中的使用情况虽然较常见,却实在不算很突出。如此例所表现的那样,更多的歌谣及打油诗等具有民间情趣的艺术形式,还是采用了较为通行的白话俗语。即便有方言,也是少量的,在需要突出趣味性时偶然一用。

正如傅斯年在《怎样做白话文?》中指出的那样:"文章、语言,只是一桩事物的两面;若要语言说得好,除非把文学的手段,用在语言上;若要文章做得好,除非把语言的精神,当作文章的质素。"他的"语言"指口语,并分析了口语表达的美感特质,如"真""自由""活泼"。但他转而指出:"说话的作用有时而穷。"就是"说话"有它自身的缺陷,比如:"我们能凭藉说话练习文章的流利,但不能凭藉说话练习文章的组织;我们能凭藉说话练习文章的丰满,却不能凭藉说话练习文章的剪裁;我们能凭藉说话练习文章的质直,却不能凭藉说话练习文章的含蓄;说话很能帮助造句,却不能帮助成章;说话很能帮助我们成文学上的冲锋将,却不能帮助我们成文学上的美术匠。"① 即口语表达缺乏结构艺术,改造后才能用于组织文章。这话大致符合事实。除了白话小说、戏曲等叙事文学形式在传统文学系统中形成了白话写作的谱系外,做白话文的情形直到晚清才普遍出现,而且当时的白话文基本上是以"演说"的方式出现的,远没有达到"文章"的规模,只是一种"模拟口语写作"。②

在《自由谈》的"游戏文章"中,完全用白话写作并结构的,大多是小说和戏曲;以"文"的形式出现的白话作品并不多。但这些白话作品的语言非常精彩,表现出了极好的发展潜力。如《戏拟黑旋风

---

① 傅斯年:《怎样做白话文?》,《新潮》1919年2月1日第1卷第2号。
② 参见杜新艳《白话与模拟口语写作——〈大公报〉附张〈敝帚千金〉语言研究》,收入《文学语言与文章体式——从晚清到五四》,安徽教育出版社2006年版。

李逵致镇三山黄信书》："上海那里跳涧虎陈达打了五六仗，还没有得手。哥哥做了江苏军总司令，不亲自出去拼一个你死我活，只管躲着头儿，干得什么来？现在听得哥哥离了南京，胡乱逃生。只恨得爷娘少生了两只腿。铁牛性直，受不下这样鸟气。"[1] 这篇针对当时革命军江苏总司令黄兴的谩骂谐文，借用鲁莽直率的李逵口吻来写作，就很恰当。另有一篇契约形式的白话应用文也相当精彩，通篇全用俗语，且言简意赅：

拟要求西邻条件

凡我家欠你的债，在一百年以内不得向我提起。

你家门前两条走路，一百年以内只许我走，不许你走。

你家地面上种的田稻，地底下埋的金窖，都要归我独占享有；你家空地，我要起屋；你家空屋，我要居住；你家什物，我要拍卖。你家不得阻止。

你家租给别人住的房屋，所有租约租折，均应交出，让给与我。

你家要煮饭时，必须买我的米。

你家和别人合股开的店铺，所有股本盈余都算我的，别人不许分派花红。

你家没钱用时，须向我借。借不借随我，不许向别人去借，并不准把东西去押与别人。

你家管帐的做饭的人，都要聘用我家的奴隶。

你家招女婿或延医生，必须聘请我家的人。

你家生病要吃药时，必须用我家所预备之砒霜。[2]

---

[1] 瞻：《戏拟黑旋风李逵致镇三山黄信书》，《申报·自由谈》1913年8月5日。
[2] 好礼倍登：《拟要求西邻条件》，《申报·自由谈》1915年3月3日。

这篇蛮横无理的约定，是对东邻日本强加于我国的"二十一条"的讽刺。但它无论是结构还是语言，都非常精当，虽然其白话还有当时口语的痕迹，但应该算作白话应用文的经典。另外，在《瞎费心思》《自由谈话会》等栏目中也出现了一些白话写作的文章。"现在我们居然是共和国民了，各种东西都要改良改良，顶要紧的是身上的装饰。……再说男子不可少的东西：西装大衣、西帽、革履、手杖，外加花球一个、夹鼻眼镜一付、洋泾话几句，出外皮蓬或轿车或黄包车一辆。还要到处演说。演说的方法，一要会骂人，如忘八蛋、汉奸、奴隶等不离口；二要多用同胞字眼；三要引证袁世凯、冯国璋等人；四要自称曰兄弟，称人曰诸位，终则以现在时间太短，兄弟不能多说为结束。"[1] 虽然表面一本正经，但内在的谐趣自然流露。而且，白话的使用干净利落，在近代白话文中也很难得。

笑话在 1910 年以前大多还是用文言记载的。因此，有些白话笑话就显得别有情趣了。如钝根的《雪谈》：

正月二十九日午后五时下大雪。

甲问："雪在天上是什么东西。"

乙说："是王母娘娘的粉。"

丙说："是玉皇大帝的脚皮。"

丁说："玉皇大帝听了你们的话，暗想：照这样的知识，那里能够做共和国民。因此，在那里搔头皮。你想他老人家气不气。"[2]

这则笑话的用词虽然有些煞风景，但整体上也能在制造笑声的同

---

[1] 田：《时髦派》，《申报·自由谈》1912 年 1 月 6 日。
[2] 钝根：《雪谈》，《申报·自由谈》1912 年 1 月 30 日。

时，有所讽刺。可惜，虽然编辑者有这样的俗趣，却没有特别标榜出来，以致《自由谈》中类似的白话笑话也难得一见。其实，早期《自由谈》中的俗语写作虽有意为之，却未能坚持，并且没有明确扯起一面旗帜，更未形成规模。

在游戏文章的范畴中，虽然出现了一些用俗话写作的内容，却仍然算不上"文章"。如俗语对、俗语体的八股文、谐文等作品，这在当时文言一统的形势下，已经是具有突破性的进展了。《文章游戏》就出现了俗语对的形式，与之相并列的是四书对。但无论是缪莲仙还是梁章钜等人，在他们看来，四书对都要比俗语对精巧、雅致、出彩。所以，四书对可算作文人雅趣，而俗语对则纯粹是余兴了，只能辗转流传在滑稽文中，在近代报刊中也不过昙花一现。《自由谈》初创时期，曾经集中出现过一批俗语对及集俗语成韵语的杂著作品。不过，它们的成绩不太突出，因此也没有产生很大的影响。如一则《俗语对》以"穷汉"对"富翁"，"露马脚"对"吹牛皮"，"吊膀子"对"牵头皮"，"撑开眼睛接客"对"放宽肚皮待人"，等等。① 对仗还算工整，但规模还比不上缪莲仙的《俗语对》。缪氏俗语对收集了从二言至十言等几百条俗语，如"尖酸"对"老辣"，"咬耳朵"对"打嘴巴"，"毛头小伙子"对"空心大老官"，"双拳难敌四手"对"三春不换一冬"，"有事不如无事好"对"十年倒有九年荒"，"娶妻娶德娶妾娶色"对"捉贼捉赃捉奸捉双"，等等，似技高一筹。② 至于《集方言韵语》等作品，也非常典型地暴露出缺乏文章结构的弱点："一衢一撞，一吹一唱。一本花帐，一本绕帐。一步三个谎，上了你的晃丁晃，上了你的津津当。你搭下漫天网，关门赎当。羊毛出在羊身上。安一经，损一幢。日里充浪，晚来盖帐。打下装金，摸下塑像，

---

① 立三：《俗语对》，《申报·自由谈》1912 年 1 月 26 日。
② 缪艮：《文章游戏初编》，嘉庆十八（1813 年）年刻本。

弄得不疼不痒。话不说不明，鼓不打不响。东一榔头，西一棒。孩儿不哭，奶儿不胀。细娃子娶妈妈，顽意仗。"① 很难说它有明确的文意贯穿始终。这一段似乎还与讨账有点关系，但已芜杂纷乱不可辨，以后的语言却越来越离谱。大概完全用俗话中的熟语，又要合韵，又要表达一个主题，是非常难的工作。像这样的作品，就只有作俗语词典资料的资格，而不能进入文章范围了。

　　黄遵宪已经对"市井之谩骂""儿女之嬉戏"等民间活生生的语言有所关注，并誉为"天地之至文"。这种对于民间语言的通达认识，在近代渐渐普遍起来。而且，近代报刊文人都是从科举及仕途退下来的落魄失意者，大多生存在民众中间，对此类市井语言也较为熟悉。他们也曾经有意识地关注、搜集和整理过这批活跃在民间的方言俗语。其实方言俗语的整理，同时涉及了语言与词汇两个问题。如《新字类赋目续编》中指出，该字类赋目是"专取时事、方言二种"。它的做法是取流行的新词语与方言俗语混合在一起，然后不考虑词语的所指，而按照字面能指，加以趣味性的编排。譬如其中的动物部，所列词语有：巴拿马、秃驴、吃河豚、木鸡、麻田鸡、鱼化龙、两头蛇、党羽、契尾、吃蝴蝶、可怜虫、正续共和解。倒真是创了"游戏谈之一格"，故意将一些毫无联系的事物现象等进行莫名其妙的组合、串联或歪曲，以达到搞笑或讽刺的目的，的确是无厘头文化的一种典型。而作者对于方言的理解，也可备一说："方言一门最难完备。普通方言，其上也。其次则如北京、上海，五方杂处，必有一种特别方言，然亦当择其最熟而且佳者。其他一方土语，不能通行，收不胜收。"② 可以发现，他的方言概念很宽泛，包括共同口语，也就是官话，也包括典型通用口语，如北京及上海的特别方言，其次才是各地方言土语。这种

---

① 虞哲夫：《集方言韵语》，《申报·自由谈》1912年1月27日。
② 生入：《新字类赋目续编》，《申报·自由谈》1914年12月29日。

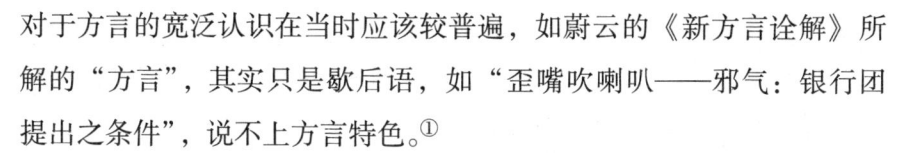

对于方言的宽泛认识在当时应该较普遍，如蔚云的《新方言诠解》所解的"方言"，其实只是歇后语，如"歪嘴吹喇叭——邪气：银行团提出之条件"，说不上方言特色。①

试想一下，如果"市井之谩骂"堂而皇之地进入文章、报刊中，也的确会让人觉得既有趣，也有些伤雅。特别是集中而有意识的搜集工作，更要有超前的勇气与识见。缠夹二先生《丢拿马赛会陈列品登记》展出的地方"特产"，就是各地方言中特有的谩骂语。如：

北京出品： 混账　忘八的　狗才　抄你的祖宗
山东出品： 忘八羔子　狗娘养的　贼淫妇　浪蹄子
杭州出品： 滑山亲娘　优儿阿奶　扰牙儿　刮王乖儿　了鬼儿　乡乖头儿　土老儿　入你妈的皮毛儿
宁波出品： 娘巴洗卵泡　娘妈冬菜
苏州出品： 杀千刀　路倒尸　老素菜　娼根②

在此篇以后，《自由谈》不断有对此举的赞助行为出现。所出各地骂人话其实有些共同性，什么小舅子、老丈人、倒姐姐、倒妹妹、骂娘之类的"丢拿马"。但有些地方方言完全用方音来记录，也会造成理解障碍，如福建话中有：老柴女奈、夹晒乖、扑捞主俊、白蔡扛等，令人难以索解。③ 如果不是有意的整理，或以研究的角度进行此项特殊方言搜集工作，这些东西的价值显然会受到质疑。经过一段时间的续出，缠夹二先生很可能受到编辑授意，表示因会长对骂，决定停止赛会，所有出品物也被"他妈的一把大火给烧了"。④ 其实，直到

---

① 蔚云：《新方言诠解》，《申报·自由谈》1914年5月19日。
② 缠夹二先生：《丢拿马赛会陈列品登记》，《申报·自由谈》1914年5月11日。
③ 福建佬：《丢拿马赛会出品续记》，《申报·自由谈》1914年5月14日。
④ 缠夹二先生：《截止丢拿马赛会品广告》，《申报·自由谈》1914年5月24日。

如今，我们对于此类文字的态度还是矛盾的。这些活生生的语言是原生态的生活语言，因此，也可以成为一种特殊的文学语言，正如巴赫金指出的那样，包括骂人话在内，诸如赌咒、发誓、诅咒、吆喝等"不拘形迹的言语"，这些广场语言正是诙谐文化的重要表现形式。①

谐文在民初基本上还是属于旧文学的范围，它虽然被雅文学排斥在边缘，甚至被认为是俗文学，但今日看来，它整体上仍是雅趣。这是由它的文人性决定的。虽然它有合于俗趣的地方，有贴近民众的诉求，但它终究不是民间文学。它与白话、方言、俗语的关系，就颇为特别，虽然有直接吸纳原汁原味的口语表达方式的倾向，却并非主流。同时，虽然不加修饰、不加剪裁的民间口语不占谐文的主流，却也借谐文的名义登上了文学殿堂，而且表现出了独特的趣味与魅力。

## 二 章法结构与典型范式

### 1. 章法结构

谐文从功能的角度看主要是议论文，说明文和叙事文次之，而很少抒情文。就议论文而言，由于近代报刊谐文大体上仍在旧文体的范围内，而且各位谐文作者基本上还受到八股文体教育的影响，所以，近代报刊谐文的章法结构，与八股文之间有一定的影响关系。八股文的起承转合，的确能够在有限的材料范围内，将文章做得层次清晰并且摇曳多姿。如了青将"五分钟之爱国心"这一熟语做成八股文，一反其消极意义，而大做反面文章。文章以"偿存爱国之心，五分钟非少也"起，定下了论文基调，并以"夫存爱国之心，有五分钟之久，安能以为少哉"作解释。然后指出，"在上者，无爱国之心，故在下者，亦无爱国之心，并五分钟而亦不存也"这种极端行为的可能存

---

① ［苏］巴赫金：《拉伯雷研究》，李兆林、夏忠宪译，河北教育出版社1998年版，第5页。

## 第四章 谐文的文章体式与表达艺术

在,但又认为,当时报界和学堂昌言的爱国心,不止五分钟。接下来则将论述的重心从爱国心转向五分钟:"今天下竞言爱国矣,既曰爱国,未有不自五分钟,养此一片热心哉。"包括由"五分钟而充之"至积年累月,"由五分钟而推之"至一邦一国,并以"五分钟能存爱国之心,岂得谓之少哉"作一小结。之后,继续在五分钟上做文章,讲到历史上千钧一发的"五分钟",进而又谈到武者、文士爱国,都应该重视五分钟。最后,结尾顺势又回到"今日超然事外之大人物","当亦幡然同抱此爱国之心,复明于此五分钟时也",并复以"我故曰,能存爱国之心,五分钟非少也"作结。[①] 整篇文章读起来清楚明白,不管其议题如何,论辩本身有条有理,这无疑得益于八股文的训练和实际运用。

这种论辩艺术在谐文表达中是一项非常重要的内容,许多谐文都需要游说、论辩,所以,类如八股文般的讲究条理、讲究逻辑的处理方式是非常必要的。而且程序化、陈朽的外在形式,并不会降低谐文的趣味性。当然,更多的辩论文章并没有直接采用八股文的形式,但其中的条理性与逻辑性与八股文是一致的。如一篇拟作的辩护词,不仅充斥着可笑的滑稽无赖语,而且有很强的条理性与逻辑性,堪称诡谲多辩。《戏拟和尚娶妻之辨诉》借用辩护词的形式,以"僧人六根,上海杨树浦太平寺住持,年若干岁,为明媒正娶被冤求雪事"的固定模式开头,并在辩论之先,定下"窃以桃夭宜室,今适其时,梅摽伤春,人有同感"的情感论调。之后就法律的角度指出,"方外士明媒正娶,于法无违";又针对"或谓人既出家,宜遵戒律,僧而有室,实犯清规"进行辩驳。接着设计了"如谓思凡起意,还俗宜先"与"如谓佛殿原非寝殿,禅居胡作洞房"两个问题,并进行了反驳,一

---

[①] 了青:《五分钟之爱国心》,《申报·自由谈》1915年4月20日。

步步将论点推向荒诞无稽。①

有些说明文虽然不用于论辩,但也很讲究条理性。近代最具代表性的是章程、约法、条例等,其实也像八股文一样,都有一定的格式与套路。比如章程,一般会涉及宗旨、会长、入会、会费、经费、权利、出会等项。而约法、条例更是一条一款地逐一而下。

叙事文中,传体的结构一般接近"史传",但也有变化,如童爱楼的《三先生合传》就是采用议论的形式,并且三种人物互相对照着进行结构的。②而记体更为清晰,一般以时间顺序或游踪所至的空间转移进行结构。这种结构"引笔直书",倒也能"天机活泼",如金可庄的《某校参观记》记述"余"到某校参观的所见所闻,读起来非常写实。开篇至一半左右,纯粹叙事,作者的态度丝毫不露声色,令人迫不及待地想寻找滑稽诙谐之处。经历了此番铺叙、衬托之后,戏笔才开始出现:

某君遂上课,余立课堂侧。观其授修身课,题为孝亲,中间引用韩伯俞受杖事。

老师面黑板,跪教坛上,掩面而泣。学生俱感动,有起立者,有击掌者,有跳跃者,有捧腹者,咸纵声失笑。教师继命二生出,一跪地上,一执教鞭,效伯俞母子状。母举杖击儿呼曰:一……二……三……四……五。师止之曰:"以母杖子,无呼者。呼者推皂隶耳。汝误矣。"生曰:"当时伯俞母击伯俞,亦有师教之否?"师默然。余既深佩某君之能以身作则,若艺员献身于舞台然,其感人也自深。而某生之语言伶俐,则尤忍俊不禁。

恐某君疑余之笑,因退入预备室,信手取一学生作文簿亲视

---

① 呆呆:《戏拟和尚娶妻之辨诉》,《申报·自由谈》1917年5月22日。
② 童爱楼:《三先生合传》,《申报·自由谈》1912年1月17日。

第四章　谐文的文章体式与表达艺术

之。内有一题为《游虎邱山记》，已经朱笔订正者，其措辞颇隽妙。文曰："山东省之下，有江苏省，江苏省之内有苏州。苏州有六城门，每门之外各有一物，如葑门外之黄天荡，阊门外之虎邱山是也。"能近取譬。可谓善于批改矣。

此文妙在全篇"不落褒贬语"，因此被陈蝶仙誉为"滑稽上乘"。但像这样精炼的结构，批注评点就显得颇为必要了。如陈蝶仙评道："校生佳作，尤足解颐。'各有一物'之'物'字，诚匪夷所思，可谓隽妙绝伦。"① 可惜此处陈蝶仙的评语有误读，致使文章的趣味不易察觉。这篇纪实性短文意在讽刺某学校的滑稽教学方式，亲自演示并非不善，但其做法未免迂腐，以致学生以当日"亦有师教之否"反唇相讥。另外的讽刺也是针对这位教师的批语，"各有一物"用语的贫乏无物，表明这位教师实在没有什么内涵了。像这样的幽默，能否被定为滑稽上乘，应该是见仁见智的。

最具实验性质的是众多短篇小说。有不少作品在结构上颇具现代性，却没有受到小说史的重视。譬如了青的滑稽小说《议员迷》采用了片段的心理描写结构方法：

> 哈哈，初选举期近了，连日以来四出运动。
> 阿哟，不好了！阿哟，不好了！
> 有了，有了。
> 阿哟，不好！阿哟，不好！
> 呀，有了，有了。
> 呀，过了一天了。呀，过了两天了。明天要投票了，后天要

---

① 金可庄：《某校参观记》，《申报·自由谈》1917年12月2日。

开票了。①

初读起来像是一个人的自言自语，但中间的跳跃性太强了，没有连贯性。如果结合当时议员选举中的"运动"现象，就会发现，这篇小说其实反映的是议员在"运动"过程中患得患失的心态。而小说的每一小节（原文已分段），其背后应该都有一个故事，或者一个传言等消息，留在字面上的内容，其实只是"连日以来""议员迷"典型的强烈的心理反应。作者就借这六个心理上的焦点，结构完成了这篇微型小说，应该说也是我国小说史上的一篇奇作。又如瘦蝶的《党员之自由》，通篇类似戏剧中一个丑角的唱白，却没有喜剧的表征。开篇先唱了段"要将平等捧，敲碎自由钟"，后便自报家门："区区千里草是也。幼而桀骜，长更奸刁。"后面又叙说了他参加自由党，劫掠人家，被团伙供出，要请律师为自己辩护等一系列行为与心理。这篇小说利用丑角的唱词与说白进行第一人称叙事，也是一种值得注意的尝试，它反映了近代文体的松动与互相渗透。又如"短篇寓言"《丐话》：

  无挂碍无恐怖无机巧，然后不为他物所束缚。
  无生死无是非无荣辱，然后可为独立之人格。
  三家村中，十字街之路侧，群丐得异蛇，谋弄之，弗能驯也。
  甲丐曰："击之死可矣。"
  群丐乃并力击之，蛇善护其七寸，竟不得伤。
  路人见者曰："是蛇非两头，非有毒也，何嫉之甚为？"
  乙曰："虽然，如打蛇不死何？"
  甲丐频蹙曰："虽然，姑听之。不然，吾惧此为蝮蛇，反螫我手也。"

---

① 了青：《议员迷》，《申报·自由谈》1912年12月4日。

甲丐智矣，乙丐忠矣，路人真路人矣。①

其实是借打蛇的道理，比喻对于袁世凯等恶人应该采取什么样的行动，有点类似寓言，又不全是。最有趣的是其寓意不在结尾揭露，而是如题记一般，写在故事之前。

近代短篇小说的革新比较引人注目，但是滑稽短篇小说的意义并没有受到足够的重视。《月月小说》便有意在"滑稽"体小说上有所作为，有长篇，也有短篇。近代小说名家吴趼人，他的短篇明确标为滑稽小说的，如《立宪万岁》《无理取闹之西游记》，还有自称"笑柄"的如《平步青云》。在未明显标注"滑稽体"的短篇中，也有谐趣之作。如《预备立宪》小引曰："恒见译本小说，以吾国文字，务吻合西国文字，其词句之触于眼目者，觉别具一种姿态，……偶戏为此篇，欲令读者疑我为译本也。"② 可见，这实际上是戏拟译本之作。又如《黑籍冤魂》讲述一个鸦片烟鬼的遭遇，却要"学着样儿，先诌一个引子，以博诸公一笑"。③ 透露出戏拟话本小说的味道，且有明确的"启颜"意图。所谓的小引，则是一个荒诞的鸦片起源故事，对神魔小说也是一种戏拟。荒诞，更是制造讽刺幽默的一种重要手段。④ 总之，在吴趼人的短篇小说中，滑稽的成分非常突出。⑤ 这也影响了其他短篇小说作者，喜用滑稽笔法成为一时风尚。⑥ 而且，因为滑稽小说形式上不规范，它在文体结构与实验性方面有着突出的表现。吴趼人的作品就极具实验精神和典型性。另外，近代小说的结构革新，

---

① 嘉定二我：《丐话》，《申报·自由谈》1912年3月29日。
② 偈：《预备立宪》，《月月小说》1906年11月第2号。
③ 研：《黑籍冤魂》，《月月小说》1907年1月第4号。
④ 又如《中雷奇鬼记》也使用了仿神魔小说的荒诞笔法。
⑤ 吴是近代滑稽大家，参见附录《吴趼人的"笑话小说"》。
⑥ 如《月月小说》第7号署名"武"的作者有滑稽体短篇小说《医意》，第8号新楼的《特别菩萨》及后期包柚斧诸作。

一般被认为是受到了西方短篇小说结构方法的影响。的确,《自由谈》中一些翻译作品在结构上就颇有特色。如一篇短篇滑稽小说《鼠与白其》,讲日本人辨吉为除家中之鼠,而买了只西洋犬白其,结果狗闹出许多波折风波。小说的节奏性特别强,而且在编排时被清晰地分为十六个小结节。① 又如滑稽短篇《借马难》,小说全篇纯用对话,描写一人向一富翁借马,富翁不肯借的种种借口,以及听到可得五十金后又主动要借的种种伪饰。②

2. 肉体—物质化与异类—物质化

虽然谐文常常表现出奇思异巧,但许多谐文的表达方法却是有程序套路可循的。其中一种突出的艺术特色是"谲",也就是曲折隐晦。作者为了将意旨掩蔽起来,就会采用转化、异化等方式来增加阅读障碍。所以,异化与物质化等表达方式在谐文中是非常典型的。譬如,鬼域、天庭、梦境等异化语境都是常见的主题。在此,笔者拟讨论两种典型的创作范式:一是肉体—物质化,一是异类—物质化。

将日常生活的物质—肉体成分置于重要地位,加以渲染、夸张,将个人私密公开化,是诙谐的一个重要传统。日常生活的私密、肉体本身,是亲密的、亲近的,最容易为人们所理解的东西。人们对肉体的熟悉,使得谐俗会众的谐文也喜欢借用此类话题。巴赫金在《拉伯雷研究》中曾经专门研究了拉伯雷小说中的描写,有专注于物质—肉体和肉体—下部的倾向。他从宇宙观和哲学观的角度,特别关注的是:"尿和屎使物质世界宇宙元素肉体化,使之成为一种亲密—亲近的和肉体—可理解的东西。尿和屎,把宇宙恐惧变为愉悦的狂欢节式的怪物。"③ 巴赫金对于中世纪民间诙谐的宇宙理念的探讨很深刻,对于普

---

① 苏生译:《鼠与白其》,《申报·自由谈》1912年2月23日。
② 何卜臣译:《借马难》,《申报·自由谈》1912年12月26日。
③ [苏]巴赫金:《拉伯雷研究》,李兆林、夏忠宪译,第388—389页。

通的读者和作者来说，却可能有点陈义过高。但无论如何，"尿（和屎一样），是一种同时既降格又轻松的变恐惧为诙谐的愉悦的物质"，①的确是很容易理解，也是具有广泛适用性的一个谐趣法则。

其实，在吴趼人的笑话作品中，就比较明显地存在这种利用屎和尿进行降格，制造轻松、愉悦、诙谐的倾向。他的笑话集《俏皮话》中有蛆、狗等典型形象的运用，而且常常用屎来辱骂人。如一则《赏穿黄马褂》：

> 一白狗行近粪窖之旁，闻粪味大喜，俯首耸臀，恣其大嚼。顽童自后蹴之，狗遂坠入窖中，竭力扒起，已遍体淋漓矣。乃回首自舐其身，自脊以后，为舌之所可及者，皆舐之净尽，惟脊以前，仍是遍染秽物，作金黄色。于是摇头摆尾，入市以行。市人恶其秽也，皆走避之。狗乃叹曰："甚矣，功名之足以自炫也。我今日穿了黄马褂，乡里之人皆畏我矣。"②

全文就围绕着粪便大做文章。又如《虫族世界》形容朝臣为粪蛆，死钻故纸堆而无能力的书生为蠹鱼，也"与那吃屎的一般"，③明显都是对官僚阶层貌似崇高庄重等形象的降格。又如小说《平步青云》，郑重地记述了"我"见朋友在紫檀龛里供着一样东西，结尾揭开了谜底："原来是外国人撒尿的一个洋瓷溺器。"④《自由谈》中此类现象也很突出，如王钝根的滑稽小说《外国便桶》，就很典型地拿肉体—物质甚至肉体—下部进行调侃：

---

① ［苏］巴赫金：《拉伯雷研究》，第388页。
② 吴趼人：《赏穿黄马褂》，《月月小说》1907年7月第5号。
③ 吴趼人：《虫族世界》，《月月小说》1908年8月第19号。
④ 趼：《平步青云》，《月月小说》1907年2月第5号。

或曰：先生以中国屁股而坐外国便桶，毋乃不适？

或曰：先生去后，先生之大便，当永永保存为纪念品。

或曰：外国便桶外应镌以恭楷曰：中华民国元年某月某日孙中山先生大便于陈公祠。①

屁股、便桶、大便等词语与意象的反复出现，与革命伟人、永久纪念等语境形成了鲜明的对照。然而，这篇小说对于与肉体—物质相关部分的描写还比较节制。由此引发的《书〈外国便桶〉篇后》，则就肉体—物质进行了更为深入的刻摹。其文不仅记述了杨士骧宠信的一位候补道如何关心杨巡行时的便桶问题，讲到这位候补："见便桶出，必问其仆曰：'今日大帅大便干结否？溏薄否？'仆以不知对。则揭盖验之，曰：'昨日色老黄，今天转淡黄矣；昨日小便赤，今天小便白矣。'"② 更将屎与尿这个话题细腻化、生活化了。陈蝶仙的《原人论》将人之根本视作"食"与"屙"二事，并得出人直接食屎的简捷生存法。以致有人指出："人苟能直接食屎，则旋食旋屙，旋屙旋食，天下简捷之法，无过于是矣。"若如其言，人"直一转粪之蜣螂而已"。③ 还有不少文章将屎、尿与国家政策勾连起来，或主张将粪渣尿滴捐入国库扩充财源，或主张将之抵押贷款，而这些刁蛮的政策却很能引起注意和阅读反应。④

更常见于诙谐传统的物质是屁。《笑林广记》曾讽刺专写放屁文章的书生，而东埜竟然特地做起了放屁文。他特撰写作缘起云："桓温有言：'大丈夫不能流芳百世，亦当遗臭万年。'流芳固难，遗臭亦

---

① 钝根：《外国便桶》，《申报·自由谈》1913 年 1 月 3 日。
② 了青：《书〈外国便桶〉篇后》，《申报·自由谈》1913 年 1 月 10 日。
③ 分别见天虚我生《原人论》《书〈原人论〉后》、剑秋《书天虚我生〈《原人论》书后〉后》，《申报·自由谈》1913 年 12 月 10 日、12 月 11 日、12 月 12 日。
④ 东埜：《丑富策拟上财政部》、钝根：《某省人民公电反对粪捐抵押代款》，《申报·自由谈》1913 年 12 月 26 日、1912 年 11 月 28 日。

正不易，然则除放屁外尚有何术哉？且今之所谓法令也、条例也、官制章程也，大堂之上，一唱而百和，积威之下，闻声而动容。何一非屁，何时不放？放屁之权，乃为若曹所独享，吾侪小民动触忌讳，仅仅求放一屁而不可得。然则，除写几句放屁文章外，尚有何术哉？作《放屁赋》。"至于对于屁的描写也有声有色、惟妙惟肖，令人解颐："若有声兮裤之裆，舒郁气兮荡回肠"；"及其放也，婉转悠扬、呜咽叱咤。一人尽瘁而鞠躬，四座闻声而掩鼻；黄鼠狼因以得名，老土地为之呃逆（俗谚'黄狼撒臭屁，吞杀老土地'）。无影无踪，有音有节。村学究颠头颠脑，后庭漏出穷酸；家主婆采苕采菲，下体微闻芗泽。若要金缄，除非木塞"。① 由此一篇文章，还引发了种种"屁学"教科书的出现。② 此外，谐趣作品中涉及人之肉身、人体器官、人体排泄，表现出肉体—物质化倾向的文章还有许多，而以屁、尿、屎最为典型。

异类—物质化，也是谐文中一个非常古老也非常重要的传统。最早的经典可追溯到袁淑的《俳谐文》，如《鸡九锡文》《驴山公九锡文》《大兰王九锡文》等戏仿体的谐文。其中固然有对文体的嘲弄，但作者的命意绝不仅仅是为了拿鸡、驴、猪等来穷开心。由于"文以载道"的传统影响至深，即便是纯粹滑稽的作品，也会带有微言大义。何况，袁淑俳谐文的手法被认为是"处处双关，句句影射"，③ 有以鸡、驴、猪来比拟、戏谑和调笑朝中重臣的意义和作用。以前的研究者常常从作品的角度出发，将此类作品的特色视为寓言、拟人化手法，仿拟格或者滑稽戏仿。④ 这些情况都存在，但是如果换到作者及

---

① 东埜：《放屁赋（有序）》，《申报·自由谈》1914年6月4日。
② 老范：《屁学》，《申报·自由谈》1914年6月11、12日。
③ 谭家健：《六朝诙谐文述略》，《中国文学研究》2001年第3期。
④ 参阅秦伏男《论汉魏六朝俳谐杂文》，《青海师范大学学报》（社会科学版）1990年第1期；朱迎平《汉魏六朝的游戏文》，《古典文学知识》1993年第6期；张影洁《唐前俳谐文学研究》，硕士学位论文，华东师范大学，2005年；李鹏飞《唐代非写实小说之类型研究》，北京大学出版社2004年版。

创作的角度来看这些问题，可以发现有一种情形被忽视了。那就是在作者创作之初，构思的过程中，首先将人异类—物质化了，它是潜在的，并非不言自明。其实，寓言也以异类—物质化为典型手法。但我们往往只看到了作品中动物等异类形象被当作人一样看待，以人的思维与行动方式存在，而很少换个角度去考虑，首先是人的思维与行动方式转移到那些动物等异类形象上去了。拟人与拟物常常是相对而言的。并且，在寓言及谐文中，拟物与拟人是一件事情的两个方面。从读者的角度看，面对作品中异类物质而具有人性者，就联想到人的形象，这是拟人。而从作者的角度看，面对形形色色的人物，采用一种曲折隐晦的表达方式，将之转化为一种具有人性而以物的方式存在的异类。这作为一种修辞方法，可称为拟物；而作为一种艺术现象，则可称为异类—物质化。

异类—物质化是谐文的一种典型的创作手法，也成为谐文重要的一脉。有许多名作，包括沈约的《修竹弹甘蔗文》、韩愈的《毛颖传》、苏轼的《万石君罗文传》《杜处士传》《江瑶柱传》等都属此类。在《自由谈》中，类似作品也大量存在。如上文引用过的异化处理谷米囤户的《米蛀虫传》，有关主张剪辫者与不肯剪辫者矛盾的《剪刀宣布辫子罪状电文》，异化袁世凯的《讨油煎活狲檄》，等等。不过，应该指出的是，在这种传统的延续中，有些作品的讽喻性不明显，被其异化的性质也就不大突出，近于较为纯粹的文章游戏了。特别是这些作品的写物性质都比较突出，人们在寻译文章中与物有关的代码时，会相对延缓和削弱其深层意义系统的呈现。而且，也不能排除在作者那里存在着一种游戏心态，只关注物与文的对照，而较少赋予作品深层内涵。尤其是一些日常生活用品，如汤婆子、竹夫人、夜壶等作对象时，并不总能产生重大意义。如童爱楼的《汤婆子传》，不仅将其拟设为女性形象，而且过于坐实，最后以"不以房术

第四章　谐文的文章体式与表达艺术

媚人,其节也,不以私怨报人,其恕也,因号之曰团圆夫人,而为其传云"结尾。① 如果按照男女、夫妇关系影射君臣关系的传统逻辑,似乎也可以说其意在讽喻朝臣,但这层关系实在比较远了。

　　以上从传统追溯的角度看,异类—物质化在隐喻性的文本中大量存在着。又因为隐喻关系的不直接性,使得这种情况显得不那么清晰,以致异类—物质化作为寓言、小说及谐文中的一个重要传统,并没有引起足够的重视。在近代还出现了许多更明显直接的异类—物质化情形,是对这一传统的继续与发展。在较为明显的异类—物质化情形中,被异化的不在场的对象与文本对象之间的关联性不是隐喻关系,而是指代关系。在指代物与被指代物之间,一般会有较为确定的关联关系。如理想小说《狡猿》中,"猿"明显是指代袁世凯,"狐"则是胡的谐音,代指满清,"狮"指革命军,猿"求救于鹰",指袁世凯向帝国主义侵略者求救的行为。② 像这种时政话题,较多使用谐音、形近等语言手段建立关联。如《满汉全席菜单》中所列:白斩端方,铁良皮蛋,清蒸徐世锠,酱汁冯国璋等。③ 社会风俗话题则常借用汉语词语本身的能指倾向。如《老鸨、乌龟、野鸡、白鸽大战于茶会》,其中,老鸨、乌龟、野鸡、白鸽,从字面上看就都是动物。④ 这种倾向在一些有意为之的谐文中更明显。如《戏拟禁止虐待禽兽推广办法》所列需要保护的"动物"有:雉妓、老蟹、猪头三、白蚂蚁、河东狮、地蛀虫、牛马、猪仔、老鸨、乌龟等。⑤

　　就文体的角度,文集之文与报章之文的区别,也就是新体与旧体之分是本书的一个重要思路。但要比较,就不能撇开谐文的传统渊源。

---

① 爱:《汤婆子传》,《申报·自由谈》1911年12月29日。
② 越痴:《狡猿》,《申报·自由谈》1912年2月11日。
③ 爱:《满汉全席菜单》,《申报·自由谈》1912年1月22日。
④ 剑秋:《老鸨、乌龟、野鸡、白鸽大战于茶会》,《申报·自由谈》1912年12月1日。
⑤ 东埜:《戏拟禁止虐待禽兽推广办法》,《申报·自由谈》1916年1月19日。

所以，本书首先依照一般的文体分类，平面地展现了近代报刊谐文中旧体谐文的面貌，同时也纵向地考察了它们的源流。谐文处于文学传统的边缘，已毋庸置疑。而近代报刊谐文在与传统文体及古代谐文的比较中，呈现出新面目，更表现出报章文学的通俗性与快餐性，使它们在艺术上不足跻身经典之林。当然，《自由谈》作为报刊媒介的优势，使它直观呈现出包罗万象、应有尽有的谐文情形，尤其是一些新体的实验更让人眼花缭乱，那是以前任何选集和总集都很难实现的。"它是旧文体的博物馆，也是新文体的实验场。雅俗杂陈，不光传统的各类体裁应有尽有，包括时下的通俗文体滩簧、五更调等。更有趣的是许多新创的戏拟文体，如电报、章程、广告、戏单、彩券等，确实是光怪陆离，无奇不有。"①

在新文学革命之前，从实用的角度看，文体已有了新旧之分。新体并未明显表现在文学语言上，而是表现在传播范围、传播媒介和载体等外在形式方面。所以，可称为新体者多是应用文，处在文学的外围。谐文在戏仿此类文章时，其实质也并非文学。所以，无论文体的新旧，谐文始终都处在文学的边缘。

而从艺术手法看，谐趣文的特色也是剑走偏锋。它在语言上的特点是谐与俗，尤其是语体上白话俗语及方言的效果更近于"野"。它在章法结构上也常常出奇求胜，一方面是想象力的驰骋，另一方面则可能走火入魔，溢出文学边界。本书最后对于谐文的两种典型范式的讨论受到了巴赫金的启发，这两种奇特的表达方法，也是对谐文的反叛姿态的观照。最终，可以借用胡适的话来结尾："中国文学史何尝没有代表时代的文学，但是，我们不应该向那古文史里去找。应该向

---

① 陈建华：《〈申报·自由谈话会〉：民初政治与文学批评功能》，香港《二十一世纪》2004 年 2 月。

旁行斜出的不肖文学里去找寻。"① 虽然谐趣文有悠久的传统,但报刊谐趣文在"不肖"方面的特色表现得尤为突出,在一定程度上也可以说是能够代表那个特定时代的一种文学样式。

---

① 胡适:《〈白话文学史〉引子》,《白话文学史》,新月书店1928年版,第4页。

# 第五章　谐文与新闻的联姻
## ——以《自由谈》为中心

  文学与新闻的结合是近代文学与文化的重要现象。而"新闻"的概念有广狭之分，狭义的指具体的新闻事件，广义的可指种种见诸报章的事件、言论以及掌故，更宽泛的使用甚至可包括一切道听途说的言行。本书所论指向具体的新闻事件，以及强调报章作为载体的新闻。首先，近代报刊选择谐文作为一种重要的报章体裁，虽然很大程度上是因为其诙谐易入的趣味性因素，但许多谐文的确承担着舆论的任务，众多报刊将它变作一种变相的舆论工具，这在副刊谐趣文中表现得尤为突出。新闻内化在谐文中，一个最典型的事实是，直指时事类的谐文作品与时事新闻形成呼应关系。其次，没有明显时事要素的谐文作品大都针对时风世俗，在一定程度上也有针砭时弊的意义。也就是说，近代谐文进一步加强了新闻体式中的新闻和评议两种表达方式。当然，叙事与议论本来就是文章的重要因素，古代谐文也有传播事件和批评议论的功能，但那毕竟不能与近代新闻体制产生后的情形同日而语，更不可能产生谐文与新闻在同一文本中对照来阅读的互文性。

第五章 谐文与新闻的联姻

## 第一节 谐文与新闻的互文性

### 一 个案研究——《助娠会》与助赈会

使用文艺手法集中地对新闻事件进行关注和干预是晚清报刊文艺的新特色。最突出的例子就是有关秋瑾之死的大量文学作品。① 日报中以副刊性文字强烈介入时事，在《申报》以1909年初预备立宪之际连续刊出有关选举的文字为典型。② 自《自由谈》创刊以后，使用诙谐艺术手段集中地观照新闻事件，借机发表批评言论，则成为《自由谈》的一大特色。

学界关注民初文学批评功能时，《自由谈》首当其冲，李欧梵有《批评空间的开创——从〈申报·自由谈〉谈起》，继之则有陈建华的《〈申报·自由谈话会〉：民初政治与文学批评功能》。两篇论文将文学批评、公共领域、想象社群等视角带进来，别开生面。本书试图继续推进"文学的批评功能"这一思路，以典型个案来探讨《自由谈》副刊中的谐文与新闻的互文性。互文性是指两篇或多篇文本中的共现关系。文本间的互文性，可以明显的形式出现，比如引用、抄袭、未指明的借用，也可以非明显、非字面的暗示的方式体现。而谐文与新闻的互文性虽然也包括显性与隐性两种，但后者为主要表现形式。至于所选择的对象，本书拟以《自由谈》开山之作《助娠会》与1911年辛亥革命前夕的义赈话题为中心。

---

① 文献材料可参见郭延礼编《秋瑾研究资料》（山东教育出版社1987年版）。相关论述可参阅夏晓虹《纷纭身后事——晚清人眼中的秋瑾之死》（收入《晚清女性与近代中国》，北京大学出版社2004年版）。另外，其《从新闻到小说——胡仿兰一案探析》（亦见上书）也在这方面用力很深，只是胡仿兰事件的影响力不及秋瑾。

② 清廷实行"新政"，颁布了一系列新举措，尤以地方选举最引人注目。小说《初选举之丑历史》《选举鉴》等都旨在揭露和讽刺选举过程中种种营私舞弊现象。

《自由谈》开篇之作,乃王钝根的滑稽小说《助娠会》。① 这篇滑稽小说并非优秀之作,却有隐寓,如何理解它也颇费周折。李欧梵在《批评空间的开创——从〈申报·自由谈〉谈起》一文中曾将它解读为一篇"科幻小说",这是有偏差的。之所以出现种种偏差,可能与解读者宏大的"民族国家"叙事框架有关,而忽略了其作为"游戏文章"的游戏色彩。李欧梵把焦点放在了由"子嗣之艰难,国种之衰弱"而引发的"强国强种"。"如何制造新国民"、创造新的民族国家,这种宏大叙事角度很可能会拔高小说的意旨。② 的确,如果撇开小说的游戏色彩,将其视作严肃的科幻寓言小说来理解的话,李欧梵的解读、猜测和想象是合情理的。毕竟"诗无达诂",小说也有许多不同的阅读角度。但是,为了避免过度诠释,还是应该忠实于小说文本,并考虑到作者自己的态度及立场。其实,小说《助娠会》的叙事非常简单,就是"巾趋绿"办了一个"助娠会",一对男女入会后热衷于"办事",结果"助娠没有助成,早已双双到西方极乐国去游历去了"。③

首先来看小说的开篇:

> 却说下流地方有一个夜花园,园内有个助娠会。那助娠会的总办名叫巾趋绿。人很能干,而且热心。他鉴于子嗣之艰难,国种之衰弱,所以创办这个助娠会,专劝少年男女入会,缴费一元,便可享受许多利益……④

表面上看,它是在讽刺新式"会"社借机乱搞"男女"关系,误

---

① 《自由谈》的"游戏文章"不以散文的形式破题,有些特殊,这也说明"游戏文章"范围的扩大,滑稽小说与各种谐文均可入围。
② 李欧梵:《批评空间的开创——从〈申报·自由谈〉谈起》,《李欧梵自选集》,上海教育出版社2002年版,第143—144页。
③ 钝根:《助娠会》,《申报·自由谈》1911年8月24日。
④ 钝根:《助娠会》,《申报·自由谈》1911年8月24日。

人子弟。同时。小说对各种外来因素或者说是西化色彩的处理也颇引人注目，如小说描写男女主人公的饮食：卜耀明（谐音"不要命"）吃的是"迷魂汤""冷狗肉""鸡排大馒头"，女主人公讨司（谐音"讨死"）要了"人尾汤""卷筒人肉""大香肠""荷包蛋""炒羹饭"，两人"随后又各吃了一杯揩腓、一瓶屈死"。这些明显是对西餐的调谐描写，如冷狗影射热狗，人尾汤之相对于牛尾汤，揩腓之为咖啡，屈死之于果汁。作者却用这些生硬骇人的字面，给人一种恐怖之感。这是滑稽小说的能事。这种丑化①的确表现了作者对西餐、西化、西学以及洋务时尚的讽刺和否定态度。但是否因此就可将小说主旨归结为对"维新的时尚"的讽刺呢？②究竟该如何理解它，恐怕不是简单的文本阅读所能回答的。

如果将文本置入其时的语境之中，我们就会有新的发现。当阅读范围扩大到当天整个报纸全部版面时，一则《海上闲谈》便透出了一丝别样的味道来。说到某人"瞰某会一席，月薪数百金，则运动之"，记者对此是很反感的，因而咄咄逼问，其"顾比于伶界、女界，又自以为何如"。说某人不如女人、不如戏子，甚至连妓女都不如，应该是很严重的歧视。那么，此人又是谁呢？这则短文并没有揭示，却也留下了线索："无论何处之水旱灾，皆以上海为筹捐之所，由来已久矣。顾其捐往往发起于商人，近则伶界、女界，无不感动于此等公益，尤具热肠，更为可敬。"③再往前回溯，读者就会发现更多与此呼应的

---

① 对小说人物服饰的描写具有同等功效，只是更难索解。如卜耀明穿着瘪螺纱长衫，内衬绞肠纱短衫，吊脚纱裤子，脚登时式实行踏斗鞋，鼻架金丝烂鼻眼镜。讨司（爱学西派）上身是淡红烂喉纱的罩纱，下身是面色青午时纱的长裙，头上戴着一顶血冒，胸前手上饰着许多金刚醉。

② 在李欧梵看来，这篇小说"只不过用小说叙事的模式来讽刺富国'强种'的价值系统。作者的立场也许有点保守，然而'亡国灭种'也的确是晚清民族思想萌芽时所感受到的危机。我想此文所讽刺的不是维新，而是维新的时尚——它竟然可以蔚为一种商业风气"。

③ 《海上闲谈》，《申报》1911年8月24日第二张第四版。

信息。如明确表示："张园之开助振会，好事也，而其间少数之办事人，则非尽实心办事之人，是又该会之缺憾。"① 助赈（振）之于助娠，这种字形变幻游戏不难联想。那么，有没有证据证明王钝根确实就是在讽刺此次张园助赈会呢？

《申报》关于此次张园助赈会的直接信息，可追溯到 8 月 18 日一则《慈善助振会》的广告。广告声明，此次助赈会的时间为"廿五、廿六下午二点至夜间三点止"，发起者为"华洋义赈会"。② 当日已是旧历六月二十四，与助赈会开幕仅一天之隔。③ 在接下来的追踪报道中，不和谐之音不断涌现出来。先是 8 月 20 日有则《慈善助赈会会场记事》，简略记载了会场"五时开幕布，会长沈仲礼君演说大旨等情形"，并另有"展期一日"、共开三天的预告。8 月 21 日的《补记张园义赈会情形》显然已是精心的报道了：

> 二十五日下午，慈善会开幕。首由沈仲礼君演说。语未及半，有吉林官银号陈君大声疾呼曰：开会为赈济，固系善事，然伤风败俗之事，究不能堪。今日会中招集无数轻荡少年，于场中兜售鲜花，肆意调戏妇女，实属有伤风化。

报纸借"陈君"之口，传达出对此次开会"有伤风化"的批判。另外，细心的记者还发现几个具有特殊说服力的现实场面。如某药店要进会场送清醒丸，却"因系中国药，不许入会"；会场内发现一

---

① 《海上闲谈》，《申报》1911 年 8 月 21 日。
② 历史上影响较大的"华洋义赈会"为成立于 1921 年的中国华洋义赈救灾总会，其英文名称是：China International Famine Relief Commission，缩写为 CIFRC。1911 年这个华洋义赈会是成立于 1906 年的华洋义赈善会。
③ 这则广告出现得如此晚，令人不免怀疑它的效果，并进一步追问发起者何以不早登广告，或者是否发起者与《申报》馆关系不和睦，广告被有意延迟了。与之形成对比的是，"爱俪园即哈同花园特开游览助赈大会"的广告就是提前四天刊出的（见《申报》1911 年 9 月 12 日）。

"无券小孩",会务人员便要强行"执送巡逋",最后"经人代纳而止"。从这些表面上客观的报道中可见,对此次张园助赈会,《申报》的确持批评态度。

再来看《助娠会》,就会发现,它与张园助赈会之间的确存在对应关系。"下流"对应"上海"(对仗),"夜花园"对应"张园"(比喻),"助娠会"对应"助赈会"(形近),"巾趋绿"对应"沈仲礼"(谐音)。连"缴费一元,便可享受许多利益",也是对"入场券每位一元,附赠巨彩"的写实。① 谐文与新闻之间的互文性,在此表现得淋漓尽致。

同时,在正刊的新闻评论中还有则《海上闲谈》对阅读《助娠会》不无裨益。其开篇云:"上海向有夜花园,人皆目为藏垢纳污、制造时疫之所。……日来张园特开慈善助赈会,游人络绎,入夜尤盛,又俨然一夜花园也。"明白地将张园慈善助赈会比喻为"夜花园",而张园助赈会开至深夜三点,在风气未开之日,此举的确容易引起非议,无法避免嫌疑。该文并提到会场所提供的"洋酒洋菜",比平时"增价二三倍"。这篇闲谈描写了许多不堪的细节,有如通讯,又如叙事杂文,与"闲谈"体的常例不合。作者写到最后,目睹"暗陬旷地,时有翩翩者相偶而行,细语不可辨"的情形,忍不住揣测道,"想必商酌慈善助娠之事"呢。② 这篇文章的作者应该也是此次张园助赈会的亲历者,很有可能即是王钝根本人。因为王是这个栏目的主要负责人之一,可惜这篇闲谈没有署名,因而不能坐实。然而,在《申报》中,将张园助赈会直接与"助娠"联系在一起,这篇《海上闲谈》首开其例。《助娠会》与这篇闲谈的关系,大概不只是异曲同工,而是互文强调。

---

① 《慈善助振会》广告,《申报》1911 年 8 月 19 日。
② 《海上闲谈》,《申报》1911 年 8 月 22 日。

对于这次助赈会的批评，在游戏文章中还有较为写实的竹枝词，也与新闻报道、新闻评论以及滑稽小说，形成了一个互相对话的舆论空间。作为组诗，《张园慈善助赈会竹枝词十首》比《助娠会》话题复杂，不过也以"笑煞少年男女界"为主调，印证了《助娠会》所谓"专劝少年男女入会"的宗旨。《张园慈善助赈会竹枝词十首》涉及会场的描写有五首，其中四首是有关男女风化的：

风头最异两名姝，称体衣裳映玉肤。肌理脂凝纱里现，恍如浴罢太真图。（晚上风头最异者，有一女子，衣裳均穿外国纱，时于裙缝露一双雪白之足胫，人多以为不穿裤者。果尔，则昔有无裤之公，今有无裤之女矣。或谓其扮日本装，或谓其穿外国肉色裤，理或然欤？）

探花唐代重宵年，花卖张园事亦然。亲向佳人襟钮挂，殷勤低问买花钱。

艺场列座事尤新，不列男宾列女宾。艳福转轮数招待，裙边鬓角密相亲。（艺场所列之座只有女宾，不许男宾入座，而招待员则独用男人。）

钗光鬓影几经过，轻薄儿郎似转梭。觌面几番成一笑，饱供眼福问谁多。①

作者在自注中对其诗进行了补充，特别是有关"无裤之女"那段描写得非常细腻丰腴，有如小说笔法，在新闻中难得一见。其他三个场面，在《申报》的新闻及"闲谈"中倒有所反映。《张园慈善助赈会竹枝词十首》的描写也可与《海上闲谈》互读。如《海上

---

① 岭南阁风樵者：《张园慈善助赈会竹枝词十首》，《申报·自由谈》1911年8月27日。另一首则写有关会场汽灯"保资三万"的浮夸作风。

闲谈》也提到：在验票处，轻薄少年与妇女之交涉，"絮语"声声，"笑"脸盈盈，以及"红男绿女，美目流盼，启齿嫣然"；在女子休憩所，"伧父非礼亦不怒"；"会员办事旁设女子坐，禁闲人入""男子就女宾席"等种种"会场污浊""不合常情事"。①恰可作这一组诗的注解。

张园助赈会受人诟病之处，其一是有伤风化，其二就是牟取私利。如《助赈会》的结尾点明："人家好好的助赈会，都被他们说坏了，倒显得我是于中取利呢。"②而《张园慈善助赈会竹枝词十首》也讽刺"某君"："岂知尽饱私囊去，辜负名场一世豪。"对于"某君"，说明白点，就是会长沈仲礼③，更强烈更明白的讥讽还见于王钝根的《鲫鳝会败事长致江皖哀鸿书》一文。它用书信体的样式，借其人口吻来传达其心声：

> 弟忝列狻猊（缙绅），龟（官）运未通，蜊（利）心不足，此次为诸公特创鲫鳝（慈善）会。自谓区区蚁（义）诚，当为嗷嗷（嗷嗷）诸公所欢赞，即弟之升龟（官）发财，亦是乎赖。乃有狂妄之徒，辄以蜚语相加，未免鳖（逼）人太甚。彼谓弟借端敛钱，伤风败俗。其实，敛钱为当世所崇，风俗非自我而坏。在彼狂蜂浪蝶、吊螃（膀）心虞，何惜一枚鹰饼？而吾与诸公乘虮（机）囊括，可供几日鲸吞，不亦蟮（善）乎？至谓弟之狐群狗党，罗致妇女，任情调谑，此系上门买卖，非可仅责弟等之鬼蜮也。彼又谓弟在蚁争（义赈）会中恣情酒食，虚糜公款。然则，必使弟鸨（桴）腹从公，为诸公之续而后快乎？方今蝗（王）公

---

① 《海上闲谈》，《申报》1911年8月22日。
② 钝根：《助赈会》，《申报·自由谈》1911年8月24日。
③ 沈仲礼，名沈敦和（1866—1920），浙江省鄞县（今宁波）人。清末民初国际关系学家、社会活动家。曾出任山西大学校长，中国红十字会之缔造者。

大鸱（臣），经手外债，尚有扣头，则弟于鹃（捐）款，何妨染指？杀人不见血腥气，弟之本性则然。诸公不以为嫌，而彼反哓哓焉，不平孰甚？用敢剖陈狗肺，敬布狼心，顺请僵安，诸维冷鉴。

弟扛几担顿首①

引文中括号内的文字，为笔者试图还原的作者本义。这篇文章批判的锋芒毕露无遗，只是披着一层文字游戏的外衣。将关键字词一概用谐音的方式转换为动物用语，这种笔法几乎没有多少隐蔽性。至于人名落款竟直接用"扛几担"，以暴其贪婪。将慈善会长描写得如此卑鄙龌龊，寡廉鲜耻，已明显带有人身攻击的嫌疑。其被谴责之处也是借端敛钱、伤风败俗，以及升官发财的利心，包括虚糜公款等项罪状，其实也是对新闻报道的回应。而王钝根这种论调，在其他游戏文章中仍不断受到支持。如形容慈善会坐办之"金刚怒目"②；用《孟子》的句式来讽刺，"某君尝为会长矣，曰，一百五十圆而已矣。……假公而济私图，罪也"。③

从游戏文章和新闻言论中，可以辨别出申报馆对沈仲礼及华洋义赈会的态度。不过，游戏文章中的冷嘲热讽、丑化甚至仇视的笔调有些出格，令人颇为不解。同是王钝根，在公开的正式言论中就客气得多。9月24日，华洋义赈会在《申报》公布了《华洋义赈会收支报告简明清单》，④ 而在此前两天，署名"钝根"的《海上闲谈》已谈到此事："吾观华洋义赈会之收支报告，于是叹中外人士之好善，而尤

---

① 钝根：《鲥鳝会败事长致江皖哀鸿书》，《申报·自由谈》1911年8月26日。
② 故我：《上海百怪》，《申报·自由谈》1911年8月28日。
③ 梦：《新孟子》，《申报·自由谈》1911年8月29日。
④ 《申报》1911年9月24日第一张第六版。存洋七万七千五百二十六元，又物品及教士捐赠合计二万六千六百八十八元不计在内。由福开森和沈敦和联名报告。

感办事诸公之热心。灾民何幸得诸公,既捐资财,复劳心力,郑重振款,不事虚糜,遍地哀鸿,咸沾实惠。……设使在黑暗时代,经理者不得其人,或会长虽以饥溺为怀,而左右视为渔利之薮,酒食征逐,月支夫马费数百金,暗中亏蚀以数万计,则嗷嗷者虽受巨害,亦无如之何耳。"① 表面看起来好像是对华洋义赈会的称赞和恭维,但结合此前种种舆论,这段话就有了两个读法:其一是正读,肯定华洋义赈会特别是办事人员对灾民的贡献;其二是反读,仍是反讽办事人员不能无私。实际上,从其措辞的闪烁来看,第二种的可能性更大。不过,"会长虽以饥溺为怀,而左右视为渔利之薮",这句话却传达出重新审视沈敦和的坦诚。无论如何,这则《海上闲谈》可算是王钝根对此事做出的一个中庸式总结。这与游戏文章中的偏激化形成了反差。

《自由谈》中新闻报道、评论,以及这批游戏文章的出炉,表明《申报》馆可能与此次张园义赈之间有观念上的不同或者现实的矛盾。华洋义赈会成立于1906年12月4日,西董为传教士李佳白、意德、斐溪、李德立等人,华董为盛宣怀、沈敦和、朱葆三等,推吕海寰为会长,英人好博逊为副会长。该会为半民间组织,劝捐助赈,救济灾黎,的确在处理灾荒事宜时功绩昭著。作为公益性质的慈善之举,助赈一事本应受人欢迎,办事之人也该受人尊敬。此时的会长沈敦和熟悉洋务,1904年3月,曾在上海发起成立以中国、英国、美国、德国、法国五国为首联合承办的上海万国红十字会,并被推举为中方的办事总董,因而被誉为中国红十字会的缔造者。且不论其行事有无得失,其功德乃不可磨灭。由于该会的西方背景及沈的洋务身份,来自民间的讥讽便多与风化有关,这不难理解。而《申报》馆协赈所历来肩负着在上海筹募捐输的重任,席子佩也是主持义赈多年的头面人物,

---

① 钝根:《海上闲谈》,《申报》1911年9月22日。

堪称慈善公益事业的急先锋。① 用"同行是冤家"这句俗语来形容沈等办事人员与《申报》馆办赈同人的关系未免过分，但二者之间大概的确存有矛盾，否则也不致如此恶语相加。

这里应该补充说明，此次赈济的对象是受水灾的安徽灾民。1911年，一场特大水灾席卷了长江中下游诸省，其中安徽受灾最重。安徽南部各州县因山洪暴发，河堤决口，芜湖"低洼田园已成泽国"，深处"可行划船"。② 无为县化成一片汪洋，无家可归的灾民因饥饿难耐，甚至发生人吃人的惨剧。清政府特派邮传部尚书盛宣怀担任筹办江皖赈务大臣，又派冯煦担任江皖查赈大臣，前往灾区查赈散赈。但因赈济效率低，清政府救灾收效甚微。《申报》就借游戏文章透露出了对筹赈行为的怀疑，如《天国筹赈大会记》就借神仙形象演绎了筹赈的无奈。吕纯阳开会于上清宫，发传单，邀东方朔演说灾民苦况，听者声泪俱下。但捐款时，众神无不推托敷衍：财神称其财为儿孙所有；观音曰"我之慈悲，实口头禅耳"；关公只许以"当时操贼之金"；而文昌则哭诉自科举废后无一进款。③ 当然，不能因为自私自利者的存在就忽略了真正积极参与筹赈和助赈的热心人士。8月16日，《申报》上曾刊出《叩募安徽水灾振捐》、《汤饼移振》及《助皖急赈》三则告白，可见民间助赈力量的积极参与。

9月12日，爱俪园登出游园助赈广告，也是民间一种有益的助赈尝试。对于爱俪园的助赈，王钝根也戏作了一篇滑稽小说，恰可与《助娠会》放在一起比较来看。这篇小说主要以两个人物对话的方式

---

① 申报馆在历次义赈中都积极响应，并不断为慈善事业呼吁。1900年9月，为救济兵灾难民，严信厚、施则敬、杨廷杲、郑观应、席裕福等人曾发起济急善局，规模甚大，影响深远。其中关键人物并直接参与了中国红十字会的成立和发展，如施则敬、严信厚、朱葆三等，而施则敬更与沈敦和同为该会中方董事。席氏不在中国红十字会董事之列，不知是否已有暗藏的矛盾。

② 《芜湖大水详记》，《申报》1911年7月7日。

③ 爱：《天国筹赈大会记》，《申报·自由谈》1911年9月18日。这篇谐文的开头直接是对新闻的转述，甚至所用语言也雷同："迩时各处淫霖为灾，多半低洼地方，尽成泽国。"

来结构，将读者带进爱俪园的游览过程中，而不像《助赈会》那般作陌生化处理。因此，中间虽不少笑谑，却以轻松为主调，并且无有恶意。小说对话主要有八个话题，直接观照对象本身的就有三个。其一是对"哈同"的戏说，"哈者，嘻嘻哈哈之谓也，同者，同行之谓也"，形容嘻嘻哈哈一同去玩；其二涉及"爱俪"，"以爱俪名，故入之者多以伉俪肩随，极亲密和爱之乐"。如果说这两点主要是简单的文字游戏，第三点对主人哈同"其体之丰胖"的调侃就较为深入了。胖被认为是"此中皆热心也"："试看沪滨大腹贾，孰非乐善好施者？先生能以府中佳境，纵人观览，以所得资助赈，则热心之膨涨为何如。"由大腹联想到热心膨胀，却捎带上"沪滨大腹贾"，究竟对哈同先生是褒是贬，有点模棱两可。而直接讨论会场的有两处：一是会场没有"啖饭处"，被解释为："此正办事者之苦心，恐吾辈久居乐土，膜视灾情，故使一尝饿况耳"；一是"欲人到处吃茶"，"以减少水量，补救水灾"，不过又调笑说，若"上吸而下遗之，不将前功尽弃乎"。全文尽是笑闹，而作者的立场与态度却非常模糊。①

到了小说结尾，作者借"乡老"东施效颦，对爱俪园园内景观名称进行了戏仿。这虽是嘲笑愚者常见的滑稽套路，在笔者看来，却可能别有用心。因为以助赈为背景，而一再拿园子说事儿，不能不让人怀疑有广告宣传之嫌。作者的态度虽然隐蔽，却不可能没有痕迹。这篇小说的其他三个话题都涉及游客，如说到游人中西妇腰细是因为"忧灾情切"而腰损。另两则联系上了哈同花园的园林特征：其一，外国花园国人不能入而今能入，"岂非为助赈起见"，"然则他人之水灾，吾人之眼福耳"；其二，乡老见剪发少年来游览，便问"何和尚

---

① 钝根：《乡老游爱俪园记》，《申报·自由谈》1911年9月18日。关于吃茶减水灾的笑话，其实王钝根在1911年9月9日"忽发奇想"栏的《水灾急救法》中就提到了"多开茶馆"为消水之一法。

之多也",余曰,"此园为乌目山僧之佳构,故僧辈乐游之"。① 作者虽然一再提到助赈、灾情,但因为"哈同花园"作为主体被不断重复,这两者的关系就仿佛是一个烘托,一个被炒作了。其实,此意在小说的题目中也体现出来了,"乡老游爱俪园记",看起来无关赈灾,而旨在突出"爱俪园"。总之,整篇小说读起来令人轻松愉快,与《助赈会》之阴森隐晦迥然不同。作者对待张园助赈和爱俪园助赈态度之不同,比较前后更是显而易见。

所谓"批评空间",既然是空间,笔者认为,无论是复杂还是简单,是有限还是无限,都需要结构。而当空间内出现了不同主体,处于各自不同的位置,有着不同的角度,负担不同的功能时,这个空间才充实了起来。在相同主题话语的吸引力之下,借助谐文与新闻等多种文体的互文性,《申报》馆的确在一定程度上形成了一个"批评空间"。本书所论与助赈话题相关的谐文,以及同新闻等声音的对峙,即可作为例证。

## 二 正刊与副刊的互动

1911年的水患受灾范围广,延续时间长,危机暗伏。《申报》已有预测:"本年秋泛,定有大潮流溢至岸,沪上各货屯积之处颇觉可危。查本年中国各省水灾叠出,受患之家,指不胜屈。……虽曰天灾流行,人力亦未始不可防范。原(愿)沪上商民早为未雨绸缪之计。"② 出于对气候和天灾的关注,《申报》自9月19日起,特别开辟了"天文台报告"栏目预报天气。天灾影响到了经济状况,从7月20日开始,《申报》就在第二张第五版不定期(约每周一次)登出商情

---

① 钝根:《乡老游爱俪园记》,《申报·自由谈》1911年9月18日。
② 《飞沙走石之大风雨》,《申报》1911年8月12日。

专版，除照旧刊登金市、钱市、轮船消息外，还包括了汇票、股票、茶市、怡和叫庄、土市、粮食、油豆、火油等行情。

商情的记载应讲求客观。然而，刊登的频率却反映出《申报》在处理危机时保守的一面。在7—8月间，商情原本每周刊出一次，当时米价最高在每担九元左右。到了8月下旬，米价出现上涨的趋势，于是商情信息开始连续刊登，非常集中，几乎天天可见。直到9月3日，最高米价为九元六角，仍不算紧张。但第二天，市场上米价突然陡涨至十一元多，《申报》9月7日登载了一次有关信息，最高米价为十一元四角。从9月4日米价大涨至米价渐平的9月22日，在米价波动惊心动魄期间，《申报》的记载只此一回。而自9月7日至10月14日，商情版停止刊出的时间长达38天。如果我们理解为当时价格不太稳定，一日数涨，或因市场混乱，难以确定米价，那9月7日刊出的米价信息则对此进行了否定。也就是说，无论当时情形如何，因为不是现场直播，若要决心对此进行客观的记载，完全可以总结当天市场上米价的大概情形。何况，在米价平稳之后的一段时间里，《申报》对米价仍然不作报道。如果不是因为特殊情况，比如市场调查员无人担任等原因，则只能理解为《申报》对于这次米价波动欲作低调处理。

因为事关民生，《申报》在评论以及新闻中还是及时对米贵问题给予了正面报道。9月4日，本埠新闻有则《禁止造谣抢米》的消息："本埠全赖外米，上年邻省灾歉，以致米源稀少，米价乃日见涨。……访闻无赖棍徒突起谣言布散，煽惑附近居民，图将米店抢毁。"因为米价已严重影响到了市民日常生活，各地纷纷出现抢米砸店的暴力行为。事情发展到如此惨重地步，自然是新闻报道的职责所在了。

9月6日，在第二张第二版本埠与各地新闻报道中，《申报》报道了上海及周边地区的抢米风潮事件，并报道了一些相关的补救措施，比如上海道决定维持市民粮食供给，"严禁囤积私运"，"自治公所节减米饭",商会召开"接济民食之大会"。而在第一张第三版也就是头版的社论中,总主笔亲自关注此事,发表了《米贵善后策》。他针对这一严重的社会问题作出了评论:"此次之米贵,非为米商私运之故,亦非仅为一时风潮、米石少来之故",而是长期积累的历史问题。所以他预测,"米价即不再涨,亦决不能平",因而认为:"此次维持米贵问题,当计久远。"① 这篇评论高瞻远瞩。而在第一张后幅第四版的"清谈"中,另一主笔对米贵原因的探讨则指涉现实,认为米贵之一大原因,在于"水灾频仍",而"水之所以灾也,则不外与水争利而已矣"②。也就是说,对政府的水利政策表示了怀疑。但这两篇评论有一共同的倾向,就是都不认为"米商私运"或"奸商之囤积"是造成米贵的主要原因,而更上溯根源,承认天灾是一现实诱因,同时又将源头指向不切实际的历史弊端或者政府方略。另外,第二张后幅的"海上闲谈",虽然言论的重要性要逊色许多,却敢于亮出自己的观点:"米价步涨,十二日(即9月4日——笔者注)大雨之后,竟陡涨至十一元,昨日雨仍未止,又增四五角。……上海米价之飞涨,不至十五元一石不止。苍苍者天,何竟为冒托平粜、采运外米者达其囤积居奇之目的,而且超过其希望之价格也哉?!"③ 作者将矛头指向了在"平粜"的名义下囤积居奇的奸商。至此,《申报》基本上已经全方位地报道和讨论了米贵问题。之后,与米贵相关的事件仍不断出现,新闻报道也及时跟进了,包括官商积极出台的一些举措。结果,上海的米价很快回落,在20日之内危机就大致解除。如此结果似出乎评论者意料之外,但评论员对此并没有反应。对于米贵的重点议论也只集中在问题炽热化的9月6—7日而已。

---

① 《米贵善后策》,《申报》1911年9月6日第一张第三版。
② 平子:《清谈》,《申报》1911年9月6日。
③ 亮渠:《海上闲谈》,《申报》1911年9月6日。

## 第五章 谐文与新闻的联姻

比较而言，有关米贵的信息在副刊中出现得要早些，也要长久些。《自由谈》副刊开办的第二天，有篇《木乃伊制造厂简章》的谐文，此文出台的初衷可能就是有感于米贵。这个游戏性质的简章，以"因见近日沪上米价日昂，人口日众，非多制木乃伊以减少人口，必不能抑米价"为宗旨。① 当时，米价虽有涨情，但还没有达到令人警惕的地步，此文却有先见之明。而在阴历七夕一篇应时谐文《织女谣》中，也出现了与米贵相关的信息："近闻斗米值千钱，淮甸沉灾更可怜。郎在天庾多积粟，华洋义赈劝郎捐。"② 这些情况表明，米贵现象已经颇受关注。但究其原因，很可能是由于米贵作为民生大计，在水灾之后已经成为一种日常话题，因为其时它还没有成为新闻话题。

在米价暴涨、发生抢米风潮之际，《申报》副刊也积极与正刊一起，对这一问题进行了关注。米贵严重化的端倪出现在9月4日，9月6—7日为《申报》重拳出击的集中报道时段，9月8—9日游戏文章随后出台。从这个时间发展的间隔看，《申报》对于事件的反映是及时的，而日报副刊中以事件为因缘和题材的游戏文章也具备新闻的及时性，并且效率较高，甚至可与普通日报比肩，更远远超过期刊。这种高效的及时性是以往的游戏文章所没有的。它得益于作为载体的日报副刊，也得益于编者以新闻为游戏文章题材的编辑意旨。《自由谈》中首开此风且大张旗鼓的，就是王钝根及其《助娠会》。在抢米风潮发生后，有关米贵主题的游戏文章，其作者也多是《申报》和《自由谈》的主笔们。③

---

① 髡：《木乃伊制造厂简章》，《申报·自由谈》1911年8月25日。
② 髡：《织女谣》，《申报·自由谈》1911年8月30日。
③ 仅在9月8和9日，《自由谈》就出现了多篇与"米"有关的文章。以童爱楼为主力，另外有"迅雷"的"短篇时事小说"《无米炊》等。这两个人都曾在《自由谈》的"编辑余谈"栏目发言，显然也是《自由谈》和《申报》的主笔。"迅雷"应该即是"掩耳"，为"海外奇谈"栏编辑金锵。上文提到与米贵相关的两篇谐文，作者署名"髡"，又名秃髡生，在《自由谈》开张时经常发稿，笔者推测他很可能也是《申报》主笔之一，因为《自由谈》最初的稿件大部分是社内稿。其真实姓名则不得而知。

《自由谈》中有关米贵的游戏文章在9月8日较集中。刊首"游戏文章"栏刊出了童爱楼的《饿死鬼控谷米囤户于冥司状词》，状写饥民之苦难："食草根树皮而中毒，尝泥土石粉而殒身，伤心惨目，莫此为甚。"若因"天灾流行，填身沟壑，死尚无憾"，"乃探闻米贵非关于天灾，起祸实由于囤户"，因此愤而将其告上冥司。文章明确地将矛头指向了谷米囤户，指出其"损人利己之心实较盗贼为尤甚"，"为祸之实甚于兵灾杀人"。① 这不仅与9月6日"社论"为米商撇清和"清谈"引向与水争利论调完全不同，而且也比《海上闲谈》"苍苍者天"的空叹有了突破。它不仅关注到了饥民惨状，而且对囤户进行了道德谴责。在"热嘲冷骂"栏，童爱楼还有一篇《米蛀虫》，"仿金圣叹注脚语"，更针尖对麦芒地对囤户的言论进行一一批驳。此篇虽为文章，开头的小序却类如新闻报道。此篇文章写作缘起是因米价飞涨，"骤现恐慌之象"，"官商恐酿成抢米风潮，因率集于商务总会"，商议补救之策。听到会上"米蛀虫"之议论，作者叹为"叔宝全无心肝"，于是以注脚法，对其言论大加批驳。如其说到此事起因"或为雨水所阻"，作者批道："金钱热所阻，较雨水更利害"；说到"望涨居奇者"，被认为这是"公之心腹事，亦公之惯技"；说到"亦恐难免"，则被视为"不打自招"。

　　与童爱楼之强烈批判讽刺谷米囤户不同，迅雷的"短篇时事小说"《无米炊》完全抛开了滑稽传统，而以一副悲悯之心，真正将目光转向了受灾民众。小说笔法非常写实，如开头为："满城风雨，川水暴涨，一片汪洋，尽成泽国。嗟嗟我民，房屋器具，大半随波逐流去矣。呼天不应，觅食无门，壮者散于四方，老弱填乎沟壑。"如同一幅时事素描图，近于新闻报道。不仅开头，整篇小说其实就记载了一贫家老妇因无米可用，说起可以煮准备喂鸭的谷来吃，而媳妇说谷已煮了，

---

　　① 爱楼：《饿死鬼控谷米囤户于冥司状词》，《申报·自由谈》1911年9月8日。

"不能为无米炊"。这篇描写生活横断面的短篇小说,人物刻画与语言描写都不错,可惜作者意图过于明显,少了韵味。其早已点明主旨:"吾读秋女士'秋风秋雨愁杀人'之句,乃悁悁以悲。吾更书此以告天下之为富不仁者,尚其分人一杯羹也。"① 对于这一劝谕,编者王钝根进行了回应,指出其"欲使富有者分惠余粒,为官者顾恤民命",用意良深,但官商自图其利,执迷不悟,"恐此一篇小说尚未至如棺材之效力耳"。② 就主旨而言,迅雷其实对官商阶层还有期待,而钝根则对他们进行了毫不留情的批判,并对这篇小说及类似期待表示了怀疑。言下之意,一是呼吁更多更深刻的暴露现实之作;二是倡导更尖刻更具杀伤力的言说方式。而这正是王钝根编辑思想的一个重要方面,结果《自由谈》中出现了一批观照现实,甚至是新闻事件的游戏文章。

另外,当日"心直口快"栏有则传言,不仅是正刊新闻不敢登载的消息,即便在副刊中也显得别具一格,合于"录此存照"之旨:"米价飞涨,闻说上海食米,再过七八天要完了。可怕。"

到了米价回落之后,《自由谈》的"世态人情"栏出现一首《平粜米》的歌行体小诗,其题旨虽对问题的讨论有了进一步的推进,却有借此文章转移人们视线的嫌疑:"平粜米,平粜米,平粜因救贫民起。江南石米值万钱,贫民啼哭奸商喜。郡中太守贤复贤,平粜先捐廉俸钱。官清俸少苦不足,殷实大户商量捐。捐资购米十万斛,从此饥民当鼓腹。岂知吏役先其私,贫民还复吞声哭。奸吏不顾哀民哀,怒目而视臭口开。今日太仓已封闭,汝等何不明日来?!"③ 此诗虽则批评了奸商与奸吏,却与之对照着极力揄扬了清官与大户。而且,因为话题从米贵转移到平粜上,因而将矛头指向奸吏,却对引发此次危

---

① 迅雷:《无米炊》,《申报·自由谈》1911年9月8日。
② 钝根识语:《申报·自由谈》1911年9月8日。
③ 景骞:《平粜米》,《申报·自由谈》1911年9月24日。

机的奸商一笔略过。此诗虽然不失为一篇有特色的写实之作，却与米贵问题有所游离，并且作者的立场较为保守，骂小捧大。直到 10 月 7 日，《自由谈》上还出现过一组《救荒五更调》，分别从平粜、积谷、筹捐、免税、放赈五个角度描写了灾民的苦状以及官商应做的事情，① 倒是真正从灾民所需而发出呼吁。虽表面平实，细续之下，实诚恳可嘉。

　　因为立场或者角度的不同，就会造成诸种文章焦点与观点的不同。总结对米贵这一问题的看法，正刊主要指向三个方向：历史原因、水利政策与假托平粜、囤积居奇的奸商；而副刊则将问题进一步具体化并细化了，指向谷米囤户、奸商、奸吏，以及为富不仁者、居官不正者等。这种种形式的言论将问题的重心指向不同处，不知是《申报》的有意安排，还是作者的不同识见。而无论出于何种原因，这个现象都充分说明了报纸不同版面的不同地位和不同取向。

　　进一步来说，即便在同一版面，不同的栏目设置，甚至不同的文体，也都承担着有差别的责任，具有不同的功能。例如同是"游戏文章"，竹枝词以及根源于各种民间乐歌体的仿拟民歌，就与散文体（包括仿古文体与应时文体）的风格有很大差别，而小说的虚拟、叙事等特色又别具一格。它们所讨论的话题各有偏重。而在讨论同一话题时，更表现出不同文体带来的区别性。例如上文所论助赈问题，小说《助赈会》、诗歌《张园慈善助赈会竹枝词十首》与散文《鲥鳝会败事长致江皖哀鸿书》，在言论立场、表现手法等方面就有明显的区分。在米荒这个话题下，各种文体也各显神通，选择了各种不同的角度去面对米荒带来的社会危机，《平粜米》的平实、稳妥与游戏文章的尖刻、夸张形成了鲜明对比。

　　特别是游戏文章对待事件和不同对象不仅有特殊的立场，而且因此会给文章带来浓郁的个性色彩。这种处理方式与普通新闻言论的不

---

① 驭公：《救荒五更调》，《申报·自由谈》1911 年 10 月 7 日。

第五章 谐文与新闻的联姻

温不火、客观公正、严肃平实，形成了鲜明对照。通过以上就助赈问题与米贵问题对新闻言论、报道与游戏文章的比较，此点已经无须再作论证。而游戏文章由于作者的认知或其他种种原因，对同一事件也会有大不相同的处理方式。比如在有关米贵问题的谐文中，最为尖刻、恶谑的是《米蛀虫传》：

> 米蛀虫，初姓谷，后为米氏螟蛉子，遂易姓米。世居米缸，而米柜、米仓皆有其同族在焉。有米田共者，以铜臭得官，嗣为坑厕部大臣。专将所管部内金汁水，暗输与乡人，就中得贿金不少，臭声四播，至见之者皆掩鼻而过。米蛀虫尝艳羡之曰：吾实不及五谷虫，得依附吾族米田共左右也。米蛀虫既不得志，乃从事商贾，工心计，善垄断术。其于谋利时，只愿肥己，于人虽眼见其饥饿以死，不顾也。岁辛亥，各地患水，米蛀虫闻之喜曰：吾之发财机会至矣。乃广囤米石，每石得利一二元。心犹未足，复耸动市面，至每石得利四五元，意尚待涨。会上海缺米，小民恐慌日甚，官绅劝平粜。米蛀虫不允，曰：高价招远客，乃吾商人之秘诀，安可使众人饱餐而我失发财之机会乎？有友人劝之曰：饿死千万人，君为敌国富，于心安乎？米蛀虫亦不听。事急，被人告发，捕之官，犹强辩无罪。官怒置大锅于堂上，命与粥饭同煮之，遂糜烂以死。死后，人将其肉与粥饭同食，余者喂鸡犬，其人遂灭迹。呜呼，瘦天下而肥一己，岂米蛀虫一人已哉！观米蛀虫之结局，可以悟矣。①

该文表面上采用了韩愈《毛颖传》的纪传体寓言式结构方法，但在写法上，虚实的处理过于直露。比如"米蛀虫"与"米田共"（即

---

① 爱楼：《米蛀虫传》，《申报·自由谈》1911年9月9日。

"粪") 的关系，纯粹是为骂人，虚而不切实际；而"岁辛亥，各地患水"至"犹强辩无罪"段，则直接影射新闻事件，又过于落实。

这篇《米蛀虫传》不仅有别于传统游戏文章，而且也与一般调笑类的游戏文章不同，属于游戏文章中偏重谴责的一类。"辞气浮露，笔无藏锋，甚且过甚其词，以合时人嗜好"[①]，这不仅是谴责小说特征，也是此类游戏文章的特征。该文在数落米商劣迹时的不遗余力，虽较王钝根的《鲥鳝会败事长致江皖哀鸿书》含蓄些，却同样夸张恣肆。这里就要考虑到游戏文章的特色与"特权"了。作为游戏文章，它可以放言无忌，这会促成种种偏激化、极端化、夸张、言过其实，甚至不惜失实的处理方式，以及亵慢、辱骂、诅咒、人身攻击等行为。借助谐文的文体保护功能与新闻的"言论自由"特性，此类攻击性文字成为副刊游戏文之一大特色。反过来，这些攻击性文字，特别是其中有失实和歪曲嫌疑成分者，又将谐文的不负责任与言论的"自由"性质推到了极致。

以上就水灾引起的米贵话题，进一步探讨了副刊与正刊同时关注并及时反映的事实。可以发现，副刊游戏文字与其他游戏文字的不同，就在于它与正刊之间的这种互文性，以及由此形成的相对集中并小有规模的具体化批评空间。而在此互文性的背后，就产生了对话，也就是对同一话题的不同声音、不同立场、不同角度、不同焦点，以及不同的表达方式。

## 第二节　谐文对新闻的软化

### 一　世俗化

以谐文观照时事新闻的做法，二者紧密结合，且辞锋辛辣，以辛

---

[①] 鲁迅：《中国小说史略》，《鲁迅全集》第九卷，人民文学出版社1981年版，第282页。

亥之际，国体丕变、民情激动时最为典型。谐文这种强烈地干预时事政治的情形一直延续到壬子年。之后，政治批评功能在"游戏文章"中有所下降。例如1912年的《自由谈》栏目不及从前丰富多样，篇幅时少时多，"游戏文章"栏目内的文章也明显减少了。据笔者粗略估计，1911年12月1—31日间，"游戏文章"栏中批评时政类谐文与世俗类谐文的比例约为3∶2；1912年1月3日至2月13日（辛亥年最后一版）期间，二者比例约为4∶3；1912年2月21日（壬子年第一版）至3月31日期间，二者比例骤变，大概在1∶3左右。①又例如《自由谈》1912年4月1—4日，"游戏文章"所刊文章分别为《骚姨太太传》《逐臭夫小传》《夜壶先生传》《拍马先生致吹牛大王书》《游邋园记》《嫖赌富国策》《苏州兵变五更调》，只有最后一篇是时政题材。

此时《自由谈》主撰作者为童爱楼，其个人风格的转变也比较明显。自1912年2月18日至3月18日，其所刊"游戏文章"面貌大致如下，计有《湘游记略》《爱楼天乐园自序》《春民正月》《假面具说》《游文明世界记》《观傀儡戏感言》《女子兵书》《怕老婆降表》《怕婆同盟会抵制闺中苛例章程》《饭桶答衣架书》《嫖学会章程》《画隐庐记》《游无是国记》《和滑稽子诗》《招魂灵广告》《妓辩》《论名士与美人》《嫖苦说》。其中部分作品基本没有什么谐趣可言，也不具备游戏文章的表面形式，如《湘游记略》与《爱楼天乐园自序》，其实是他的自述文章；《春民正月》与《画隐庐记》虽然有仿拟的形式，但只是借用一种外壳，内容则没有多少实际意义，谐趣色彩很淡。此外，童爱楼有一批

---

① 在这段时间内，"游戏文章"栏所刊文章大约平均为每日两篇。就笔者所关注到的重要文章数量来计算，时政谐文与日常谐文在这三个时间段内出现情况分别为：38/23；42/31；14/34。不过，这只是一个非常粗略的统计，并且有些问题的处理是主观的，如辫子话题，有时是时政话语，有时则被转化为日常话语；如爱楼的《女子兵书》是以女性话题来影射政治，并且此篇连载四天，仅计一篇。当然还有游戏性不强的诗文，不计在内。

·209·

纯粹世俗题材的谐文，如他对嫖与妓、惧内与嘲内等社会现象的调侃颇为热衷。他还有一部分表面上拥有世俗题材，而实际有影射现实政治的作品，如《观傀儡戏感言》《女子兵书》《游无是国记》等。而他直接关涉现实政治、以此为主题的作品寥寥无几。作为一个出身传统文艺与小报文艺的作者，童爱楼的文章风格与趣味较保守，社会批判意识也不很强烈，这种个性特征会投射在其文章中。但如果比较此前他在《自由谈》所创作的一系列时事题材作品，就会发现，这中间的确出现了一种明显的转向。可以观察他自1912年1月1日至1912年2月1日间所刊时事谐文，其中有《祭辫子文》《保辫会章程》《专制毒症考》《李鸿章致袁世凯书》《读袁世凯传》《观北京丑舞台演剧记》《贺袁世凯遇刺书》《满汉全席菜单》《议和滑稽谈》《凤凰宣布蝙蝠罪状电文》《梦北伐记》《泥像木偶答石丞相书》等，不少文章也表现得大胆而激烈。

总之，在壬子年初，以童爱楼的谐文创作为代表，《自由谈》副刊在话题倾向上，一度出现由时政话语向世俗话语的明显倾斜。产生这一现象的具体原因，大体而言，应该有偶然与必然的因素。比如当时政治的走向是以军阀力量、立宪派为代表的多数政治力量支持袁世凯，因此出现了短暂的相对一致性。《申报》的政治立场虽曰中立，其实内在地受立宪派的影响，《自由谈》此一时期的歌舞升平，可能有这方面的影响。另外，还可能因为童爱楼个人情形的变化，如对时政以及报务的疏懒等。世俗化与政治化的起伏消长情形，以后在《自由谈》中仍有往复，可见这不纯粹是编辑宗旨的转变。比如1912年10月，政治话题与世俗话题的比例约为2∶3，而且，其中许多表面上世俗的话题，内容会有较明显的政治讽刺意味。加之一般的政治话题容易发挥，而一些世俗话题则极其短小、无甚影响，此一时期《自由谈》"游戏文章"给人的感觉便是政治声音再次响亮起来。

谐文从政治化向世俗化倾斜也有内在的必然性，因为谐文传统本身比较偏重世俗趣味，而相对缺乏功利性和进取心。而且，近代的报刊谐文作家大多居于社会中下层，也抱着世俗化的人生立场。说得极端一点，他们的关注时政，可能也是一种世俗化行为。因为，当时时政不仅是政治生活，也是社会生活，甚至直接影响到个人生活的主题内容。所以，虽然副刊文艺因为与正刊的关系，可能会比较注重对时政的反映，但这个发展方向可能并不是最适合的方向。事实证明，我国历史上副刊发展的总趋势的确是渐与政治疏离。而近代报刊谐文的这种倾向性也比较明显，以至于会给人一种"高兴时的游戏"和"失意时的消遣"的印象，甚至被视为低级趣味。

世俗话题与新闻的关系，比时事政治话题要远些。其中许多话题是有感于时尚风俗的荒谬不合理而发。其焦点不在具体事件，而是从社会上的一枝一节发散开去，扩大为风化问题。这些话题不一定针对具体或典型的某个新闻事件，却普遍有着一定的社会影响，作为一种泛化的社会现象，对新闻倒也是有益的补充，因而也可说是一种软化的、泛化的新闻。

## 二 物质化

在辛亥、壬子之际，最热的政治现象无疑是革命，与此相关的一种极具象征意义的话题则是剪辫。但辫子本身作为物质肉身之物，也脱不开日常世俗背景。这个问题集中体现出游戏文章对于政治性话语进行物质化转移的倾向。

早在1911年9月5日，《申报》就有一则新闻提到"剪发易服之问题复活"，朝臣中颇有主张剪发易服的，如振贝子与涛贝勒，而庆亲王却不以为然。这个问题引起了关注与讨论。剪辫问题的炽热化是在1912年1月1日以后，中华民国宣布成立，并发布了剪辫易服的通告。辫子再次成为一种连接个人与民族国家的象征，而剪辫也需要付诸现实行动。当然，这个问题远非清初"剃发易服"那般严酷了。当日本埠新闻有《剪发问题汇记》一则，提到：通俗宣讲社联合南城地方会，于1911年12月31日开剪发易服宣讲会，当时便"剪三百余人"；徐志棠等开剪发义务会，"免费剪发，赠肉面一碗"，同日剪发六十余人等。而在此之前，剪发易服已经成为晚清社会风俗变迁中一大趋势。虽然剪辫是晚清一种自发的社会现象，但民国成立后，在民初民军直辖地区，它又是一种政府的政治举措。所以，其政治意味被凸显了出来。

1912年1月3日，《申报》第三张"来件"栏刊出《捐辫助饷社缘起》，为一种颇有代表性的严肃民间舆论。它比较贴近时事与社会大语境，将基调定在："自满虏入关，荏苒垂三百年，凡我汉族受其荼毒之深，几乎擢以难数。"一下子便带进了明末遗恨，以反驳一些人"以此累坠物，与民国前途无毫发之关系"的看法，并重申："不知我列祖列宗，由此数千根烦恼丝隐没者几何人，牺牲者几何人？"将民族大义摆在面前，凸显了剪辫问题的沉重与痛切。最后，它将剪辫与助饷两股时代潮流结合起来，使这个话题更加前沿与紧张化。

《自由谈》的游戏文章对辫子不断调侃，且多有政治意味。如童爱楼的《祭辫子文》云："维年月日，民军都督某某使站岗警察某某，以剪一刀一，伺过街之行人，将其辫子割而告之曰：辫子其不可与都督杂处。"[①] 因为上海为民军所占领，民军都督与辫子所指代的满清政权自然处于对立面。又有"缅生"的《悬赏寻辫》，希望将丢掉的辫子"送至九马路亡清里庆宅"，直接在辫子与亡清之间划上了归属关

---

[①] 童爱楼：《祭辫子文》，《申报·自由谈》1912年1月1日。

系。① 而《拟发起保辫会意见书》则用"文章家所谓反激法",代为"满廷走狗,豚尾蠢奴"发言,更将各种政治因素考虑了一通。② 总之,民初的游戏文章与新闻一道将辫子问题炒热,使这个具有象征意义的事物越发受人关注,且备受调侃。

问题的另一面则在于:虽然剪辫话题多少总会带有潜在的政治意识,但这种政治意识在游戏文章中却常被表面的世俗色彩淡化,甚至被遮蔽掉。《说辫》一文就从辫子的立场出发,对辫子进行了世俗化的嘲弄。它假托"辫神"之口,为防辫子遭灭种之患,而为之辩解,说明其作用有"利于妇人""利于夜行""利于登高"等;"辫之利权"包括"可以捕鸟""可以易钱""做官""做西崽"等。最有趣的是:"失足落河,可以绕桥,尸身不致漂失矣。""总而言之,辫子之于人身,实为生死俱利,自应阴阳共保。乃阳间既盛行剪辫,而阴间又为新鬼所煽惑,大有鬼头滑脑之势。"③ 这篇文章将辫子这一颇具革命象征意义的话语日常生活化了,赋予它许多世俗的功用。而这些被附会的功能往往是滑稽可笑的。虽然传统上有"身体发肤,受之父母"的孝道,又经清初剃头留辫的强制行为而被赋予民族大义,但辫子到了晚清,已渐恢复其作为肉身之物的实质。辫子完全可有可无,甚至可说是一种累赘物。例如,一则《骂不剪辫》说道:"你们见了不剪辫的人,便说那个人不能做共和国民,那个人是腐败的。……难道共和不共和,不过一条辫子的关系么?……辫子不过是人身上一件讨厌的东西……不是道德的问题。"④ 虽然自有其客观公允之理,但这样的话,在当时语境中显得不合时宜,很可能被认作保守派,这大概

---

① 缅生:《悬赏寻辫》,《申报·自由谈》1911 年 9 月 6 日。
② 琐尾:《拟发起保辫会意见书》,《申报·自由谈》1912 年 2 月 1 日。
③ 秃髡生:《说辫》,《申报·自由谈》1911 年 9 月 6 日。作者署名颇有趣,"秃髡"是剃头留辫之意。
④ 《骂不剪辫》,《申报·自由谈》1912 年 3 月 16 日。

就是作者不署名的忧虑。

　　因为辫子本身的无意义与被附加的多重意义之间的矛盾，辫子问题在游戏文章中就成为一种很好的"滑稽"题材。如爱楼有《闺中禁剪发辫告示》，称"虽属满清制度，实为闺人所利用"。① 又如《曲辫子传》虽讲辫子，却拿"曲"字作游戏，主要笔墨集中于对性事的隐晦描写。② 而童爱楼有一组谐文：《辫子留别眼耳鼻舌书》《辫子致胡子眉毛书》《胡子眉毛答辫子书》，也起到了去除"辫子"这一话题的沉重性，将其日常化的作用。其实，各种言论所针对的主要是内地未剪辫诸君子。这些人与上海人相比，主要差别是环境闭塞，因此他们可能更容易受软性信息的影响。如一则《敢问不肯剪辫者》的提问表达得就很直接而通俗："可是要同有尾的畜生争胜么"；"可是要同孔雀的尾巴争艳么"；"你的辫子可及得牛马的尾巴，可以驱虫搔痒么"。③

　　如果与《时报·滑稽余谈》比较的话，就会发现，《自由谈》对剪辫问题的处理其实有点轻描淡写。且不论切入问题的角度，就对问题的关注程度而言，《滑稽余谈》远远超过《自由谈》。在1912年2月1—3日间，《滑稽余谈》出现了12则与"辫子"有关的"滑稽谈"。而且，此前此后絮絮不断，形成了对这个问题的集中关注。如其中一则笑谈颇为有趣，讲的是一女子劝其夫剪辫，并威胁他，若不剪就偷汉，其夫以"辫誓不剪，汉准其偷"作答，并且说豚尾反正与龟尾相差不多。④ 将豚尾与龟尾联系起来，虽有为滑稽而滑稽的嫌疑，却也是一种调侃的重要思路。其他文章，如《剪刀致豚尾书》《豚尾覆剪刀书》《辫子利害谈》《豚尾致辫线头绳书》《辫线头绳覆豚尾致书》等，也有将辫子世俗化、物质化的倾向。另一则《玩弄强迫剪辫

---

① 爱楼：《闺中禁剪发辫告示》，《申报·自由谈》1912年1月3日。
② 赵坤宝：《曲辫子传》，《申报·自由谈》1911年12月14日。
③ 筠清：《敢问不肯剪辫者》，《申报·自由谈》1912年3月1日。
④ 《滑稽谈》，《时报·滑稽余谈》1912年2月1日。

之人》，报道了有人对强迫剪辫的不同意见，倒与对剪辫重大意义的怀疑一样，传达出了异样的声音。①

总之，游戏文所具付之一笑的特性、轻松调侃的手法，是一种社会润滑剂，本身就在一定程度上承担着将严肃的沉重话语软化的功能。而软化的一个重要途径就是将其世俗化，贴近现实，贴近人生，甚至贴近肉身。

## 三　去神圣化

革命事件与革命人物所具有的崇高意义也被游戏文章降格了。以"二次革命"时期为例，其时对上海地区影响最大的事件，是1913年7月，陈其美在上海宣布反袁并率军攻打江南制造局。钝根的《打野鸡行》就描写了一幕受战事影响者在非常时期的遭遇。"七月二十六夜半，制造局前动鼓鼙。……有客匆匆叩门入，左携幼儿右娇妻；女童三四在其后，耸肩喘息状甚疲。……彼生不辰逢乱离，乃致合第光临打野鸡。"② 此文虽然没有直接对革命作出评论，却生动地反映了"二次革命"给人民带来的乱离之苦。战祸殃及了广大市民，人们的正常生活受到破坏。《自由谈》中许多文章都在描绘与诉说市民流离失所、死伤无数、尸骸横陈的惨状，而以瘦蝶的《卖命广告》与《请买便宜人肉》尤为犀利刻骨。前者以受害者的身份，表示要将自己卖去投入军界，其原因并非为奋勇杀敌，而是因为在乱世中难免一死："与其转乎沟壑而死，曷若以此身稍易金钱？"这样既可以赢得"捐身报国"之名，"又可得钱供母"，"当此招军孔亟之时，当为军界所欢

---

① 《玩弄强迫剪辫之人》，《时报·滑稽余谈》1912年2月7日。
② 钝根：《打野鸡行》，《申报·自由谈》1913年8月1日。

迎也"。甚至连其妻子也一并卖掉，虽不能拼命，"亦可哭喊示威"。①后者更将人命与牲畜相比，叫卖人肉，以反映生命价值之被践踏、生命体之被屠杀："向本国南北两省采办到新鲜人肉数千万斤，并雇枪炮手加工炸熟，血鲜肉跳，其味甘美无比。"②

对国民党政要人物的批评更常见。镇守上海的沪军都督陈其美首当其冲，备受嘲讽。特别是他的个人生活方面不大检点，惯于花天酒地，被讥为"陈淫子""花都督""风流都督""杨梅都督"等。如一则《新论语》云：

孙文、黄兴坐。陈曰：盍各言尔志？

黄兴曰：攫总统，乱中国，与世凯争……

孙文曰：愿筑铁路，伐强俄。

黄兴曰：愿闻子之志。

陈曰：长三左之，幺二右之，汽车坐之。③

将陈其美、黄兴与孙中山各自的"心事"全部揭露出来，而嘲骂的重点仍是陈。

与对陈其美的一贯嘲讽不同，黄兴在"二次革命"中因主战又逃战，一时之间，也成为众矢之的。如上文所称"攫总统，乱中国"，即语含愤恨。又有两则《书黄克强传后》，模仿王安石《书孟尝君传后》的语调，也将战败的责任指向他："世皆称黄克强善将兵，兵以故归之，而思赖其力以讨夫刚断之袁。嗟呼，黄克强特逃军怯将之雄耳，岂足以言将兵？世皆称黄克强能激战，战以故推之，而思赖其力

---

① 瘦蝶：《卖命广告》，《申报·自由谈》1913年8月2日。
② 瘦蝶：《请买便宜人肉》，《申报·自由谈》1913年8月5日。
③ 嚣嚣子：《新论语》，《申报·自由谈》1913年8月6日。

第五章 谐文与新闻的联姻

以推倒异己之袁。嗟呼,黄克强特溜头滑脚之雄耳,岂足以言能战?"① 而另一则《戏拟黑旋风李逵致镇三山黄信书》,则以更活泼的形式,借用《水浒》人物,以黄信影射黄兴,将对其人的怨恨假托正直的李逵之口说出,"听得哥哥离了南京,胡乱逃生",恨得他要"手起斧落,砍掉哥哥头颅"。②

孙中山在民初,自外蒙独立、大借外款等一系列决策上显示出荏弱后,其在国民中的信任度便开始下滑。但在1912年上半年,他基本上仍受欢迎,甚至被认为是"医国手"。但到了1912年10月,关于孙中山巡视各地,所在官员接待时铺张浪费的报道出现后,对他的批判就严厉起来。王钝根批评其"奢华靡丽,殆视前清之为贱贵办差者而过之"。③ 后来,他又写了"滑稽小说"《外国便桶》,将这个问题直观化了。小说讲孙中山某次外出巡视,某党员突然发现没有配备便桶,立即从上海洋行购来"极精致之外国便桶一具",然后"捧外国便桶趋先生行在"。小说讽刺了"某党员"的溜须拍马,更嘲讽了孙氏的洋派作风,以及社会上的伟人崇拜习气。④ 而其他批评的声音还指向孙中山此时的政党纲领、经济政策等。比较而言,《自由谈》的游戏文章对他还是相对客气的。

《自由谈》不指名地嘲骂革命"伟人"的言论更多。"伟人"甚至成为一种反面标本,爱权、爱钱、爱名、爱色、怕死、脸皮厚、吹牛拍马、阴谋运动等,如《伟人养成所简章》所列伟人的习性,就无异于流氓无赖行径。⑤ 此类谩骂不绝如缕,指向的仍是以孙中山、黄兴、陈其美为首的革命党人,并在"二次革命"之际变得更为激烈:

---

① 大初:《书黄克强传后》及燧初《书黄克强传后》,《申报·自由谈》1913年8月21日。
② 瞻:《戏拟黑旋风李逵致镇三山黄信书》,《申报·自由谈》1913年8月5日。
③ 《自由谈话会》,《申报·自由谈》1912年10月27日。
④ 钝根:《外国便桶》,《申报·自由谈》1913年10月3日。
⑤ 湘民:《伟人养成所简章》,《申报·自由谈》1912年12月12日。

"得志则睥睨一切，气焰逼人；一经失志，则主张破坏，无所不为。呜呼，今之所谓伟人，古之所谓民贼也。"① 甚至称之为"叛党"，要"执政诸君，筹定方略，陈师鞠旅，速灭此辈以谢天下"。②《自由谈》在"二次革命"过程中扮演的角色其实偏于保守，基本上站在政府的立场说话。它对革命党、革命事件以及革命人物的态度就明显有庸俗化、魔化的倾向。也就是说，祛除其革命的神圣崇高性，甚至正义性，而将之脱冕、降格。这虽然在很大程度上是由政治立场决定的，但是，谐文本身的讽刺谲谏功能，无疑也会加重其对政治的批判，甚至走向反动。谐文自恃欲以"恶劣"的态度以求达成善意的效果，而事实上常常只能停留在浅层次的批判与否定方面。

## 四 回避法

在王钝根时期，《自由谈》总体上偏重于对政治生活的讽刺与影射，也就是他自己所说的"变其术以求伸言论之自由"。但在他之后，这种倾向减弱了。比如就袁世凯称帝问题，《自由谈》在吴觉迷主持下，于1915年8—9月间曾经刊出七篇以"筹安会"为主题的讽刺文章，次年3—4月间又陆续推出三五篇谐文。但是，就袁氏称帝一事，却始终没有正面直接的讽刺文章出现。

袁氏与帝制问题其实一直是一个敏感话题。所谓"司马昭之心，路人皆知"，虽然众人对袁世凯有种种疑虑，但又只能祈愿他坚决走向共和，而不会真的堕入皇帝梦。辛亥革命初期，人们对袁氏的态度就掺杂着怀疑与期待。一方面怀疑"袁世凯于此果将扶植满清以树汉敌乎，抑亦归命新朝与华盛顿、拿破仑辈把臂入林耶？今日袁果屈膝

---

① 《自由谈话会》，《申报·自由谈》1913年5月14日。
② 《自由谈话会》，《申报·自由谈》1913年8月5日。

第五章　谐文与新闻的联姻

虏廷,而总理内阁矣,我汉族于此不又失一健儿也耶?"另一方面又属意于强有力的袁氏,以为"他年议会成立,大总统之位置,非袁莫属"。① 如"无名"那样一针见血地抓住袁世凯实质的并不多:"袁世凯非议和之人,而其心又非真欲议和者";"尔乃逞此革命之机,侥幸以得权位者,尔乃误认以为因尔不得权位,乃有革命"②。到了12月,人们已纷纷对袁氏假议和的行径不满,并加以口诛笔伐。1911年12月14日平子的又一则《清谈》,就已经预言袁氏在对全国人民耍阴谋:"慎勿堕袁贼彀中,而留第二次革命之种子。"③《李鸿章致袁世凯书》与《拟梅特涅致袁世凯书》等一系列文章,则借罪人之口奚落袁氏,以衬托其无耻之尤。如前者以师长的身份,批评教育袁氏目光咫尺,浅见短识,专制已不适于今日,不可抱窒碍不通之宗旨,否则,"直一无知妄作之小人,利欲熏心之蠢汉"。④ 更有甚者,认为:"武汉起义,天下风从。若非袁、张两贼反抗,大好河山,早还汉族。此贼诚吾民之公敌,不歼不足以谢天下。"于是作者用"先杀张勋、后诛世凯"八字作藏头诗两首,"以作该贼他日分尸之朕兆也"。⑤ 作者言辞激烈,却不敢署名,说明他对袁氏还是有忌惮的。倒是编者王钝根显得比较敢于承担。

然而,当袁世凯成为民国元首后,《申报》与《自由谈》的舆论保持了一定时间的沉默。尔后即开始嘲讽孙中山等革命党人大借外款、坐视外蒙独立等一系列决策,以及民党中人的不良作风。在袁氏就任临时大总统后,很长一段时间里舆论的平静,不一定是畏强权,而确实是希望出现强有力的政权以捍卫国家形象。直到民军发起"二次革

---

① 平子:《清谈》,《申报》1911年11月7日;《共和篇一》,《申报》1911年12月22日。
② 无名:《非议和说》《论袁世凯之用人》,《申报》1911年11月22日、12月16日。
③ 平子《清谈》《申报》1912年12月14日。
④ 爱:《李鸿章致袁世凯书》,《申报》1912年1月8日。
⑤ 《武汉起义,天下风从。若非袁、张两贼反抗,大好河山,早还汉族。此贼诚吾民之公敌,不歼不足以谢天下……》,《申报·自由谈》1911年12月3日。

·219·

命"、袁氏酝酿称帝,《自由谈》的言论基本上仍没有出现强烈反袁的迹象。最具代表性的是王钝根,他在《皇帝之魔鬼》中,对帝制问题的认识就比较被动,甚至有反动的嫌疑:"辛亥革命之际,皇帝之魔鬼忽为自由神所败。魔鬼大憎,往诱宗社党,谋恢复帝制,宗社党以势孤不敢动。魔鬼乃往诱袁世凯。袁世凯笑曰:'余孰若为共和国之总统哉!余老矣,即为皇帝,不过几何年?余苟连任总统者,亦足以伸我所志矣。况民智日开,万不容皇帝再见于中国乎。'魔鬼知不可动,嗒然而退。又往诱袁之反对党。……反对党受其愚,奔走号呼曰:'袁欲为皇帝矣,我同胞必讨之。'魔鬼拍手而笑,窃以为得计。盖欲以此激起袁氏愤怒,弄假成真也。识者烛其奸,相与告诫曰:'袁氏非至愚,必不为皇帝;欲袁为皇帝者,魔鬼耳。彼捕风捉影,辄以皇帝疑袁氏者,盖堕魔鬼之术中者也。'"[①] 用人不疑,疑人不用,他认为以皇帝思想怀疑袁氏的人,反而会激怒袁氏,其实恰恰堕入了专制魔鬼的阴谋圈套。

到了1916年3月22日,袁政府宣布"自上年十二月十一日承认帝位之案即行销撤",次日表示"洪宪年号应即废止,仍以本年为中华民国五年",舆论虽表示了对称帝闹剧的嘲讽,却仍然没有讨伐袁氏。包括《申报》总主笔陈冷血,对袁氏称帝以及帝制废止的反应都显得非常平淡:"我向者虽不赞成帝制,然尚以为帝制派中人,必有一番经纶足以舒其抱负者也。故帝制虽背于道义,虽反乎时势,然其能力或有可观者。"在发现袁氏"以帝制为尝试"的目的后,才发出"其为术甚智矣,然而其视国民甚愚矣,其视国家亦甚轻矣"的感慨。[②] 当时《自由谈》的编辑是南社才子姚鹓雏,他有革命倾向,与民军政要陈陶遗关系密切,后因此转入政界,历任江苏省教育厅秘书、

---

① 钝根:《皇帝之魔鬼》,《申报·自由谈》1913年9月1日。
② 冷:《无词以对》,《申报》1915年3月24日。

南京市政府秘书长、江苏省政府秘书等职。但在他主持时期的《自由谈》，也并没有表现出激进情绪。虽曾刊出一系列反映帝制问题的谐文，但言论分量不大，且多停留在年号、短命以及对帝制的嘲讽等不触忌讳的层面，不涉及问题根本。如吴悔初的《祭洪宪年号文》，主要是对洪宪年号产生以至废止间的历史事实进行了长篇描述，却没有实质的评论。其他各篇有嘲弄杨度等筹安会人物的，却没有对袁氏表示异议。似乎帝制问题就是杨度等人制造的混乱，而袁氏不需负责。

1916年6月，袁世凯一命归天后，《自由谈》对袁世凯的嘲讽才稍明显起来。先是编辑者姚鹓雏发出《拟新史记编辑条例》的通告，要为"洪宪"编史，所谓"新史记"也就是"洪宪史记"："世变方亟，洪宪告终，人心未灰，共和复活。揽此八十二日，亦后世得失之材也。"① 但此中有一时间差，也就是说洪宪年号的告终是在3月，而6月是袁氏死期。所谓"八十二日"之事，一直要等到袁氏死后才来盖棺定论，虽然合于史例，但游戏文章如此，就难免有回避正面接触的嫌疑了。响应姚鹓雏的提倡，次日就有"多言"的《新史记（简编）》，其中，《袁世凯本纪赞》对袁氏在民初的所作所为进行了较为客观的评论："新史公曰：吾闻之载籍曰：操有篡逆心，近见世凯亦有篡逆心，世凯岂其苗裔耶？……世凯非有尺寸，乘势起于田野之中。三月，遂统一南北。亡清，大权独揽，而比帝王。政由己出，两为总统，任虽不终，近世以来未尝有也。及其取消国会，诛戮异党而自固，怨民军抗己，难矣。各攘权利，逞其私欲，而托于师古，谓皇帝之业，可以力取。经营半年，亡其身。及至弥留，尚不悔悟，而不自责，过矣。乃谓人愚我，非本心之罪也，岂不谬哉！"②

---

① 鹓雏：《拟新史记编辑条例》，《申报·自由谈》1916年6月28日。
② 多言：《新史记（简编）·袁世凯本纪赞》（仿项羽本纪赞），《申报·自由谈》1916年6月29日。

但是，像这样对袁氏的正面评论亦不多见。此后，相继出现的几篇谐文，仍不大将焦点放在袁氏身上，如批评帝制罪人的《哀八凶》，暗寓洪宪命运的滑稽戏曲《改良西厢·新哭宴》（仿哭宴谱）等。试举后者为例来看其主旨的轻飘："奴家方氏蕙娘，自嫁钟郎瞬四载，画眉握手，恩爱方长。不道好事多磨，奴与洪君宪幽期密约，为族中所闻，群起反对，逼令大归。奴没奈何，只得出游阴国。"① 在读者获悉方氏与袁氏世凯、钟郎与中国、洪君宪与洪宪帝制的对应关系后，底下哀哀凄凄的唱词，就是令人喷饭的纯粹滑稽了。

从《自由谈》以及《申报》对袁氏及帝制问题的态度来看，回避问题重点、不触犯当权者、不惹忌讳、不制造冲突的回避策略，本就是其作为大众报纸谋求生存的一种重要原则。而谐文以其曲折隐晦及摇曳多姿的特性，竟不敢"变其术以求伸言论之自由"，可见，这种回避策略之"深入人心"。畏强权的另一种结果，就是对政权的反对派也尽量回避。比如袁氏称帝前后，也即护国运动的高潮，民军领袖中的陈其美、黄兴、蔡锷等人先后去世，亦是重要的政治事件，而这在《自由谈》的谐文中却没有引起什么反响。

## 五 转移法

谐文本来就有"谲辞饰说"的性质，也就是用曲折、假托等方式，故意将本来的意旨掩蔽起来，明修栈道，暗度陈仓。所以，转移法是谐文一种典型的变术，或者说是软化手段。一般来说，典型的转移法有阳世转化为阴间，人事转化为物事等常用手法。实际上，《自由谈》谐文中还有一种典型的转移方式，就是将时政话题转移为男女、家庭、邻里等亲密、亲近、可理解的私密话题。其中，女性作为

---

① 瘦蝶：《改良西厢·新哭宴》（仿哭宴谱），《申报·自由谈》1916年8月25日。

文章中一种被动的客体尤受青睐。在批评、讽刺、调笑之余,能够调动读者的理解力,并满足男性读者的窥视欲望。如上面提到的《改良西厢·新哭宴》将袁氏与中国的关系转喻为夫妇关系,袁氏与洪宪的关系被喻为偷情。另一篇滑稽小说《短命儿》则设计袁氏(方翁)为富家翁,杨度(羊氏女)为侧室,洪宪成了其难产早夭的"先天不足"之子。[1] 又如王钝根为反映二次革命给人民带来的乱离之苦,选择妓女的角度进入,将助赈会转化为方便男女"办事"的助娠会。

意图转移的情形主要有四类:一类是与国事公务具有较明确对应关系的影射;一类是对应关系模糊不具体的转喻;一类是与国事稍有关涉的私话题;一类是没有明显关涉性的纯粹私话题。实际上,唯有第一类的政治意图较明显,又因其复杂的指涉性更受关注。如钝根的《东邻悍妇传》影射日本的强盗行径。其文虽以"传"名,体例却不严格:"华严老而多病,自号病夫。所居甚壮丽,四围皆良田沃壤。市井无赖涎之。病夫家无壮丁,孙曾数十辈,幼稚不谙世故。仆佣争权,田地荒芜。东邻有悍妇,短干善斗,薄唇善骂,人莫敢撄其锋。"[2] 此文的视角就落在"病夫"一家的遭遇上。这段描写已暗示了晚清中国的困境,后文的展开大致影射了中、日交涉史上两次重大事件的因与果,即甲午战争及八国联军入侵,也联想到了日俄战争。文章用邻里间踩死狗、入室行窃等事来形容两国关系,用敲诈、勒索、蛮不讲理的悍妇行为来比拟日本,特别是当读到"鲁西雅"(俄)被悍妇打坏了"肾囊",不仅会调动起读者对邻里间琐事的熟悉感,一定也能激起时人对日俄战争以及此次战争给本民族造成的屈辱的回忆。并且文章将国家危难带来的沉痛,转化在瞬间的阅读愉悦中。但在制造轻松的阅读效果之余,作者并非毫无寄托。应该说作者已意识到当

---

[1] 语溪蠖屈:《短命儿》,《申报·自由谈》1916年3月28日。
[2] 钝根:《东邻悍妇传》,《申报·自由谈》1913年10月6日。

时日本对中国的步步紧逼,因此,以病夫的子孙起而将悍妇"送之境外"作结束,是一种鼓励和暗示。①

其他三类在意图上已经"公不如私"了,也就是说,与国事政治的关系较淡,甚至是纯粹逗笑娱乐的滑稽了。比如童爱楼的《女子兵书》主体是讲战术,包括"柔术"三种:献媚之术、撒娇之术、哀恳之术;"刚术"六种:一曰刁忍之术、二曰互骂之术、三曰狂哭之计、四曰诈死之计、五曰脱逃之计、六曰断离之术。虽然整体上看,它就是讲夫妻男女间的斗争,但也很难说没有影射军政人物间种种丑态的意图。② 而他的《全国怕婆党公上胭脂府禀》虽然讲的是闺中事,却牵上"法部奉总统令,禁止刑讯"的因由,显得煞有介事。③ 又如一首《新婚军歌》虽为讽刺"僭用军乐之徒",以为"军乐之用本以鼓战争之气"正名,但整篇军歌完全是拙劣的"闺房事"暗喻,令人疑为假公开话题的名义发泄私欲。④《闺门新牌示》等虽借"牌示"等严肃的公文体式,却纯粹是写闺中,没有什么深入内涵。⑤ 以上种种,事实上都是所谓"虽抃帷席,无益时用"者。⑥

与女性有关的谐文大量出现于《自由谈》,一个重要的历史原因是近代男女平权运动取得了成果,女子真正登上了历史舞台,开始在家庭、社会以及政治生活中获得了相当的权利。例如沈鸳文女史在《自由谈话会》中谈到,民初两年女子参与政治生活之"组织北伐队也,要求参政权也,暗杀大总统也"等"兴高采烈"事,认为如此"种种惊人之举动,是非姑且不论,其勇往急进大有一日千里之势"。

---

① 钝根:《东邻悍妇传》,《申报·自由谈》1913 年 10 月 6 日。
② 童爱楼:《女子兵书》,《申报·自由谈》1912 年 2 月 28 日。
③ 爱:《全国怕婆党公上胭脂府禀》,《申报·自由谈》1912 年 4 月 30 日。
④ 双林黄敦鼎:《新婚军歌》,《申报·自由谈》1912 年 1 月 26 日。
⑤ 立三:《闺门新牌示》,《申报·自由谈》1912 年 1 月 29 日。
⑥ 刘勰:《文心雕龙·谐隐》,范文澜注《文心雕龙注》,人民文学出版社 1998 年版,第 272 页。

而至1913年底，她认为，女子的参与精神已出现"一落千丈象"，因此鼓励道："建设时代社会、家庭间，关系吾女界，而为正当之事业、应尽之天职者，亦正有在，何不放手为之？岂吾女界之天性，亦但长于破坏欤？"① 此种意见在当时颇为难得，既为女子参政保留了余地，又指出社会、家庭等各界，女子大可有所作为，以尽女子之职，也有裨于国家进步。女子在民初的活跃，可以《戏拟民国新纪元史》为例来看。在这一所谓的历史记录中，提到了民元年间的十七件影响重大而又略带荒诞滑稽色彩的事件，其中十件与女性有关，并且多为主角，如"八大胡同妓女电约代议士于参议院""沈佩贞鞭熊再扬""唐群英掴宋教仁"等案。② 这是以往的历史难以想象的主体结构变化。在谐文中则有《女界提议女子宜任总统意见书》《徙妓女从将士屯垦实边议》等，都是沿着女子的参与国事精神以及国民职责的思路进行调侃，甚至许多文章就有针对女权、讽刺女权的意味。

在近代社会生活中，女性也的确"放手为之"，制造了不少新闻事件。姑不论直接的参政举措，她们还制造了不少颇有争议的社会事件。最引人注目的莫过于卖身募捐行为了。先有梁静珠发行卖身券，并宣布要将所得资捐作北伐军饷。王钝根曾发表《编辑余谈》，表示了对此事的关注："或问梁静珠舍身助饷，善否？余曰：难得，难得。又问：舍身券二万张，每券售五元，未知购者多否？余曰：多，多，多。又问购者之心理如何？余曰：难说，难说。"③ 后有陆文琴发行救灾美人券于青楼进化团，此举更为复杂。陆女士的壮志与她所依托的青楼进化团之间，美人卖身与伍廷芳等要人的赞成，以及三万张美人券与将装奁银五千圆付予未来婿，都显得非常暧昧，因而遭到的非难

---

① 《申报·自由谈》1913年11月12日。
② 率：《戏拟民国新纪元史》，《申报·自由谈》1913年1月5至7日。
③ 《申报·自由谈》1912年1月2日。

也更多。① 另外，如女学生乔装男子混迹于某中学，诱拐男学生私逃等事都够惊世骇俗，因而会被谐文家编入了《上海春秋》。② 以上种种与女性有关的新闻事件，以及以此为题的谐文，虽有女子解放与女权发达这一背景作衬，并且牵涉了其与传统的道德伦理观念的冲突，却还是不乏负面的声音。

因为社会风气的变迁，女性的着装打扮、行为举止都开始趋于解放，这在思想守旧者看来，也是不堪忍受的。如《张园慈善助赈会竹枝词十首》对"无裤之女"的肆意描摹与戏谑。《自由谈》对上海妇女日常生活细节的关注，远远超出了一般新闻批评的限度而深入了。又如写女性开始抛头露面，坐上人力车，并且露着脚尖、穿着空花之洋纱衫，将身体暴露无遗；她们遇到行人的注目，不仅不害羞，反而掠掠鬓髻、整整高领，做出美目流盼的风骚态来；尤甚者，则过上了坐马车、兜圈子、看夜戏、挥霍度日、不问家政的新生活。因而被批评为"上海女子刻意模仿妓女之态度，放浪形骸，尤较妓女为甚"③。而无论其评论是否得当，这种穷形尽相的描写和大胆的批评的确可补新闻之所短，也是一种历史写真。

此外，女性作为第二性是男性主导社会的最重要的文学母题。而谐文的特色是，其中的女性不再是赞美的对象，而是玩弄嘲讽的对象，丑陋乖谬的主角。《自由谈》一创刊，就对女性有过度关注以及将之物化甚至丑化的苗头。如创刊号一则"忽发奇想"指出，用于女性的各种形容词多为美称，诸如雪肤、花貌、香唾、香汗等，"几若妇人全体无一不香无一不妙"。而他看到的则是发垢、鼻涕、牙污、痰涎、大小便等，因而认为"人体本一秽物"，"人之身体无论男女，莫不污

---

① 《救灾美人券广告》，《申报·自由谈》1913年1月6日。
② 觉迷：《上海春秋》，《申报·自由谈》1913年12月31日。
③ 乱道：《瞎费心思·上海妇女》，《申报·自由谈》1911年8月27日。

秽达于极点"。① 如果说这种观点还有一定的哲理,并且有消灭"人好色之心"的用意,那么另一则"忽发奇想"将妇女与鱼进行比较,就有如恶作剧般恶劣了:"大太太像鲤鱼,可惜肉老。姨太太像鳊鱼,躺下分大、立起分小,肉细味鲜。通房丫头像黄花鱼,丫头像鲫鱼,活泼伶俐。奶妈像大头鱼,愈臭愈鲜,盐可解馋。娼妓像河豚,鱼美而有毒。"② 在这样的氛围中,就不难理解众多谐文纷纷将焦点转移到女性身体去的倾向了。譬如《敬告征剿白狼诸军》本来是讥讽军队战不得力,结果却拿烟妓来作比较,"十万精兵不如一队蚌将军",因而建议用"烟妓之染有梅毒者"代行军事。不少文章视女性为物品、可以获利的工具等。如孽儿"效管仲子以妓富国之策"的《论妓院收归国有之权利》还算客气,③ 在剑秋的《拟上财政部理财新策》中,因为对政府种种收税政策的不满,进而将之推向极端,得出了"生子纳税"等策。钝根便在按语中指出:"剑秋此策所入犹微,不如将妇女收为国有,犯之者,每次须纳重税,与消耗品同科。且妇人为最大之消耗品,其税当视烟酒为尤重也。"④ 其将女性异化的倾向就更为明显了。总而言之,女性虽然是谐文的重要话题之一,但其所刻摹的女性基本上是可以任人摆弄的没有人格之物。

另外,女性及其私生活与闺房秘事等私密话题,也一直是诙谐文化中典型的戏谑狎昵母题。《笑林广记》中淫秽类的戏谑可作一种极端的案例。而《自由谈》作为公共媒介,因对淫秽有所节制,狎昵戏谑类主题便成为重要的突破口了。仍以《闺门新牌示》为例,来看其在庄重严肃的外衣下对男女闺房秘事的暗示:"照得鄙夫曲辫子,素性惧内,从事枕席,尚能效命。乃近来竟有在外狎妓侑酒情事,屡经

---

① 惺子:《忽发奇想》,《申报·自由谈》1911 年 8 月 24 日。
② 疯子:《鱼与妇女之比较》,《申报·自由谈》1911 年 8 月 28 日。
③ 孽儿:《论妓院收归国有之权利》,《申报·自由谈》1912 年 10 月 1 日。
④ 剑秋:《拟上财政部理财新策》,《申报·自由谈》1913 年 11 月 28 日。

本帅大发妒焰,施以顶砖、滚灯等奇刑,媚外之心,迄未稍灭。顷复据后房娘姨报告,谓与某里湖丝大姐阿曲姘识,日夕苟合,俨同伉俪。如此恣意纵欲,精神外溢,不但于个人身躯健康有关,即与本房交通事宜,亦大有妨碍。言之实堪痛恨。着照《闺律》第七条'罚洗脚带苦工一个月,并永远不准出门。如敢故违,准由该娘姨扭送来房,从重惩治。'仰婢、役、仆人等一体知悉,切切。特示。"① 狎妓、怕婆,成为《自由谈》中不断被重复的话题,这种公开的士大夫趣味,也成为《自由谈》延续小报思路的一个突出特色。在当日,《申报·自由谈》的士人习气与《时报·滑稽余谈》的少年盛气以及《民权报》文艺副刊的党派意气之间,形成了较为鲜明的风格差异。

新闻事件如何被化作谐文的材料,以及谐文在处理新闻事件时与新闻的异同,都体现了新闻与谐文的互文性。副刊之协助正刊对新闻进行探讨,并进行述说和批评,其结果就是在一定程度上形成了一个多元化的批评空间。而在讨论谐文与严肃的新闻言论之间的差别时,则选择了世俗化、物质化、去神圣化、回避法、转移法等几个角度,着力揭示了谐文相对于新闻的软化功能。

直接指向明确的新闻事件的,不仅有典型的关联性新闻作支持,而且事件直接引起了言说的欲望。《自由谈》中的游戏文章,甚至新闻事件本身及相关新闻报道文本还经常纠缠在话题中,直接现身于游戏文章。此类游戏文章的特色是应时,在当日是新鲜,而过后则难免陈旧。1913年《自由谈》副刊早期文章结集为《自由杂志》时,王钝根曾表示:"以革命前初出版之第一二三月文字采入,有切指当日时事者,今日读之,或嫌其陈。"② 看来王钝根对于此类切指时事类游戏文章的缺点有清醒的认识。但切指时事类游戏文章之出现,也自有

---

① 立三:《闺门新牌示》,《申报·自由谈》1912年1月29日。
② 《自由谈话会》,《申报·自由谈》1913年9月17日。

符合日报副刊性质的特殊性。在及时性新闻媒体中，此类作品有助于扩大新闻的阅读面，且不失为新闻文学的一种体裁。

另外，新闻在副刊以及谐文中的相对被软化，亦有其合理性，尤其合于《自由谈》作为商业性大众传播工具的特征，包括它的不激进、中立、不触忌讳等在新闻报道与评论方面的总纲领，以及副刊作为文人遣兴园地的余兴趣味。再加上《自由谈》的包容性，便使得此类文字与切指时事类文字共存于副刊之中，并行不悖。

文学之影响于新闻言论是深刻的、根柢性的，因此也难以发掘。而新闻之影响于文学，则相对容易从形式上辨识，但也难以历数。以小说为例，如稿费制度对小说作家创作态度有影响，刊载形式对小说结构有影响。而"晚清社会变动的剧烈，新闻报导的快捷，使作家易有强烈的现实感，比之以往各时代，作品更贴近生活"。[1] 强烈的现实关涉性，这是近代文学的特点，也是新闻影响于文学的一个重要方面。新闻作为一种题材，甚至一度成为近代报刊文学的主要描写对象。直接将新闻事件纳入文学创作的题材中，这种现象比比皆是。晚清谴责小说就是典型的例子，民初黑幕小说则为一种极端。其实，它们也都具有对现实的批评功能。至于谐文受新闻的影响，也演变出一类直斥时事的游戏文章。这些颇具近代色彩的文学现象，都深深刻上了报刊传播方式的烙印。不过，比较而言，游戏文章的独立性较差，因而更依赖于报刊环境，一旦失去这个载体，其意义就可能随之失去大半。

---

[1] 夏晓虹：《晚清女性与近代中国》，北京大学出版社2004年版，第273页。

# 第六章　近代"谐文"的文体特性与文学史意义

　　弗洛伊德在考察诙谐时指出:"凡是有机会随时从美学与心理学文献中查询人们对诙谐的性质及其所占地位有过什么阐释的人,将不得不承认,哲学对诙谐的重视远未达到诙谐在我们心理生活中所起到的作用。"① 相对而言,中国有关诙谐的理论又远逊于西方。尽管如此,《文心雕龙》专设《谐隐》篇表明诙谐还是受到了关注,也拥有了一定的位置。而王国维在《人间词话删稿》中曾讨论到文学上的"诙谐":"诗人视一切外物,皆游戏之材料也。然其游戏,则以热心为之。故诙谐与严重二性质,亦不可缺一也。"② 他将诙谐与庄重严肃的文学二元对立的思路是恰当的。但是,我们的民族特性及沉重的历史事实使我国文学历来强调严肃庄重,尤其是在近代文学观念中对功利性和政治化的强调,近代文学中的诙谐面向,并未受到足够重视。

---

① [奥]西格蒙德·弗洛伊德:《诙谐及其与无意识的关系》,常宏、徐伟译,国际文化出版公司2001年版,第1页。
② 王国维:《人间词话删稿》,人民文学出版社1960年版,第24页。

第六章　近代"谐文"的文体特性与文学史意义

## 第一节　诙谐作为文艺美学范畴的"第二性"

人们对诙谐及与此相关的喜剧、幽默、滑稽等美学范畴的关注度较弱，可能源于"诙谐"在美学范畴中的"第二性"。《道德经》曰："道生一，一生二，二生三，三生万物。"① 第二性，是以第一性为参照物而构建的，正如上帝造人的神话，夏娃由亚当的一根肋骨造就，由主体概念衍生而成的概念往往是附属的、次要的，是二元对立中的他者。"一阴一阳之谓道"，但事实上，在二元对立中，物质与精神，阴与阳，男与女，尽管一直在寻找平衡，却往往并不对等。"天下皆知美之为美，斯恶已。皆知善之为善，斯不善已。故有无相生，难易相成，长短相形，高下相倾，音声相和，前后相随。"② 美与善是第一性的，是主体，丑恶、不善是附属性，是相对于"第二性"而言的。

就文学的审美范畴而言，庄重与诙谐两种风格中，诙谐的"第二性"非常明显。以风格的诙谐滑稽及趣味性为取向的文学作品可类聚为"诙谐文学"，却无须有相应的"庄重文学"。同样，在雅俗观念的对应中，有"俗文学"之名，却少有"雅文学"之称。相比而言，雅俗之分比庄谐之分在文学史和文学批评史上更有影响。换句话说，同样是他者，诙谐在与庄重的对比关系中劣势更明显。这显然与文化传统相关。对诙谐在中国文学史图景中的"第二性"特征，其地位与发展情形，阅者多不屑一顾，或习焉不察，仍难免受到文学正统观念的规训。大体上，它经过了被批判和容纳、被驯化和推进、建构与解构的挣扎，虽然有过蓬勃的发展，却仍然无法最终被文学史"扶正"。

---

① 朱谦之：《老子校释》，中华书局1984年版，第174页。
② 朱谦之：《老子校释》，中华书局1984年版，第9—10页。

## 一 批判与收容

我国素有诙谐戏谑的传统。《庄子·天下》称"以谬悠之说,荒唐之言,无端崖之辞,时恣纵而不傥,不以觭见之也。以天下为沉浊,不可与庄语,以卮言为曼衍,以重言为真,以寓言为广"。① 庄子在这里表现出对诙诡恣纵的倚重,往往被视作诙谐的重要理论资源。这种风格难以继承,倒是《诗经》"善戏谑兮,不为虐兮"② 的感慨使"谑而不虐"得到较普遍的认同,成为滑稽诙谐的一种理想境界与标准尺度。

中国古代的俳优是以制造诙谐为能事的一种职业。但鲁迅在《从帮忙到扯淡》一文中指出,俳优与帮闲弄臣一类的人,根本不是国家重臣,司马相如被汉武帝"俳优畜之",因此也只能归于弄臣之列。足见俳优何其贱,具有诙谐风格的俳优之士也难免。汉代有东方朔、枚皋等口谐语智,调笑谑闹,滑稽突梯的文学家,但他们在当时社会及后世文学上的地位却因此而被贬低。如《汉书·贾邹枚路传》称枚皋:"皋不通经术,诙笑类俳倡,为赋颂,好嫚戏,以故得媟黩贵幸,比东方朔、郭舍人等,而不得比严助等得尊官。……皋赋辞中自言为赋不如相如,又言为赋乃俳,见视如倡,自悔类倡也。"③ 善于诙谐戏笑的枚皋,尽管有才华,赋颂不断,却地位不高,不得尊崇,因而自我放逐,自视为倡优杂戏之徒。这里有细微的等级关系,枚皋、东方朔同为文学侍臣,但枚皋的文学才华略为突出,而东方朔的滑稽风格使他更像郭舍人那样的俳优。汉书称东方朔为"滑稽之雄"。同具滑稽色彩的扬雄却批评东方朔,"言不纯师,行不纯德,其流风遗书蔑

---

① 陈鼓应:《庄子今注今译》,中华书局1983年版,第884页。
② 《诗经·国风·卫风·淇奥》,陈子展:《诗经直解》,复旦大学出版社1983年版,第171页。
③ 《汉书·贾邹枚路传》,《汉书》卷五十一,中华书局1962年版,第2366—2367页。

第六章　近代"谐文"的文体特性与文学史意义

如也。"① 在这个意义上说，枚皋的地位略胜东方朔一筹，同时也意味着存在一种滑稽诙谐风格越突出就越显得"卑贱"的逻辑。这种逻辑显然带有儒教及诗教传统的贬斥与禁锢色彩。

在政教伦理的规范下，与诙谐相关的人物及风格逐渐受到打压与贬斥，甚至到不能容忍的地步。夹谷之会，孔子主张"匹夫而荧惑诸侯者罪当诛"②，对优人施酷刑，令其手足异处，是经典之笔。自春秋战国以来日益活跃的士阶层权威，对干扰和威胁其政治甚至社会主导地位的俳优颇为忌惮，因而把"近优"与"远士"认作因果关系，把"优笑"与"贤材"对立起来，把优语斥为惑君的"谗言"。③ 刘勰也注意到："自魏代以来，颇非俳优。"受"非议"的影响，在《谐隐》中，刘勰虽然承认了"谐"有价值，却不断发出批评的声音，称曹丕编的《笑书》等只能引人发笑，"虽抃帷席，而无益时用"，潘岳《丑妇》，束皙《卖饼》等都是"荞言"，有亏德音，将他们视作"溺者之妄笑"，"胥靡之狂歌"。诙谐滑稽如果只能让人发笑而无益于时用，就会像是令人溺死的水和令人犯罪的蛊惑一般。刘勰对纯粹的笑有着明显的鄙视倾向和排斥态度，这是他受儒家伦理思想影响的必然结果。西晋挚虞《文章流别论》将"俳谐"与"倡乐"并提，认为它们是有别于"雅音"的非正统诗乐，斥为"非音之正"。葛洪在《抱朴子·疾谬》中更激烈地批判了俳谐的种种弊端，认为这种风习有很大的危害，应当禁绝。他批评诙谐嘲笑之辞，是"招患之旌、召害之符、传非之驿、倾身之车"，坚决主张"息谑调以防祸萌"，"绝息嘲弄不典之言"。④ 以葛氏为代表的批评，站在社会秩序、政教伦理的立

---

① 《汉书·东方朔传》，《汉书》卷六十五，中华书局1962年版，第2873—2874页。
② 司马迁：《孔子世家》，《史记》第6册，中华书局1959年版，第1915页。
③ 《韩非子·难三》云："一难也，近优而远士。"《史记·范雎传》云："吾闻楚之剑利而倡优拙。夫铁剑利则士勇，倡优拙则思虑远。"
④ 葛洪：《抱朴子·疾谬》卷二五，商务印书馆万有文库本1937年版，第595页。

· 233 ·

场上，试图防微杜渐，禁绝笑谑，视俳谐为洪水猛兽，加以口诛笔伐。

韩愈写《毛颖传》后引起的种种争论也反映了一种谈俳谐色变的现象。《旧唐书》批评韩愈"为《毛颖传》，讥戏不近人情"，裴度《寄李翱书》指责他"恃其绝足，往往奔放，不以文立制，而以文为戏。可矣乎？可矣乎？今之不及之者，当大为防焉耳！"①视其为洪水猛兽。张籍也措辞激烈地写信劝道"古之胥教诲举动言语，无非相示以义，非苟相谀悦而已"，将义与悦直接对立，又批评韩愈性好戏耍，"多尚驳杂无实之说，使人陈之于前以为欢，此有以累于令德。……愿执事绝博塞之好，弃无实之谈"。他的第二封信仍然"以驳杂无实之说为戏"，并批评韩愈"每见其说，亦拊抃呼笑"的性格，"是挠气害性，不得其正矣"，"将以苟悦于众，是戏人也，是玩人也，非示人以义之道也"。②时人认为韩愈这样的"文章巨公"，一代文豪怎么能写游戏文章呢，张籍觉得韩愈写诙谐诡谲游戏之文，是自降身份，自取其辱，太过儿戏。《毛颖传》被非议、鄙弃和排斥的主要原因是"戏"，非正统表达，不符合义的规范，无补益于世，其游戏不经、不严肃、不端正的态度是对社会伦理道德规范的破坏和背叛。

韩愈与柳宗元对舆论的批评也郑重予以驳斥。韩愈认为张籍等对"以文为戏"轻率地加以讥讽批判，就好像是"同浴而讥裸裎"，人同此心，却讥讽人。他在《重答张籍书》中引经据典，"昔者夫子犹有所戏。《诗》不云乎：'善戏谑兮，不为虐兮。'""戏"并不害道，非议者的大惊小怪实在是"未之思"也。③柳宗元与韩愈志同道合，对待俳谐一样通脱，在《与杨诲之书》中反复为韩愈辩护。一"善戏

---

① 裴度：《寄李翱书》，见《全唐文》卷五三八第六册，中华书局1983年版，第5462页。
② 张籍：《上韩昌黎书》《上韩昌黎第二书》，见《全唐文》卷六八四第七册，中华书局1983年版，第7008—7009页。
③ 韩愈：《答张籍书》《重答张籍书》，见屈守元等《韩愈全集校注》，四川大学出版社1996年版，第1327—1334页。

谑"是道统允许的；二人的口味不同，文学创作需要多样性，而《毛颖传》正是六艺之奇味；三《毛颖传》这样技巧性和艺术功能都很高的作品对读者的要求也高，是习惯陈词滥调模拟仿作的人不可企及也不能理解的；四《毛颖传》包容着巨大的信息量，是韩愈借太史公笔法抒发郁结之作，嘉奖了"毛颖"等才学之士能尽其意的价值，也为其"以老见疏"被弃用而不平。柳宗元的辩护系统有力，这场论辩反败为胜，扩大了"以文为戏"的影响。林纾曾描述这种现象："自退之文出时，人争以为俳。《说文》'俳，戏也'，似不应有此，故柳宗元力右之。"① 正如韩愈所说，游戏，是人类的本能之一，大家同游，为何讥讽俳戏？相比于别的游戏，以文为戏不更高雅吗？

防民之口甚于防川，川壅必溃，善治者，壅堵不如疏浚，禁绝不能解决问题，因势利导是更明智的选择。既然无法杜绝，就应该容纳诙谐，哪怕只有一席之地。作为第一部系统的文论著作，《文心雕龙》首次对谐隐等具有特殊风格的文学类别进行了正面观照，结论是"古之嘲隐，振危释惫。虽有丝麻，无弃菅蒯"。丝麻、菅蒯之喻出自《左传》，意味着后者的价值在于补充与备用。所以，应劭《风物志》云："《左氏》实云虽有姬姜丝麻，不弃憔悴菅蒯，盖所以代匮也。是用敢露顽才，厕于明哲之末。"② 谐隐的存在价值和意义，也类似"代匮"或"厕之于末"。姬姜、憔悴的比喻也往往被用于男择女，说得难堪一点，诙谐在大多数正统文学理论家看来，或许连文学的"侍妾"都算不上呢。

与其说诙谐被容纳，不如说是被收容了。谐辞隐语，因为经典有记载，而仅仅博得"亦无弃也"的地位，这种被接纳的地位在积

---

① 林纾：《古文辞类纂选本》卷七，《昌黎文钞》（高海夫主编《唐宋八大家文钞校注集评》），三秦出版社1998年版，第443页。

② 《后汉书·应劭传》，《后汉书》第四十八卷一，中华书局1966年版，第613页。

极中带着消极,在开放中带着勉强,有着聊胜于无的边缘性。诙谐并没有获得独立的价值意义。它是附属于正统文学的侍从,是可以被轻易打发的群众演员,是次要的、聊胜于无的选择,是潜藏于一隅的边缘文学。它仍是被压抑被控制的对象,时时受着"格调不高,兴寄都绝"的告诫。正因为人们对诙谐的认识仍带有偏见,诙谐文学手法在我国文学传统中并没有很好地被文学借用和吸收。相比来说,《史记·滑稽列传》以语言滑稽、出口成章和谈言微中为标准,不区分俳优与士,优旃、优孟、郭舍人等俳优,与东方朔、东郭先生、文学卒史王先生、西门豹等士人一并以"滑稽"传。所谓"滑稽",司马贞《史记索隐》解释为出口成章,词不穷竭,谐语滑利,知计疾出等,滑稽者之特长,体现在高超的语言掌控技能上。《汉书·东方朔传》称东方朔"应谐似优,不穷似智"。任二北也指出:"优之伎,端在应谐。"[①] 此处所说的"伎",也应该指向语言艺术,"应谐"也指其语言上的掌控技能高,以四两拨千斤,曲折隐晦而又不落权柄。独树"滑稽"的旗帜,表彰其语言能力,足见太史公高于常人之法眼。

## 二 驯化与改造

在诙谐被收容的同时,也意味着被收编、改造与驯化。所以,刘勰在《文心雕龙》里说,"辞虽倾回,意归义正",以雅正作为规范诙谐的标尺。刘勰对谐隐两种风格的文学进行考察后的第二个结论是:"会义适时,颇益讽诫;空戏滑稽,德音大坏。"他一方面否定了空戏滑稽、纯粹诙谐;另一方面也给出了引导的方向,即要会义适时,要有益于讽谏和正统伦理道德。关于诙谐一般可以分两类:一类是纯粹

---

[①] 任二北编著:《优语集·总说》,上海文艺出版社1981年版,第4页。

诙谐；一类是针对性批评性诙谐，这一点中外理论家是一致的。这种一分为二的做法非常重要，它使合乎规范的、能够被儒家伦理教化所接受的那部分诙谐取得了相对稳定可靠不甚尴尬的地位。

具有讽谏意义的诙谐，社会与舆论相对都持宽容的态度，因为它本身合乎儒家伦理规范，已经被驯化了。《孔子家语·辨政》有言："忠臣之谏君，有五义焉：一曰谲谏，二曰戆谏，三曰降谏，四曰直谏，五曰风谏。唯度主而行之，吾从其风谏乎！"[①] 谲谏就是拐着弯挑刺儿，戆谏就是冒死进言，降谏是有保留地提意见，直谏是直截了当地批评，风谏则是委婉讽喻。谲谏就以滑稽诙谐的讽谏为主，它在儒家伦理的驯化下，托孔子言论之保护，获得了普遍的认可。谲谏传统也成为诙谐之美中最大的传统。《滑稽列传》所选就较看重讽谏功能："谈笑讽谏""可以言时""善为言笑，然合于大道""谈言微中，亦可以解纷"。[②]《南唐书·诙谐传序》云："诙谐小说，其来尚矣。秦汉之滑稽，后世因为诙谐，而为之者多出乎乐工、优人。其廓人主之偏心，讥当时之弊政，必先顺其所好，以攻其所弊，虽非君子之事，而有足书者，做《诙谐传》。"[③] 以退为进，虽然称诙谐并非大雅君子的选择，但有值得一书的，即那些讥刺时政廓清人心者。张岱《快园道古小序》称："入理既精，仍通嘻笑；谈言微中，不禁诙谐"，[④] 也强调的是合情合理，谈言微中。

直到清末民初，报刊上出现大量诙谐之作，作家们仍一再追溯"谲谏"传统，使得以"谲谏""讽谏"说来解释近代诙谐文学成为一种主流话语。如王钝根称人"每恶直谏，而未尝不纳微讽"；童爱

---

① 《孔子家语·辨政》卷三，中华书局四部备要影印本，第22页。
② 司马迁：《史记》第10册，中华书局1959年版，第3203—3204页。
③ 马令：《南唐书·诙谐传序》卷二十五，转引自《中国历代剧论选注》，湖南文艺出版社1987年版，第30页。
④ 张岱：《快园道古小序》，《张岱诗文集》，上海古籍出版社2014年版，第479—480页。

楼说，"惟此谲谏隐词，听者能受尽言"①；宋焜说，"主文谲谏，所益良多。史公特传滑稽，良有以也"②；"避辩言之罪，慕谲谏之风"，③"托之谲谏陈书，不无小补"④。有些杂志也标榜"师主文谲谏之风，本寓规于讽之义，以促国家社会之进步"⑤。在对游戏和谐文的述说中，大量重复着滑稽、谲谏、讽谏之类的概念，将《毛诗序》所谓的"主文而谲谏"与《史记·滑稽列传》的"谈笑讽谏"糅合起来，以"谲谏"作诙谐的底子。可以发现，"谲谏"仍受文以载道、诗以教化的思想规范，但逐渐地，其卫道成分在减弱，而将游戏滑稽的边缘角色正统化的企图倒增多了。

在论证"谲谏"的过程中，诙谐的社会性优点也逐渐被揭示了出来。第一个优点是"优言无邮"，可以避罪。《国语》记载优施曰："我优也，言无邮。"⑥优言无邮，一般被理解为"俳优说话没有罪过"，"优言无邮"也形成一种传统。扬雄提到，"俳优淳于髡、优孟之徒，非法度所存"⑦，俳优确实有超然于"法度"之外的特征。因此，"优言无邮"成为俳优的担当精神和斗争策略中的一种重要资源。但所谓的特权并非完全来自统治者的恩赐，也得益于优人所用的"谲谏"语言艺术。这种语言艺术举重若轻，不仅较为奏效，而且具有保护功能。所以，吴自牧《梦粱录》云："凡有谏诤，或谏官陈事，上不从，则此辈装做故事，隐其情而谏之，于上亦无怒也。"⑧古优讽谏的这种传统和功用，使得一般的统治者都能容忍。"宋时大内中，许

---

① 分别见王钝根《〈自由杂志〉序》、童爱楼《〈游戏杂志〉序》。
② 山阳宋焜：《游戏文章序》，《申报·自由谈》1916年12月12日。
③ 瑞雪：《戏拟自由谈游戏文序》，《申报·自由谈》1917年8月27日。
④ 须曼：《与自由谈诸君子订交书》，《申报·自由谈》1917年7月24日。
⑤ 羲人：《本志宗趣之说明》，《庄谐杂志》1909年2月。
⑥ 徐元诰：《国语集解·晋语》，中华书局2006年版，第275—277页。
⑦ （汉）班固撰，（唐）颜师古注：《汉书》，中华书局1962年版，第3575页。
⑧ 吴自牧：《梦粱录》卷二十，三秦出版社2004年版，第313页。

优伶以时事入科诨。作为嬉笑，兼以广察舆情也。"① 因此，古优的滑稽谲谏使人望尘莫及、感慨不已："施能赏晋移君贰，旃能讥秦救陛郎。多少谏臣番获罪，却教若辈管兴亡！"②

滑稽谲谏的第二个优点是诙谐易入，听众的接受程度更高。"世之听庄严法语而过耳即厌者，孰若其听诙谐谑笑而刺心不忘？余盖欲于诙谐谑笑之中窃取其庄言法语之意，而使后生小子听之者之忘倦也。故怡一也，伯夷见之谓可以养老，盗跖见之谓可以沃户枢。二三子听余言而能善用之，则黄叶止啼，未必非小儿之良药矣。"③ "庄重难明，诙谐易入"④，法语不如巽语，"诙谐易入"，是人类普通心理。在这个意义上，诙谐滑稽游戏之文可以作为启蒙之利器，确实有庄言无法企及的特殊便利性和有效性。在这个社会功效上，谐文的讽喻功能与传统的劝谕类醒世小说颇有相通之处。

至于纯粹诙谐滑稽，大多时候并不能得到充分的观照与肯定。其实，诙谐与讽谏的关系往往是互为表里的。大部分诙谐的确语含讽刺，单纯为搞笑而搞笑的文字并非主流，而且很难做到。显然，并非所有的诙谐都将矛头指向统治者用于讽谏，也不一定都有很强的关涉性。然而，从理论上的角度看，纯粹诙谐往往是无法得到肯定的，更难以赋予其独立的价值。

## 三 建构与解构

明清以来，诙谐滑稽在表达方式层面上的意义也被凸显出来。如

---

① 梁绍壬：《优剧》，《两般秋雨庵随笔》卷六，上海古籍出版社1982年版，第339页。
② 麻九畴：《俳优》，元好问《翰苑英华中州集》卷六，上海涵芬楼影印四部丛刊初集集部244，第12页。
③ 张岱：《快园道古小序》，《张岱诗文集》，上海古籍出版社2014年版，第480页。
④ 《释〈消闲报〉命名之义》，《消闲报》1897年11月25日。

明人江盈科,在列举了诙谐、幽默、讽谏故事的基础上,推论出"此岂非谐语之收功,反出于正言"。① 陈继儒《广谐史》序曰:"天以笔与舌付之文人,二者不慎,皆足以取愆垢、招悔尤。而又不能闷闷焉如无口之瓠,则姑且游戏谐史中以为乐。盖绮语之因缘,差胜于笔钺舌剑之果报也。"②

甚至出现了赋予"诙谐"肯定与独立价值的全新立场。清代黄图珌《看山阁闲笔·诙谐》曾非常正面地肯定过诙谐:"诙谐亦有绝大文章,极深意味。清婉流丽,闻之可以爽肌肤,刺心骨也。自汉东方朔以滑稽开其源流,迄后,魏之嵇康、阮籍,晋之刘伶、张翰、陆机、刘琨、葛洪、陶潜继起,宋东坡、安石、元章(米芾)、子昂(叶颙)诸名贤,皆善诙谐。然未必不从曼倩滑稽中而另出一源流也。相传至今,偶一披读,令人齿颊生香。乃知诙谐中,固有大文章矣。"③ 陈蝶仙则在《说谐文》中也对谐文中讽刺与解颐两个面向进行了探讨。他指出:"谐文,以诙谐而成文章者是也;诙谐而不成文章,则笑话耳。"他认为"文字中殆莫难于谐文",谐文是最难做的。说笑话令人发笑已经不容易了,笑话在文言与白话、此地与彼地、此人与彼人等不同语境下的转换都能够博得一笑的不多,何况谐文。笑话侧重于解颐,谐文大都偏于讽刺,"笑话,得以声色为助,而为谐文者,惟赖文字传神"。所以,谐文难做更难以令人发笑。其实,谐文做成讽刺语容易,做成解颐语难。假设一定要区分,禁止各位作者作讽刺语而只作解颐语的话,不知道有几人能够做到?他自认做不到,自作的谐文,以讽刺语为多,并非名副其实的"谐文"。他不以讽刺为尚,也不夸耀其中的道德因素,认为谐文用于讽刺,虽是一种文章常例,但

---

① 江盈科:《笑林引》,《江盈科集》,岳麓书社1997年版,第438页。
② 陈继儒:《广谐史》序,陈邦俊《广谐史》,万历四十二年(1614年)沈应魁刻本,第1页。
③ 黄图珌:《看山阁闲笔·诙谐》,上海古籍出版社2013年版,第228页。

## 第六章 近代"谐文"的文体特性与文学史意义

似乎符合谐趣解颐更应该成为名副其实的必然追求。①

相对来说，称诙谐亦有绝大文章，标举"以诙谐而成文章"的谐文，这种种做法是诙谐美学观念相对得以独立的体现，也说明随着文学史的发展，诙谐的自立，需要有勇于打破常规与既有规范的文艺理论家的关注与推动。

另外，在这些肯定中，诙谐的一些本质属性也逐渐展露。宋代黄震曾以"诙谐"来形容庄子对于宇宙、圣贤的言论："庄子以不羁之才，肆跌宕之说，创为不必有之人，设为不必有之物，造为天下所必无之事，用以渺末宇宙，戏薄圣贤，走弄百出，茫无定踪。固千万世诙谐小说之祖也。"② 这里以庄子为典范，建构出了诙谐文学的一系列特质，如跌宕恣肆、以无为有、假拟虚设、挑战常规、不落痕迹等，有很高的价值。

黄震在诙谐的本质方面的探讨，具有建构价值，但这在古代较为少见。到了近代，诙谐文学风靡盛行时，有些作者曾"夫子自道"地提到谐文的特征。如郑际云在《纸帐铜瓶室剩墨》中讲道："近来报章杂志往往刊有谐文，然喜笑怒骂，作殊匪易。天虚我生曾与吾友屠守拙论谐文，云：'谐文宜仿《史记·滑稽传》优游口吻，以赞成为反对，即以其矛攻其盾，如苏人之所谓说钝话，使受者极不能堪，笑啼俱难，趣味隽永，无堪与匹，以物比兴，亦属谐文上乘。'"③ 这里其实传达的是陈蝶仙的谐文观念：以顺为逆，揭示矛盾、以物比兴、趣味隽永，类似《史记·滑稽列传》及韩愈《毛颖传》的做法。愁生则在《庄文致谐文书》及《谐文至庄文书》中借游戏的方式曲折传达出他的诙谐文学观：化腐朽为神奇，罕譬曲喻，子虚乌有，

---

① 蝶仙：《说谐文》，《游戏杂志》1914年1月第2期。
② 黄震：《读诸子·庄子》，《黄氏日钞》，上海古籍出版社1983年版，第708页。
③ 郑际云：《纸帐铜瓶室剩墨》，《快活》1922年第12期。

指东话西，诡辩无范、本无稽之学，运自作之典，拾芥末之慧，造佯狂之词。① 朱介孙在《谐文辞类纂》的序中也涉及了一些谐文的特征：穷形尽相，凭空虚造，妙转肠轮，笔墨酣畅，意来造境，情至生文等等。②

而朱光潜的《诗与谐隐》更是较为体系地在诗歌与谐趣之间进行了非常有益的建构。他指出了谐趣的心理基础，"从心理学观点看，谐趣（the sense of humour）是一种最原始的普遍的美感活动"。并从心理的角度将谐趣定义为："以游戏态度，把人事和物态的丑拙鄙陋和乖讹当作一种有趣的意象去欣赏。"同时，他也指出谐趣具有深刻的社会基础，是雅俗共赏的，能够"在谑浪笑傲中忘形尔我，揭开文明人的面具，回到原始时代的团结与统一"。谐笑具有很强的传染性，而艺术也有传染的情感的功能，两者相通。刘勰解释"谐"字说："谐之言皆也；辞浅会俗，皆悦笑也。""谐"字本身就是在强调社会性。因而，他视谐笑为"社会的最好的团结力"。同时，他指出，诙谐的本质特点是模棱两可，是荒诞乖讹，是生气的富裕。他认为谐趣与游戏是相通的，因而进一步肯定了文字的形式、声音等各种游戏尝试，认为"人驾驭媒介的能力愈大，游戏的成分也就愈多"。③

同时，在诙谐的自我建构过程中，近代作家们也对诙谐进行了质疑，甚至自我消解。如顾余在编《古文滑稽类钞》和《历朝谐文大观》的同时，一再有所顾虑，他受到强烈的载道文学观念的影响，认为文章"非有裨于世道人心者，殆犹骈拇枝指之属"，担心自己编辑滑稽文及谐文的做法，有悖于圣道，担心被批判为"浅也，妄也，谬也"。④ 同样，朱太忙在校点《游戏文章》时，称自己"素恶文章游

---

① 愁生：《庄文致谐文书》及《谐文至庄文书》，《友生》杂志1919年第1卷第1期。
② 朱介孙：《谐文辞类纂》序言，见李定夷编《谐文辞类纂》。
③ 朱光潜：《诗论》，生活·读书·新知三联书店1984年版，第22—44页。
④ 顾余：《古文滑稽类钞》序，中华书局1916年版。

戏，尤深恶文章而以游戏称者"，认为经史等有用之书还没有熟读，"何有于滑稽之文"。尽管最后，他也发现"自称文章游戏，及肯游戏于文章者，方见文章之价值，笔花之灿烂"，① 这个肯定与前面的否定相比较为牵强。

现代著名的幽默理论家林语堂，自1924年开始发表有关幽默的讨论后，引起了学界普遍的关注。他在对"幽默"的提倡中，否定了道学先生的刻板面孔，提倡会心一笑，也指出西方的 humor 对应着中国的谐趣、滑稽等概念。应该说，他从实质上延续和发扬了中国的诙谐传统，但是，在概念上，他选择了用幽默对应 humor，来进行直接的音译与借用，弃绝了谐趣，并偷梁换柱，重塑自己的文学体系。这不仅造成了概念的混淆，更在中西理论嫁接过程中对传统造成致命一击，不利于诙谐及幽默传统脉络，幽默也变成仿佛无根的外来物。如果在现代文学史的建构中，人们能够使用诙谐，或者谐趣，甚至较接近的音译，对于诙谐美学来说，会是更好的选择。但也许正是放弃传统，幽默才得以顺利立足于现代。

除了自我消解外，更强大的解构力量来自新文学家们。茅盾在分析民初旧派文学后，指出他们思想上的一个最大错误，"就是游戏的消遣的金钱主义的文学观念"。西谛（郑振铎）指出面对《快活》《礼拜六》《游戏世界》等游戏调笑类杂志的兴起，新文学家们应有一败涂地之感，因此，他称民初的旧派作家们为"无耻的'文丐'"。在《文娼》一文中，他进一步指出："你们称他们为文丐，似乎还嫌太轻描，照他们那专好迎合社会心理一点而观，简直是'文娼'罢哩！我以为'文娼'这两字，确切之至。"② 新文学家们用尖刻恶毒的语言攻

---

① 朱太忙：《梦笔生花——游戏文章》序，大达图书供应社1935年版，第1页。
② 郑振铎：《文娼》，《文学旬刊》1922年9月11日第四十九号；魏绍昌编：《鸳鸯蝴蝶派研究资料》，上海古籍出版社1980年版，第40页。

击的通俗文学家们，正是民初诙谐文学杂志的创作主体。新文学家们对通俗文学一致批判挞伐，对诙谐游戏之作，更觉不堪入目了。

诙谐作为相对于庄重而言的派生概念，有关它的讨论并不充分，不够清晰，往往从否定的角度，被视作不严肃、不正经之作，随笔写写、玩玩的东西。这是由"诙谐"相对庄重的第二性造成的一种误解。在新时期文艺理论的发展中，有关幽默诙谐已经有了不少著作，但社会关注度与影响、历史脉络的梳理与独具个性的理论建设还有待加强。在谐与庄的二元对立中，不应是简单粗暴的你有我无关系，应该尽量发掘"诙谐"独有的价值特征，建立起符合其自身的语言特征、表达方法与价值体系，而不是继续遮遮掩掩，或视而不见。

诙谐及相关的美学风格在进退两难的尴尬中无法取得合法地位。传统美学在自立"庄重"的模范权威时，必然会排斥对其有颠覆企图、对既定秩序造成威胁的"第二性"。在文学权力的场域如此，在整个社会规范中也是同样的逻辑。一定程度上，诙谐的问题还关乎社会的民主与宽容程度。诙谐与庄重文艺之间的关系如同潜意识、前意识与意识之间隔着百般防守的检察官。正是这种"第二性"特征注定了"诙谐"及谐文长期被正统美学和文学史忽略。

## 第二节　近代报刊谐文的文学史价值

在近代报刊上繁衍生存下来的谐文文脉是近代一种重要的文化与文学现象。承认并接纳这一事实，把它放回历史的脉络中，有助于厘清文学发展史上的许多问题。比如现代文学史上的一些重要话题，如何看待和理解林纾的《荆生》和《妖梦》、五四新文化运动对通俗文学阵营中"金钱的"与"游戏的"批判、林语堂二三十年代幽默文学的提倡，以及周氏兄弟对于诙谐及趣味性的关注和运用、杂文在现代中国的兴起等，如果有了近代报刊谐文作背景，会有新的认知和体会。

## 一 从还原现象到转变观念

以"游戏的消遣的金钱主义的文学观念"来看，如果仔细分梳"游戏"文学观念的外延，不难发现，谐文与鸳鸯蝴蝶—礼拜六派小说之间有一种同谋关系。"游戏的消遣的金钱主义的文学观念"，是沈雁冰在《自然主义和中国现代小说》一文中对鸳鸯蝴蝶—礼拜六派文学思想的批判总结。① 这个观念产生的背景，建立在1921、1922年文学市场化的考察，"上海出版的定期'通俗'刊物，非常的多"。② 一度中断的《礼拜六》周刊也于1921年3月复刊。《半月》《消闲》《游戏世界》《快活》《红杂志》等一批通俗的、趣味性的期刊纷纷出现，再次形成一种强有力的发展势头。除了这几份影响较大的杂志外，还有一批典型的带有谐趣特色的期刊，如《滑稽新报》《东方朔》《笑》等出现。另外，小报上的趣味性栏目也各逞其能，共襄其盛。通俗文学阵营中趣味性报刊的再掀热潮，被认为是旧文学阵营的"光复之歌"。所以，这一阶段《小说月报》，特别是《文学旬刊》对通俗文学阵营的批判，虽然着眼点是小说，而实际背景则是报刊的再度谐趣化。

就论证背景而言，"游戏的消遣的金钱主义的文学观念"指涉的范围主要限于小说，"游戏的"意思，大致相当于"《礼拜六》《星期》《半月》里的小说常把人生的任何活动都作为笑谑的资料"。③ 换

---

① 沈雁冰：《自然主义和中国现代小说》，《小说月报》1922年7月第13卷第7号。
② 沈雁冰：《真有代表旧文化旧文艺的作品么?》，《小说月报》1922年11月第13卷第11号。
③ 沈雁冰：《"写实小说之流弊"？——请教吴宓君：黑幕派与礼拜六派是什么东西!》，《文学旬刊》1922年11月1日第54号。

句话说，滑稽派是鸳鸯蝴蝶—礼拜六派小说的重镇。可以作为证据的是，早期《礼拜六》杂志在出满百期时曾做广告，进行自我总结，自称它们曾刊出滑稽寓言类小说八十余种，仅次于哀情与一切言情小说。① 而从民初通俗文化发展的全局来看，谐趣化报刊是鸳鸯蝴蝶—礼拜六派小说的温床这个事实更为重要。整体而言，鸳鸯蝴蝶—礼拜六派小说都可以被看作游戏文章。《小说月报》在接受沈雁冰的改造时，曾借《文学研究会宣言》表示："将文艺当作高兴时的游戏或失意时的消遣的工具，现在已经过去了。"② 无论游戏，还是消遣，说到底都是趣味主义。所以，郑振铎在《中国文人对于文学的根本误解》中批评道："现在有一班自命为新或旧的文人的人，对于文学都有一种根本上的误解，就是：不是把文学当作人家消闲的东西，就是把它当作自己的偶然兴到的游戏文章。"③

当然，这个"游戏文章"的概念很宽泛，指的是文章在游戏观念指导下创作的文学作品，也包括鸳鸯蝴蝶—礼拜六派小说在内。而狭义的游戏文章，则还需要作品中带有诙谐有趣的风格特色，主要形态是一些古文、小品文、小说等，与鸳鸯蝴蝶—礼拜六派小说互有交叉。至于通俗轻松的小说与诙谐有趣的小品文，则可说是谐趣报刊最重要的两个翅膀。1922年创刊的《红杂志》，就将谐趣小品与小说分作两个系列，从目录到正文都分排，上栏是谐趣小品，下栏是小说，十分别致。④ 也就是说，在所谓的鸳鸯蝴蝶—礼拜六派小说的内部和周围，充斥着谐趣文学。

如果没有报刊谐文的概念，对于鸳鸯蝴蝶—礼拜六派小说的认识将是不全面的。如果不将报刊谐文与新文学阵营对"游戏文章"的理

---

① 《〈礼拜六〉百期广告》，《申报》1916年4月17日。
② 沈雁冰：《文学研究会宣言》，《小说月报》1921年1月第12卷第1号。
③ 西谛：《中国文人对于文学的根本误解》，《文学旬刊》1921年8月10日第10号。
④ 西谛：《中国文人对于文学的根本误解》，《文学旬刊》1921年8月10日第10号。

解放进来，对"游戏的消遣的金钱主义的文学观念"的理解也将是虚泛的，甚至是失实的。换个角度来看，"文学决不是个人的偶然兴到的游戏文章"，矛头所指，虽然不太显豁，但如果注意到了报刊谐文的存在，将滑稽小说与谐文、谐趣小品等结合起来看，就会发现其真实指向，不仅仅是所谓的鸳鸯蝴蝶—礼拜六派。实际上，报刊谐文，也是新文学批判的对象。只是，从文章的角度讲，它不如桐城古文地位高；同时，在鸳鸯蝴蝶—礼拜六派周围，它虽不断遭受批判，却常常与鸳鸯蝴蝶—礼拜六派小说纠缠在一起。郑振铎针对《〈中国新文学大系·文学论争集〉导言》作总结时，曾经指出："他们对于国家大事乃至小小的琐故，全是以冷嘲热讽的态度出之。他们没有一点的热情，没有一点的同情心。只是迎合着当时社会的一时的下流嗜好，在喋喋的闲谈着，在装小丑，说笑话，在写着大量的黑幕小说，以及鸳鸯蝴蝶派的小说来维持他们的'花天酒地'的颓废生活，几有不知'人间何世'的样子。"[①] 这里将"鸳鸯蝴蝶派的小说"、"黑幕小说"与"喋喋的闲谈着，在装小丑，说笑话"的谐趣小品及滑稽小说并列提出，就是注意到了谐趣文的存在及其重要意义。

应该说，鸳鸯蝴蝶—礼拜六派通俗文学，与报刊谐文有许多一致性。它们所赖以生存的环境都是近现代通俗报刊；新文学阵营所揭露的鸳鸯蝴蝶—礼拜六派通俗文学的商品性质，即"金钱主义"，也是报刊谐文的重要特征；并且，它们拥有大致相同的作者群。二者所生产的文学作品，也有一部分相同的外延。其实，"礼拜六派"的概念以典型报刊为代表，比较能够反映近现代通俗文学的通俗报刊背景。而"鸳鸯蝴蝶"这个概念重点突出了其中的言情特色，情感主义也的确是这种文学的一个典型特征。同时，趣味主义是近现代通俗文学的

---

[①] 郑振铎：《〈文学论争集〉导言》，《中国新文学大系·文学论争集》，良友图书公司1935年版，第7页。

另一典型特征。所以，我们关注近代报刊谐文现象，对理解通俗文学研究是有益的。

## 二 报刊谐文与大众传播

近代谐文与传统诙谐文学的文体区别，以传播方式改变带来的变化最为明显，也最关键。对于报刊谐文，本书特别突出其所依赖的公共媒介环境。强调报刊作为媒介对于近代谐文的影响，是由事实出发的必然选择。由于新兴的报刊媒介具有前所未有的社会影响力，文学也不可避免地发生了改变。讨论报刊，或者传播方式与近代文学的关系，已为研究者所关注。如陈平原对报刊生产过程与连载形式影响作家写作心态、小说结构和叙事方式的讨论，郭延礼对职业报人和报人小说家以及对报刊的消费和受众的讨论。① 当然，中国文学近代化进

---

① 陈平原：《中国小说叙事模式的转变》，上海人民出版社1988年版；《20世纪中国小说史》第一卷，北京大学出版社1989年版；郭延礼：《近代西学与中国文学》，百花洲文艺出版社2000年版。

第六章 近代"谐文"的文体特性与文学史意义

程中值得关注的报刊因素还有许多。"自报章兴，吾国之文体，为之一变。"① 不只是文体，许多文学因素，包括文学功能、文学趣味、文学格局等都受到了报刊的影响。报刊谐文就是文学迎合报刊，并产生了新变的一种文学样式。本书正是关注在谐文的生产和流通过程中处于极其重要位置的公共媒介——报刊，才提出了"报刊谐文"的概念。选择了这种较具规模的集体生产现象作为研究对象，就要关注作为一种生产方式的文学。因而不仅要对作为生产者的作者进行考察，还要探讨公共媒介出版方面的情况，更要努力发现这些前提对文本的内在影响。

报刊本来是谐文的一种传播介质，但在文学生产的过程中，作为掌控流通领域的重要机构，它对文学生产的影响也是巨大的。另外，大众传播媒介不仅仅是传播文学的工具，它本身也是一种生产，它有特定的内容与形式，需要劳动者不断去参与、创造。而依托于大众传播媒介的报刊文学，其实又是大众媒介的一个内容，或者说一个产品。因此，大众媒介对于文学生产的影响，比以往任何时候都更强烈、更突出。近代新兴报纸、杂志等媒介的组织者与经营者，也就是传播者，他们引进先进的文化、技术和产业方式，将大众传播工具作为一种有组织的制度化的传播。报刊等公共媒介的一个根本特征是大众性。大众是一个模糊的集合概念，具有广泛的开放性。它期待将其内容传播到尽可能广泛的大众范围。这就意味着大众传播是以满足社会上大多数人的信息需求为目的的大面积的传播活动。因此，大众媒介又非常明显地受大众消费的影响。因为消费是生产的内在动机，是生产的动力，某种意义上说就是生产的前提。所以，大众传播形式对于报刊内容会有一些约定。比如对信息的处理详尽或者便捷的处理方式，比如对心理刺激的满足，对阅读趣味的讲求，等等。

---

① 《中国各报存佚表》，《清议报》第100册，1901年12月。

谐文与报刊大众传播媒介的天然契合，其根本原因，应该归结于谐文在读者接受心理方面的优势与传播，二者对广泛性的读者期待一致。谐趣恰恰就是一种拥有广泛群众基础，甚至能够超越社会阶级、文化阶层等限制的根植于人性的一种需求。正如刘勰所言："谐之言皆也，辞浅会俗，皆悦笑也。"① 他所谓的"谐"，是语言浅俗的，大家听了都很喜欢、高兴的东西。"谐"本身就具有充分考虑受众及接收效果的含义。这就不难理解，大众报刊为何欢迎这种活泼轻松，既有社会基础，又有文人传统的语言表达方式，这是出于对读者接受心理的考虑。《申报》1911年改革宣言中对此已表达得很清楚，一般的阅读偏好"简便"与"活泼"。② 谐趣与大众报刊的结合，决定权其实在读者大众那里，他们喜欢、接受，并促成了这种组合方式。

同时，印刷资本主义时代的公共媒介按照自己的需求，也对谐文进行了改造。就《申报·自由谈》的情况看，这主要表现在两方面：第一是传播的及时性及"时事"性内容的强化；第二是批量"复制"的现象凸显了出来。

近代报刊谐文与新闻的前所未有、非同寻常的密切关系，使其在很大程度上可归结为时事性诙谐。它作为报纸副刊的常见内容，已形成固定的写作模式与阅读期待。它生存于报纸副刊中，读者每天都要看，因而，从根本上说是一种快餐阅读。快餐阅读的策略，是要读者看得高兴，并不要求读者有强烈反应。也就是说，它期待天真的读者，并且想要努力在作品、读者与社会之间建立明确的关联性，所以，它的作品一般会有强烈的时事背景。同时，因为它的阅读期待不高，一笑而过的预设，又注定其很快会被忘掉。总体来看，时事性诙谐具有

---

① 刘勰：《文心雕龙·谐隐》，《文心雕龙注》，人民文学出版社1998年版，第270页。
② 《本报改革要言》，《申报》1911年8月24日。

突出的新闻性，这一规定性本身也注定了它的短命、难以经典化。

印刷资本主义时代的公共媒介另一个特征是大批量的复制。这个特征不只客观表现在印刷形式本身造成的机械复制，还表现在它对具体文章形式上的复制，文学的模仿与之雷同。比如有一种镶嵌体的游戏谐文，就是在行文中不断穿插并重复某一类词汇和某一个词的文章游戏。一篇旨在讽刺"近时沪上以'文明'两字为口头禅，不拘何事何物何语，俱连累此二字，当乎不当，不暇顾也"的文章，全文用了四十一个"文明"，几乎句句不离，当然生硬地重复"文明"，自然有许多不当。① 更为典型的是，谐文中极其常见的仿与拟两种写作手法，提供了能够适应迅速制造文学产品要求的便捷生产方式。大量仿拟型谐文的出现，就是适应了近代文学大生产的需求。仿拟方法完全依靠经典提供的文学创作模本、思路、结构甚至章句、韵律等，是进行文学学习、训练和再生产的一种重要途径。模仿，包括戏仿也是一切文化工业大生产的典型手法。模仿的特色，也决定了近代报刊谐文较少经典作品的低层次路线。当然，走低层路线，也使它能够拥有广泛知识群体的阅读和理解。唐弢曾经回忆到一个很有趣的现象：在五四运动前后，他的老师就拿缪莲仙的《文章游戏》来教他们学习文章与文学。在副刊投稿作家中，也常有自称后生小子的学习者期待进入投稿者群体中，获得学习与交流的机会。

从整体上看，报刊谐趣风格在民国一直或强或弱地延续着，并且有脉络可循。但副刊中谐趣风格在20世纪30年代后才渐渐削弱。这表明报刊谐文自身存在着严重的缺陷。首先，在文学的范畴内，它与文学原则之间存在矛盾，它的游戏性、趣味性、浅阅读期待，与文学审美性之间的张力，在创作者那里很难把握，因而流弊甚多。时人姚公鹤曾批评此时的游戏文为"无目的之文词，随意所至，向壁虚造，

---

① 爱：《游文明世界记》，《申报·自由谈》1912年2月20日。

嚼蜡无味","无的之矢,强索解人,吠影之声,杂陈高座"。① 其次,谐趣文也受到了道德思想层面的指摘,比如姚认为其有"吠影"作风。《自由谈》的投稿者冰尘也批评道,"游戏读物太多,徒长浇俗,而与世无益"。② 当然,更激烈的批判来自新文化阵营,所谓"游戏的消遣的金钱主义的"文学观念,显然很大程度是针对游戏笔墨的。再次,报刊谐文有明显商品化倾向,谐趣文原本所具有的自由写作倾向被资本异化了。报刊谐文受到了经济利益的强大渗透,比如,部分报刊谐文与广告之间有一种同构、合作的关系。有关妇科用药中将汤、夏士莲雪花粉的谐文,其创作灵感明显得益于广告。特别是药品广告,更主动利用游戏笔墨来表现,最著名的例子是吴趼人为艾罗补脑汁所做广告。后来,艾罗补脑汁将这种方式推广开去,出现了一系列编造的宣传艾罗补脑汁的游戏小说,曾刻成单行本附送,并连载在《时报》等报纸上。又如瘦蝶的滑稽小说《孙行者》主题不明显,似乎也是宣传清快丸等药品的广告。最后,报刊谐文也受权力原则的制约,即谐文形成的公共批评空间,以及这个批评空间在整个权力场中的位置并不十分受重视。它的批评功能不能说不强烈,但是经过边缘化后,效果难以确定。从前的谲谏是即时的、当场的,而报刊讽谏却隔了一层,作为间接监督机关的报刊舆论,处在权力的外围,而报刊谐文的批评又在外围之外,在政治纷争的时代,其议政效果与现实作用并不明显,远不及古优谲谏有效。

  总的来说,近代报刊谐文并不是单纯的文学现象,而是一种与公共媒介传播背景紧密结合的复杂的文化现象。它虽为一种边缘的写作方式,却是重要的文化文本。它有自己独特的运行逻辑,不能完全用文学研究范式来限定它,也不能以成败论英雄。

---

① 姚公鹤著,吴德铎标点:《上海闲话》,上海古籍出版社1989年版,第125页。
② 《自由谈话会》冰尘语,《申报·自由谈》1914年8月29日。

## 第三节　近代报刊谐文的文体特性

——文学生产的"剩余写作"

按照马克思主义文艺观,近代报刊谐文现象可以归结为一种文学生产方式,而按照生产的逻辑,近代报刊谐文的性质可以被定义为一种"剩余写作"。这里要借用马克思著名的剩余价值理论及艺术生产理论以展开讨论。作为马克思最伟大的两个发现之一,剩余价值理论是马克思主义经济理论的基石。但"剩余劳动"并非马克思的发现,马克思之前的许多经济学家都曾对剩余劳动进行过探讨。马克思一再强调剩余价值有一个自然基础,即剩余劳动,其物质形式就是剩余产品。马克思在《资本论》中剖析了剩余价值的特殊规律和一般规律:它既是一种社会经济形式(特殊性),也可指一般劳动形式(一般性)。作为社会经济形式,剩余价值是资本主义特有的剥削秘密,但"如果我们把工资和剩余价值,必要劳动和剩余劳动的独特的资本主义性质去掉,那末,剩下的就不再是这几种形式,而只是它们的为一切社会生产方式所共有的基础"。① 他还曾用"相对剩余价值"与"绝对剩余价值"的概念,分别指称剩余价值的特殊形态与一般形态。同时,马克思还指出:"宗教、家庭、国家、法、道德、科学、艺术等等,都不过是生产的一些特殊的方式,并且受生产的普遍规律的支配。"② 他所说的艺术生产包括了文学生产。

具体到文学,为了说明作家可以是一个生产劳动者,马克思对生产劳动与非生产劳动又进行了区分划界:"生产劳动和非生产劳动始

---

① [德]马克思:《资本论》第3卷,人民出版社1975年版,第990页。
② [德]马克思:《1844年经济学哲学手稿》,《马克思恩格斯全集》第42卷,人民出版社1979年版,第121页。

终是从货币所有者、资本家的角度来区分的,不是从劳动者的角度来区分的。……作家所以是生产劳动者,并不是因为他生产出观念,而是因为他使出版他的著作的书商发财,也就是说,只有在他作为某一资本家的雇佣劳动者的时候,他才是生产的。"① 马克思还曾举例说明这个问题:"密尔顿创作《失乐园》得到五镑,他是非生产劳动者。密尔顿出于同春蚕吐丝一样的必要而创作《失乐园》,那是他的天性的能动表现。但是,在书商指示下编写书籍……的莱比锡的一位无产者作家却是生产劳动者,因为他的产品从一开始就从属于资本,只是为了增加资本价值才完成的。"② 当作家成为一个"生产劳动者",由此产生的文学,就可以说是一种文学生产了。

受马克思对"必要劳动"与"剩余劳动"区分的启发,在文学的范畴内也可以考虑区分"必要写作"与"剩余写作"。我们不以资本为前提,而是从作者出发,以文学创作本身为对象来分析。文学劳动,虽然兼有体力与精神两重性,而以精神活动为根本特征,但谓"必要写作",可以理解为"自我"的写作。虽然作家的需求包括精神生存与现实生存两种需要,但作家之所以为作家,并非因为其物质需求,而是因为其精神生存及思想情感表达的特殊性。所以,本书倾向将作家的必要写作限制为,通过文学表达方式,完成人类灵魂的洞悉及守护的独特使命,也就是指作家从自我的天性、内在的创作冲动出发,以文学审美为目的的写作。其产品形式则是纯文学。在我国历史上,"言志"派、"性灵"派及"人的文学"等写作潮流可为代表。

所谓"剩余写作",则是作家在满足"自我"的精神需求之外,

---

① [德] 马克思:《剩余价值理论》,《马克思恩格斯全集》第26卷第1册,人民出版社1972年版,第149页。

② [德] 马克思:《剩余价值理论》,《马克思恩格斯全集》第26卷第1册,人民出版社1972年版,第432页。

第六章 近代"谐文"的文体特性与文学史意义

才力有余裕，或受利益驱动、有目的的写作。其产品形式是各种娱乐特征及功利主义的文学，以及商业写作。如果将马克思对作家的生产劳动与非生产劳动的区分，转换为作者的角度，也可以得出类似的二分结果。与"必要写作"相对应的是"非生产劳动者"，就是作家按照自己的天性，"同春蚕吐丝一样"去创作，这样的作家是真正的作家。与"剩余写作"对应的是"生产劳动者"，也就是出现了"从属于资本"的异化了的作家。这个"资本"是泛指的：在产业制度下，是为赚钱而按金融资本的需要和消费者的口味进行创作；在权力制度下，则是为了政治权力、意识形态等目的而创作，借用布迪厄的概念，就是为"占位"而写作。另外，"必要写作"与"剩余写作"，也可与布迪厄有关文化生产场的"纯生产"与"大生产"的两极区分对应。"一方面是纯生产的一极，生产者的主顾是他们的同行，另一方面是大生产的一极，生产者的主顾是广大的公众。"①

借用中国现代文学史上文学研究会两位理论家的观点，可说明必要写作与剩余写作两分法及其谱系在中国文学思想中隐约存在。沈雁冰的《自然主义与中国现代文学》立场非常明确，他所主张的文学是对真实人生进行观察描写的文学，被他批判的文学在当时最突出的表现"是受了拜金主义的毒"，而此前两种"有毒"的观念，一是"文以载道"，一是"游戏"的态度。而郑振铎也在《中国文人对于文学的根本误解》中说："文学决不是个人的偶然兴到的游戏文章，乃是深埋一己的同情与其他情绪的作品。"② 总结起来，也就是为"自我"的情思及人生的写作，与异化了的娱乐主义、金钱主义、道德主义等功利主义的写作两个系列。在文学研究会看来，与新文学相对峙的主

---

① ［法］皮埃尔·布迪厄：《艺术的法则——文学场的生成和结构》，刘晖译，中央编译出版社2001年版，第151页。
② 西谛：《中国文人对于文学的根本误解》，《文学旬刊》1921年8月10日第10号。

要是以游戏笔墨为根柢的通俗文学。

　　游戏笔墨可被视为一种非常典型的"剩余写作"。游戏为文的根基主要是"余兴",也就是个人才学、兴趣及情思的余裕。至于游戏笔墨的批判者们所揭示的"金钱主义",也就是商业逻辑,也的确是近代报刊谐文写作的一个重要事实。近代报刊谐文集中地体现了剩余写作的三个重要层面:作家个人(超出"自我"情思之外的才识),作家与权力(舆论批评功能),及作家与资本(商业逻辑)。因此,近代报刊谐文可以称为一种"剩余写作"。

　　谐文或游戏文章,从根本上说,并非以审美为目的,而是以娱乐为目的的,而且它一般会有较明显的现实指涉性。游戏文的"启颜"效果追求,虽然包括自娱与娱人,却有期待轻松阅读、浅层次阅读与消费性阅读的倾向。所以,它很容易为商业逻辑所利用,成为一种典型的文学生产。一旦文学生产成为一种制度,它对文学的形式就会产生重大影响。而在文学生产制度化以后,一些原本边缘的艺术形式却会受到青睐与迅猛发展,比如小说、戏曲等。在中国近代,报刊谐文也是受到公共传播与文学生产方式的变化而膨胀起来的。正如文学生产的批判者们指出的那样,适应文学生产的文学,其形式与内核都会因此受到影响。如沈雁冰曾说:"小说是一种商品,只要有地方销,是可赶制出来的;只要能迎合社会心理,无论怎样造就都可以的。"[①]按照马克思所解析的资本主义剩余价值的秘密,在文学生产中,作家与出版机构之间也存在剥削关系,由作家创造的,却被出版机构占有的那部分文学产品的价值,就可称为文学的剩余价值。但文学生产对作家来说,更根本的影响不在制度的剥削、压榨,而在于它对作家的思想和精神的规训与控制。被剥削掉劳动价值、被占用劳动时间、被控制生产劳动程序等固然可悲,但更可怕的是人的思想

---

[①] 沈雁冰:《自然主义和中国现代小说》,《小说月报》1922 年 7 月第 13 卷第 7 号。

与精神世界，甚至思维方式的被控制。近代文学史上的黑幕小说及狎邪小说的盛行，就产生了恶劣的影响。并且，文学产业化以后，文学作品会面临丧失本性之虞，如韵味、细节等艺术特质受到戕害，经典艺术被搁置，等等。

# 主要参考文献

## 一 报刊史料

日报

《晨报》

《晨钟报》

《大公报》

《公言报》

《临时政府公报》

《民国日报》

《民呼日报》

《民立报》

《民权报》

《民吁日报》

《申报》

《神州日报》

《时报》

《顺天时报》

《新申报》（上海）

《新闻报》

《益世报》

《中国日报》

《中华新报》

  小型日报

《世界繁华报》

《唯一趣报有所谓》

《消闲报》

《游戏报》

  期刊

《东西洋考每月统记传》

《红》

《红玫瑰》

《侯鲭新录》

《滑稽时报》

《滑稽杂志》

《寰宇琐纪》

《礼拜六》

《民权素》

《女子世界》（1912年创刊）

《清议报》

《四溟琐纪》

《香艳杂志》

《消闲钟》

《小说丛报》

《小说林》

《小说新报》

《小说旬报》

《新民丛报》

《新小说》

《新新小说》

《绣像小说》

《游戏世界》（1906年创刊）

《游戏世界》（1921年创刊）

《游戏杂志》

《游艺杂志》

《余兴》

《月月小说》

《庄严旬报》

《自由杂志》

## 二　基本史料

班固：《汉书》，中华书局1962年版。

陈邦俊：《广谐史》，万历四十二年（1614）刻本。

陈无我：《老上海三十年见闻录》，上海书店出版社1997年版。

陈子展：《诗经直解》，复旦大学出版社1983年版。

川岛编：《杂纂四种》，北新书局1926年版。

《春秋左传正义》，十三经注疏本，中华书局1979年版。

崔敦礼：《刍言》，《丛书集成初编》，商务印书馆1936年版。

丁守和主编：《辛亥革命时期期刊介绍》，人民出版社1982—1987年版。

顾袆云编：《新乐府初集》，民国石印本。

洪迈：《夷坚志》，中华书局1981年版。

黄彻著，汤新祥校注：《（巩石）溪诗话》，人民文学出版社1986年版。

黄遵宪：《人境庐诗草》，文化书社1930年版。

黄遵宪著，陈铮编：《黄遵宪全集》，中华书局2005年版。

江盈科：《江盈科集》，岳麓书社1997年版。

《孔子家语》，中华书局四部备要影印本。

雷瑨辑：《古今滑稽文选》，北京出版社1993年版。

《礼记正义》，十三经注疏本，中华书局1979年版。

梁绍壬：《两般秋雨庵随笔》，上海古籍出版社1982年版。

梁章钜：《巧对录》，清道光二十二年刻本。

刘大勤编：《师友诗传续录》，文渊阁四库全书本，台北：商务印书馆1986年版。

刘勰著，范文澜注：《文心雕龙注》，人民文学出版社1998年版。

刘昫：《旧唐书》，中华书局1975年版。

缪艮：《文章游戏》四编，嘉庆二十三年（1818年）纬文堂刻本。

邱菽园：《五百石洞天挥麈》，1899年刻本。

芮和师等编：《鸳鸯蝴蝶派文学资料》，福建人民出版社1984年版。

上海图书馆编：《中国近代期刊篇目汇录》，上海人民出版社1979—1984年版。

申报馆编：《最近之五十年》影印本，文海出版社2005年版。

沈蕙风：《眉庐丛话》，文海出版社1979年版。

《诗经》，十三经注疏本，中华书局1979年版。

史和等编：《中国近代报刊名录》，福建人民出版社1991年版。

司马迁：《史记》，中华书局1959年版。

宋原放主编，陈江、吴道弘、方厚枢辑注：《中国出版史料》（现代部分），山东教育出版社2001年版。

宋原放主编，汪家熔辑注：《中国出版史料》（近代部分），湖北教育出版社 2004 年版。

孙家振：《退醒庐笔记》，上海书店出版社 1997 年版。

汪庆祺（砚云居士）：《新天花乱坠》，广益书局 1911 年版。

王利器、王贞珉编：《中国笑话大观》，北京出版社 1995 年版。

魏绍昌编：《李伯元研究资料》，上海古籍出版社 1980 年版。

魏绍昌编：《吴趼人研究资料》，上海古籍出版社 1980 年版。

魏绍昌编：《鸳鸯蝴蝶派研究资料》（史料部分），上海文艺出版社 1984 年版。

魏绍昌编：《中国近代文学大系》（史料索引集一）、（史料索引集二），上海书店出版社 1996 年版。

《吴趼人全集》，北方文艺出版社 1998 年版。

吴伟业：《吴梅村全集》，上海古籍出版社 1990 年版。

吴自牧：《梦粱录》，三秦出版社 2004 年版。

向宗鲁校证：《说苑校证》，中华书局 1987 年版。

萧统编，李善等注：《六臣注文选》，上海古籍出版社 1993 年版。

徐师曾、吴讷：《文章辨体序说　文体明辨序说》，人民文学出版社 1962 年版。

徐元诰：《国语集解》，中华书局 2006 年版。

徐载平、徐瑞芳：《清末四十年申报史料》，新华出版社 1992 年版。

杨光辉等编：《中国近代报刊发展概况》，新华出版社 1986 年版。

姚公鹤：《上海闲话》，上海古籍出版社 1989 年版。

姚鼐：《古文辞类纂》、王先谦编《续古文辞类纂》合刊，浙江古籍出版社 1998 年影印版。

张静庐：《在出版界二十年》，江苏教育出版社 2005 年版。

张静庐编：《中国近代出版史料初编》，中华书局 1957 年版。

张静庐编：《中国近代出版史料二编》，中华书局 1957 年版。

钟骏文：(寅半生)《天花乱坠》三编，光绪癸卯（1903年）春仲崇实斋藏版。

邹弢：《春江灯市录》，1884年刻本。

## 三 相关论著

Joan Judge, *Print and Politics*: *Shibao and the Culture of Reform in Late Qing China*, California Stanford University Press, 1996.

阿英：《晚清文艺报刊述略》，中华书局1959年版。

[苏]巴赫金：《拉伯雷研究》，李兆林、夏忠宪译，河北教育出版社1998年版。

[法]柏格森：《笑》，徐继曾译，北京十月文艺出版社2005年版。

[日]浜田正秀：《文艺学概论》，陈秋峰、杨国华译，中国戏剧出版社1985年版。

包天笑：《钏影楼回忆录》《钏影楼回忆录续编》，香港：大华出版社1973年版。

陈昌凤：《蜂飞蝶舞：旧中国著名报纸副刊》，福建人民出版社1999年版。

《陈独秀文章选编》，生活·读书·新知三联书店1984年版。

陈孝英：《幽默的奥秘》，戏剧出版社1989年版。

[美]邓普等：《论滑稽模仿》《论反讽》《论讽刺》，项龙译，昆仑出版社1990年版。

范伯群：《中国现代通俗文学史》，北京大学出版社2006年版。

范伯群主编：《民国通俗小说鸳鸯蝴蝶派》，台北：国文天地杂志社1990年版。

范伯群主编：《中国近现代通俗文学史》，江苏教育出版社2004年版。

范伯群主编：《中国近现代通俗作家评传丛书》，南京出版社1994年版。

方汉奇：《中国近代报刊史》，山西人民出版社1981年版。

方汉奇主编：《中国新闻事业通史》（第一卷），中国人民大学出版社1997年版。

冯并：《中国文艺副刊史》，华文出版社2001年版。

冯沅君：《古典文学论文集》，山东人民出版社1980年版。

戈公振：《中国报学史》，生活·读书·新知三联书店1955年版。

[美]韩南：《中国近代小说的兴起》，徐侠译，上海教育出版社2004年版。

洪煜：《近代上海小报与市民文化研究（1897—1937）》，上海书店出版社2007年版。

胡从经：《胡从经书话》，北京出版社1998年版。

胡适：《白话文学史》，新月书店1928年版。

胡适：《胡适文存二集》，亚东图书馆1930年版。

黄远生：《远生遗著》，"近代中国史料丛刊"三编，台北：文海出版社1986年版。

雷勤风：《大不敬的年代：近代中国新笑史》，台北：麦田出版2018年版。

雷世文：《文艺副刊与文学生产——以〈晨报副刊〉、30年代〈申报·自由谈〉〈大公报〉文艺副刊为中心的研究》，中国文史出版社2004年版。

李昌集：《中国古代散曲史》，华东师范大学出版社1996年版。

李良荣：《中国报纸文体发展概要》，福建人民出版社1985年版。

李楠：《晚清、民国时期上海小报研究——一种综合的文化、文学考察》，人民文学出版社2005年版。

李欧梵：《李欧梵自选集》，上海教育出版社2002年版。

李鹏飞：《唐代非写实小说之类型研究》，北京大学出版社2004年版。

李怡：《现代性：批判的批判——中国现代文学研究的核心问题》，人民文学出版社 2006 年版。

刘惠吾：《上海近代史》（上），华东师范大学出版社 1985 年版。

刘永济：《唐五代两宋词简析》，上海古籍出版社 1981 年版。

卢斯飞、杨东甫：《中国幽默文学史话》，广西教育出版社 1994 年版。

《鲁迅全集》，人民文学出版社 1981 年版。

罗贤梁：《中国副刊史略》，长江文艺出版社 1993 年版。

罗志田：《权势转移：近代中国的思想、社会与学术》，湖北人民出版社 1999 年版。

马光仁：《上海新闻史》，复旦大学出版社 1996 年版。

庞荣棣：《史量才：现代报业巨子》，上海教育出版社 1999 年版。

秦绍德：《上海近代报刊史论》，复旦大学出版社 1993 年版。

任二北编：《优语集》，上海文艺出版社 1981 年版。

任中敏：《散曲概论》，散曲丛刊第十四种，中华书局 1931 年版。

[美] 斯拉姆等：《报刊的四种理论》，中国人民大学新闻系译，新华出版社 1980 年版。

宋军：《〈申报〉的兴衰》，上海社会科学院出版社 1992 年版。

《孙中山全集》，中华书局 1981 年版。

汤哲声：《中国现代滑稽文学史略》，台北：文津出版社 1992 年版。

唐弢：《海天集》，生活·读书·新知三联书店 1984 年版。

陶东风：《文体演变及其文化意味》，云南人民出版社 1995 年版。

王文彬编：《中国报纸的副刊》，中国文史出版社 1988 年版。

[美] 韦勒克、沃伦：《文学理论》，刘象愚等译，生活·读书·新知三联书店 1984 年版。

夏东元编：《郑观应集》（上），上海人民出版社 1982 年版。

夏晓虹：《旧年人物》，中国广播电视出版社 1997 年版。

夏晓虹：《晚清女性与近代中国》，北京大学出版社 2004 年版。

夏晓虹、王风主编：《文学语言与文章体式——从晚清到"五四"》，安徽教育出版社 2006 年版。

许同莘：《公牍学史》，档案出版社 1989 年版。

薛宝琨：《中国幽默艺术论》，浙江人民出版社 1989 年版。

[新] 杨松年：《战前新马报章文艺副刊析论（甲集）》，新加坡同安会馆 1986 年版。

[新] 杨松年、周维介：《新加坡早期华文报章文艺副刊研究（1927—1930）》，新加坡：教育出版社私营有限公司 1980 年版。

[荷兰] 约翰·赫伊津哈：《游戏的人》，傅存良译，中国美术学院出版社 1996 年版。

张静庐：《中国的新闻记者与新闻纸》，《民国丛书》第三编 41 册，上海书店出版社 1991 年版。

赵建国：《分解与重构：清季民初的报界团体》，生活·读书·新知三联书店 2008 年版。

赵君豪：《中国近代之报业》，《民国丛书》第三编，上海书店出版社 1991 年版。

郑凯：《先秦幽默文学论》，暨南大学出版社 1992 年版。

郑逸梅：《南社丛谈》，上海人民出版社 1981 年版。

郑逸梅：《书报话旧》，学林出版社 1983 年版。

郑振铎：《中国俗文学史》，作家出版社 1954 年版。

中国第二历史档案馆编：《中华民国史档案资料汇编》，江苏人民出版社 1981 年版。

朱联保：《近现代上海出版业印象记》，学林出版社 1993 年版。

## 四　研究论文

方平：《清末上海民间报刊与公共舆论的表达模式》，香港《二十一世纪》

2001 年 2 月号。

方迎九：《文学性和新闻性的消长——早期〈申报〉文人研究》，博士学位论文，北京大学，2002 年。

傅斯年：《怎样做白话文？》，《新潮》1919 年第 1 卷第 2 号。

高瑞泉：《近代价值观念变革与晚清知识分子》，《华东师范大学学报》2004 年第 1 期。

高燕：《〈自由谈〉副刊史探》，硕士学位论文，南昌大学，2006 年。

何宏玲：《晚清上海小报与小说之关系》，博士学位论文，北京大学，2006 年。

黄晋祥：《晚清〈申报〉的主笔与社评》，《光明日报》2007 年 6 月 15 日。

黄炎培：《史量才先生之生平》，《申报月刊》《追悼史总经理特辑》1934 年第 3 卷第 12 号。

李彦东：《早期申报馆：新闻传播与小说生产之关系》，博士学位论文，北京大学，2004 年。

[英] 理查德·霍加特：《当代文化研究：文学与社会研究的一种途径》，周宪等编译《当代西方艺术文化学》，北京大学出版社 1988 年版。

马丽娅：《先唐俗赋传播接受研究》，博士学位论文，南京师范大学，2007 年。

潘建国：《〈工商业尺牍偶存〉所载鸳鸯蝴蝶派小说家史料辑考》，《明清小说研究》2003 年第 3 期。

彭昆仑：《狄平子与〈红楼梦〉》，《红楼梦学刊》1998 年第 3 辑。

秦春慧：《论〈申报·自由谈〉对现代散文的贡献》，硕士学位论文，青岛大学，2003 年。

秦伏男：《论汉魏六朝俳谐杂文》，《青海师范大学学报》（社会科学版）1990 年第 1 期。

《上海报界之一斑》，《东方杂志》1910 年第 6 卷第 12 期。

谭家健：《六朝诙谐文述略》，《中国文学研究》2001 年第 3 期。

唐弢：《〈申报·自由谈〉序》，《申报·自由谈》，上海图书馆影印 1981 年版。

吴燕：《晚清上海印刷出版文化与公共领域的体制建构》，《江海学刊》 2004 年第 1 期。

熊月之：《略论晚清上海新型文化人的产生与汇聚》，《近代史研究》 1997 年第 4 期。

徐可超：《汉魏六朝谐趣文学研究》，博士学位论文，复旦大学，2003 年。

袁省达：《申报〈自由谈〉源流》，《新文学史料》1978 年第 1 辑。

张敏：《晚清新型文化人生活研究——以王韬为例》，《史林》2000 年第 2 期。

张默：《六十年来之〈申报〉》，《申报月刊》1932 年创刊号。

张影洁：《唐前俳谐文学研究》，硕士学位论文，华东师范大学，2005 年。

张宇航：《史量才与中国近代报业经营》，硕士学位论文，吉林大学，2007 年。

章士钊：《〈申报与史量才〉书后》，《文史资料选辑》第 23 辑，中华书局 1986 年版。

周林兴、罗辉：《清代奏折制度研究》，《常州工学院学报》（社会科学版）2005 年 3 月。

朱迎平：《汉魏六朝的游戏文》，《古典文学知识》1993 年第 6 期。

朱宗震：《辛亥革命后租界内捍卫言论自由的斗争》，《民国档案》1991 年第 3 期。

祝均宙：《上海小报的历史沿革》，《新闻研究资料》第 42 辑，中国社会科学出版社 1988 年版。

# 后　记

近代报刊谐文这个课题我关注已经十五六年了。虽说是"十年磨一剑，霜刃未曾试"，此刻的我却毫无拔剑四顾的豪情，只有"两句三年得，一吟双泪流"的苦楚和惆怅。十几年太漫长，对这个题目而言，简直可以说沧海桑田了。这十几年，恰值报刊文献电子数据化高歌猛进，曾经隐藏在某图书馆隐蔽角落里满身灰尘少人问津的旧报纸，如今在各大图书馆的数据库甚至公共网络上已经唾手可得。谐文或游戏文章的研究著作及宏文也颇受关注，许多最新研究成果还没有体现在本书中，这主要是因为本书大部分内容完成时间较早。自博士学位论文题目完成以来，我一直想从宏观把握和细节挖掘方面继续努力改好它，其间也偶有文章发表，也申请过教育部的课题，进行过部分调整，但收在这里的文字大多仍保留了原貌，仿佛是在咀嚼一种朝花夕拾的况味。正如夏师所言，你不可能再有整块的时间重新投入同一个课题了，就像人不能再次踏入同一河流一样。何况横在我眼前的不仅仅是时间的河流，甚至还有生命的涯际……

我仍然在反思，这个课题与我的人生之间究竟发生了什么。首先要思考的是这个题目的适恰性，我希望以后寻找一个切近自己的兴趣和感悟，容易移情甚至有切肤之痛的题目，那样可以时时和研究的课题与语境互动。其次，处理问题的方式应该更加具体化，眉毛胡子一把抓的结果是浅尝辄止，一开始尽量找准角度，化整为零，逐个击破，勤于积累才是使题目可持续发展的正确战略。这些经验或许看起来简单，有时候却真的只有经过漫长时间的煎熬才能体会得真切。特别是当我的身份转变之后，懂得了"师傅领进门，修行在个人"的默契，也明白了"以其昭昭，使人昭昭"的必要。

尽管有遗憾，但这个题目也带给我许多会心一笑的时刻。那些诙谐幽默的文字，那些逗才炫技的机智，那些嬉笑怒骂的讽喻，读起来总不会让我失望。人们常把成果比喻成孩子，尽管这个孩子属于难产，但当它终于要面世的时候，我还是祝福它能够被看到，受到批评、斧正或扶持。虽然生于草莽，还带着粗粝、蛮荒、草泽之气，但至少它经过了一番努力和探索，至少它还是真诚的。进一寸有一寸的欢喜，虽然它骑着小毛驴，只要在前行，看到了沿途的风景，偶尔还能吹点小风，足以让人动容。

在这段学术历程中，我收获了令人难忘的人情之美，被这些感动激励着前行。老师们的鼓励，同门间的切磋，仍历历在目，同事间的互通有无，朋友间的嘘寒问暖，学生们的异议辨析都惠我良多。父母赐予我生命，兄妹支持我成长，他们永远是我最坚强的后盾，也是我注定要努力下去的底色和动力。文学院大家庭的团结和友爱，领导们的引导和关怀，是本书能够出版的直接原因。虽然不能一一列举你们的名字，但我会把你们的美好永远印在心底。

我想把最真挚的谢意献给夏晓虹老师。感谢夏师一直以来对我的培育、指点、关心和鼓励。夏师不仅仅在学业上给我有形无形的引导和无私无我的帮助，也在生活上寄予我深切的同情和关怀，这份深情抚慰着我心，以至于无论相隔多远或相隔多久，我会时时梦见自己陪伴在老师身边，就像梦回家乡无边的田野上那般无拘无束。借此机会，我想表白夏老师：您是我此生最美的风景。